口語訳

日本霊異記

Sukeyuki Miura
三浦佑之

角川書店

口語訳　日本霊異記

まえがき

ここに取りあげる日本最古の仏教説話集『日本霊異記』三巻には、話ごとに題名の付いた一一六の話が収められている。別の話として分離したほうがいいと思われるものが四話ほどあるので、総話数は一二〇になる。そのすべてを、最初から漏らさずに最後まで読みぬいてみようというのが本書の目標である。

各巻の冒頭には序文が置かれ、仏教伝来の歴史や因果応報への畏れなどを通して、編者である景戒《きょうかい》の編纂《へんさん》意図が述べられている。書物としてはその「序」から読みはじめるのが筋だろうが、本編に入る前に宝の山への興味を削いでしまってはもったいないという配慮を優先させ、序文は一括して巻末に置き、この「まえがき」を序文に代えることにした。

日本霊異記の正式書名は『日本国現報善悪霊異記《にほんこくげんぽうぜんあくりょういき》』という。書名は本書の内容を的確に示しており、善い行いをしても悪事をはたらいても、かならず現世（この世）で報いを受けるという仏教の教えが顕現した実例を、日本国中から集めた書物という意味だが、いささか長いので中を抜いて日本霊異記という名で世間に通用している。編者の景戒はケイカイとも訓《よ》めるが、ここでは一般的なキョウカイに従う。なお、景戒という名は出家して付けられた法名《ほうみょう》で戒律にしたがうというような意味だが、本名はわかっていない。人物についてはあとで紹介する。

　本書では、その日本霊異記に収められた説話の一つ一つを、お話として楽しんでもらおうと心がけた。原文に寄り添いながら口語に訳したのもそのためである。原文は仏教のことばを含めて難解な漢語がまじる漢文で叙述されており、現代語に移しても、文体によっては堅苦しさを拭えそうにない。そこで、霊異記の文体とはもっとも離れたようにみえる口語体を選択することで、霊異記の話を身近なものにしたいと思ったのである。けっして二匹目の泥鰌を狙ったわけではない（というか、一匹目の『口語訳古事記』はとっくに忘れられている）。

　ただし、わたしが口語訳を選んだのには理由があって、景戒自身が、これらの話は「口説」を「側聞」したものであり（上巻序文）、「口伝」を文字に移したものだ（中巻序文）と述べており、もとは声をともなって伝えられていたとみなせるからである。むろん、そのすべてが口承による話であったとは言い切れないし、われわれが読む作品は、景戒が漢文を駆使して記述し編纂した説話集であるというのは、文学史上の位相として軽んじることはできない。しかし一方で、その根元のところで、声や伝承という身体性が関与することで成り立つ作品でもあったというのも明らかだ。しかも仏教というのは、音とたいそう親和した宗教だといえるわけで、文字に書かれた経典も音声によって読誦《どくじゅ》され唱えられることによって効力をもつし、人びとへの説経や説法は芸能化された声（語り）によって成り立っている。

このように考えれば、現存最古の歴史書である『古事記』という作品との共通性も見いだせよう。わたしは古事記は国家の正史ではなく、稗史《はいし》と認識している。稗史とは、人びとのあいだに伝えられていた取るに足りない歴史、あるいは正統なものとは言えない口伝えによる人物伝や出来事を取り拾い集積したものをさすが、日本霊異記もまた同じような背景のなかで成立し、それが、話のおもしろさの核になっている。たとえば、霊異記の末尾近くには、藤原仲麻呂や藤原種継《たねつぐ》などにかかわる政権内部の争いやクーデター、スキャンダラスな道鏡事件など、生臭い出来事がいくつも並んでいるが、これらはまさに稗史であり、ある事件がどのように伝承になるかということを考える上でも興味深い。また、有名人が出てこない場合にも、時代の何げない日常が写されていて社会性に溢れている。

霊異記が語る話の背景をみると、上巻は七世紀を中心としてそれ以前にわたる時代を抱え込んでいると考えられるのに対して、中・下巻は八世紀を舞台に生みなされた声を主調音として話は紡がれている。そして、全体的な特徴として見いだせるのは、因果とか恩返しとか欲望とか慈悲とかの、霊異記以前の日本人の思考のなかには存在しなかったことば（観念）を駆使して語られる仏教的な戒めである。そこには一人一人の人間が登場し、不信心や慳貪《けんどん》を理由に地獄の責め苦を受けたり、この世で悪死の報いを受けたりするさまが、これでもかこれでもかと、くり返し語られる。

むろん仏教は六世紀半ばには倭《わ》の国に伝えられていたが、それらは渡来の人びとを通して、あるいは国家間の外交政策を介して伝来したもので、地下《じげ》の人びとの感情や思想のなかに入り込んではいなかった。仏教が一般の人びとの心に浸透するためには、伝来から百年という期間では少しばかり足りなかったようである。

ところが、八世紀に入るとともに、ということは都市の成立とともにということになるが、国家や貴族から離れた仏教は、地下の人びとのなかに急速に広まり絶大な影響を振りまき始める。地方豪族はこぞって私寺《しじ》（氏寺）を造り、京《みやこ》とその周辺に住む人びとを中心に、自度《じど》と呼ばれる非公認の修行者が出現し各地を巡り歩き食《じき》を乞うようになる。そのような時代には、当然のことだが信仰者と非信仰者とのあいだに熾烈な対立が生じ、互いに相手を排除しあうことになるが、霊異記の説話からはそうした時代状況がよく窺える。もちろん、語られるのは信仰者の立場だが、引っくり返せば、仏教者がそれだけひどく人びとから嫌われていたということだ。

八世紀という時代を記録した正史『続日本紀《しょくにほんぎ》』には、鎮護国家のためにいかに仏教が有効に受容されたかが記録されているが、その背後で人びとが何を考え何を感じていたかを知ろうとするなら、霊異記説話を読むに及《し》くはない。そして、信仰心のないわたしなどは、宗教というものは怖いものだと思わされもする。しかしその一方で、仏教の教えにすがることしかできなかった多くの人びとがいたことを知ることもできる。それは、近現代における多様なカルト系宗教が引き起こしてきた混乱と変わりがないはずだ。

また、同時代の人間が描かれている『万葉集』第三期、第四期あたりの歌からは拾えない、八世紀の都市下層民や地方郡司層の生活や心を覗き見る社会学的な興味も霊異記説話はもたらしてくれる。そこに描かれる生活や心は、旅の風景や恋の思いといったところからは窺えそうにない、家族の、都市生活者たちの日常であり、そこに生じる人間関係や生活の苦しみである。万葉集で探すなら、ゆいいつ山上憶良《やまのうえのおくら》の歌によってしか窺い知れない生活であり心であると言ってもよい。

霊異記に収められた一一六から一二〇話にもおよぶ話がどのように伝えられていたか。おそらく一様ではなかったはずだ。前のほうには仏教的な性格がほとんど感じられない話があり、天皇や後宮にかかわる噂《うわさ》として民間に広まり流れた話、仏教の浸透とともに生じた信仰をめぐる対立や葛藤を伝える話、仏典や中国の説話集が人びとのあいだに流れだし、在来の話と溶け合いいくつもの類話を増殖させながら在地の出来事のように伝えられていった話、人びとを仏教に導くために語りだされた話などなど、さまざまなルーツをもつ話が混在しているに違いない。

そして、それらさまざまな話の生成や変容あるいは移動に、霊異記の主要登場人物である巡り歩く宗教者たちが関与していたのは疑う余地がない。諸国を巡りながら人びとに教えを運んで食を乞い、山寺に籠もって信仰を深めた。経を読み、祈り、仏と対話するという自度あるいは私度と呼ばれる修行者たちの日常は、地下の人びととの接触によって成り立つ生活であった。仲間の修行者たちとの情報交換、土地の人びとへのはたらきかけ、にぎわう市や辻に立っての説法、そうした活動のなかで迫害を受け、多くの不思議に出会い、体験を聴き、自らの見聞を語る。霊異記説話の多くが、そうした優婆塞《うばそく》たちのネットワークを通して流通し増殖しているようにみえる。

大雑把な言い方になるが、仏教の側から発信され、それが人びとのあいだに広まっていった場合と、もとから民間に伝えられていた話が拾われて仏教的な装いをとることになった場合とがありそうだ。そしてそのなかには、後世に伝承されて昔話や伝説・物語のなかに潜り込み安定した話型となって分布域を広めていった話も多い。動物をめぐる恩返し（報恩譚）はその典型であり、臨死体験を語る冥界訪問譚はのちの時代にも主要な話型として受け継がれる。そうした点で、霊異記説話は、日本列島における伝承世界の祖型として大きな役割を果たした。

ほとんどの話の末尾には、締め括りとなる「評」が付されている。話末評語とか評語とか呼ばれることはあるが、霊異記のなかで名が与えられているわけではない。ただ、この評がないと、説話集としての統一性は保てない。多くは仏典を引用しながら、教訓的な教えを引き出そうとする。元から付いていたものもあったかもしれないが、その多くは編者である景戒によって書き添えられたとみてよかろう。そして、それが人びとへの教導に不可欠な戒めになっていたはずである。

評語には、宗教者としての景戒の謹厳さや生真面目さを感じることはできるが、一つ一つを話として楽しもうとする場合には、時として邪魔な感じがするし、宗教というものがもつ押しつけがましさに、ある種の恐怖感を覚えることもある。仏教的な教えを得ようとして読むという人は別だが、お話として読む場合には、編者の意図とは距離をとり、評語自体を批評的に読みながら、本体の話とのつながりや齟齬を考えてみるのがよいのではなかろうか。

編者である景戒という人物についての情報を、わたしたちはほとんどもっていない。日本霊異記という説話集を編纂したことは、各巻の冒頭に「諾楽《なら》の右京の薬師寺の沙《しゃ》門《もん》景戒録《しる》す」とあってはっきりしている。また、そこに書かれている通り、編纂当時に薬師寺の僧であったのは疑う余地がない。しかしそれ以外の情報はというと、ほとんどわからない。ゆいいつ、かれが自らの体験に基づいて述べている下巻第三十八縁の記事によって、馬を二頭以上持っていたとか、私的な堂があったとか、家の近くに狐がいたとか、あまり有用とは言えそうにない情報を手にすることができるほか、僧でありながら妻子をもっていたが、いつの頃にか受戒して官僧となり、平城京右京にある薬師寺に属していたという大事なことも書かれている。そして、平安京遷都の翌年にあたる延暦十四年（七九五）に僧位（官僧に与えられる位階）を「伝灯住位《でんとうじゆうい》」に昇進させたとあるので、それ以前は一階下の「伝灯入位《にゆうい》」だったこともわかる。われわれが把握できる景戒の経歴はその程度である。

ちなみに、国家に公認された官僧には、官人の位階にあたる僧位が与えられるが、その位階は、大きく僧綱《そうごう》と凡僧とに区別される。僧綱は、僧尼を統括し法務を担当する上層部の僧で、僧正・僧都・律師などの階級がある。一方、凡僧と呼ばれる一般僧の位階は、伝灯位（仏教の法灯［法脈］を受け継ぐ意）と修行位との二系列に区分され、それぞれの系列ごとに大法師位・法師位・満位・住位・入位・無位の段階が設けられていた。それでいうと、景戒の位階は、ようやく下位から脱したところ、官人の位階でいうと六位あたりということになるのではなかろうか。

遺された数少ない情報から想像するに、景戒は、もとは俗人としての生活を営んでいたが、いつの頃か修行の道に入って自度僧（私度僧）となり、その力量が認められて官僧となって薬師寺に入った人らしい。判明していることがそれだけでは、どのような師についていつから修行の道に入り、どのようにして学識を身につけたか、出身地はどこで、どのような一族の出身かというようなことは皆目わからない。

奈良時代きっての修行者として多くの人を惹きつけた行基《ぎょうき》を尊敬していることが説

話のなかから読み取れるので、一時的であれ行基の近くにいた可能性は否定できない。また、紀伊《き》の国の名草《なくさ》郡（現在の和歌山市のあたり）の話がしばしば出てきて、延暦六年（七八七）に見たという夢の中に出てくる鏡日《きょうにち》という旧知の乞食《こつじき》（修行者）が名草郡の人とあるので、景戒の出身が名草郡あたりではなかったかと推測することはできるが、確証はない。しかし、わからないことが、今、日本霊異記という作品を読む上で障害になることはない。話は話として楽しめばいいのだから。

このあと読み進める日本霊異記の成立はいつかというと、九世紀初頭というのは動かない。下巻「序」は延暦六年を基点として叙述されており、説話のなかに出てくるいちばん新しい年号は延暦十九年（八〇〇）だが（下巻第三十八縁）、そのあとに、「平安の宮において十四年を通して天の下をお治めになっている賀美能《かみの》の天皇」という記述がある（下巻第三十九縁、賀美能［嵯峨］天皇の十四年目は弘仁十三年［八二二］）。最下限はおそらくはそのあたりとみておこうというのが現在の通説である。

こまかな点に踏み込めばそういうことになるが、おおまかに見通して述べれば、霊異記説話は平安遷都とともに終わりを迎えたとみてよいと思う。あいだに挟まる長岡京時代には目をつむるが、平城京の終焉とともに霊異記の世界は幕を下ろした。それは、薬師寺に限らず、南都の寺院と僧たちが置いてけ堀を喰《く》らった時であった。景戒が自らの死体を焼いている夢を見た延暦七年が、数年後には新都となる土地の北にある山に、最澄《さいちょう》が比叡山《ひえいざん》寺を造った年とぴたりと重なるというのは、なんと象徴的なことであることか。

本文に入る前にあれこれと書きすぎたかもしれない。

言いたかったことは、このあと景戒によって語りだされる話群の魅力は、仏教的な色付けはあるとしても、八世紀という時代のふつうの人びとの暮らしを生々しく描き出しているところにある、ということだ。しかつめらしく権威を振りまく続日本紀にも、とり澄ました万葉集にも描かれることのない、泥臭い生活や苦渋に満ちた心がこの作品には揺曳《ようえい》している。それを覗き見る楽しさを存分に味わうとともに、時にかれらが、現代のわたしたちに生き写しであるかのようにみえて気恥ずかしさを感じる、そのような希有な作品が日本霊異記である。

何はともあれ、まこととも嘘とも知れぬ八世紀のお話の世界を、大いに楽しんでくださらんことを。

口語訳　日本霊異記　目次

まえがき　3
凡例　16
日本霊異記
上巻　19
中巻　115
下巻　245
日本霊異記「序」三編　385
あとがき　401
日本霊異記各話題目　407
天皇系図　416
地図　418

霊異記説話年表　431

図版作成　小林美和子

凡例

1　本文は、できる限り原典に忠実なかたちで口語訳し、現代語として違和感を与えないように配慮した。本文の作成に際しては、主要なテキストおよび注釈書を参照しつつ、三浦の判断により最良の訳文を心がけた。参照した主要なテキスト・注釈書類は、以下の通りである。

遠藤嘉基・春日和男校注『日本霊異記』日本古典文学大系、岩波書店、一九六七年

中田祝夫校注『日本霊異記』日本古典文学全集、小学館、一九七五年

中田祝夫『日本霊異記　全訳注』三冊、講談社学術文庫、講談社、一九七八～八〇年

小泉道校注『日本霊異記』新潮日本古典集成、新潮社、一九八四年

出雲路修校注『日本霊異記』新日本古典文学大系、岩波書店、一九九六年

多田一臣校注『日本霊異記』三冊、ちくま学芸文庫、筑摩書房、一九九七、九八年

このなかでもとくに、小泉氏と多田氏の著作に、大いに助けられた。感謝したい。

2　本文のなかで必要と思われる語には、脚注を付した。氏族名、人名については、『日本古代氏族人名辞典』（坂本太郎・平野邦雄監修、吉川弘文館、一九九〇年）、地名に関しては、日本歴史地名大系（各県、平凡社）、仏教語に関しては『岩波仏教辞

典第二版』（中村元ほか編、岩波書店、二〇〇二年）のほか、『国史大辞典』（吉川弘文館）など各種辞典・事典類、各種地図を参照した。ことに地名に関しては、地図や事典類のほかに、インターネット検索により、最新の情報を得るようにした。必要と思われる個々の著作などの引用に際しては脚注のなかに注記した。

3　脚注のうち、通し番号を付した注は、本文の番号に対応しているが、◎印を付けたコメントは、当該話についての三浦の感想や見解である。また、既刊の拙著、『平城京の家族たち』『増補　日本霊異記の世界』（ともに角川ソフィア文庫）で論じている話については、著書名を入れたので、詳細はそちらを参照していただきたい。

4　各巻冒頭に置かれた「序」と「題目」については巻末に一括して載せた。

5　地図の作成にあたっては、田中琢『平城京　古代日本を発掘する3』（岩波書店、一九八四年）、土橋寛『古代歌謡全注釈　古事記編』（角川書店、一九七二年）を参照した。

装丁　國枝達也

日本霊異記　上巻

雷を捉《とら》えた縁　第一

小子部《ちいさこべ》[1]の栖軽《すがる》は、泊瀬《はつせ》[2]の朝倉の宮で二十三年ものあいだ天《あめ》の下をお治めになった雄略[3]天皇の側近中の側近として、おそばに仕えておりました。

その天皇が磐余《いわれ》[4]の宮にお住まいの時のこと、天皇は、后《きさき》とお二人で大安殿《おおやすみどの》に寝て、まぐわっていなさったのだそうです。[5]その時、なにも知らない栖軽は、お二人の閨《ねや》に入ってしまいました。それで、天皇は恥じて、ことを途中で止めてしまわれました。

ちょうどその時、大空で雷《いかずち》[6]がとどろきました。

すると天皇が、栖軽に仰せになることには、「おまえ、鳴る雷《かみ》をお連れすることができるか」と。そのことばを聴くやいなや栖軽が、「お連れいたします」と申しあげると、天皇は、「それならば、おまえ、お連れ申せ」と仰せになりました。

栖軽は、天皇の仰せを受けて宮殿を出ました。そして、緋色《ひいろ》のかぶりものを額《ぬか》に付け、真っ赤な幡《はた》を垂らした桙《ほこ》を手に捧げ持つ

1　小子部は宮廷芸能などに従事する小さ子（侏儒）の管理をする部《べ》（部は天皇に直属する職能集団）。その始祖的存在として語られるのが栖軽で、日本書紀、雄略天皇条にも蜾蠃の名で登場する。スガルは蜂の一種ジガバチのこと。トリックスターとして語られる小さ子の元祖のような人物。

2　奈良県桜井市初瀬にあったとされる雄略天皇の宮殿。

3　第二一代天皇でオホハツセワカタケルと呼ばれる。九世紀初頭に成立した霊異記では、

と、馬に乗り、宮殿の前から、阿倍《あべ》[7]・山田の前の道を通り豊浦寺《とゆら》[8]の前の道を走って行きました。そして、軽《かる》[9]にある何本もの道の衢《ちまた》に着くと、声をとどろかせてお招き申し上げることには、「天にいます鳴る神よ、天皇様がお召しでございます」と。

そうして、そこから馬を返して元来《もと》た道を走りながら、「天にいます鳴る神といえども、どうして天皇様のお召しを聴かないでいられましょうや」と言いつつ走り帰る時に、豊浦《とゆら》の寺と飯岡《いいおか》[10]とのあいだに、鳴る神は落ちていました。

栖軽はそのさまを見ると、すぐさま神官たちを呼び、竹を編んだ輿《こし》に入れて大宮に運び入れると、天皇に、「鳴る神をお連れいたしました」と申しあげました。

するとその時、雷《いかずち》は、光を発して照り炫《かがや》きました。ご覧になった天皇はおどろき恐れられ、多くの捧げものを取り揃え、落ちていたところに戻させなさったということです。

そこを、今も「雷の岡」[11]と呼んでいます［古い京《みやこ》があった小治《おはり》[12]田《だ》の宮の北と伝える］。

そののち、栖軽は亡くなりました。天皇がお命じになり、栖軽

天皇の呼称は原則として漢字二字の漢風諡号で表記される。

4　別宮として使われていた宮殿か。磐余は桜井市池之内あたりの地名。

5　天皇の交合を覗いてしまうなど、以下の描写は、トリックスターの面目躍如といった場面。

6　雷と蛇は神話的に一体のものとイメージされる。

7　桜井市阿部、同じく山田のあたり。

8　日本最初の尼寺。飛鳥川を挟んで雷岡と向き合う。現、向原（広厳）寺。

9　橿原市大軽町のあたり。衢は人々の集まる場所で、市があった。

の遺体を七日《なぬか》七夜《ななよ》安置し、生前の忠義な心を偲ばれました。そして、雷が落ちたところに栖軽の墓を造り、永く記念のために碑文を書いた柱をお立てになりました。そこには、

「雷をつかまえた栖軽の墓」と書かれていました。

その後《のち》のこと、この雷が、それを憎み怨《うら》んで鳴り落ちてきて、碑文の柱を蹴とばし踏みつけて二つに裂いてしまったのですが、なんと、雷はその裂け目に挟まって動けなくなってしまいました。天皇がお聞きになって、柱から雷を外させなさったところ、死んではいませんでした。雷は、まるで気絶したようになって七日七夜のあいだ留まっていました。そこで天皇はお命じになり、新しい碑文の柱を樹《た》てさせなさいました。そこには、

「生きても死んでも雷をつかまえた栖軽の墓」とありました。

あの、古い京《みやこ》[13]の時に、名付けて「雷の岡」と呼んだのには、このような謂《い》われがあったのでございますよ。


阿倍から軽への道は飛鳥時代のメインストリート。
10 未詳。雷の岡から少し東よりの地。
11 明日香村雷にある小高い丘。雷丘。
12 推古天皇の宮殿。小墾田とも。
13 平城京からみた藤原・明日香の地。
◎小さ子とトリックスターについては三浦『増補　日本霊異記の世界』第一・二講、参照。

狐を妻となして子を生ませた縁　第二

昔、欽明天皇[1]［これは磯城島《しきしま》[2]の金刺《かなさし》の宮で国をお治めになった天皇、天国押開広庭《あめくにおしはらきひろにわ》[3]の命《みこと》］のみ世《よ》に、三野《みの》[4]の国大野の郡《こおり》の人が、妻となすべき好い女をもとめて路《みち》を歩いていました。

その時、曠野《あらの》のなかで美しい女に出会ったのです。その女は、男に媚《こ》び馴《なつ》くようにみえました。男はその気になって、「おとめよ、どちらへ」と言うと、女は答えて、「良縁を求めて歩いています」と言います。男は、重ねて語りかけ、「わたしの妻にならないか」と言うと、女は、「お受けします」と答えるので、すぐさま家に連れてもどり交わりを結びました。

そのままいっしょに暮らしているうちに、女は懐妊してひとりの男の子を生みました。その時、その家で飼っている犬も、十二月十五日に子犬を生んだのです。その犬の子は、いつも家刀自《いえとじ》[5]を見ると威嚇し、睨《にら》むようにして吠えました。

家刀自はすっかりおびえ怖がって、主人に頼んで言うことには、

1　第二九代の天皇（以下すべて、天皇の代数は明治時代に追尊された弘文天皇を除いて数える）。

2　磯城郡金刺（現在の桜井市金屋あたり）にあった欽明天皇の宮殿。

3　欽明天皇の和風諡《し》号《ごう》。景戒にとって、欽明は仏教伝来にかかわる重要な天皇。

4　三野は美濃とも、岐阜県南部。大野郡は岐阜県揖斐郡大野町のあたり。岐阜県南西端。

5　家を守る主婦。

「この犬を打ち殺してください」と。しかし男は、かわいがっている犬を殺すことができませんでした。

　年が明けて二月か三月になった頃のこと、お上《かみ》に差し出すために準備していた年米《ねんまい》[6]を舂《つ》いている時で、家刀自は、稲舂きの女ら[7]に中食《ちゅうじき》を出そうとして碓屋《うすや》に入っていきました。すると、犬の子が、家刀自に嚙みつこうとして追いかけて吠えました。びっくりして驚き怖がった家刀自は、キツネに姿を変えたかと思うと垣根の上に飛び登ってうずくまったのです。

　それを見た主人は、「おまえとわたしとのあいだには子どもが生まれている。それゆえに、わたしは忘れられない。いつも来てともに寝よう」と言いました。ゆえに、夫のことばのままに、その後も来て寝たのでした。そこで名付けて、岐都禰《きつね》[8]と言います。

　別れの時、その妻は、紅《くれない》に染めた裳《も》［今、桃花裳《つきも》[9]という］を着て、雅びやかに裳の裾を引きずりながら去っていくのでした。夫は、去っていく姿をながめながら、恋い慕ってうたいました。

　　恋はみな　わが上《へ》に落ちぬ

6　税として差し出される米。

7　万葉集東歌に、稲舂き女らの労働を歌う歌がある（14・三四五九）。

8　キツネと「来つ寝」との語呂合わせ。

9　ツキはトキ（鴇）のこと。淡紅色。

たまかぎる　はろかに見えて
去《い》にし子ゆゑに
（恋の思いはすっかりわたしの上にのしかかってきました）
（石玉がほのかに輝くように、はるか遠くに見えつつ）
（去ってしまったあなたのために）

それで、その生ませた子の名を岐都禰《きつね》と名づけました。またその子は、姓《かばね》[10]を狐の直《あたい》と付けました。この人はたいそう強い力をもち、走るのが速くて鳥が飛ぶようであったということです。

三野の国の狐の直らの根本《もと》が、これであります。

10　天皇から各家に与えられる称号（臣・連・直など）で、家柄を表す。霊異記では、氏の名（大伴・藤原など）とカバネとを併せて「姓」と呼んでいてわかりにくい。以降の注では、称号をさす場合は、カバネと表記する。

◎「狐女房」と呼ばれる異類婚姻譚の一つだが、霊異記以前に、キツネと人間との結婚を語る伝承はない。人を化かすキツネには渡来伝承の影響があるか。

雷の好意を得て生ませた子が強い力をもっていた縁　第三

むかし、敏達《びだつ》[1]天皇［これは磐余《いわれ》の訳語田《おさだ》の宮で国をお治めになった沼名倉《ぬなくら》の太玉敷《ふとたましき》の命である］のみ世《よ》のこと、尾張[2]の国の阿育知《あいち》の郡《こおり》の片蕝《かたわ》の里に、ひとりの農夫がいました。

耕作する田に水を入れていた時、小雨が降ってきたので木陰に雨宿りし、鉄の杖[3]を地面に突き立てていました。するとちょうど雷が鳴ったので、恐れ驚いて鉄の杖を高く差し上げてしまいました。そのとたん、雷が男の前に落ちて、小さ子になって地面にうつぶせになっていました。

それを見た男が、鉄の杖で突こうとすると、雷は、「わたしを殺さないでください。そうすれば、わたしはあなたに恩返しをしましょう」と言います。そこで男は、「お前はどんな恩返しをしてくれるのか」と尋ねると、雷が答えて言うには、「あなたに寄りついて子を孕《はら》ませてお返ししましょう。そのためには、わたしのために楠《くすのき》[4]の船を作って水を入れ、竹の葉を浮かべてください」

1　第三〇代天皇、訳語田の宮は桜井市戒重のあたりにあった宮殿。
2　愛知県名古屋市中区のあたり。
3　用水路から田に水を入れたりする時などに使う道具か。
4　クスノキは丸木

と。そこで男は、言われたとおりに作り供えて雷に与えました。すると、「近づいてはいけない」と言って、男を遠ざけたかと思うと、たちまちあたりに雲が立ち込め雷は天に登っていきました。

それからしばらくして子が生まれたのですが、その子の頭には蛇がふた巻きして、頭と尾が後ろのほうに垂れていました。

その子が成長して、十歳をいくつか過ぎた頃でしたか、「朝廷《みかど》に力持ちがいる」といううわさを聞いて、力競べ[5]をしたいと思い、京《みやこ》に上ると御所のあたりに住みました。ちょうどその頃、王がいて、すごい怪力の持ち主でした。当時は、御所の東北の角《すみ》に建つ別院に住んでいました。そのお邸《やしき》の東北の角に八尺四方の石がありました。力持ちの王は、お邸から出るとその石を持ち上げ、投げたかと思うとそのまま邸に入って門を閉ざし、だれにも会おうとしません。そのさまを窺《うかが》い見た小さ子は、「うわさに聞こえた力人《ちからびと》とはこの人に違いない」と確信しました。

夜になるのを待ち、人に知られないようにして石を持ち上げ、王が投げたのより一尺ほど遠くへ投げておきました。朝になり、王は石を見て、手をたたいたり指を曲げたりして[6]、石を持ち上げ

舟の材料として用いられる木。ミニチュアの舟は神を元の世界に送る時の儀礼などで用いられる。沖ノ島の祭祀遺物などに遺る。

5 理由もなく、ただ力競べのために京にいくというところに、トリックスターの性格がよく出ている。小さ子と大男との力競べで、小さ子が勝つというのは一つのパターン。播磨国風土記、神前郡堲《はに》岡里《おかのさと》の伝承など。

6 準備体操をして「いざ」という感じがうまく表現されている。

て投げました。しかし、いつもより遠くへ投げることはできませんでした。その晩、小さ子は、こんどは二尺ほど遠くへ石を投げました。次の朝、王は石を見て、また投げてみましたが、やはりいつもにまさることはできません。その日の晩、小さ子が石を投げようとして立ったところに、踏んばったためにできた小さな足跡が深さ三寸ほどめり込んで残り、投げた石は三尺ほど遠くまで投げられていました。

翌朝、王は足跡を見て、「ここにいる小さ子が石を投げていたのか」と気づき、捕まえようとして近づきましたが、小さ子はすばやく逃げ、少し先で立ち止まります。王が追いかけると小さ子は逃げる、王が追うと小さ子は垣を抜けて逃げる、小さ子が垣のすき間から邸の中に逃げ込むと、王は垣をよじ上って追おうとしますが、小さ子は垣の狭いすき間を通って外に逃げ走ってしまいます。さすがの力持ちの王も、どうしても捕まえることはできませんでした。それで、「わしより力持ちだ」と思って、それ以上は追おうとはしませんでした。

◎道場法師と呼ばれる伝説的な僧のさまざまなエピソードが語られる。霊異記には、その末裔に位置する女性も登場する(中4・27)。この第三縁では、誕生から成長の過程が、いくつかの出来事を連続させることによって語られている。霊異記には収められていない民間伝承がほかにも語られていたのであろう。三浦『増補　日本霊異記の世界』第三講、参照。

それからずっと後のこと、小さ子は、[7]元興寺《がんごうじ》の童子となって使われていました。

その頃、元興寺の鐘《かね》撞き堂では、夜ごとに鐘を撞く童子が死ぬのでした。その童子のことを知った小さ子は、僧たちに申し上げて、「わたしが、この死の災いを止《とど》めてみせましょう」と言うので、僧たちは許可しました。童子は、鐘撞き堂の四つの隅に燭台を置き、配置した四人の者に教え、「わたしが鬼を捕まえた時には、灯火《ともしび》を覆《おお》っている蓋《ふた》をいっせいに開けてください」と頼むと、鐘撞き堂の戸口のそばに座っていました。

[8]鬼は夜中の二時頃にやって来ましたが、童子を覗き見てもどっていきます。そして、鬼はふたたび夜明け前の四時頃にやって来ました。それを待っていた童子は、すばやく鬼の頭髪をひっ摑《つか》まえて力まかせに引っ張ります。鬼が外に逃げようとするので、童子は堂の内に引っ張り込もうとします。あらかじめ配置していた四人は、あまりの恐ろしさに驚きあわてて灯火の蓋を開けることができません。そこで童子は、鬼の髪の毛を摑んで引きずりながら、堂の四隅の灯火の蓋を開けてまわりました。

7　明日香の地にあった寺。法興寺のことで、現在の飛鳥寺。平城京遷都にともない、元興寺も奈良に移転した。

8　鬼は古代では、死者の魂魄と考えられていた。その姿は、仏像の足の下に押さえ込まれている鬼などから連想されていったものと考えられる。

朝六時頃になって、鬼は、おのれの頭髪をすっかり引き剝《は》がされて逃げていったそうです。夜が明けて、その鬼の血を辿っていくと、元興寺にいて[9]罪を犯した奴婢《ぬひ》たちを殺して埋めた道の辻に行き着きました。それでわかったことですが、鐘撞き堂に出る鬼というのは、その悪しき奴《やっこ》どもの死霊《しりょう》だったのです。

この鬼の頭髪は今も元興寺にあり、[10]寺の材《たから》になっています。


さてその後、童子は[11]優婆塞《うばそく》となって、そのまま元興寺に住んでおりました。

ある時、元興寺が[12]所有する田に水を引こうとすると、水路を共有する何人かの王たちが結託し、寺の田に水を入れるのを妨害しました。そのために、今にも田の水が干上がってしまいそうになった時、童子である優婆塞が、「わたしが田に水を引いてきましょう」と申し出たので、僧たちは許可しました。

そこで優婆塞は、十人がかりで持つほど大きな[13]鋤柄《すきがら》を作らせました。そして優婆塞は、その鋤柄を手にして杖について出かけて行き、水門の口に鋤柄を突き立て、寺の田に水が流れるようにし

9　原文には「悪しき奴婢(悪奴婢)」とある。奴婢は売買される奴隷で、大きな寺院には下働きなどをする者として使われていたらしい。そうした奴婢が比較的簡単に殺されるというようなことがあったものか。

10　この頭髪は有名であったらしく、治安三年(一〇二三)一〇月、藤原道長は、元興寺の倉に入って頭髪を探すも、「鐘堂鬼頭」は見つけることができなかったと『扶桑略記』(一一世紀末成立)に記されている。

11　在俗のまま戒律を

ました。すると、諸王たちは、その鋤柄を引き抜いて棄て、水門の口を塞いで寺の田に水が流れないようにします。優婆塞はこんどは、百人余りで引かないと運べない大きな石を持ってきて水門を塞ぎ、寺の田に水を入れました。それを見た王たちは優婆塞の力を恐れ、二度と妨害しようとはしなかったということです。

それからは、寺の田は水も涸《か》れず、たくさんの収穫を得ることができました。このために、元興寺の僧たちは、優婆塞が一人前の僧になることを許し、得度式を行って出家させ、道場法師と名づけました。後の世の人が伝えて、「元興寺の道場法師は、強い力にあふれている」と称えるのは、この方のことなのです。

[14]よくわかりました。まことに前世において強くすばらしい善行を修めたために、仏が感応して手に入れることのできた力である、ということを。これこそ、日本国が誇るべき不思議であると言えるのではないでしょうか。

受けた男子修行者。女子は優婆夷。霊異記にはさまざまな優婆塞が登場する。

12 寺が開墾や寄進によって所有する私有田であろう。

13 先端部に鉄を装着するようになった木製の鋤（スコップのようなもの）であろう。それを、水路に立てて自分の田に水を引き込む。

14 以下が景戒によるコメント（話末評語と呼んだりする）。ほとんどの話に長短さまざまな評が付く。

聖徳皇太子が不思議なしるしを示した縁　第四

[1]聖徳皇太子は、[2]磐余《いわれ》の池辺《いけのへ》の双槻《なみつき》の宮で天下をお治めになった[3]橘の豊日《とよひ》の天皇のみ子です。[4]小墾田《おはりだ》の宮で天《あめ》の下をお治めになった天皇のみ代に、皇太子になられました。太子には三つの名があり、一つめの名を厩戸《うまやと》の豊聡《とよと》耳《みみ》と言い、二つめの名を聖徳と言い、三つめの名を上宮《かみつみや》と申されます。

[5]厩《うまや》の戸のあたりでお生まれになったので、厩戸と申します。人となりは、生まれながらに聡明で、十人の人が同時に訴え申すことを一言も漏らさずによく聞き分けて判断なさるゆえに、豊聡耳と申します。その振る舞いや装いは僧のさまであり、そればかりか、[6]勝鬘経《しょうまんぎょう》や法華経《ほけきょう》などの注釈を作り、仏法を広めて人びとを救済なさり、[7]臣民の功績や功勲《こうくん》を判断して位階をお定めになったゆえに、聖徳と申します。父用明天皇の宮よりも南にある[8]上《かみ》の宮殿に住まれたゆえに上宮の皇子《みこ》と申します。

皇太子が[9]斑鳩《いかるが》の岡本の宮に住んでおられた時、[10]なにかの縁によ

1　用明天皇の子、推古天皇元年（五九三）皇太子となる。霊異記にとって最大の仏教擁護者として理想化が進んでいる。
2　用明天皇の宮殿。磐余の池辺は桜井市阿部のあたり。
3　用明天皇のこと。
4　推古天皇のこと。
5　日本書紀にすでに記述があり、キリスト誕生伝説の影響があると考えられる。
6　いわゆる「三経義疏《さんぎょうぎしょ》」と呼ばれ、聖徳太子が著したとされる経典の注釈書だが（法華義疏、勝鬘経義疏、維

るものか、宮を出てあちこちを眺め巡って片岡[11]の村にお出ましになりました。するとその路のほとりに物乞いがおり、病気になって臥せっていました。太子が見かけて、乗っていた輿《こし》を降りて話しかけ、何か尋ねたりなさると自らの衣を脱いで病人の上にかけ、「ゆっくりお休みなさい」とおっしゃいました。

お出ましを終え、輿を引き返して宮に向かわれると、さきほど脱いで着せかけた衣が木の枝に挂《か》かっており、あの物乞いはいなくなっていました。太子は、衣を取るとそのままお召しになりました。お伴のひとりが、「賤《いや》しい人に触れて汚《けが》れた衣を、なにか不都合でもあってお召しになるのですか」とお尋ねすると、太子が、「これでいいのだ、おまえにはわからない」と仰せになったそうでございます。

その物乞いが別のところで死んでいました。太子はそれをお聞きになると使者を遣わし、殯《もがり》[12]を営んで岡本[13]の村の法林寺の東北の角《すみ》にある守部《もりべ》[14]山《やま》に墓を作って埋葬なさいました。名を人木《ひとき》[15]の墓と言います。のちに、使者を遣わして確認させなさったところ、墓の口は閉じられたまま中[16]の人は見あたらず、一首の歌が書かれた

摩経義疏）、その信憑性については疑問も。

7 原文に「考績功勲の階」とあり、推古一一年（六〇三）条にある「冠位十二階」の制度をいう。

8 池辺の宮の南にあったという宮殿。

9 現在の奈良県生駒郡斑鳩町岡本にある、法起寺《ほうきじ》にあったとされる宮殿。法隆寺の北東方向。

10 仏縁によって生じたことを暗示する時の、決まった言い方。

11 奈良県香芝市今泉のあたり。

12 死後、埋葬までのあいだに行われる死者儀礼。

13 斑鳩町三井にある法輪寺のこと。法起寺

札が墓の戸口に立てかけてありました。
その歌は次のようにうたわれていました。

斑鳩の　富[17]の小川の　絶えばこそ
わが大君《おほきみ》の　御名《みな》を忘られめ
（斑鳩を流れる富の小川の水が絶えるなら）
（その時にはきっと大君の御名も忘れましょうが）

使者がもどって様子を報告しました。太子はそれをお聞きになり、黙したまま何も仰せになりませんでした。
まことに知りました。聖人は聖人を知り、凡人は気づかないのです。凡人の肉眼には賤《いや》しい人に見えますが、すべてをお見通しの聖人の眼には、隠された姿が見えているのでございますね。
これはまことに不思議な出来事でございます。

の西方。
14　東北は鬼門、法輪寺の裏手の山だろうが、未詳。
15　名称など未詳。
16　尸解《しかい》といい、死体がこの世から忽然と消滅すること。神仙譚などにある。
17　奈良県の北西端を南に流れ、大和川に合流する富雄川のこと。
◎聖徳太子伝説の一つとして人口に膾炙した片岡山説話。類話が日本書紀、推古二一年一二月条に載る。

また[1]、藹《あい》[2]法師の弟子である円勢師《えんせいし》[3]は百済《くだら》[4]の国の師でありました。日本国の大倭《やまと》[5]の国の葛木《かづらき》の上《かみ》の郡《こおり》の高宮の寺に住まわれていました。

時に、ひとりの法師がいて、北の房《ぼう》[6]に住んでおり、願覚《がんかく》[7]といいました。願覚師は、いつも夜明けとともに寺を出て里に行き、夕べになると房にもどるのを、つねの修行としています。

ある時、円勢師の弟子の優婆塞《うばそく》がその姿を見て、師に話しました。すると師が答えて言うことには、「なにも言うな、黙っていなさい」と。優婆塞は、こっそり房の壁に穴をあけ中を覗くと、その室内は光を放って照りかがやいていました。優婆塞はそれをまた師に話しました。すると、師が答えて、「そうだからこそ、わたしはおまえに注意して言うなと申したのだ」と言われました。

ところがその後、願覚は突然亡くなってしまいました。その時、円勢師は弟子の優婆塞に告げて、「火葬して、遺骨を納めなさい」

1　第四縁の後半に置かれているが、まったく別の話で、題名とも合わない。元は別の話として伝えられていたものが、何らかの理由で第四縁につながったと考え、別話として扱う。前話の尸解が連想されたものか。

2　伝未詳。

3　伝未詳。

4　朝鮮三国の一つ。倭との関係が深く、六六三年の滅亡後、亡命者が多く渡来。

5　高宮は奈良県御所《ごせ》市にあった地名。

6　小さく仕切られた部屋をいう。

と申されました。すぐさま、師のことばを受けて火葬し終えました。そののち優婆塞は、近江[8]に出かけました。すると、ある人が、「ここに願覚師がいらっしゃいます」と言います。

そこで、優婆塞は急いでそこに行って見ると、まさに願覚師その人でありました。対面した優婆塞に語って、「このごろお目にかからず、いつも恋しく思っていました。日々、お変わりありませんか」と申されました。

まさに知ったのでありますよ、これは聖《ひじり》の変化《へんげ》であるということを。[9]五辛《ごしん》を食らうことは仏法のなかでは禁じられていますが、聖人がそれらを口にしても罪を得ることはないのでありますね。

7 伝未詳。

8 今の滋賀県。

9 五種の臭気を放つ野菜。ニラ、ラッキョウ、ネギ、ニンニク、ハジカミ(サンショウ)。話のなかにはこれらを食べるという話題が出てこないので、前半に欠損があることが想定できる。

三宝を信じ敬って現報を得た縁　第五

大花位《だいけい》[1]大部《おおとも》の屋栖野古《やすのこ》の連《むらじ》の公《きみ》は、紀伊《き》[2]の国名草《なくさ》の郡宇治の大伴の連らの先祖であります。生まれながらに心が清らかで、三宝[3]を重んじ信仰していました。「本記」[4]を参照するに、次のようにありました。

敏達[5]天皇のみ代、和泉《いずみ》[6]の国の海なかに楽器の音が聴こえた。笛・箏琴《こと》・箜篌《くご》[7]などの音のようで、あるいは雷《いかずち》の振動するようでもある。昼間は音を響かせ、夜は輝いて、東の方に流れてゆく。大部の屋栖野古の連の公はその音のことを聞いて天皇に申し上げた。天皇は黙ったままで信じようとなさらなかったので皇后[8]に申し上げた。それを聞いた皇后は連の公に命じて「あなたが行って確認しなさい」と言われる。命令を受けて出かけて確認すると、まことに聞いた通りで、そこには、落雷にあたった楠《くすのき》があった。京《みやこ》にもどって報告することには、「高脚《たかし》[9]の浜に行ってまいりま

1　大花は大化五年(六四九)制定の冠位で上・下がある。大部は大伴と同族。屋栖野古は未詳。
2　現在の和歌山市宇治地区のあたり。
3　衆生が敬わなければならない仏・法・僧の三つをいう。
4　屋栖野古の「伝」が存在しそれを引用したか。個人記録の存在を窺わせる。
5　第三〇代天皇。五七二～五八五年。
6　大阪府南部。
7　竪琴の一種。
8　のちの推古天皇。
9　高石市～堺市あた

した。今、屋栖野古が伏してお願い申したきことは、その楠にて仏像をお造りにならんことを」と。皇后は仰せになり、「申し出のとおりにしなさい」と。連の公は、仰せをうけてたいそう喜び、10島の大臣《おおおみ》に報告し、仰せのさまを伝えた。大臣もいっしょに喜んで、11池辺《いけのへ》直《あたい》氷《ひ》田《た》を招いて、仏を彫り、菩薩像三軀《みはしら》を造った。それを12豊浦の堂に安置すると、多くの人が拝み敬った。

　ところが、13物部《もののべ》の弓削《ゆげ》の守屋《もりや》の大連の公が、皇后に奏上して言うことには、「そもそも仏の像など国のなかに置くべきではありません。やはり遠くに棄ててしまいましょう」と。皇后はそれを聞いて、屋栖野古の連の公に命じて言うことには、「すぐにこの仏像を隠しなさい」と。連の公は、ご下命を受け、氷田の直に言って稲の中に隠させた。弓削の大連の公は、火を放って道場を焼き、仏像を持ちだして14難破《なにわ》の堀江に流してしまった。そして、屋栖野古を責めて言うことには、「今、国家に災いを起こしているのは、隣国の15客神《まれひとがみ》の像をこの国の内に置いているためである。例の客神の像を差し出しなさい。すぐに楠が流れてきた西の豊国《とよくに》に棄《う》て流すのだ」と［客神とは仏の神像をいう］。屋栖野古は強く

りの大阪湾の海岸。

10　蘇我馬子。

11　渡来系氏族の東《やまとの》漢《あや》氏の傍流氏族。日本書紀、欽明一四年五月条に元話があり、池辺は溝辺《いけへ》とある。

12　豊浦寺。上1。

13　物部氏の頭領。守旧的な排仏派として崇仏派の蘇我氏と対立する。

14　運河。オホサザキ（仁徳）の時代から大阪湾の整備が行われている。

15　仏像のこと。文中に「注」あり。

16　第三一代天皇。在位五八五～七年。推古の兄、聖徳太子の父。

17　奈良県吉野郡大淀町比曽にあった寺。こ

拒んで出さなかった。

　弓削の大連は、狂った心があり、反逆心を起こし国を滅ぼそうとして機会を窺っていたのである。そこで、天地の神がみは守屋を嫌悪し、[16]用明天皇のみ世に弓削の大連を捕縛《ほばく》すると、すぐに仏像を出して後の世に伝えた。今、吉野の[17]竊寺《ひそでら》に安置して光を放っている阿弥陀の像がこれである。

　皇后は、[18]癸丑《みずのとうし》の年の春正月に、小墾田《おはりだ》の宮で即位し、三十六年間にわたって天の下を治められた。その[19]元年の夏四月十日、厩戸《うまやと》の皇子を立てて皇太子となす。そして、屋栖野古の連の公に命じて、太子の腹心の侍者となす。天皇のみ代の[20]十三年五月五日、屋栖野古の連の公に仰せになることには、「あなたの功《いさお》は永遠に忘れません」と。大信《だいしん》の位を賜わる。[21]十七年の春二月、皇太子が、連の公に仰せになり、[22]播磨の国揖保《いぼ》の郡の内の二七三町五段あまりの水田の司《つかさ》として派遣なさった。[23]二十九年の春二月、皇太子が斑鳩《いかるが》の宮で薨去《こうぎょ》された。屋栖野古の連の公は、そのために出家を申し出るが、天皇は許さなかった。
　[24]三十二年の夏四月、ひとりの大僧が、斧で父を殴打するという

っそりという意味で、竊の字を宛てる。
18　癸丑は五九三年。即位は前年一二月。正式に即位した最初の女性天皇。三六年もの長期にわたって在位。
19　五九三年。摂政として万機を委ねる。
20　六〇五年。
21　六〇九年。
22　兵庫県西部、たつの市の大部分と姫路市の一部。
23　六二一年。日本書紀も同じだが、「天寿国繡帳銘」などは推古三〇年没とする。
24　六二四年。原文「四八年」とあり、掛け算(4×8)を用いた表記。この事件は、書紀、推古三二年条に、祖父を殴打したとある。

事件があった。連の公は、それを知ってただちに奏上することには、「[25]僧尼を取り調べるには、その中に上席の監督者を置き、悪を糺《ただ》すための正否を判断させるべきです」と。天皇は、「そのとおりである」と仰せになった。連の公が、仰せを受けて調査したところ、僧は八三七人、尼は五七九人であった。そこで、渡来の[26]観勒僧《かんろくそう》を大僧正となし、[27]大信の屋栖野古の連の公と[28]鞍部《くらつくり》の徳積《とこさか》とを[29]僧都《そうず》に任じた。

[30]三十三年の冬十二月八日、連の公は、難破に住んでいたが、突然亡くなった。その亡骸には不思議な香りがただよっていた。天皇の仰せにより七日間安置し、その忠誠をお偲びになった。すると、三日を経て黄泉《よみ》返り、[31]次のごとくに妻子に語った。

五色の雲がわき、虹のように北のほうに流れていました。それで、その雲の道を歩いていくと、すばらしい香《こう》が焚かれているような匂いがしました。ながめると、道の先には黄金の山があり、そこに到ると顔も照り輝くばかりでありました。そこにはさきに薨去なされた聖徳太子がお待ちくださってお

25 僧尼の監督制度を厳格化することを進言したのである。

26 書紀、推古一〇年に百済から渡来したとあり、同三二年条には、僧尼や寺院の統制に関する表を奏上し僧正になったという、本話に対応する記事が載せられている。

27 大信は推古一一年の冠位制度の第七等、正七位相当。屋栖野古のことだけが書紀には出てこない。伝の内容には誇張があるらしい。

28 書紀、推古三二年条の、本話に対応する記事に僧都就任の記事あり。それ以外の経歴など未詳。

29 僧正の許で僧尼を監督する役職。百済か

り、ともに山の頂きに登りました。その黄金の山の頂きにはひとりの[32]比丘《びく》がおり、太子は礼拝し、「この者は私が東の宮[33]にいた頃の従者です。今から八日ののち、鋭い鋒《ほこ》に遭うことでしょう。願わくは、[34]仙薬を服《の》ませてやっていただきたいのですが」と申されました。比丘は、腕輪に連ねた一つの玉を解いて授け呑ませ、「[35]南无妙徳菩薩《なむみようとこぼさつ》と、三たび唱えて祈りなさい」と仰せになりました。

そこから下りると、太子が、「すぐに家にもどり、仏を作るところを清めなさい。私は懺悔《さんげ》を終えたならば、宮にもどって仏を作りましょう」と仰せになった。

そこで元の道を通ってもどると、いつのまにやら目が覚めていました。

このために、世間の人びとは名づけて、[36]還活《げんかつ》の連の公と呼んだ。[37]孝徳天皇のみ世の六年の九月、[38]大花上の位を賜わる。春秋九十有余で亡くなった。

ら渡来した制度らしく、律令下ではその下に律師を置く。

30 六二五年。

31 冥界訪問譚。以降、霊異記にはさまざまな冥界訪問の話が語られる。臨死体験ともいう。ふつうは悪行により閻羅王の裁きを受ける。

32 僧をいう語。

33 人間界にいたときに住んでいた皇太子の宮殿のこと。

34 神仙の世界の薬のことで、不老長生などの効能をもつ。

35 呪文の一つ。

36 生き返った意。

37 第三六代天皇。六年は六五〇年

38 注1参照。

[39]賛《さん》に言うことには、「すばらしいことよ大部《おおとも》の氏、仏を貴び、仏の法《のり》に心を寄せ、心根《しんこん》を清らかに保ち、忠誠を尽くした。命・福ともに長らえ、何代もの天皇に仕え、体を壊すこともなかった。その勇ましい力をあらゆる局面で示し、孝心は子孫に継がれている」と。

まことに知ったことです、三宝がお示しになった徳であり、善神の加護によるということを。

今、考えてみますと、八日を経て鋭い鋒に遭うとは、[40]蘇我入鹿《そがのいるか》の乱をさしております。あちらの八日とはこの世の八年なのです。また、妙徳菩薩というのは[41]文殊師利菩薩《もんじゅしりぼさつ》のことであります。一つの玉を呑ませたというのは難を免れさせるための薬だったのです。黄金の山とは文殊菩薩の住まわれる[42]五台山《ごだいせん》のことであります。東の宮というのは日本国をさし、宮に還り、仏を作るというのは、[43]勝宝応真《しょうほうおうしん》聖武太上天皇が日本国に生まれ、寺を作り仏を作ることをさしております。その時にともに生きた[44]行基大徳《ぎょうきだいとこ》は、文殊師利菩薩の変化《へんげ》なのであります。

これはまことにふしぎな事でありますね。

39 定型句の賛辞で以下に十数例あり。

40 乙巳の変（大化の改新）六四五年。

41 文殊菩薩のこと。

42 文殊が住むとされる中国山西省の山。

43 聖武天皇を称える言い方。太上天皇は譲位後の呼称。聖武を聖徳太子の生まれ変わりとみなしている。

44 景戒がもっとも信奉する奈良時代の修行僧で、後に大僧正となる。

観音菩薩を憑《たの》み念じて現報を得た縁　第六

老師行善《ぎょうぜん》[1]は、出家前の姓《かばね》は堅部《かたしべ》の氏《うじ》、小治田《おはりだ》[2]の宮で天の下をお治めになった天皇のみ代に、高麗《こま》[3]に留学しました。そして、その国の滅亡[4]に遭遇して流離することになりました。ようやくある河の辺《ほと》りに着くと橋が壊されており、船もなく渡ることもできません。壊れた橋の上に座り、心のなかで観音を祈りました。すると、老翁が舟に乗って迎えに来て、舟に乗せていっしょに河を渡ってくれました。渡り終えて、舟から道に降りて振り返ると、老人の姿は見えず、その舟も忽然と消えていました。

そこで気づいたことには、観音が祈りに応じて下さったのか、と。それですぐに誓願を起こし、観音像を造って敬い祈ろうとしました。ようやく唐の国に至り着くことができ、すぐに観音像を造り、夜も昼も祈り続けました。人は、河辺の法師と名づけました。法師の性格は、忍辱《にんにく》[5]の心が人よりすぐれ、唐の皇帝に重んじられました。

1　渡来系の宗教者。本話によれば推古朝に高句麗に遊学し、中国経由で養老二年に帰国とあるが、続日本紀には、七代の天皇の治世中留学し養老五年帰国とあり、斉明朝から留学したらしい。いずれにしても長期にわたって留学したことになる。

2　推古天皇。

3　高句麗のこと。

4　高麗(高句麗)の滅亡は六六八年（天智天皇七年）。

5　忍辱は、僧にとってもっとも求められる徳の一つ。

のち、日本国の使者に従い、養老二年[6]に本国に帰り向かうことができました。そして、興福寺[7]に住み、持ち帰った観音像を供養し続けることは、亡くなるまで変わりませんでした。

まことに知ったことであります、観音の威力は思慮の及ばないものであるということを。

賛に言うことには、「老師は遠い異国で学び災難に遭遇し、帰ろうとして渡るすべがなかった。聖《ひじり》に祈り橋に座して助力を願った。化身《けしん》の翁が現れて援助し、着くとすぐに消えていった。その様子を図に描き、つねに礼拝《らいはい》し、そのお勤めをやめることはなかった」と。

6　七一八年。

7　南都七大寺（東大寺、興福寺、元興寺、大安寺、薬師寺、西大寺、法隆寺）の一。奈良市登大路町に建つ興福寺の起源は、中臣鎌足の発願で山城国山階（山科）に創建された山階寺にあり、藤原京に遷都した際に、移した地名から厩坂寺《うまやさかでら》と呼ばれ、平城遷都に際して藤原不比等が現在地に移して興福寺と名付けた。阿修羅像で有名。

亀の命を買い取って放生《ほうじょう》し、現報を得て亀に助けられた縁　第七

高僧の弘済禅師《ぐさいぜんじ》[1]は、百済《くだら》の国の人でありました。百済[2]の国が、乱れた時に、備後《びんご》[3]の国（広島県の東部）三谷《みたに》の郡《こおり》の大領《だいりょう》[4]を務める豪族の先祖が、百済を救済するための援軍として派遣され朝鮮半島[5]へと出征しました。

そのとき男は願をかけ、「もし無事に故郷にもどることができたならば、あらゆる神仏のために寺院をお造りいたします」と祈りました。そのお蔭か、災難をまぬがれることができました。そこで彼は、戦さが終わったのちに、百済の国で高僧を探して招請し、一人の禅師を連れて故郷に帰りました。三谷の寺[6]は、そのとき渡来した弘済禅師がお造りになった寺院であります。修行している人も、そうでない人も、この寺を観て、みな敬ったものです。

あるとき弘済禅師は、その寺院に安置する仏像を造ろうとして、飛鳥[7]の京《みやこ》に上って、持参した財産を売り、金や朱の原料となる水

1　伝未詳。

2　百済が新羅・唐の連合軍に攻められ滅亡したのは六六三年のこと。倭は同盟国の百済の援助に向かうが、白村江の海戦で大敗する。

3　広島県三次市の一部（旧双三《ふたみ》郡）。

4　郡の長官。郡の役人（大領・少領・主政・主帳）は土着豪族層から世襲的に任命される。土地の有力者で、仏教の地方への浸透にも大きな役割を果たした。

5　日本書紀によれば、援軍は二万七〇〇〇人とある。

6　三次市向江田町の

銀などを買い求めました。品物を手に入れ、京から難波津にもどると、海辺の人が、四匹の大きな亀を売っていました。それを見た弘済禅師は、他人[8]に説き聞かせて善行《ぜんこう》を勧め、亀を買い取らせて放させたのでした。

そして、難波津で船を雇い、童子《どうじ》二人を連れて備後の国へと海を渡っていきました。日が暮れ、夜も更けたころ、雇った船頭[9]が欲を出し、備前[10]の国の骨島《かばねしま》のあたりまで来た時、童子二人をつかまえると、海に投げ込んでしまいました。そして続いて禅師に告げて言うことには、「さあ、すぐに海に入れ」と。

禅師は、ことばを尽くして教え諭《さと》しましたが、船頭は聞く耳をもちません。そこで、心の中で仏に祈願しながら海に入ったのでした。海水が腰のあたりまできた時、足が石にふれる気配がして、それ以上沈まずに立っていることができました。

夜が明けて足元を見ると、石ではなく亀の背[11]に立っていたのです。そして、備中《びっちゅう》[12]の国の海岸まで禅師を乗せて送ってくれた亀は、三匹の亀を引き連れて去っていきました。これは、難波津で放してやった亀が恩返し[13]をしたのではないかと、禅師は思ったのであ

寺町廃寺跡に比定されている。

7 金と朱は仏像の鍍金に使用。京の市で購入できたのか。

8 他人に善行を行わせるのが宗教者。

9 説話の世界では、悪役を割り振られる。

10 岡山県の南東部、骨島の所在は未詳。

11 亀の背に乗る浦島太郎は近世以降の話にしか出てこないが、古事記の神武東征譚に、瀬戸内で亀の背に立つサヌネツヒコが出てくる。

12 岡山県南西部。

13 恩返しは仏教の「殺生」戒に基づいて生

りました。

その後、賊《ぞく》の船頭たち六人が、三谷の寺に金と朱とを売りに来ました。檀[14]家の人たちが六人に会って値段の交渉をし、そのあと禅師が出て行きました。するとどうでしょう、賊どもは突然のことに、どうしていいかわからず立ちすくんでしまいました。しかし、禅師は哀れに思い刑罰を加えようとはしませんでした。

もどった金と朱とを用いて仏像を造り、塔を飾って、落慶《らっけい》法要を営むことができました。弘済禅師は、晩年には備後の国の海辺に住み、往き来する人びとを教え導いたということです。そして、長寿を得て、八十数歳で没しました。

畜[15]生ですら、なお恩を忘れずに、きちんと恩返しをするものであります。ましてや道を知る人間は、恩を忘れるということなどあってよいものでありましょうや。

じた話で「放生」を基盤に語られる（三浦『増補日本霊異記の世界』第五講参照）。

14　檀越《だんおち》と呼ばれ、寺院を支えるパトロン。三谷寺もそうだが、奈良時代には各地に私寺が造営され、それらの多くに郡司層がかかわっていたことが以降の話からもわかる。

15　人間以外の生き物を畜生と呼んで貶めるのは、仏教思想から出た考えである。

耳の聞こえない人が方広経典にすがり、現報で両耳が聞こえるようになった縁　第八

[1]小墾田《おはりだ》の宮で天の下をお治めになった天皇のみ代に、[2]衣縫《きぬぬい》の伴造《とものみやつこ》義通《よしみち》という者がいました。

突然、重い病気になり、両方の耳がともに聞こえなくなり、悪い瘡《かさ》が体中にでき、何年経っても治りません。

自らに言いきかせるように、「前世の行いによって生じたのであろう。単なる現世での行いだけではないらしい。このまま長く生き延びれば人に嫌がられよう。善行を積んで早く死ぬにこしたことはあるまい」と思い、いそいで地面を[3]掃除しお堂を飾って、礼を尽くして[4]義禅師《ぎぜんじ》にお願いし、まず自分の身を清め、香水を身にかけて[5]方広経を読み祈りました。

するとあり得ない気配を感じて、禅師に申し上げることには、「今、わが片耳にひとりの菩薩の名が聞こえました。それゆえに願いますことには、偉大なる僧よ、お疲れでしょうが、このままお続けください」と。

1　推古天皇。
2　伝未詳。
3　庭や堂を掃除し飾るのは、穢れを払い聖なる空間を作るために必要だから。
4　伝未詳。
5　特定の経典名ではなく、広く大乗経典をいう。

そこで禅師がさらに読誦礼拝《どくじゅらいはい》を続けると、片耳はすっかり聞こえるようになりました。義通は大いに喜び、また重ねて祈りを願いました。禅師がさらに拝むと、両方の耳がともに聞こえるようになりました。

この出来事を、遠く近くで聞いた者たちはみな、不思議なことと驚きました。

ここに知ったことです、仏が心からの願いに感応してくださるのは、まことにうそ偽りではないということを。

◎霊異記の説話には、貧困や身体的な障害によって生活に困窮している人々が仏にすがるという話がしばしば語られる。当時の社会を反映しているところがあるのだろうし、仏教にすがろうとする心性について考えさせられる問題である。

◎第六縁あたりから仏教説話らしい話が語られるようになってきた。第五縁までは、仏教の因果応報を説くというよりは、仏教の歴史を語るような内容になっていた。

赤子が鷲に攫われ、他国で父に逢うことができた縁　第九

飛鳥[1]の川原の板葺《いたぶき》の宮で天の下をお治めになった天皇のみ世の、二年[2]春三月のころ、但馬《たじま》[3]の国七美《しずみ》の郡《こおり》の山里の人家に、女の赤子がいました。中庭で腹這っていたところ、鷲が捕まえて空に上がり、東のほうに飛び翔《かけ》ってしまいました。

父母はたいそう嘆き、恨み哭《な》いて悲しみ、追いかけていきましたが、どこに行ったかわからなくなってしまいました。そこで、子のために幸運を願って仏を祈りました。

それから八年を経て、長柄《ながら》[4]の豊前《とよさき》の宮で天の下をお治めになった天皇のみ世、白雉《はくち》[5]元年の秋八月下旬になって、鷲に子を攫われた父が、なにか縁[6]でもあったのか、丹波《たには》[7]の後《みちのしり》の国加佐《かさ》の郡の領内に出かけて、他人《ひと》[8]の家に泊まりました。その家の童女が水を汲[9]みに泉に行こうとしていたので、宿を借りた男は足を洗おうとして童女のあとに付いて行きました。

そこには村の童女たちが集まっていて、水を汲もうとして宿っ

1　皇極天皇。
2　六四三年。
3　兵庫県美方郡香美町のあたり。
4　孝徳天皇。宮殿は、摂津の国難波、現在の大阪市中心部の上町台地にあった。
5　六五〇年。
6　仏の導きによるということをいう常套的な表現。上4。
7　京都府舞鶴市とそ

た家の童女の釣瓶《つるべ》を奪おうとしました。その童女は、取られないように守ったところ、その村の童女らは皆いっしょになって、見下しばかにして、「あんたなんか、鷲の喰《く》い残しだよ。どうしてそんなに失礼なの」と言って、罵《ののし》りながら詰め寄り叩きます。その子は、叩かれて哭きながら帰っていきました。

家の主人が待っていて、「おまえ、どうして哭いているか」と聞くので、宿を借りた男が、泉で見たとおりにくわしく事情を話すとともに、叩かれ罵られて「鷲の喰い残し」と言われていたわけを尋ねました。

すると家の主人が答えて話しました。

「いついつの年、その月その日の時に、私は鳩を捕りに木に登っていました。すると鷲が赤子を攫って、西のほうから飛んできて、巣に落として雛《ひな》の餌に与えました。赤子は怖がって哭いていました。鷲の雛はそれを見て、哭き声に驚き恐れたのか突ついて食べようとはしません。私は、その哭き声を聞いて巣から取って下ろし、自分で育てたのが、このむすめなのです」と。

攫われた年月日の日にちと、今聞いた話とを考え合わせてみて、

の周辺。

8　どのような関係にあったかは語られていない。宿のような施設があったのか。

9　どこでも水汲みは女児の仕事になっている。

◎ここに語られている話は、伝説や昔話として数多く遺され、「鷲の育て子」あるいは「良弁《ろうべん》杉」と呼ばれる話型のもっとも古い話の一つ。多くが高僧や偉人の誕生譚として語られる。良弁については、中21参照。

まちがいなく自分の子どもであることがわかりました。そこで、攫われた赤子の父は、悲しみ哭きながら、事細かに鷲に攫われた時の出来事を話しました。

宿の主人は真実を知り、話を受けて男に童女を返しました。

ああ、その父は、まさに偶然にもわが子がいる家に宿り、ついに自分の子を取りもどしたのです。まことに知ったことです、天が哀れみをかけて助けたのであり、[10]父と子は深い縁で結ばれているのだということを。

これもまあ、まことに不思議な出来事でありますね。

10　父と子との絆が強く主張される。古事記や万葉集などをみると、母と子との母子関係を強調する話が多いのに対して、律令や仏教の影響を受けた話には、父子関係が強く主張される場合が多い。万葉集では山上憶良の歌などに父系の傾向がみられる。母系から父系への移行には、律令とともに仏教の影響もあったと思われる。

子の物を盗み用いて、牛となって使われ不思議なしるしを示した縁　第十

[1]大和の国の添《そう》の上《かみ》の郡の山村の中の里に、[2]土椋《つちくら》の家長《いえぎみ》の公《きみ》という人がいました。

先祖供養をする十二月になり、[3]方広経を読誦してもらって前世での罪を懺悔しようと願い、召し使に命じて、「ひとりの禅師をお連れしろ」と言うと、召し使は、「どこの法師をお連れしましょう」と聞くので、答えて「寺を選ぶわけではない。[4]最初に出会った方をお連れせよ」と言いました。その使いは、言われたままに、たまたま路を歩いていたひとりの僧にお願いして、家にきてもらいました。家主は、その僧を信仰心をこめてもてなしました。

その夜の読経と拝礼はすでにすませ、僧が就寝するに際して、施主は、掛けぶとんを準備していました。僧は、そこで思うことには、「明くる日お布施の品をもらうよりは、このふとんをもらって逃げたほうがよさそうだ」と。そして、家を出ようとする時に声がして、「そのふとんを盗んではいけない」と言います。僧

1　奈良市今市町・柴屋町（旧・帯解町）のあたり。
2　土椋氏は伝未詳、その一族の長。
3　大通方広経。
4　占いの一種で、最初に出会った人を選んで連れてくること。偶然性は神仏の判断ということになる。

はたいそう驚き不思議に思って家のなかを窺いみるに人はだれもいません。ただ、一匹の牛がいて、屋敷の倉の下に立っています。

僧が牛のそばに行くと、「私は家長の父である。私は先の世で、ある人に与えようとして、[5]息子にだまって稲を十《と》束《つか》ばかり盗んだ。そのために、今、[6]牛の姿に生まれ変わり、前世の負債を償っている。そなたは出家の身でありながら、どうして平気でふとんを盗もうとするのか。今言ったことの真偽を知りたいなら、私のために座を設けなさい。そうすれば私が座に上るので、ほんとうに主人の父だということがわかるであろう」と語って聞かせました。そこで僧はたいそう恥じて、もどって部屋に留まったのです。

明くる朝に法要がすべて終わったところで、僧は、「親族以外の人を遠ざけてください」と告げました。そしてそののちに親族を召し集め、こまかく昨夜の出来事を話しました。施主である主人は、すぐさま慈悲の心を起こし、牛のそばに行くと藁を敷き、申し上げることには、「まことに我が父であるならば、この座に就いてください」と。

牛は、膝を折り曲げて座の上に伏しました。一同の親族たちは

5　律令の班田（口分田）は個々の人に与えられ、仏教は個人の行動を問題にする。それらは、従来の家族とか共同体ではなく、個人の行動や心を問題にするわけで、親子間の貸借でさえ問題視されるというような、極端なことも生じてしまうと考えなければならない。この種の話は、これ以降にも出てくる。

6　「化牛説話」と呼ばれ、このあとにも霊異記には牛になる話がさまざまなかたちで語られる。

驚きの声をあげ、大きな声で泣きながら言うことには、「まことに吾が父です」と。主人はすぐさま立ち上がって礼拝《らいはい》し、牛に申し伝えて、「前世において無断で使った稲は、今すべて帳消しにいたしましょう」と言いました。

牛はそれを聞くと、涙を流して大きな息を一つつきました。そして、その日の午後四時頃[7]に牛は命を終えたのでした。そののちに、僧の体をおおったふとんのほか、財物を準備して師の僧に施し、さらに父のために立派な供養を営みました。

因果のことわりというものを、どうして信じないでいられましょうや。

7　本文は「申《さる》の時」。日時や場所を具体的に示すのが事実を語ろうとする説話の方法である。

◎小さい頃、祖母や母から「ご飯を食べてすぐ、寝ころんだりしていたら牛になるよ」と言われていた。太るからかと思っていたが、怠けていてはいけないという戒めであり、淵源をたどれば仏教思想から出ていることがわかった。

幼い時から網を使って魚を捕り、この世で悪報を得た縁　第十一

播磨[1]の国餝磨《しかま》の郡の濃於[2]《のお》寺に、京《みやこ》にある元興寺[3]《がんごうじ》の沙門[4]《しゃもん》慈応大徳《だいとく》が、檀家の要請を受け夏[5]《げ》安居《あんご》のために法華経を講ずることになりました。

その時、寺のそばに漁師の男が住んでいました。幼い頃から大人になるまでずっと、網を使うのを仕事にしていました。ところがある時から、その男は屋敷のうちの桑林のなかで腹這いになって大声をあげ、「炎[6]が我が身に迫ってくる」と叫ぶようになりました。親戚の者たちが助けようとすると、その男は、「おれに近づくな。おれは、今にも焼けてしまいそうだ」とくり返すばかりです。

ちょうどその頃、男の親が寺にお参りし、沙門慈応に来てくれるように頼みました。そこで慈応が出かけて祈祷を続けることで、ようやく災いから免れることができたのですが、男が着ていた袴は焼けていました。

1　兵庫県姫路市のあたり。
2　未詳。
3　明日香にあった元興寺（法興寺とも。現在の飛鳥寺の地にあった）。後に平城京に移る。
4　沙門は出家した僧の総称として用いられる。慈応大徳は伝未詳。
5　夏の三か月（四月一五日～）のあいだ一定のところに籠もって修行すること。
6　炎や火が迫るという話は以降にも出てくるが、仏罰としての「業火《ごうか》」として語られる。

漁師はその出来事におびえ怖がって、濃於寺にお参りし、たくさんの人びとの前で罪を懺悔し、心を改めて衣服などを布施《ふせ》して経を誦《よ》んでもらいました。そしてそののちは、ふたたび悪事を行うことはありませんでした。

『[7]顔氏家訓《がんしかくん》』に、「昔、[8]江陵の劉《りゅう》氏は[9]鰻《うなぎ》の熱いスープを売るのを仕事にしていた。その後、ひとりの子を生んだが、頭はまるで鰻で、首から下はふつうの人の姿をしていた」とありますが、それは、このことを言っているのではないでしょうか。

7　中国の北斉《ほくせい》・隋の顔之推《がんしすい》の書、子孫への訓戒と立身出世を説く。

8　江陵は湖北省江陵県、劉氏は伝未詳。

9　ウナギは滋養があり夏ばてに効くと万葉集にも出てくる(16・三八五三、三八五四、大伴家持作)。

人や獣に踏まれた髑髏が、救い納められて不思議なしるしを示し報恩した縁　第十二

高麗《こま》の学生《がくしよう》[1]道登《どうとう》は元興寺の僧でした。山背《やましろ》[2]の国の恵満《えまん》の家の出身でした。

遠い以前、大化二年[3]のこと、道登は宇治椅《うじばし》[4]を作りました。明日香の地から宇治に行き来する時に、髑髏《どくろ》が奈良山[5]の谷にあって、人や獣に踏まれていました。道登法師はそれを悲しみ、従者[6]の万侶《まろ》に命じて木の上に安置させました。

同じ年の十二月[7]大晦日の夕方になって、知らない人が元興寺の門前に来て申し上げることには、「道登大徳《だいとく》の従者の万侶という方にお目にかかりたい」と言います。

万侶が出て会うと、その人が語ることには、「大徳のお慈悲をいただき、近頃では平安な日々を過ごせて喜んでおります。そうして、今夜でなければそのご恩に報いることはかないません」と言い、すぐさま万侶を案内してその人の家に行きました。

閉じられた家の中に入ると、そこにはさまざまな飲食が準備し

1　高句麗に留学した学問僧で、宇治橋を架けたことで知られ、土木技術をもっていたらしい。書紀、孝徳天皇の大化元年（六四五）八月条に「十師」の一人として名前が出るほか、白雉元年（六五〇）二月条にも名が出る。

2　山背は山城で京都府南部。恵満は未詳。高句麗系の一族であったらしい。

3　六四六年。

4　宇治川に架かる橋。石碑（宇治橋断碑）が現存し、下三分の二が欠損するが、『帝王編年記』に引かれた碑文を

てありました。男は、そのうちの自分の分の御馳走を万侶に与えていっしょに食べました。

[8]その夜も明けようとする頃、男の声がして万侶に告げて、「わたしを殺した兄がやって来ますから、急いで帰ってください」と言うのでした。万侶が不思議に思って尋ねると、答えることには、「昔、私は兄といっしょに出かけて商いをし、私は銀を四十斤《きん》[9]ほど手に入れました。それを兄はうらやんで、私を殺して銀を奪いました。それ以来、長い歳月が流れ、往来の人や獣は、みな私の頭を踏みつけて通りました。ところが、大徳がお慈悲をたれて、このように私を苦しみから解放して下さいました。それゆえに、あなたへの恩を忘れず、今夜、お返しをいたしました」と、そのように語ったのでした。

その時、男の[10]母と兄とが、先祖の霊魂を拝もうとして建物の中に入ってきて、そこにいる万侶を見て驚きおそれ、ここに来たわけを尋ねました。万侶は、殺された弟から聞いたことをそのまま伝えました。すると母は、長男を罵《ののし》って言うことには、「ああ、わたしの愛しい子は、おまえに殺されたのか。知らない賊ではな

みると、本話の内容に近い。続日本紀の文武四年(七〇〇)三月条には、道照(道昭)が架橋したとするが後の仮託で、道登とするのが正しい。

5 大和国と山城国との間にある丘陵で、越える道(奈良坂)は何本かある。明日香から北に登る道だとすると、般若坂か。

6 上7の亀の報恩譚では放生を勧めた禅師弘済が報恩を受けるが、ここでは命じられて骸骨を供養した従者が報恩を受ける。原文では万呂と万侶が混在するが、万侶で統一した。伝未詳。

7 大晦日は死者の供養を行う、今のお盆の

かったとは」と。

すぐさま万侶を礼拝し、さらに飲食を準備しました。万侶は元興寺にもどり、そのさまを師の道登に伝えました。

それ、死んだ霊や朽ち果てた白骨ですら、かくのごとくであります。まして、生きている人間が、どうして恩を忘れるなどということがあってよいものでありましょうや。


ような日。『徒然草』第一九段など。
8 原文は「後夜」で、午前四時前後の二時間。
9 斤は重さの単位。大宝令によれば、一斤は一六両、六〇〇グラムが原則。
10 母子とあって父親が出てこない。

◎「髑骨報恩」と呼ばれ昔話の話型にもなっている。下27にも殺されて髑骨になった男が旅人に供養されて恩返しをする話がある。

女人が、高邁《こうまい》な行いを好み、仙草を食して生きたまま天に飛んだ縁　第十三

[1]大和の国宇太《うだ》の郡《こおり》漆部《ぬりべ》の里に、風流な女がいました。この女は、同じ里の漆部造麿《ぬりべのみやつこまろ》[2]の「妾《しょう》」[3]でありました。

生まれつき清らかで高邁《こうまい》な行いを心がけ、性格は貞淑によく仕えることを心がけていました。七人の子を産みましたが、きわめて貧しく、子を養うことにも不自由なほどでした。満足に衣もなく、藤蔓《ふじづる》の繊維で織った粗末な衣を身につけ、日々の精進潔斎だけは怠らず、身を清めてつぎはぎの衣を着ていました。

いつも、野原に出て野草を摘みました。また、家にいるときは、家をきれいに掃除することを心がけていました。野草を摘んで調理して盛りつけ、子どもたちといっしょに坐って笑顔を忘れず、仲むつまじく語らいながら、感謝の心を忘れずに食べました。つねに変わらずこのような行いを心がけ実行していたのです。

その生活のさまは、あたかも天上の仙人のようでありました。

ここに、難破《なにわ》[4]の長柄《ながら》の豊前《とよさき》の宮の時代、白雉《はくち》[5]五年に、その風流

1　『和名抄』に「奴利倍」とあり、奈良県宇陀郡曾爾村のあたりという。曾爾は奈良県東部、三重県境に位置する山村。

2　漆部は木地師の作った木工品の漆塗装を担当する集団。

3　律令では正妻を「嫡」、それ以外の女性配偶者を「妾」と呼び、待遇に区別がある。

4　孝徳天皇の宮殿。

5　六五四年。

な行いが神仙に感応したものか、春の野で野草を摘み、偶然にも[6]仙草《せんそう》を食べて天に飛び翔《かけ》っていきました。

まことに知ったことであります、仏法を信仰しなくとも、風流な行いを好むものは、仙薬がそれに感応するのだということを。[7]『精進女問経《しょうじんにょもんきょう》』に、「世俗の家に住んでいても、心を正しくして庭を清らかにしていれば、五つの恵み[8]を得ることができる」と書かれているのは、こうしたことを言うのでありましょう。

6　神仙思想にいう仙人になるための仙薬には、鉱石類と植物類がある。

7　『無垢精進女問経』（無垢優婆夷問経とも）のこと。

8　原文「五功徳」で、自心清浄、他に愛される、天も心に喜ぶ、常に正しい行為ができる、死後に人間界か天上界に生まれる、という五つの福徳をいう。

◎仏教的な感じがしない話。女は幸せになれてよかったが、遺された子たちが心配である。生きていけたのか。母の役割を放棄するのも神仙思想的な印象を与える。

僧が般若心経を心に念じて、この世で不思議な出来事を示した縁　第十四

[1]釈《しゃく》　義《ぎ》覚《かく》は、元は百済《くだら》の国の人でした。

[2]その国が唐と新羅との戦いに敗れた時、[3]後の岡本の宮で天の下をお治めになった天皇のみ代に日本《にっぽん》に渡り来て、難波にあった[4]百済寺《くだらでら》に住みました。義覚の身長は七尺[5]もあり、仏教の広い知識をもち、いつも[6]「般若心経」を唱えていました。

その頃、同じ寺に[7]慧義《えぎ》という僧がいました。独りで夜中に外に出ていくと、義覚がいる部屋の中が光り輝いていました。慧義は不思議に思い、こっそり窓の紙に穴を空けて覗いてみると、義覚が姿勢を正してお経を唱えており、[8]光がその口から出ていました。慧義は驚きおそれて、明くる日に、覗き見したことを懺悔をした上で、寺にいるすべての僧たちに告げました。

すると義覚法師は、弟子に語ってこのように言われました。

「私が、夕べ一晩で「般若心経」を百回ほど唱えて目を開けてみると、部屋の周りの四つの壁に穴が空いており、庭のさまがはっ

1　釈は僧のこと、義覚については未詳。
2　百済・倭の連合軍と、唐・新羅の連合軍との戦いについては上7既出。六六三年。書紀、天智二年三月条に「二万七千人」の兵を派遣したとあり、『三国史記』には「倭船千艘」とある。
3　明日香にあった斉明天皇の宮殿。
4　摂津国百済郡にあった寺院で、大阪市天王寺区の堂ヶ芝廃寺がそれという。
5　二・一メートル。
6　摩訶《まか》般若波羅蜜多《はらみった》心経のことで心般若経

きりと見えた。私は不思議なことだと思い、部屋から出て寺の境内を見てまわり、もどって部屋を確認すると、壁も戸もすべて閉じられていた。そこでこんどは部屋の外に出て座し、ふたたび心経を唱えると、前のように壁は抜けとおって部屋のさまがはっきりと見えた」と。

まさにこれは「般若心経」の不思議な力でありましょう。9賛《さん》に言うことには、「偉大な人であるよ、義覚は。仏教をあまねく知り人に広め、部屋にこもって経を唱えながら、心は開き通って行き来する。表面に現れ出るところは深く静かで、いささかも動揺することはない。しかし、般若心経を唱えると部屋の壁は抜けとおり、光が差して輝きわたるのである」と。

とも。大般若経の神髄を簡潔に説いた経典で、本文は三〇〇字にも満たない。
7 伝未詳。
8 僧の体が光を発したり、光が室外に抜け通ったりするというのは、高僧伝にみられるパターン。上4参照。
9 上5など。定型句による賛辞で、話の結びに置かれる。

悪人が、乞食《こつじき》する僧をいじめて、この世で悪い報いを受けた縁　第十五

昔、古い京《みやこ》[1]の時代、ひとりの愚人がいて、因果応報ということを信じていませんでした。

僧が托鉢しているのに出会うと、怒って捕まえようとしました。その時に僧は走って逃げて田の中に入りました。それを追って、男は捕まえました。僧は我慢することができず、呪文[2]を唱えて男を呪縛してしまったので、男は倒れたり、狂ったようにあちこち走り回ったりしはじめました。

僧は、そのすきに遠くに走り去ってしまい、周りの者たちにはどうにも手の施しようがなくなってしまいました。

その男には、ふたりの子がいました。父が呪縛されたのを解いてもらおうと思い、すぐさま近くの僧の宿舎に出かけて、禅師[3]に来てくれるように頼みました。ところが禅師は、そのありさまを聞くと、出かけるのを承知しませんでした。

ふたりの子は、心をこめて拝み敬い、父が受けた厄難を救って

1　原文「故京」は平城京より前にあった飛鳥宮、藤原京を呼ぶことば。

2　縄などを用いたわけではなく、呪文を唱えることによって、法力（験力）を用いて身動きがとれないようにしたのである。

3　修行を積んだ僧のこと。高僧。

ほしいと願いました。そこで禅師は、ようやく出かけることになり、[4]法華経の観音品《かんのんぼん》の最初のところを唱えただけで、たちまち男は呪縛から逃れることができたということです。

そののちには、男は信仰心をおこし、邪《よこしま》な心を棄てて正しい道に入ることになったそうでありますよ。

4 法華経八巻のなかの「観世《かんぜ》音菩《おんぼ》薩普《さつふ》門品《もんぼん》」のことで観音経とも。

◎霊異記には、修行しながら歩く優婆塞などに妨害行為をする話が多い。おそらく、得体のしれない宗教者に対して、さまざまな妨害行為があったことが、こうした話の背景にあるものと思われる。

慈悲の心がなく、生きた兎の皮を剥いで、この世で悪い報いを受けた縁　第十六

大和の国にひとりの男がいました。住まいや姓名ははっきりしませんが、生まれながらに生き物を殺すことを楽しみにしていました。

その男が、兎[1]を捕まえて皮を剥《は》いで野に放しました。すると、そののち、あまり時間が経たないうちに、悪性のでき物が体中にできて、皮膚がただれて破《わ》れ、その痛みは耐えがたくいつまでも治らず、しまいには叫びながら死んでしまいました。

ああ、この世での報いはすぐそばにあることよ。自分の身に降りかかることを省みながら、相手を思いやる心をもたなければなりません。慈悲の心を、いつも心がけましょう。

1　動物の皮を剥ぐのは狩猟民ならだれもが行うが、生きた兎の皮を剥いで放すというのはどこから発想されたものか。現代と同じように、動物虐待の背後にある病的な嗜虐性快楽か。あるいは古事記の稲羽《いなば》のシロウサギ（素兎）神話などの影響があるのか。大祓の祝詞に「生き剥ぎ」が罪の一つとして出てくるということは、現実に行われていたことを窺わせる。

戦乱に巻き込まれながら、観音菩薩の像を信じ敬ってこの世で報われた縁　第十七

[1]伊予の国の越知《おち》の郡の大領《だいりょう》[2]の先祖である越智の直《あたい》が、百済の国を救援するにあたって軍人として派遣された折に、唐の兵隊に捕まり唐の国に連れていかれました。

日本兵八人が、いっしょにある島に捕虜になっていましたので、仲間たちと力を合わせ、観音菩薩の像を手に入れて信じ敬い大事に祀《まつ》っていました。八人は心をひとつにして、こっそり松の木を伐って一隻《せき》の舟を作り、大切な菩薩像を舟のなかに安置し、それぞれ誓願を立てて、観音を祈りました。そして、西の風に吹かれるままにまっすぐに筑紫《つくし》[3]の湊《みなと》にもどってきました。

朝廷ではそれを知って事の次第を尋ねました。事情をお聴きになった天皇はすぐに、それを哀れんで望みをお聴きになりました。そこで越智の直が、「郡を建てていただき、お仕えしたいと思っています」と申し上げますと、天皇はお許しになりました。

[4]その後、郡を建て寺を造立《ぞうりゅう》し、そこに件《くだん》の像を安置しました。

1　越知は越智に同じ。越智郡は、現在の愛媛県今治市を中心とした地域。

2　郡の長官で、在地の豪族が世襲的に任命される。上7に既出。海外派兵という設定も似ている。越智氏がこの地の有力豪族で、かれらの功績譚とみてよい。

3　娜《な》の大津（博多湾）のこと。

4　越智郡の建郡起源

そのときから今に到るまで、子々孫々にわたって敬い祀っているということです。

まさにこれは観音の力と信仰心がなせるわざでありましょう。[5]丁蘭《ていらん》の木母《もくぼ》でさえ、生きている力を示現《じげん》し、僧[6]が心を寄せた描かれた女性でさえも哀切な願いに応えてくれることがあるのです。どうして、観音菩薩が願いに応じてくださらないというようなことがありましょうや。

説話として語られているが、あくまでも越智一族の語り伝える話であって、真実か否かは未詳。

5　漢の丁蘭が亡き母の木像を作って仕えたところ、まるで生きているように応えてくれたという親孝行の故事で、『孝子伝』など諸書に引用されている。

6　絵ではなく、吉祥天女の像が修行僧に感応したという話が中13に出てくる。似たような話は、修行僧たちのあいだでいくつも語られていたのではないか。

法華経を心に唱えて、この世で不思議なしるしを受けることができた縁　第十八

昔、[1]大和の国葛木《かずらき》の上《かみ》の郡《こおり》にいつも法華経を唱えている人がいました。[2]丹治比《たじひ》の一族でした。

この人は、生まれながらに賢く、八歳になる前から法華経をそらんじ唱えていましたが、ただ一字だけはどうしても憶《おぼ》えることができません。そののち、二十数歳になっても、まだ憶えることができませんでした。そこで観音菩薩に向かって懺悔をしたところ、[3]夢を見ました。その夢というのは、次のようなものでした。

人が出てきて、「おまえは、昔、前世において生まれたのは、[4]伊予《いよ》の国別《わけ》の郡に住んでいた[5]日下部《くさかべ》の猴《さる》の子としてであった。その時おまえは、法華経を唱え申し上げていて、灯していた火で一つの文字を焼いてしまった。そのためにその字を憶えることができないのである。すぐに行って見てみなさい」と言いました。

1　葛城上郡はのちには葛上郡と呼称。現在の奈良県御所市を中心とした地域。
2　もとは河内国丹治比郡（現在の大阪府松原市・大阪狭山市・堺市東区・堺市美原区あたりを中心とした地域）を本拠とする一族。
3　霊異記には夢の話が一〇話ほど出てくる。夢は宗教者の籠もりなどの修行とかかわって語られることが多い。詳細は、三浦『増補日本霊異記の世界』補講1、参照。
4　別郡は和気郡のことで、現在の愛媛県松

夢から醒《さ》めて驚き、心のなかであやしいことよと思いました。そこで、親には、「急に用ができて、伊予に行きたいと思います」と言うと、両親は許してくれました。

訪ねて行き、夢に聞いた猴の家に着くと門を叩いて声をかけました。すぐに女の人が出てきて、ほほえみかけたかと思うと中に入り、家刀自[6]に伝えて、「門の前にお客さまがいらっしゃいます。まるで、お亡くなりになった若さまそっくりです」と申し上げました。

それを聞いた家刀自が外に出てみて、やはり死んだわが子ではないかと思うほどでした。主人も出てきて、やはり不思議なことと思い、「あなたはどなたか」と尋ねました。そこで住まいや名前を答えた訪問者も、また同じように尋ねるので、主人もきっちりと姓名を名乗りました。

そこで男ははっきりと、この人たちが前世における両親であるということがわかりました。すぐさま跪《ひざまず》いてお辞儀をしました。猴は、いとしく思って家の中に招じ入れ、床に座らせてまじまじ

山市の一部にあたる地域。

5 日下部氏は各地に居住する部民。猴は猿に同じで、動物の名はしばしば人名となる。

6 家を守る主婦をいう。

と見つめて、「あなたは以前死んだ我が子の霊《たま》でしょうか」と言うのでした。

訪れた男は、きちんと夢に見た内容を語って聞かせ、「翁《おきな》と嫗《おうな》こそが私の前世の父母です」と伝えました。それを聞いた猴もまた昔の因縁を語って、「私どもの亡くなった子は、名は某《なにがし》と言い、その子が住んでいたお堂はここで、読んでいたお経と使っていた水瓶《みずがめ》はこれです」と言いました。

訪れた男はそれを聞いて、堂のなかに入り、その法華経を取りあげて見てみると、憶えることのできない文字のところが灯し火で焼けて穴が空いていました。そこで懺悔《さんげ》して経を修理し元にもどすと、きちんと憶え唱えることができるようになりました。

親と子とはお互いに見て、ひとたびは驚き、ひとたびは喜びました。そして、父と子との道に従って、前世の親への孝行も忘れませんでした。

賛に言うことには、「すばらしいことよ、日下部の氏よ。経を読んで仏の道を求め、前世と現世との二つの世において、重ねて

7 経典の一字が読めないというのは霊験譚の一つのパターンとして存在する。

この法華経を唱え、この世でふたりの父に孝行し、高名は後の世に伝わる。これはまことに聖人の行いであり、凡人ではない」と。

まことに知りました、これは法華経のもつ神徳であり、観音の験力《げんりき》であるということを。

『善悪因果経』[8]に、「過去の原因を知りたいと思うならば、その現在の結果をみるのがよい。未来に生じる報いを知りたいと思うならば、その現在の行いをみるのがよい」と述べられているのは、まさにこのことを言うのでありましょう。

8 『仏説善悪因果経』のことで、現存するのは偽経という。

◎前世の親に会うという話は、霊験譚としては語りやすいのであろう。親子関係というのは、いつの時代においても、絆を語るためには欠かせない。

法華経を読誦する人を嘲《あざけ》って、この世で口がゆがむ報いを受けた縁　第十九

昔、山背《やましろ》[1]の国にひとりの自度僧《じどそう》[2]がいました。姓名はわかっていません。いつも碁《ご》[3]を打つのを日課にしていました。ある時、この僧は在俗[4]と碁を打っていました。

その時に乞食《こつじき》[5]が巡ってきて、法華経の一節を読誦《どくじゅ》しながら物乞《ものご》いをしました。僧はそれを聞いて軽んじ、嘲り笑い、わざと自分の口を大げさに曲げて、訛《なま》った声をまねながら経を読みました。碁の相手をしていた在俗の人は、たいそうおびえ恐れて、「なんておそろしいことを」と言いました。

その後、在俗の人は碁に勝ち続け、僧は何度打っても負け続けました。それだけではなく、僧の口[6]はゆがんできて、薬を用いて治療してもどうしても治りませんでした。

法華経に、「[7]もし軽んじて笑う者があれば、生まれ変わるたびに歯が抜けてまばらになり、唇はゆがみ、鼻は平たくなって手や

1　京都府南部。
2　私度僧とも。正式な許可を得ずに得度して修行する僧。
3　中国に始まり、朝鮮を経て七世紀に日本に伝わったという。
4　仏教を信仰しているが出家していない者。
5　修行しながら家々を巡り、経を唱えて食《じき》を乞う者。
6　口がゆがむのはもちろん、碁の勝ち負けも現報というわけである。
7　『法華経』普賢菩薩勧発品にある文句だが、宗教者への悪口雑言は

足はねじ曲がり、目は斜視になってしまうであろう」とあるのは、まことにこのことを言うのであります。

悪いものに寄り付かれて、あれこれとありもしないことを口走るとしても、経を読誦する人の悪口[8]を言うようなことは決してしてはなりません。くれぐれもことばをお慎みください。

どこでも激しいものであったということを教えてくれる。この文句をみると悪口の言い返し（口喧嘩）と何ら変わらない。

8　原文に「口業《くごう》」とある。口は禍《わざわい》の門。

僧が湯を涌かす薪を他人に与えたために牛になって使役され、不思議なしるしを示した縁　第二十

釈《しゃく》恵勝《えしょう》[1]は延興寺《えんごうじ》[2]の僧でした。この僧は、生きていた時に、湯を涌かすための薪一束《ひとたば》を他人《ひと》に与え、そのままで死んでしまいました。

その寺には一匹の雌牛《めうし》がいて、子を生みました。成長すると、薪をいっぱい積んだ車を引いて休む暇もなくこき使われ、その日も寺に入っていきました。すると、見[3]たこともない僧が門前にいて、「恵勝法師は、涅槃経《ねはんきょう》[4]を読むのはうまいが、車を引くことはできまい」と言います。すると、それを聞いた牛は、涙を流してため息をついたかと思うと、突然死んでしまいました。

牛を引いていた人が、その僧を責めて、「おまえが牛を呪《のろ》い殺した」と言って、捕まえて役所に告げました。

役人が事情を聴こうとして僧を呼び出してみると、その容貌は他にいないほど貴く、姿もうるわしい感じがしました。それを恐れ多く思った役人は、こっそり別のきれいな部屋に移したうえで、

1　伝未詳。
2　所在未詳。
3　あとで種明かしされる。
4　『大般《だいはつ》涅槃経』のこと。釈迦の涅槃時の説法をまとめた経典。

絵師を招いて、「あの法師の姿そっくりに、まちがいなく絵に描いて持ってきなさい」と命じました。

絵師たちは仰せを受け、絵を描いて役人のところに持っていきました。役人がその絵を見ると、どれも観音菩薩の像でありました。そして、法師はというと、たちまち姿を消してしまいました。

まことに知ったことであります、これは観音が示現《じげん》なさったのであり、いささかも疑う余地はないということを。むしろ飢餓に苦しめられて砂や土を食らうとしても、決して、いつも寺にいる僧の物を食ったりしてはならないということを。このために、大方等経《だいほうどうきょう》[5]に、「四重の罪[6]や五逆の罪は、わたしも救うことができる。しかし、僧の物を盗む罪は、わたしには救うことができない」とあるのは、まことにこのことを言うのであります。

5 『大方等大集経』の略。
6 四重の罪は仏教における大罪(殺生・偸盗・邪淫・妄語)をいい、五逆の罪は仏教における五種の重い罪(母殺し・父殺し・聖者[阿羅漢]殺し、僧の和合を破る・仏身を傷つける)をいう。

慈しみの心が無く、馬に重い荷物を背負わせて現世で悪報を受けた縁　第二十一

昔、河内[1]の国に瓜売り[2]の男がいました。名を石別《いわわけ》と言いました。馬の能力を越えた重い荷物を背負わせて、馬が歩けない時には、怒って笞《むち》で叩いてこき使っていました。馬は重い荷物を背負って疲れはて、二つの目から涙を流しました。瓜を売り終わると、使役していた馬を殺してしまいます。

このようにして馬を殺すことが、何度も重なりました。

その後のこと、石別が煮えたぎった釜の前に立っていたところ、突然、二つの目が抜け落ち、釜に堕ちて煮られてしまいました。

現報というのはすぐ近くにあるものです。因果というものを信じなければなりません。今は畜生であったとしても、それは自分の前世の父や母であると思いなさい。

六道《ろくどう》[3]と四生《ししょう》[4]というのは、来世においておのれが生まれ変わる家なのです。ゆえに、慈悲の心がなくてはなりません。

1　大阪府南東部。
2　『催馬楽』に山城の「瓜つくり」が歌われており、渡来の瓜は早くから栽培され人気があった。万葉集では山上憶良が宴席で子を想いながら瓜を食べている（5・八〇二）。
3　人の行いにより死後に住むとされる世界のことで、地獄・餓鬼・畜生・阿修羅・人間・天上の六つがある。
4　生物が生まれるかたちのことで、卵生《らんしょう》・胎生・湿生（虫など）・化生《けしょう》（何もないところから忽然と生まれるもの）の四つに分かれる。

心から仏教を学び、仏の教えを広めて社会に貢献し、臨終の時に不思議を示した縁　第二十二

今は亡き道照法師[1]は、俗姓は船《ふな》氏で、河内の国の人でありました。天皇のご命令を受けて大唐に渡って仏法を学び、玄奘三蔵《げんじようさんぞう》[2]に出会って弟子となりました。三蔵が弟子たちに語って申されることには、「この人は、日本に帰って多くの人びとを教え導こうとしている。お前たちよ、軽んじることなく、よくお世話をしなさい」と。

修行を終えて本国にもどり、禅院寺[3]を造って止まり住まれました。つねに戒律を守ることにおいて欠けるところはなく、すぐれた知恵は鏡のごとくに輝きわたっていました。広くあちこちをめぐり仏の教えを説いてまわり、教えさとしました。最後まで禅院に住み、たくさんの弟子たちのために、唐から持ち帰った多くの経典の大切な意味を講義なさいました。

臨終の時にいたって、身体を洗い清めて衣を着替え、西[4]に向かって座られました。すると明るい光が部屋に満ちました。そこで

1　道昭とも。元興寺の僧で、日本書紀によれば、白雉四年（六五三）に渡唐、六六〇年に帰国し法相宗を伝えた。七〇〇年没。続日本紀に伝があり、記録の上で最初に火葬に付された。
2　『西遊記』でよく知られた唐の高僧。インドから経典をもたらし漢訳して普及させた。六六四年没。
3　元興寺の東南の隅に建てられた寺。
4　極楽浄土の方向。西方浄土。

目を開き、弟子の[5]知調《ちちょう》を呼んで、「お前には光が見えるか、どうか」とお尋ねになるので、応えて、「見えています」と申しました。すると法師は、弟子を戒めて、「[6]みだりに人に言いふらしてはいけない」と言われました。

夜明け前の刻限になると、光は部屋から通り抜けて、松の樹のところに留まり寺の庭一面を輝かしていました。そしてしばらくすると、光は西の方を指して飛んで行ってしまいました。驚き不思議に思わない弟子はだれひとりいませんでした。

そこで[7]大徳をみると、西に向かって座ったまま、お亡くなりになっていました。

まことに知ったことであります、かならずや極楽浄土に行かれたということを。

賛に言うことには、「船の氏は明徳にして、遠く大唐に仏の経典を求めた。まことに聖人であり凡人ではないゆえに、臨終に際してその身は光を放ったことよ」と。

5　伝未詳。

6　説話の様式から言えば、言いふらせというのと同じことになる。

7　徳の高い僧をいう。道照法師のこと。

◎臨終に際して、あるいは修行のなかで、光を発したり壁を透視したりするのは高僧伝のパターンとして存在する。

悪い人が、乳房の母を敬い養わず、この世で悪死の報いを得た縁　第二十三

[1]大和の国添《そう》の上《かみ》の郡《こおり》に、一人の悪い男がいました。名前は伝わっていませんが、[2]瞻保《せんぼ》という通称を使っていました。この男は、[3]難波の宮で天下を支配なさった天皇のみ世において、[4]大学寮に学んだ学生《がくしょう》に類するような識者で、儒教の書物をしっかり学んでいたのに自分の母に孝養を尽くしませんでした。

母は、[5]我が子の瞻保から稲を借りて返済することができませんでした。そこで瞻保は、母に対してきびしく督促し返済を迫りました。その朝も、母は土下座して地べたに座り、息子は床《とこ》の上で胡坐《あぐら》をかいて座っていました。そこに瞻保の友人たちが居合わせており、いたたまれなくなって、「善き友よ、どうして孝《こう》の教えに背くのか。ある人は、父母のために寺や塔を建て、仏像を造り、僧を招いて立派な法会《ほうえ》を催したりしている。君の家は財産も豊かで、稲もたくさんあって幸せだ。それなのにどうして学んだことに背いて親母《はは》に孝行しないのだ」と諭しましたが、瞻保は、「放

1　現在の奈良市東部。上10も。

2　諸注「みやす」と訓読するが、男は気取って自ら唐風の字《あざな》を名乗っていたのだから、ここは音読するのがよい。

3　孝徳天皇のことで、七世紀半ば頃。

4　孝徳の時代だとすると大学寮はまだ存在しない。それに準じたような学識を備えていたということだろう。あるいは時代を少し遅らせて考えるのがよいか。

5　親子の貸借関係については、上10に出てきた。律令を象徴する

話である。

っといてくれ」と言って忠告を聞こうともしませんでした。怒った友人たちは、母に代わって借りた稲の代金を返済し、みな瞻保を見限って帰ってしまいました。すると母は、みずからの乳房を出し、悲しみ泣きながら言ったのです。

わたしは、お前を育てるのに休む暇《いとま》もなかったが、よその子が親に恩返しをするのを見ながら、わが子もそうしてくれるだろうと頼みにしていました。それなのに、今までいつも責められはずかしめられてばかりでした。しかし、今回のことだけはどうか心の迷いであってほしいと思います。
息子よ、お前はわたしが借りた稲の代金を取り立てました。だからわたしもまた、お前に飲ませた乳《ち》の代価を要求します。母と子との道は、今日で切れてしまいました。すべてのことは天や地の神がご存じです。ああ、つらいことよ。

それを聞いた瞻保は、突然立ち上がり、屋《や》の奥に入《はい》り、6出挙《すいこ》の

6　利息をともなった貸し付け。国家がおこなう公出挙《くすいこ》と個人や寺院などがおこなう私出挙とがあり、律令によれば、出挙の利息は六〇日ごとに元本の八分

証文を持って庭に出て、そのすべてを焼き捨ててしまいました。

その後、瞻保は山に入《い》り迷い、精神が錯乱して何をしているかわからなくなりました。髪を振り乱し身を傷つけ、狂って東西に走り回り、家に帰るとまたすぐに道をうろつき家に居つかなくなり、その三日後、とつぜん屋敷から火[7]が出て、すべての建物や倉は焼け失せてしまい、ついには自分の妻子までもが路頭に迷うことになってしまいました。

瞻保は、頼むところもなく飢えと寒さで死にました。


現報というのは遠くにあるわけではありません。そのことを、どうして信じないでいられましょうか。

そのために経典に述べられていることには、「不孝をなす者たちは、かならず地獄へ堕ちるであろう。父母を孝養すれば浄土に往生《おうじょう》することができよう」と。これは仏がお説きになったことであり、大乗経典にほんとうに記されている言葉です。


の一と決まっていて、四八〇日を越しても利息は一倍を過ぎてはいけないことになっていた。払えない場合は労働などを対価にして弁償し、利息を元本に組み込んで利息をとること（複利）はできないと規定されている（雑令19条）。

7　仏の業火。上11にもあった。

◎銭こそすべて、という現代にも通用するような話になっているところが興味深い。しかもそれが、母子関係の崩壊として語られるのが八世紀的だとみてよい。この話に関しては、三浦『平城京の家族たち』第五章2参照。

悪い女が、生みの母に孝養せず、この世で悪死の報いを得た縁　第二十四

古[1]い京《みやこ》にひとりの悪い女がいました。姓名はわかっていません。まったく孝行をしようという心がなく、母を愛《いと》おしむということがありませんでした。

斎日《さいにち》[2]にあたっていた日のこと、母は、ご飯を炊かずに、斎食《さいじき》[3]をしようと思いました。そこで娘の暮らすところに出かけて食べ物を乞いました。

すると娘は、「今ちょうど、主人と私とで斎食をしようとしていました。それを除いたほかには、母に差し上げるご飯はありません」と言って断りました。

その時、母には幼い子[4]がいました。二人は手をつなぎ家に向かってうつむいて歩いていて、ふと道端を見ると、だれかが置き忘れたようなご飯[5]の包みがありました。母はそれを拾って飢えをしのぎ、きちんと斎日の祈りをすませて就寝しました。

夜中を過ぎた遅い時間になって、人がやって来て家の戸を叩い

1　平城京からみて飛鳥宮や藤原京をさす。

2　在俗の人が、決まった日に心身を清浄にして、戒律を守り仏に祈る日。

3　斎日の午前中に一度だけ食べる食事。正午以降は絶食しなければならない。

4　娘とは腹違いの幼児がいたらしい。悲哀感を出すための描き方だろうが、唐突な登場でいささか違和感が生じる。

5　もちろん偶然に落

て言うことには、「あなたの娘さんが、『わたしの胸に釘が立っている。痛くて今にも死にそうだ』と大きな声で叫んでいる。だから、行って看病してやってください」と。

ところが、母は疲れ果てて眠り込んでいたために気づかず、行って助けてやることができませんでした。それで女はそのまま死んでしまい、ふたたび母には会えませんでした。

孝養もしないで死んでしまう。そんな死に方は、[6]自分の分《ぶん》を母に譲って飢えて死ぬ、というような行為とは比べようもない愚行でありますね。

ちていたわけではない。

6　慈悲深い母像をなんとか作ろうとする意志のようなものを感じる。そうでなければ、母も母だよなと思わされてしまう話だ。

◎これも前話同様、新しい時代を象徴する話。結婚形態の変化や核家族の誕生にかかわる本話の理解については、三浦『平城京の家族たち』第五章3参照。

私欲が少なく分を知って満ちたりるのをわきまえていたのを、天にいます神がみに好まれた忠臣が、善い報いを得て不思議なしるしを表した縁　第二十五

今は亡き中納言[1]従三位《じゅさんみ》[2]大神高市万侶《おおみわのたけちまろ》の卿《まえつきみ》は、[3]天武天皇の大后《おおきさき》が天皇であった時の忠臣でありました。

[4]ある記録によれば、次のように記されています。

[5]朱鳥《あかみとり》七年二月、天皇は諸官庁の役人に詔りして、「三月三日に伊勢に行幸しようと思う。この意向をくんで、おこたりなく準備をするように」と仰せになった。

それを知った中納言は、人民の農作業の妨害になるのではないかと心配し、天皇に書状をしたため意見を申し上げた。

しかし天皇は受け入れず、なお行幸なさろうとした。

そこで中納言はみずからの[6]蟬《なわせび》の冠を脱いで、朝廷《みかど》に返上し、ふたたびご意見を申し上げることには、「今はまさに生業《なりわい》のさなかであり、出でますべきではございません」と。

1　政務の中枢を司る太政官の次官、従三位相当の役職。
2　大神（大三輪）氏出身で、高市万侶は壬申の乱で功績をあげ、天武天皇の殯宮では誄《しのびごと》を奏上した。
3　鸕野《うの》皇女、持統天皇のこと。
4　原文に「記」とあり、氏文か個人の記録があったらしい。これと同様の記事が書紀、持統六年二月、三月条に載る。その原資料か。書紀を元にこの記事を作ったとも考えられるが、

あるいはまた卿は、日照りが続く時には、自分の田の口を塞がせて、水を百姓の田に廻された。そして、田に配る水が尽きたときには、卿の心が天にいます神がみの心に通じて、竜神が雨を降らせた。ただし、卿の田のみに雨は降り、ほかの田には降らない。7堯《ぎょう》の雲が一面にたちこめ、舜《しゅん》の雨が降り注ぐのである。

まことにこれは、忠臣の至りであり、徳義の偉大さの顕れであります。

賛にいうことには、「立派なことであるよ、神《みわ》の氏よ。幼年の時から学を好んでいた。忠義にして仁義をわきまえており、潔く濁りがない。人民に対しては恵みをほどこし、水を流すために自らの田の口を塞ぐ。慈《めぐ》みの雨が降り、すばらしい誉《ほま》れはいつまでも伝えられる」と。

後半の伝えは書紀には出てこない。個人の「伝」が各種存したことは上5など、さまざまに窺える。

5 持統六年のことで六九二年。

6 職を賭して、の意。ナワセビは冠が蟬のかたちをしていたからというが具体的には未詳。

7 堯・舜ともに古代中国の聖帝。ふたりの偉大さを慈雨に譬える。

◎忠臣伝の一つ。

戒律を堅く守った僧が清浄な修行を続け、この世で不思議な力を得た縁　第二十六

大皇后《おおきさき》[1]が天皇の時代に、百済《くだら》[2]の禅師《ぜんじ》がいました。名を多羅常《たらじよう》と言います。高市《たけち》[3]の郡にあった法器《ほき》山寺に住み、いつも清浄な修行を怠りなく勤め、病気の治療を第一に励んでいました。

死ぬはずの病人も、禅師の霊験によって生きかえる程でした。病気の人に呪《まじな》いをかけるたびに不思議なことが起こりました。

楊《やなぎ》[4]の枝を取ろうとして枝に上《のぼ》る時、錫杖《しやくじよう》[5]の上に錫杖を立てて継いで支えとするのですが、まるで鑿《のみ》で穴を空けて繫ぎ立てたように二本の錫杖は倒れないのです。

天皇は禅師を篤く用いて、つねに施しをなさり、多くの人びとがいつも禅師を頼りにし心から敬っていました。

これこそまさに修行の功徳であり、遠くまで名声が伝わるのも当然であります。また、禅師の慈悲の徳は、末永くすばらしい誉れとして忘れられないでありましょう。

1　前話につづき、ここも持統天皇。
2　霊異記には百済からの渡来僧が多い。多羅常については伝未詳。
3　現在の奈良県高取町・明日香村のあたり。のちには、たかいちと訓む。法器山寺は所在未詳。
4　なぜ楊の枝を取ろうとするか不明。呪術に用いるか。
5　僧や修験者がもつ杖で、上に錫製の輪がいくつか付く。

邪《よこしま》な心の名もない沙弥が、仏塔の木を横流しして悪報を受けた縁　第二十七

石川の沙弥[1]は、自度僧[2]で僧名ももたない駆け出しでした。その俗姓もわかっていません。石川の沙弥と名付けた理由は、その妻が河内[3]の国の石川の郡《こおり》の出身だったからです。

そやつは、姿だけは僧のように装っていましたが、心ねはまるで盗人《ぬすっと》と同じでした。

ある時には、人をだまし、仏塔を建立すると言って寄進を頼んで人の財物を集めまわり、家にもどると、その銭で種々《くさぐさ》の物を買って食べてしまいました。ある時には、摂津[4]《つ》の国の島の下《しも》の郡《こおり》にある春米寺[5]《つきしねでら》に住んで、塔の柱を斬って焼き、仏の教えを汚《けが》しました。これほど酷いことをする者は、だれもおりません。

ついに、島の下の郡の味木[6]《あじき》の里に到った時、とつぜん病いにかかり、大声をあげて、「熱いことよ、熱いことよ」と叫ぶさまは、地面から一、二尺ほど飛び上がり、まるで踊っているように見えました。人びとは、集まり見ながら、「どうしてそんなに叫んで

1　修行の浅い僧をいう。
2　私度僧に同じ。自ら仏道修行の道に入った者。
3　現在の大阪府南河内郡から富田林市のあたり。
4　現在の大阪府茨木市・摂津市・吹田市のあたり。
5　所在未詳。
6　所在未詳。

いるのか」と尋ねました。すると答えて、「地獄の火が襲ってき[7]て、わが身を焼く苦しみを、このように受けているのだ」と言って叫びます。

救い出すこともできないまま、その日のうちに命は尽きてしまいました。

ああ、哀しいことよ。罪の報いというのは嘘ではありません。どうして慎まないでいられましょうか。

[8]涅槃経《ねはんきょう》に、「もし、今まさに善いことを修行しようとする人がいれば、その名は、天人に認められるであろう。また、悪いことを重ねようとする人がいれば、その名は地獄に知られてしまうであろう。いかにしてそうなるかといえば、善行も悪行《あくぎょう》も、かならず報いというものは受けるものだからである」と書かれておりますが、それはまことに、このことを言うのでありましょう。

7　悪行を行う者を地獄の火（業火）が襲うという話は今までにも出てきた。

8　大般涅槃経の略。この部分は「師子吼菩《ししくぼ》薩品《さつほん》」による。

◎ここも業火で責められる。地獄も現世も火責めが多い。

孔雀明王の呪法《じゆほう》を修め、不思議な験力《げんりき》を手に入れ、この世で仙人となって天空に飛んだ縁　第二十八

役《え》[1]の優婆塞《うばそく》は、賀茂《かも》[2]の役の公《きみ》、今の高賀茂《たかかも》の朝臣《あそみ》の出身で、大[3]和の国葛木《かずらき》の上《かみ》の郡茅原《ちはら》の村の人でありました。

生まれながらに聡《さと》く、博学では比べる者とてなく、三宝を敬い信じて修行に励みました。[4]いつも願っていることは、五色の雲に乗って大空の外に飛んで行き、仙人の宮殿に集う賓客《ひんきやく》たちと交わり、一億年も変わらない仙人の宮殿の庭で遊び、仙草の咲き乱れる園に寝ころがって、心身を養う霊気を吸ったり食べたりして永遠の命をもつ仙人に近づくことでした。

そのために、晩年ともいえる四十歳を過ぎて、さらに岩窟《いわや》に籠もり、葛の衣をまとい松の葉や実を食し、山に湧きだす清らかな水を体に浴びて、欲望にあふれた俗世の垢《あか》を洗い流していました。そして、[5]孔雀明王の呪法を修め習い、不思議な霊験の呪法を体得することができました。その結果、鬼神《きじん》[6]を自在に駆使することができるようになり、あらゆる鬼神を誘いうながして言うことには、

1　役《えん》の行者・役の小角《おづぬ》とも。七世紀後半から八世紀にかけての山岳修行者で、修験道の祖とされる。吉野の金峯山や大峰山を開いた。続日本紀、文武三年（六九九）によると韓国《からくに》連広足の讒言を受けて伊豆に配流された。

2　奈良盆地南西部を本拠とした豪族。

3　現在の奈良県御所《ごせ》市茅原のあたり。

4　ここに語られているのは神仙思想で考えられている不老不死の仙人たちの世界である。山岳修験の背景には道教的な思想があるらし

「大倭《やまと》[7]の国の金峯《きんぷ》山《せん》と葛城の葛城山とのあいだに一本の橋を渡せ。通おうと思う」と。

そのために、神がみはみな愁《うれ》えました。

[8]藤原の宮で天の下をお治めになった天皇のみ世のこと、葛城山にいます[9]一言主《ひとことぬし》の大神が人に寄りつき、「役の優婆塞が天皇を滅ぼそうとして陰謀を企てている」と[10]讒言《ざんげん》したのです。そのために天皇のご命令により、使者が派遣され捕まえようとしましたが、役の優婆塞は験力を発揮するので捕まえることができません。そこで、[11]その母を捕まえて囮《おとり》にしました。優婆塞は母を許してもらうために、自ら出頭して捕らえられました。

そこで、優婆塞を[12]伊豆の島に流しました。

流されていた時のこと、優婆塞が、海の上に浮かんで走るさまは、大地を踏んで走るがごとくでした。高い山の頂きからその体を屈めて大空に飛び立つさまは、まるで羽ばたく[13]鳳凰《ほうおう》のごとくでありました。昼間は天皇のご命令のままに流罪《るざい》の地である伊豆の島に住んで修行し、夜になると駿河の国の富士山に登って修行を重ねました。

い。

5　毒蛇を食うクジャクを神格化した明王で、すべての毒害や災難を防ぎ、天変地異を鎮めることができる呪法。

6　使者の霊魂や天地の神霊で、おそろしい力をもつもの。

7　葛城山と並べて葛城山系の金剛山とみなす説もあるが、ここは吉野の金峯山とみたい。

8　持統・文武・元明の三代の都だが、ここは文武天皇。

9　葛城山にいます神。古事記や日本書紀には神人の姿で登場しオホハツセ(雄略)と対峙する。

10　人を陥れるためにつく嘘や悪口。

そうしているうちに、[14]再度の讒言により断首の刑に処されることになったのですが、処罰をまぬかれて朝廷の近くにもどりたいと願い、誅殺《ちゅうさつ》のためにやってきた天皇の使者を説き伏せ、[15]富士明神の上表文を奏上しました。

このようにして伊豆の島に流されて三年に至り、ようやく天皇のお慈悲のことばが発せられ、[16]太宝元年の正月をもって罪が解かれ、都にもどることができたのです。

そして、ついには仙人となって天に飛んだのでした。

わが聖朝《みかど》の人である[17]道照法師は、勅《みことのり》を拝して仏法を求めようとして唐の国に行きました。法師は、[18]五百の虎の招請を受けて新《しら》羅《ぎ》に至り、その山中に入って法華経を講じました。その時に虎たちの中に人がいて、[19]倭《やまと》のことばで質問をしました。師は、「どなたですか」と尋ねました。すると答えて、「役の優婆塞だ」と言いました。法師は、わが国の聖人であると思い、高座から降りて探しましたが、見つかりませんでした。

あの一言主は、役の行者に[20]呪縛《じゅばく》されたまま、今の世になっても束縛を解かれてはいないのです。

11　行者も母には弱かったらしい。こうしたところにも母子関係が顔を出す。
12　伊豆半島。
13　伝説上の鳥。
14　このあたり、理解しにくい部分があるが、扶桑略記（平安時代の私撰の歴史書）によれば、斬首のために下向した役人の剣を舐めたところ、刀身に文字が浮き出たとある。
15　刀剣に浮き出た文字で、富士明神が優婆塞の偉大さを書き記したものという。
16　七〇一年。
17　上22、参照。
18　虎は山の神の化身で、虎が説法を聞くという話は他にも例がある。

また、役の行者の不思議な力はあまりに多すぎるゆえに、すべてを語ることはできません。

まことに知ったことです、仏法の霊験というものがいかに広大であるかということを。仏法を信じ頼る人は、かならず身をもって理解することになるでありましょう。

19 日本語。

20 題名に「験力」とあり、宗教者が修行で身につけた呪力。

◎役の行者伝説の一つ。このような記事のなかに、稗史《はいし》の生まれ方を窺うことができておもしろい。

心が邪《よこしま》で、托鉢する僧の鉢を壊し、この世で悪死の報いを受けた縁　第二十九

白髪部《しらがべ》[1]の猪丸《いまろ》は、備中[2]の国少田《おだ》の郡の人でありました。生まれつきよこしまな性格で、三宝を信じていませんでした。

ある時、ひとりの僧がいました。猪丸は、托鉢[3]してまわり、食べ物を乞うていました。猪丸は、乞われたのに施さず、そればかりか僧をいじめ苦しめ、僧の鉢を壊して追い返しました。

その後、よその郷《さと》に出かけたのですが、道の途中で風雨が激しくなり、しばらくのあいだ、他人の倉の軒下で雨宿りをしたところ、倉が倒れて押しつぶされてしまいました。

まことに知ったことです、現報というのはとても身近にあるものだということを。どうして慎まなかったのでありましょうか。涅槃経[4]に記された、「すべての悪行はよこしまな心が原因を成している」というのは、このことを言うのです。

大丈夫論には、「慈悲の心をもって一人の人に施しをすれば、

1　白髪部は各地に居住する部民。猪丸は伝未詳。

2　現在の岡山県南西部、笠岡市の大部分と井原市の一部、小田郡矢掛《やかげ》町のあたり。

3　修行僧が鉄の鉢をもって家々をまわり食べ物や銭を乞う行為。

4　大般《だいはつ》涅槃経。釈迦の涅槃時の説法をまとめた経典。

その功徳《くどく》が広大なことは大地のごとくであり、自分のためにすべてのものを施しても、返ってくる報いは芥子粒《けしつぶ》ほどである。ひとりの厄難に遭っている人を救済することは、それ以外の一切の施しに勝るものとなる、云々《しかじか》」と記されております。

◎倉の倒壊で圧死とは災難だが、それも仏罰とされる。修行する僧への妨害行為がこれだけ頻繁に語られるところに、仏教の浸透にいかほどの困難があったかということを読み取りたい。

道理に反して他人の物を奪い、悪行をなして報いを受け、不思議を示した縁　第三十

膳臣広国《かしわでのおみひろくに》[1]は、豊前[2]の国宮子《みやこ》の郡の少領《しょうりょう》[3]でありました。藤原[4]の宮で天の下をお治めになった天皇のみ代、慶雲二年九月十五日に、広国は突然死んでしまいました。

ところが、死んで三日[5]を経た十七日の午後四時ごろになって生きかえり、語って[6]次のような話をしました。

使いが二人来て、ひとりは頭のてっぺんにあげた髪を束ね、もうひとりは童子だった。連れられて駅《うまや》[7]を二つほどいっしょに行ったあたりの道の途中に大きな河[8]があった。橋がかかっていて、黄金で塗り飾ってあった。その橋を渡って向こう側に行くと、すごくおもしろい国があった。使いに向かって、「ここはどういう国ですか」と尋ねると、「度《と》南《なん》[9]の国だ」と言う。

その国の京《みやこ》に着くと、八人の役人がいて、武器を佩《は》いてわ

1　伝未詳。

2　福岡県行橋《ゆくはし》市の一部および苅田《かんだ》町・みやこ町のあたり。

3　郡役人の二等官。土着の豪族が世襲的に任命される。

4　持統天皇が営んだ宮で、文武・元明の三代にわたって使用されるが、ここは慶雲二年(七〇五)のことであるから、文武天皇の時代ということになる。

5　霊異記で死者が蘇生する話では、三日経ってという展開が多い。死者儀礼のなかのモガリ(殯・喪)の期間とかかわるか。

たしを追い立てる。その先に黄金の宮殿があり、門を入って眺めると王[10]がいて、黄金の椅子に座っている。王が、わたし[11]広国に向かって言うことには、「今回お前を召し出したのは、汝[12]の妻が歎いて訴えてきたためである」と。

すぐに、ひりの女を召し出した。見ると、ずいぶん前に死んだわが妻であった。頭から打ち込んだ鉄の釘が尻に抜け通り、額に打ち込んだ釘は後頭部に抜け通っている。鉄の縄で四つの手足を縛られ、八人の役人がぶら下げて運んできた。

そこで王が尋問して、「お前はこの女を知っているか」と言うので、わたし広国は、「まことに我が妻であります」と答えた。つづけて、「お前は訴えられている罪を覚えているか」と尋ねられたので、「知りません」と答えた。

そこで王が女に尋ねると、女が答えて言うことには、「わたくしはよく覚えております。わたくしを家から追い出しました。そのために恨めしく、いつまでも妬《ねた》み嫌っています」と訴えている。

6 臨死体験の一つ。冥界訪問譚(蘇生譚)と名付けられる話型の一類で、死者の世界で見聞したことを死んで何日かして生き返った人物が語るというスタイルをもつ。これ以降、一〇話以上の臨死体験譚が語られる。

7 律令制度によって作られた街道の、およそ二〇キロごとに置かれた施設で、馬や人夫・宿舎などを提供した。ここは二駅とあるから四〇キロほど歩いたことを示そうとしているのであろう。

8 川と橋は、冥界訪問譚に出てくるこの世とあの世の境界として必ず語られる。いわゆる三途の川のことで、

王はわたし広国に、「お前に罪はない。家に帰ってよい。しかしながら、けっして黄泉《よみ》[13]のことをみだりに話したりしてはいけない。また、もし父に会いたいと思うなら、南のほうに行ってみろ」と申し渡した。

それで行ってみると、まことに我が父がいた。父は、たいそう熱い銅の柱を抱いて立っていた。また鉄の釘三十七本を体中に打ち立てられ、鉄の杖で叩かれていた。その回数は、朝に三百回、昼に三百回、夜も三百回、毎日あわせて九百回ずつ責め叩かれるのである。わたし広国は、そのさまを見て悲しくなり、「ああ、どうして考えることなどできたでありましょうや、父がこのような苦しみを受けていようとは」と歎いた。

[14]すると、父は次のように語り出した。

わしがこのような苦しみを受けていることを、我が子であるお前は知っているかどうか。我は、妻や子を養うために、ある時には生き物を殺し、ある時には八両の綿を貸し

ここを渡ると現世には戻れないというのが約束。

9　未詳。ほかには出てこないが、南に渡る国の意とみれば、地獄は南のほうに存在すると考えられていたことになる。

10　ここでは王としか出てこないが、後世の閻魔様のこと。霊異記では閻羅王と呼ばれている。

11　原文に「広国」という固有名詞が何度も出てくるが、ここは自らが語っている部分なので「わたし」をそえて自称のかたちで訳した。

12　妻の訴えがなぜ退けられたかはわからない。妻を離縁した理由

て強引に十両に増やして取り立て、[15]またある時には小さな重りの秤《はかり》で稲を貸し、大きな重りの秤を使って強引に取り立て、ある時には他人の物を強引に奪い取り、またある時には他人の妻を強引に犯したこともある。父や母には孝養《こうよう》せず、目上の人を敬うこともなく、[16]奴碑《ぬひ》ではない人たちを馬鹿にし侮《あなど》ってきた。

　こうしたもろもろの罪のために、我が身は小さいけれども三十七本もの鉄の釘に打ち抜かれ、毎日九百回も細い杖のような鉄の鞭《むち》で叩き責められているのである。痛いことよ、苦しいことよ。いつの日に、我が罪を免れることができようか、いつになったら、我が身は安らかになれることであろうか。息子よ、すぐに我がために仏を造り、経を写して、我が罪苦をつぐなってくれないか。けっして忘れるようなことがないように。

　そういえば、わしが飢えて、七月七日に大きな蛇になってお前の家に行き、家の中に入ろうとした時には杖に引っかけて棄てられた。また五月五日に赤い犬になってお前の

が妥当だったと判断されたということであろう。律令には、夫が妻を離縁してよい条件が規定されている（戸令－28条）。当然、妻側に厳しい内容になっている。

13　地獄とか極楽とかではなく、この話では神話に出てくる黄泉（黄泉国）の呼称が用いられている。ほかにも霊異記には、中7・16、下35・37などに黄泉の語が用いられており、耳慣れない地獄というよりは、一般の人々には黄泉のほうが理解されやすかったのであろう。

14　ここからは地獄の責め苦を受けている父の語りになる。冥界訪

家に行った時には、飼っている犬をけしかけてわたしを防ぎ、ひたすら追いかけ叩いてきたので、飢えたまま腹を立ててもどってきた。またわしは、正月一日には猫になってお前の家に入っていったのだが、その時には、供養のために供えられた飯や肉、さまざまな品を腹一杯食べることができ、おかげで三年分の食べ物を補うことができた。

わしは、兄弟や身分の上下をわきまえることもせず、道理をなくしていたがために、死後は犬に生まれ変わって汚れた物を喰らい、汚物を垂れ流している。わしはきっと赤い犬に生まれ変わるはずだ。

およそ米一升を布施する報いとしては三十日の食べ物が手に入る。衣服一具を布施する報いとしては一年分の衣服《ころも》が手に入る。僧に経を読ませる者は、東方にある黄金の宮殿に住むことができ、その後は願いのままに天上界に生まれることができる。仏菩薩の像を造る者は、西方《さいほう》にある極楽浄土に生まれ、放生《ほうじょう》する者は、北方にある普賢菩薩の浄土に生まれることができる。一日でも仏の戒律を守って斎《さい》

問譚が入れ子構造になっており、なかなかおもしろい。

15 秤のごまかしは、この種の話のパターンになっている。実際にも、同種の悪事ははびこっていたものと思われる。昭和の時代、肉屋の店先にある秤には証書が貼ってあった。

16 奴は男奴隷、婢は女奴隷。奈良時代には売買されて、多くの奴隷がいたのだが、霊異記以外にはほとんど出てこない。その点でも霊異記説話は重要だと思う。

食《じき》した者は、十年分の食べ物を得ることができるのだ。

このように、わたしは善行や悪行を行ったために受けることになる報いなどを見聞きし、怖い思いをしながら帰ることになった。そして大きな橋のところまでもどると、門番がいて、わたしの前に立ちはだかって、「いったん内に入った者は、ふたたび帰ることはできない」というので、わたし広国はしばらくのあいだ辺りを歩き回っていると、童子が出てきた。すると門番は、その童子をみて跪《ひざまず》いて礼拝した。

童子はわたし広国を呼んで片方の脇門のほうに連れて行き、その門を押し開いた。そこから出ようとすると、「急いでいきなさい」と告げた。わたし広国は、童子に尋ねて「あなたはどなたですか」と言う。すると答えることには、「わたしを知りたいと思うならば、そなたが幼い頃に書写した観世音経[17]がわたしです」と言ったかと思うと、門のなかに消えていった。

と思って気づくと、わたしは生き返っていたのだ。

17 法華経のなかの観世音菩薩普《ふ》門品《もんぼん》を独立させて観世音経と呼ぶ。

広国は、黄泉に行って善行や悪行の報いを見てまわり、その見聞を文字[18]に記録して人びとに広めたのでした。

罪を作り、その報いを受ける因縁は、大乗仏教の経典にさまざまに説かれているとおりであり、信じない者などありえましょうや。それゆえに、経典に、「現在吸っている甘い汁は、未来においては鉄丸《てつがん》である」とあるのは、このことを言っているのです。

その後、広国は、父のために仏を造り、経を写し、三宝を供養し、父の恩に報い、地獄で受けている罪の報いのつぐないをしました。そして、これ以降は、悪い行いをやめて、仏の道に邁進したということであります。

18 冥界訪問の体験を文字にして広めたというところに、文字の普及が窺えるし、文字のもつ権威性も見いだせる。また、地獄の王は、黄泉の国のことはみだりに話すなと言っていたが、こういう禁止は必ず破られるのがお話の世界である。というより、話させるために話すなと言っているとみてよい。

◎臨死体験譚のなかでもよく整った話である。こうした体験を語る人がいたことは、後の話からもわかって興味深い。

心を込めて観音にすがって幸福を願い、おかげで大きな福徳を手に入れた縁　第三十一

[1]御手代《みてしろ》の東人《あずまひと》は、[2]諸楽《なら》の宮で天の下をお治めになった聖武天皇のみ代に、[3]吉野山に入って仏法を修行し幸せを求めました。三年ほど経って、観世音菩薩のみ名を唱え、「どうぞ（南無）、銅銭を万貫、白米を万石、福徳をもたらしてくれるいい女を、私に与えてください」と言って祈りました。

ちょうどその頃、三位《さんみ》 [4]粟田朝臣《あわたのあそみ》に娘がいて、いまだ男を知らず結婚もしていませんでした。その娘が[5]広瀬の屋敷にいる時、突然病気になって痛みで苦しみだしましたが、治すすべがありません。父の粟田の卿《まえつきみ》は、使者をあちこちに送り、[6]禅師や優婆塞を探し求めました。そのなかで東人に出会った使者が拝むようにして来てもらい、呪文を唱え娘を護ってもらいました。卿の娘は、その呪力のおかげか病いが治りました。そのために娘は東人に恋心を抱き、ついに結ばれました。

それを知った親属たちは、東人を捕まえ閉じ込めて監禁してし

1　伝未詳。
2　平城京は、霊異記では諸楽宮と表記されることが多い。
3　奈良県南部の吉野郡の金峯山《きんぶせん》を中心とした山地。山岳修行の霊山。
4　三位の人に粟田朝臣真人（養老三年［七一九］没、正三位）がいるが、時代が合わない。子か孫の世代を誇張して三位と称しているか。
5　現在の奈良県北葛城郡広陵町・河合町、大和高田市の一部。粟田氏の本貫か。
6　禅師は修行によって特別な呪力などを身

まいました。しかし娘は恋心を抑えることができず、恋い慕い泣いて監禁されているところを離れようとはしませんでした。そのさまをみた親族たちは相談し、東人を解放しふたりを夫婦にし、家の財物をすっかり施し与えました。そして、朝廷に申請して跡継ぎとして五位[7]の位を賜わりました。

その後、年を経て、その女が死を迎えると、おのれの妹に語り、「今、わたくしは死のうとしています。お願いが一つあるのですが、聴いてくれますか」と言いました。妹は答えて「お気持ちのとおりにいたします」と言うと、姉は、「わたくしは、東人に恩を受けたことを、いつまでも忘れる事ができません。あなたの娘を東人の妻に迎えて、家のことを護ってもらいたいと思っています」と頼みました。妹は、姉の遺言にしたがい、おのれの娘を東人の後添《のちぞ》いとして、粟田家[8]の家財を護らせました。

東人は、この世において大福徳を授かることになりました。

これはまことに修行による験力であり、観音の威徳です。観音様が信仰に応えてくださらないことなどあろうはずがありません。

につけた僧。優婆塞は在俗のままに五戒を受けて修行を続ける男の修行者。

7　高位の者の子や孫には蔭位《おんい》の制度があり、親の位階に応じて一定の位階が与えられる。それを利用したということか。

8　財産が女から女に相続されるということとかかわるか。

◎いわゆる「逆玉」婚姻譚のパターンで、昔話「聴耳頭巾」などでお馴染み。

三宝にすがり、僧侶たちを信じ仰いで読経してもらい現報を得た縁　第三十二

神亀四年[1]の九月のこと、聖武天皇が群臣とともに添《そう》の上《かみ》の郡[2]の山村にある山にでかけて狩りをなさいました。そこに鹿が出てきて、走り逃げ細見《ほそみ》[3]の里の百姓の家の中に入りました。家人はそのような鹿とは知らず、捕まえて殺して食べてしまいました。

その後、天皇がお聞きになり、使いを遣わしてその人たちを捕らえさせようとなさいました。関与して災難に遭った男女は十数人にも及びました。体は震え心は恐れに打ちのめされ、すがるものとてありません。ただただ、三宝のお力にすがる以外には、だれがこの重い憂えから助け出してくれようと思うばかりでした。

そこに、大安寺[4]の丈六[5]の仏さまは、よく人びとの願いを叶えてくださるらしい、という評判が耳に入りました。すぐさま、人をその寺にお参りさせて読経をしてもらいました。そしてまた、「われらが召し出されて役所に向かうときに、寺の南の門を開いて仏さまを目にしながら拝むことができるようにしてください」

1　七二七年。
2　現在の奈良市今市町・柴屋町のあたり。
3　未詳。山村里の近辺であろう。
4　南都七大寺の一つ。平城京左京六条四坊（現在の奈良市大安寺町）で、現在も同地に所在。聖徳太子の建立した熊凝《くまごり》寺に発し、百済大寺・大官大寺と改

と申し上げ、さらに、「われらが役所に着くころになったら、鐘の声を響かせていただきたい」とお願いしたのでした。

僧たちは、願いのままに鐘を鳴らしお経を転読し、南門を開けて仏さまを拝むことができるようにしておきました。そのようにして、捕らえられた人たちは使者に連れられて役所に参上し、授《じゅ》[6]刀寮《とうりょう》に監禁されてしまいました。

ところがちょうどその時、天皇に皇子がお生まれになり、朝廷では大いに喜ばしきことというので、天の下に大赦[7]を行うことになりました。捕らえていた人びとに刑罰を加えないばかりか、朝廷はお祝いの品を人民に賜うことになりました。捕らえられた人びとの喜びは、比べるものとてないありさまでした。

まことに知ったことです、丈六の威光と読経の功徳であるということを。

称して各地を動いた後、現在地へ。霊異記には何度も出てくる。

5　一丈六尺、約四・八メートルの仏像。

6　天皇の身辺警護などを担当する役所。授刀寮の役人が仕事を怠けて授刀寮に監禁された際の歌が万葉集にある（6・九四八、九四九）。

7　何かめでたいことなどがあって、罪人を放免することで天皇の徳を示す行為。ここの皇子誕生は、光明子が基王を生んだことをいう。続日本紀、神亀四年閏九月二九日条に記事あり。翌月五日に大赦の記事があって合致する。ただし基王は翌年九月に没した。

妻が、死んだ夫のために願掛けをして仏像を絵に描き、その効能によって火にも焼けず不思議なしるしを得た縁　第三十三

河内《かわち》[1]の国石川の郡にある八多寺《はたでら》[2]に、阿弥陀の画像が安置されています。里の人がその謂われを次のように語り伝えています。

昔、この寺のあたりにかしこい婦人がおった。その名は伝えられておらんが、その人の旦那さんが今にも亡くなろうかとゆう日に、この仏さんの像を造って捧げようと思《おも》たんや。ところが、貧乏やったで作ることができなんだ。

それからずいぶん歳月が経ってしもた、ある秋、落ち穂[3]を拾い集めた。そして画師《えし》に願《ねご》うて、心からの供養の場を準備し、落ちていた稲穂を供物として捧げ、泣きながら夫の死を悼んだそうや。

画師はそのさまを見て哀れに思て、心を一つにして図像を仕上げようと思た。そして、色鮮やかな画像ができあがった

1　現在の大阪府南河内郡と富田林市の一部。
2　所在など未詳。訓みはヤタデラかもしれない。
3　古代では実った稲は穂摘みされるが、その際に落とした稲穂を拾ったのであろう。拾った人の所有になるということか。

のよ。そこで婦人は斎会《さいえ》[4]を準備し、阿弥陀さんの絵を金堂《こんどう》[5]に安置して欠かさず祈り続けておったそうや。

その後《のち》のこと、盗人《ぬすっと》に火をかけられて、お堂はすっかり焼けてしもた。しかし、この仏さんだけは焼け残っとった。

どこも傷んだところはなかったそうや。


これは、まことに仏が助けてくださったためである。

賛に言うことには、「すばらしいことか、貞節なる婦人よ。長い時を経て亡き夫の恩に報いようとし、秋になって画像を描いて法会《ほうえ》を催した。まことに知ったことよ、その手厚い供養のさまを。炎火は激しいものであったが、尊像は焼けなかった。これは、天上の神仏の助けであり、今さら知恵を絞って真偽を議論することなど何もない」と。

4 僧を集めて食事を施し仏事を営むこと。これ以降の話にもしばしば出てくる。
5 寺院の中心をなし、本尊となる仏が祀られているお堂。八多寺の本堂の一隅に絵が安置されていたということであろう。
◎火事に遭っても仏像やお経が焼けなかったというのは、仏の力を語る一つのパターン。土地の語り風に訳してみたが。

絹の衣《ころも》を盗まれ、妙見菩薩《みようけんぼさつ》にすがって祈願し、その絹の衣を取り返した縁　第三十四

昔、[1]紀伊《き》の国安諦《あて》の郡の[2]私部寺《きさきべでら》の前に、一軒の家がありました。その家で、絹の衣[3]十《と》疋《むら》を盗人《ぬすつと》に取られ、[4]妙見菩薩にすがって祈り願いました。

盗人は、盗んだ絹を紀伊の市の商人に売りました。それから七日も経たないころ、突然、つむじ風が襲来して売り物の反物を巻き上げ、その絹が[5]鹿の角にからまり、驚いた鹿は長い布を翻《ひるがえ》して南のほうに走りゆき、元の持ち主の家に衣を落としたかと思うと、そのまま天に昇って姿を消してしまいました。

その顛末《てんまつ》を市の商人が伝え聞き、自分が買った絹が盗品であったのに気づき、あれこれと詮索《せんさく》して取りもどそうとはせず、黙ったままで何もしませんでした。

これもまた、不思議な出来事であります。

1　平城《へいぜい》天皇の諱《いみな》の安殿《あて》と重なり在田郡に改名(八〇六年)。和歌山県有田市および有田郡のあたり。
2　私部氏の氏寺か。
3　巻いた布を数える単位。ヒキとも。
4　人の命や運命をつかさどる北極星および北斗七星を神格化した菩薩。
5　妙見菩薩像のなかには額に鹿の頭を付けたものがあり、鹿と何らかの因縁をもつらしい。

信心深い人たちを集めて、四恩《しおん》のために絵の仏像を作り、霊験を得て不思議なしるしを示した縁　第三十五

[1]河内の国若江の郡遊宜《ゆげ》の村に、[2]練行《れんぎょう》の沙弥尼がいました。姓名はわかりません。

[3]平群《へぐり》の山寺に住んで、信者たちを誘い集めて、[4]四恩のために心をこめて仏の画像を描きました。そのなかには[5]六道《ろくどう》のさまが描かれていました。絵ができて法会をおこなった後に、その寺に安置し、その絵の由来などをあちこちにふれて見せていました。

しばらくしてその尊い絵が誰かに盗まれてしまいました。

沙弥尼は悲しみ泣きながら探しましたが、どうしても見つかりません。そこで今度は、信者たちを集めて[6]放生会《ほうじょうえ》をおこなおうと思い立ち、[7]難波に買い物に行きました。

市をめぐって帰ろうとする時に、竹で編んだ背負い籠が樹の上に置かれているのに気づいて眺めていると、いろいろな生き物の声が背負い籠の中から聞こえてきました。

「これは生き物が入っているに違いない」と思い、「かならず買

1　若江郡は、現在の大阪府八尾市・東大阪市のあたり。遊宜村は、現在の八尾市弓削町のあたり。

2　修行を重ねた僧のこと。沙弥尼は「比丘尼《びくに》（正式な尼）」に対して、正式な戒律を受けていない女性修行者。

3　平群は、現在の奈良県平群郡全域と大和郡山市・生駒市の一部。山寺は未詳。

4　すべての人が受けている恩の意で、父母・衆生・国王・仏法の四種をいう。

5　仏教で、人がそれぞれの行いに応じて生

い取って放してやろう」と願って、その場に佇んで籠の持ち主がもどるのを待っていました。

　しばらくして持ち主がやってきました。そこで尼が言うことには、「この箱の中から生き物の声が聞こえます。わたくしは買いたいと思って、あなたを待っていました」と。

　すると箱の主が答えることには、「入っているのは生き物じゃねえ」と言い張ります。尼は、なおも買おうとするのをやめません。そこで市の役人[8]が判断して、「その箱を開けてみなさい」と命じました。すると籠の持ち主は恐れて籠を置いたまま逃げ走ってしまいました。

　そこで箱を開けてみると、仏の画像が入っていたのです。

　尼たちは歓喜して涙を流し、泣きながら言うには、「わたくしたちは以前、この像を盗まれて昼も夜も恋い慕っておりましたのに、今、このようにしてたまたまめぐり逢うことができました。ああ、なんて喜ばしいことでしょう」と。

　市の役人も集まってきた人びともそれを聞いて、「災難でしたね。よかった、よかった」と言ってくれました。


死をくり返す時の六つの世界（地獄道・餓鬼道・畜生道・修羅道・人間道・天上道）をいう。
6　殺生戒を守り、生き物を放して供養する仏教儀礼。
7　もっともにぎわう港町。霊異記にはしばしば登場する。
8　原文に「市人」とあり、市に来ている人々とする解釈もあるが、ここは市を管理する役人（管理人）のことと解釈した。

尼らは、たいそう喜んで放生会を行い、画像を元の寺に安置し、僧も俗人もこぞってお参りしました。

これもまた、まことに不思議な出来事でございます。

◎ここで上巻が終わる。おおよそ時代順に並べられた霊異記だが、上31から聖武天皇の話がはじまる。霊異記にとって聖武は特別な存在で、その呼称も、天皇名の上に「諾楽宮」とある場合に、「勝宝応真」という賛辞が付いて「諾楽宮御宇勝宝応真聖武天皇」と呼ばれることが多い。本書は訳文なので、全体の統一を心がけて、聖武天皇と表記することを原則にしている。

日本国現報善悪霊異記　上巻

日本霊異記　中巻

おのれの高い徳を笠に着て、いやしい姿の沙弥を殴ってこの世で悪死した縁　第一

寧楽《なら》[1]の宮で天の下の大八島《おおやしま》[2]の国をお治めになった聖武天皇は、大きな誓いをお立てになり、天平元年[3]の春二月八日、左京[4]の元興寺に大法会《だいほうえ》を設け、三宝[5]にものを備えて供養をなさいました。

その際、太政大臣正二位の長屋親王《ながやのみこ》[6]に命じて、もろもろの僧をもてなす役にお就けになりました。その時、一人の沙弥[7]がいました。不謹慎なことにも、供養のための食事を盛っているところまで行って、鉢を捧げて飯《いい》を受けようとしました。そのさまを見た親王が、手にした象牙の笏《しゃく》[8]で沙弥の頭を叩くと、頭が切れて血が流れました。沙弥は頭をおさえ、血を拭って恨めしそうな顔をして哭《な》いていたかと思うと姿を消し、どこへ行ったものやら、さっぱりわかりません。そこで、法会に集まっていた僧や俗人は、「まがまがしい」「よくない」とひそひそと囁《ささや》きあいました。

それから二日経って、親王[9]のことをうらやみねたむ人が、天皇に根も葉もない噂《うわさ》を告げ口して、「長屋親王は、国家を転覆させ、

1　聖武天皇の称辞。上35注末尾参照。
2　日本をいう神話的な言い方。
3　七二九年。
4　元は明日香にあったが、平城遷都に際し左京四条七坊に移される。左京は朱雀大路の東側。宮殿から見て左のほう。
5　人が崇めるべき仏・法・僧の三つ。
6　天武天皇の孫、高市皇子の子。続日本紀によれば、神亀六年（七二九、八月五日に改元して天平元年）二月一二日、謀叛の嫌疑を受け妻子とともに自

国王の位を奪おうとしている」と言いました。

それを真《ま》に受けた天皇は大いに怒り、軍隊を派遣して邸《やしき》を囲みました。それを知った親王は、「わたしは罪もなくして搦《から》め捕《と》られ、殺されてしまうだろう。他人に処刑されるよりは、自分の手で命を断ったほうがどれほどましなことか」と思いました。そこで、すぐさま子孫たちに毒を飲ませて絞《くび》り殺した後に、親王も毒を飲んで自害しました。

天皇は、臣下に命じてその一族の亡骸《なきがら》[10]を平城京の外に棄てさせ、焼いた骨を砕いて河に撒《ま》き海に棄てさせなさいました。ただし、流された親王の骨だけは、[11]土佐の国に流れ着きました。

すると、その国の百姓たちがたくさん死にました。そこで、百姓たちは困って役所に申し上げることには、[12]「親王の毒気《どくけ》によって国内の百姓たちはみな死に失せてしまいそうでございます」と申し上げました。

天皇はそれをお聴きになって、土佐に流れ着いた骨を少し京《みやこ》に近づけようとなさったのか、[13]紀伊の国の海部《あま》の郡の椒抄《はじかみ》の沖にある島に鎮めなさいました。


尽。「長屋王の変」と呼ばれ、藤原氏の陰謀とされる。一九八八年に邸宅跡が発掘され（左京三条二坊）、木簡三万点などの遺物が発掘された。

7　僧をいうが霊異記では優婆塞のこと。

8　もとは式次第などを書いた備忘録用の板だったが、威厳を示すために手にするものとなり象牙製などが用いられた。

9　二月一〇日に漆部《ぬりべの》君足《きみたり》らによって讒言されたと続日本紀は伝えている。

10　死者の復活を恐れての行為。

11　なぜ土佐か不明。

12　恨みを残した怨霊のしわざと認識された。

ああ、なんと哀れなことでしょうか。富や地位が盛んな時には、その高名《こうみょう》は都にも鄙《ひな》にもくまなく響きわたるものですが、災いが身に迫る時には頼りになるものとてなく、一朝にして滅んでしまうものでございますね。

まことにも知ったことです、みずからの高い徳を笠に着て、あの沙弥を叩いた。それを、仏法を守る善き神々が、顔をしかめ憎み嫌いなさったのだということを。袈裟を身に着けた者たちは、いやしい姿をしていたとしても恐れ慎まないというようなことがあってはなりません。その中には、身を隠した聖人も交じっていらっしゃるのであります。

そのために、憍慢経《きょうまんきょう》[14]にのたまうことには、「前世において高位の人で、お釈迦様の頭を草履を履いたまま踏みつけた人らの罪は、云々《しかじか》」と。

ましてや、袈裟《けさ》を着けた人を叩き侮辱するような人は、その罪ははなはだ深いものになることでありましょう。

大津皇子、菅原道真などが有名。

13 和歌山県有田市初島町のあたりが古くは椒《はじかみ》村と呼ばれ、その沖にある地ノ島、沖ノ島のいずれかをさすのであろう。祟りを鎮めるために、土佐から南海道の入り口にあたる紀伊国まで長屋王の骨を移したか。ハジカミは山椒のことだが、元はハジカ（端処）で、端っこの村の意か。

14 現存せず不明。

烏《からす》の邪淫を見て世をはかなみ、出家して修行に勤めた縁　第二

禅師　[1]信厳《しんごん》という高僧は、[2]和泉《いずみ》の国泉《いずみ》の郡の[3]大領で、[4]血沼《ちぬ》の県《あがた》主倭麻呂《ぬしやまとまろ》といい、聖武天皇のみ世の人でした。

この大領の家の門のところに大木がありました。その木に烏が巣をかけて卵を産み、雌の烏は卵を抱いて巣におり、雄の烏は遠くまで出かけて餌を探し、卵を抱いている妻を養っていました。

ある時、雄が餌を求めて出かけているすきに、ほかの雄の烏どもが入れ代わり立ち代わりやってきて、巣にいた雌とつるんでいました。そして、そのうちの一羽の雄に心を惹《ひ》かれたのか、雌の烏は巣の卵を棄てたまま、いっしょに高く飛び上がり北のほうに翔《かけ》ってしまい、卵を棄てて振り返ろうともしませんでした。

しばらくして、元の夫である烏が餌を銜《くわ》えてもどって来ると、妻の烏が見あたりません。そこで、雄の烏は子を愛おしく思い、卵を抱いて巣にうずくまり、食べ物もとらずに何日も経ちました。

そのさまを見ていた大領は、家来を木に登らせてその巣を見さ

1　僧としての伝は未詳。

2　現在の大阪府和泉市・泉大津市・岸和田市・泉北郡忠岡町のあたり。和泉国はもとは河内国の一部で、七一六～七四〇年のあいだは和泉監《げん》となり、七五七年以降は和泉国として独立した。

3　郡の長官で土着豪族が世襲的に任命されるのが一般的。仏教の庇護者・信者になることが多く、この話もその典型。

4　血沼は茅渟とも表記し、和泉郡海岸部の古い地名で、血沼氏は

せると、雄は卵を抱いたまま死んでいました。大領はそのさまを見て、大いに悲しみ哀れなことと思いました。

烏の邪淫を見てしまった大領は、世間がいやになって出家し、妻子を離れ官位も捨て、[5]行基大徳《ぎょうきだいとこ》について善行に勤め、仏道を求めて修行しました。名を信厳と名乗り、一心に修行し約束して、「大徳とともに死にたい。かならずきっと同じ西方《さいほう》浄土に生まれ変わりたい」と願いました。

この大領の妻[6]もまた血沼の県主の一族でした。夫の大領に捨てられても、最期までほかには心を寄せず、心を貞潔にし慎み深く暮らしていました。

ふたりの間にできた男児が病気になって臨終を迎えた時、子は母に告げて、「母[7]の乳《ち》を飲めば、わたしの命を長らえられるでしょう」と言いました。母は、子のことばを聞いて、病み臥せっているむすこに乳を飲ませました。子はその乳を飲み、嘆きながら、「ああ、母のおいしい乳を捨てて、わたしは死んでしまうのか」と言って、そのまま死んでしまいました。

それで、大領の妻は、死んだわが子を恋い慕い、夫と同じよう

そこを本拠とする豪族。倭麻呂の名は天平九年（七三七）の「和泉監正《しょう》税《ぜい》帳」末尾の署名に、「郡司〈少領外[従]五位下　珍県主倭麻呂〉」（『寧楽遺文』上、二一〇頁）とあって、実在の人物であることが確認できる貴重な例。珍県主の珍は、血沼の音を漢風にして気取っているらしい。

5　聖武朝の高僧。六六八〜七四九年。土木事業などをおこなって多くの民衆を指導し、大きな力をもったために朝廷から弾圧された。しかし後には東大寺の大仏造立のために聖武天皇の招請を受け、大僧正となる。和泉国と

に家を出て修行の道に入ってしまいました。

その後、信厳禅師は幸いなく仏縁にも恵まれず、行基大徳よりも先に亡くなってしまいました。

大徳は泣きながら、歌を歌って偲びました。

[8]烏といふ　大《おほ》をそ鳥の
言をのみ　ともにといひて
先だち去《い》ぬる

（烏という大嘘つき鳥が）

（ことばだけ「いつまでも」と言いながら）

（先立っていったことよ）


譬えて言うなら、火を焚こうとする時にはまず落ち松葉[9]を準備し、雨が降りそうな時には事前に石板《せきばん》[10]が湿気を帯びてくるものですが、そのように、烏がまず卑しい振る舞いを示し、それを見た大領は仏の道を志したというわけです。

まずは、善に向かう方便として、苦しいことを見させて道を悟

の関係が深い。上5、中7・30など。
6　同族婚である。
7　母の乳の強調は、上23参照。また、三浦『平城京の家族たち』第一章、第五章参照。
8　万葉集、東歌に、「からすとふ大《おほ》をそ鳥のまさでにも来《き》まさぬ君を児《こ》ろ来《く》とそ鳴く」（14・三五二一）という、上二句が同一の歌がある。「児ろ来（コロク）」は烏の鳴き声の聞きなしだが、霊異記の歌にはない。
9　火が付きやすいように用いる「ほた木（ホダとも）」か。
10　楽器という。石坂とも。

らせようとするというのは、このようなことをいうのであります。

世俗の世界におけるさまざまな生き物の卑しい行動はかくのごとくであり、嫌がる者は離れ、愚かなる者はむさぼり耽《ふけ》ってしまいます。

賛に言うことには、「まことに結構なことであるよ、血沼の県主の氏よ。烏の邪淫を見て、俗塵の世を厭《いと》い、浮花《ふか》のごとき仮の世に背き、つねに身を清めて修行に勤め、悟りへの知恵を求めていた。心のうちに極楽への道を願い、この世から解脱《げだつ》することを求めた。俗世を厭い道をめざした、類い稀《まれ》なる者であることよ」と。

◎倭麻呂の行動は極端だが、妻に動揺はみられない。ところが、息子の死に臨むと、母の本領が発揮され、子への慈悲深さが強調される。子の歳がいくつかは語られていないが、幼子ではあるまい。

悪逆の子が妻を愛おしみ、母を殺そうと計画して　この世で悪死の報いを受けた縁　第三

[1]吉志《きしの》火麻呂《ひまろ》は、[2]武蔵の国多麻《たま》の郡鴨《かも》の里の人でありました。火麻呂の母は、[3]日下部《くさかべの》真刀自《まとじ》といいました。

聖武天皇のみ代のこと、火麻呂は、[4]大伴という役人「姓も名も伝わらない」に、[5]筑紫《つくし》の防人に命じられ、任地に出かけてちょうど[6]三年が経とうとしていました。その[7]母親は子に従って筑紫に行き、息子の面倒をみていました。一方、火麻呂の妻は故郷に留まって家を守っていたのです。

その折に火麻呂は、自分の妻と離れて防人になってしまったために、妻への愛おしさに耐えられなくなり、道に外れた考えを起こし、「わが母を殺し、その[8]喪《も》に服して、兵役を免《まぬか》れて故郷に戻り、妻といっしょに暮らそう」と思ったのです。母の性格は、善行を行うのを心掛けていました。息子はそれを利用し、母を誘って、「東の方の山の中で、七日間、法華経《ほけきよう》を説き奉る大会《だいえ》が行われます。さあ、母よ、聞きたまえ」と言いました。

1　伝未詳。
2　多麻（摩）郡は、現在の東京都西部一帯と神奈川県の一部を含む地域。鴨里はあきる野市あたりかというが未詳。
3　伝未詳。母は日下部一族の出身で、子は父方の「吉志」を名乗るのが戸籍。
4　防人の徴用などを担当する役人。
5　律令に規定された九州の辺境防備のために派遣される兵士。七五七年以前は東国諸国から徴用、定員は三〇〇〇人で毎年一〇〇〇人ずつ交替し、任期は

信心深い母はだまされてしまい、経を聞こうと思って発心し、湯で体を洗い浄めて、いっしょに山の中に行きました。すると息子は、牛のような目つきで母を睨《にら》みつけ、「汝《なんじ》、地に跪《ひざまず》け」と言いました。母は、息子の顔を見つめて答えることには、「どうしてそんなことを言うのですか。もしかして、あなたは鬼にでも取りつかれてしまったのか」と言います。しかし息子は、太刀を抜いて母を斬ろうとします。

　そのさまを見た母は、すぐさま息子の前に跪いて、「木を植える心は、その木の実を得るとともに、その木陰に隠れるためです。子どもを養う心は、子どもの力を得るとともに、子どもに養ってもらうためなのです。しかし今、恃《たの》みにしていた樹から雨が漏れるように、どうしてわが子は、自分の願いに背いて、こんな変な気持ちを起こしたのでしょうか」と歎きました。

　息子の火麻呂は、まったく聞く耳を持っていませんでした。

　そこで困り果てた母は、[9]身に着けた衣を脱いで三つに分けて置き、息子の前に跪いて、遺言して言うことには、「私のために、包んでください。そのうちの一つの衣は、わが長男であるあなた

三年。万葉集巻20に、一〇〇首ほどの防人歌が遺されている。

6　軍防令の規定によれば「京に向はむは一年、防に向はむは三年。行程計へず」(8条)とあって防人の任期は三年、その任期が満了しあと少しで故郷に帰れるという時に事件は起きる。語り方が巧み。

7　軍防令の規定によれば「凡そ征行せむときは、皆婦女を将《ゐ》て、自ら随ふること得じ」(27条)とあって遠征に女性を伴うことはできないが、防人は「若し家人・奴婢及び牛馬、将《ゐ》て行かむと欲ふこと有らば、聴《ゆる》せ」(55条)とあって、牛馬や家人《けにん》・奴婢《ぬひ》は任地で農耕す

にあげましょう。一つの衣は、わたしの次男に贈ってほしい。そしてもう一つの衣は、わたしの下の息子に贈りたい」と。

　悪逆の子はそれを聞いても平然と母のほうに歩み進んで、母の項《うなじ》を斬ろうとしたちょうどその時、立っていたところの大地[10]が裂けて、火麻呂はその割れ目に転落してしまったのです。すると、母はとっさに立ち上がり、堕ちていく息子の髪を握り、天を仰いで哭《な》きながら願うことには、「わが子は物に取り憑かれてこんな事を仕出かしたのです。正気でしたのではありません。どうぞ、罪をお許しください」と祈りました。

　そう言いながら母は、なおも強く髪を握って息子を引っ張りあげようとします。しかしそれも叶わず、息子はとうとう大地の底に堕ちていってしまいました。

　慈母[11]は、手に遺った息子の髪[12]を持って家に帰り、息子のために法事を準備し、その髪の毛を筥《はこ》に入れて仏像のみ前に置き、謹んで読経してもらいました。

　母の慈しみは深いものであります。


るために連れていってよかった。母を家人（代々家で使役される人）か奴婢（売買される人）と偽れば連れて行けたか。事実としては疑問。

8　父母の喪は一年間だが、軍防令には「征行」の最中の場合は、任務が明けてから申告する規定（28条）になっている。

9　衣には魂が宿るために形見にする。形見分けなど。

10　仏罰として裂けた大地に堕ちた。

11　慈悲深い母こそ霊異記における理想の母像となる。

12　証拠の品ともなる。頭皮から髪が剝ぎとら

深いがゆえに悪逆の子にすら哀愍《かなし》みの心を垂れて、そのために供養まで行ったのです。
まことに知ったことです、不孝の罪への報いというのは、ほんとうに近くにあるものだということを。そして、悪逆の罪に対しては、その報いがないなどありえないということを。

れるほどの母の力のすごさの証拠ともなる。上3に道場法師による鬼の頭髪の話あり。

◎律令と慈母像にかかわって、この話を分析したことがある（三浦『平城京の家族たち』第五章5）。

力持ちの女が、力くらべをしてみた縁　第四

聖武《しょうむ》天皇のみ世のこと、[1]三野《みの》の国片県《かたかた》の郡にあった[2]少川《おがわ》の市に、ひとりの力持ちの女がいました。生まれつき体が大きく、名を[3]三野の狐《きつね》と言いました「この女は、昔、三野の国の狐を母として生まれた人の四代目の子孫」。女の力は百人力で、少川の市のなかに住み、その力が強いのをいいことにして、市に出入りする商人に難《なん》癖《くせ》をつけては上前を掠《かす》め取るのを仕事にしていました。

その頃、[4]尾張の国愛智《あいち》の郡の片輪《かたわ》の里にも、ひとりの力持ちの女が住んでいましたが、こちらは生まれつき小さな体をしていました「この女は、[5]元興寺《がんごうじ》にいた道場法師の孫」。この女は、「三野の狐が人の物を脅《おど》し取っている」と聞いて、「力を試してみよう」と思いたち、[6]ハマグリを入れた桶《おけ》五十石を船に積んで少川の市の船着き場に船を泊めました。また、ハマグリとは別に、頑丈な[7]クマツヅラを割いて縒《よ》り合わせた鞭《むち》二十本を作って船に載せておきました。

1　三野は美濃、片県は方県とも。現在の岐阜市のあたり。
2　詳細は不明だが、木曾川あるいは長良川沿いにあった市場で、河川を利用した交易がおこなわれる場所であった（三浦『増補　日本霊異記の世界』第三講、参照）。
3　この狐の先祖の話は上2にあり、大野郡（岐阜県揖斐郡大野町のあたり）が一族の本拠だったらしい。その子孫の力持ちである。
4　名古屋市中区のあたり。上3参照。
5　元興寺と道場法師

市に行くと狐がやって来て、商品のハマグリを取り上げると手下を使って売り払ってしまいました。そのうえで、「どこから来た」と聞きましたが、ハマグリの主《ぬし》は答えませんでした。そこでまた聞きましたが答えません。くりかえし四回問うとようやく、「来たところなんて知らないよ」と答えたので、狐は、「失礼なやつ」と思い、ぶん殴《なぐ》ろうとして近づくと、ハマグリの主はすばやく狐の両手をつかみ、用意してあったクマツヅラの鞭を一振りお見舞いしました。鞭には狐の肉が付きました。続けて別の鞭を取り出してもう一発くらわせると、鞭は狐の肉を抉《えぐ》りました。そのようにして十本の鞭で打つたびに、すべての鞭に狐の肉が付いていました。

　そこでたまらず、狐が言うことには、「降参だ、悪いことをした、おみそれした」と。

　これによって、ハマグリの主の女の力が狐の力よりもすごいことがはっきりしたのでした。そこでハマグリの主の女が言いました。「今からのちは、この市にたむろするんじゃないよ。もし、うろついているのを見かけたら、命はないよ」と。

については、上3参照。

6　一石は一〇升。木曾川河口の年魚市潟《あゆちがた》(阿育知潟・愛智潟)から上流の少川の市へ、相当な量のハマグリを交易品として運んでいる。おそらく両地は日常的に交易関係にあったのだろう。伊勢湾北岸はハマグリの名産地。

7　現在クマツヅラと呼ばれる植物は高さ一メートルにも満たない多年草だが、ここのクマツヅラ(熊葛)はそれとは別の、頑丈な鞭を作ることのできるつる草。あらかじめ道具を準備しておくなど、けんか慣れしている印象を与える。

狐はすっかり打ちのめされて少川の市から姿を消し、人のものを奪うようなこともしませんでした。そのおかげで、市に集まる人びとは皆、平穏になったのを喜んだということです。

力持ちの家筋[8]というのは、代々伝えられて絶えることがありません。まことに知ったことです、前世において強い力の因縁を作ることで、今に、こうした力を得たのだということを。

8　男の力士はもちろんだが、宮廷には力持ちの女(力女)が集められて力競べをするというようなことが行われていたようだ。

◎力女譚に関しては、三浦『増補　日本霊異記の世界』第三講で論じた。女性の力持ちを語る話にはペーソスが強くなる。この話でも、狐の女のその後が気にかかる。

漢神《からかみ》の祟《たた》りによって牛七頭を殺し祭り、また放生《ほうじょう》の善行を行い、現世において善と悪との報いを得た縁　第五

[1]摂津《つ》の国の東生《ひがしなり》の郡撫凹《こおりなでくぼ》の村に、ひとりの裕福な家の主人がいました。姓名ははっきりしていません。

聖武天皇のみ世に、その家の主人が[2]漢神から祟りを受け、それを逃《のが》れようとして祈り、祟りを免《まぬか》れるために七年のあいだ、毎年一頭の牛を捧げることになり、あわせて七頭の牛を殺しました。七年を経て祭り終わると、突然、重病になってしまいました。

それからまた七年のあいだ医者に診てもらったり薬を服用したりしましたが、まったく治りません。また、占いや祈禱をする者たちを呼び集めてお祓いや祈禱をしてもらいましたが、病気は重くなるばかりでした。

そこであらためて考えてみるに、「わたしが重い病いを得たのは、殺生《せっしょう》の悪業《あくごう》によるものに違いない」と思いました。そのために、病いに臥せった年からずっと毎月欠かさず、[3]六斎日《ろくさいにち》ごとに斎戒を受け、放生の善行を行いました。それればかりか、他人が命あ

1　東生郡は現在の大阪市天王寺区・東成区・旭区・城東区とその周辺部一帯。撫凹村は未詳。

2　祟り神や流行病などに対して、生贄の動物を捧げて祈る中国渡来の民間信仰を呼んでいるらしい。水乞いや農耕においても動物を供犠《くぎ》して祈る信仰があり、農耕と動物供犠はつながりが深い。

3　決まった日（斎日）に精進して仏を祈ること。六斎日とは、毎月の八、一四、一五、二三、二九、三〇日をいう。

るものを殺そうとしているのを見かけると、値段をあげつらうこともなく買い取り、またあちこちに使いを遣わして生き物をさがし集めて、放生していました。

七[4]年目の終わりを迎えて命が終わる時になり、妻子に語り告げて、「おれが死んだあと、九日がすぎるまで死体[5]をそのままにして焼かないでくれ」と言いました。妻子はそれを聞いて、死体を安置したまま約束の日を待っていました。するとちょうど九日を経て、男は生き返って次のように語りました。

[6]七《なな》たりのおそろしい奴《やつ》に出会《でお》うた。頭は牛で体は人の姿をしておった。おれの髪に縄を結《ゆ》わえて捕まえ、囲んで歩いて行きよった。眺めると、高い楼閣《ろうかく》のある宮殿があったので、「これは、どういう宮殿か」と問うと、おそろしい奴が眼をつり上げ睨《にら》んだかと思うと、「とっとと歩け」と言ってその宮の門に入ると、「召しつれました」と言う。それでおれは、[7]閻羅王《えんら》の宮だというのがわかった。すると王は、七たりのおそろしい奴らに尋ねて、「こいつは、お前を殺した仇《かたき》か」

4　七という数字がくり返されるところに中国的な印象がある。こういう場合、日本の神話で使われる数字は「八」。

5　蘇生したのちに自らの臨死体験を語る蘇生譚のパターンで、一定期間火葬をしないように言い置いて死ぬ。三日、七日が多い。

6　以下、冥界訪問譚（臨死体験）が語られる。霊異記のなかでは長いほうの話。また、途中の風景が語られず、裁判の様子が長く語られるのがこの話の特徴。

7　閻魔王に同じ。霊異記ではほとんどがエンラ王。地獄の主神で、死者の生前の罪を裁く存在と考えられている。

と言うと、「まさにこやつです」と答えている。そして、すぐさま肉を調理する机と小刀を持ち出してきて、「早いこと判決してくだされ。我らを殺したように、細かく刻んで膾《なます》[8]にして喰《く》らいたいのです」と声を荒らげて言う。と、その時、一千万人あまりの人たちが出てきて、おれを縛った縄を解きながら、「この方の過ちではございません。この方に祟った鬼神《きしん》どもを祀ろうとして牛を殺しただけなのです」と言いつのった。

そのあと、おれをまん中に据えて、七たりのおそろしい奴らと一千万あまりの人とが、来る日も来る日も閻羅王に訴え争い続けるさまは、まるで水と火とが争うようで決着がつかず、閻羅王は判決を下すことをようせなんだ。

するとおそろしい奴らは談判して、「はっきりしておることは、こいつが首謀者になって、わしらの四つの足を斬って漢神の廟所《びょうしょ》に祀ってご利益を乞うたうえで、それを膾に刻んで御馳走として喰らったということだ。今度は、我らを斬ったごとくにこいつを屠《ほふ》[9]り斬って喰らいたいだけだ」と訴える。

8 動物や魚の生肉を刻んで味付けをした料理。

9 動物を殺して解体

すると一千万の人びとも閻羅王に申し上げることには、「われらは、細かなところまでこの方の過ちではなく、鬼神どもの罪《つみ》過ちであるということを承知しております」と、こう言うてくれる。

それらの訴えを聞いておった閻羅王は、「道理というものは、証人が多いほうにある」とお思いになったようであった。八日もの論争を経た夕方、「明日、みな集まれ」と仰せになったので、その場はひとまず退散した。

仰せを受けた九日目に、みな集まってきよった。すると閻羅王はすぐさまお告げになることには、「大方の筋の通った判断というものは、証人が多いほうに従うものである。それゆえに、[10]多数の意見のほうに決めよう」と仰せになった。

それで判決は決まったのよ。七牛《しちぎゅう》どもはそれを聞いて、舌《した》舐《な》めずりをして唾《つば》を飲み込みながら、膾を刻むさまをまねたり肉を喰らうふりをしたりしておった。そして、憤慨さめやらずというふうに刀を捧げ、怒り叫んで、「恨みを晴らすことができないのか。おれたちはけっして忘れないぞ。いつか

すること。

10 多数者が正義というのは民主主義の原則のようでありながら、どこか滑稽な印象があっておもしろい。

きっと復讐するぞ」と、口々にののしっておった。

一方の一千万あまりの人びとは、わしの前後や左右を何重にもぐるりと囲んで、閻羅王の宮殿を出た。そして、わしを輿《こし》に乗せてくれて担ぎ、先頭には幡《はた》を捧げ翻《ひるがえ》して導いてくれよる。みな、賛嘆しながら見送り、地面に跪《ひざまず》いて拝んでくれる。その人たちは、みな同じ姿をしておった。

そこでわしは尋ねて、「そなたたちはどなたか」と聞いた。すると答えて、「われらは、あなたが買い取って放生してくれたものです。あのときの恩を忘れはしません。そのために、今ご恩返しさせていただいただけでございます」と、そう言うておった。


男は、閻羅王の宮殿からもどり黄泉《よみ》返ってからは、ますます仏への誓いの願掛けに精を出しました。そして、これ以降は、間違っても漢神を祀るようなことはせず、三宝に心からすがり、おのれの家に幡《ばん》[11]を立てて寺となし、仏像を安置して仏の教えを習い、放生に勤《いそ》しみました。

◎霊異記の説話がどのように人々に享受されていたかということを考える時、ここにみられるような、いささか滑稽な語りの存在は興味深い。かなり巧みな話芸というようなものを想定してみてもよいのではなかろうか。

11 寺院や法要の場を荘厳に飾るための、縦に長い旗。
12 お堂の名ナデは地名「撫凹」のナデからの名付け。

それ以降、その家を名付けて那天《なで》[12]の堂《どう》と呼んでいます。そして最期まで病いもなく九十歳あまりまで生きて往生しました。

鼻奈耶経《びなやきょう》[13]に説くことには、「迦留陀夷《かるだい》[14]は、昔、神を祀る天祀主《てんししゅ》[15]となって一匹の羊を殺したために、今、羅漢《らかん》[16]になったとはいえ、後には怨みの報いを受けて、婆羅門《ばらもん》[17]の妻に殺されてしまった、云々《しかじか》」ということです。

また、最勝王経《さいしょうおうきょう》[18]に、「流水長者《るすいちょうじゃ》[19]は、一万もの魚を放生した。その魚たちは天上に生まれ変わり、四万もの珠玉をこの世で流水長者に施し恩返しをした」と説かれているのは、まこと、このことを言うのであります。

13 戒律を説く経典。以下の部分は今昔物語集2－29に載せられている。
14 仏弟子の一人だが、インド四種族の最高位の婆羅門に属していた。
15 祭祀者のことで、ここは婆羅門教の司祭をいう。
16 阿羅漢のことで、尊敬や施しを受けるにたる聖者のこと。
17 注14に記した「婆羅門」位にある者の意。
18 金光明最勝王経のこと。
19 金光明最勝王経巻九の「長者子流水品」の主人公の名。この部分は、『三宝絵詞』上7に引かれている。

真心をこめて法華経を写経し、霊験により不思議な出来事があった縁　第六

聖武天皇のみ代に、[1]山背《やましろ》の国相楽《さがらか》の郡に願を立てた人がいました。姓名はわかっていません。

[2]四つの恩に報いるために法華経の写経をしようとしました。そして、その[3]大乗経典を納めるために、使者を四方に派遣し、箱の材料となる[4]白檀《びやくだん》や紫檀《したん》を探させました。すると、[5]奈良の京《みやこ》でみつかり、[6]銭百貫《ぜにひやつかん》で買い取りました。

そこで、[7]匠《たくみ》を呼び寄せ、大きさを測って箱を作らせ、書写した法華経をお納めしようとしました。ところが、お経のほうが長くて箱の長さが足りず、書写した法華経が納まりません。

[8]施主たちは大いに悔やみましたが、ふたたび材料を探す手立てもありません。そこで祈願をすることになり、経に説かれているとおりに法事を行い、たくさんの僧をお迎えし、二十一日間の期限をきめて[9]懺悔《さんげ》し祈って悲しみ申し上げることには、「どうか、ふたたび木を得させてください」と。

1　京都府南端、現在の木津川市および笠置町・和束町・精華町など。

2　すべての人が受けている恩の意で、父母・衆生・国王・仏法の四種。上35。

3　大乗仏教の経典を言うが、ここは法華経をさす。

4　南インド・東南アジアに産し、白檀は香木で香料や仏像などに、紫檀は家具や装飾調度品の材料に用いる。高価。

5　平城京には東西に大きな市があり、あらゆるものが商われてい

その途中の十四日目が過ぎたところでお経を試しに納めてみると、箱が少し伸びたようにみえるのですが、すんでのところで納まってはくれません。施主たちはそれがわかってますます精進し、懺悔し祈りを続け、満願の二十一日目になって納めてみると、お経はきっちりと箱に納まりました。

　そこで不思議に思うことには、「もしやお経が縮まったのであろうか、それとも箱が伸びたのであろうか」と。そこで、元の法華経を借り受けて書写したお経と比べてみましたが、両者はまったく違ってはいませんでした。

　まことに知ったことです、大乗経典が不思議な力をお示しになり、願を立てた人の信心の深さを試されたのだということを。けっして疑ってはなりません。

た。

6 一貫は、和同開珎(銅銭)一〇〇〇文を紐で束ねたもの。

7 指物師や細工師などの工人(巧人)。

8 原文「檀越」とあり、寺院の後援者で、精神的・経済的に寺を支える。

9 原文は「悔過《けか》」。仏前で、罪を懺悔しながら祈る行為。

◎工人の失敗を責めないところが奥ゆかしいといえようか。

智恵ある者でありながら、姿を変えた聖人を妬《ねた》み悪口を言って、この世で閻羅王の宮殿に行き、地獄の苦しみを受けた縁　第七

釈《しゃく》[1]智光《ちこう》[2]は、河内[3]の国の人で、同国安宿郡《あすかべ》にある鋤田寺《すきたでら》[4]の僧でした。俗姓は鋤田《すきた》[5]の連《むらじ》でしたが、のちに姓《かばね》を上《かみ》の村主《すぐり》と改めました。母の氏は飛鳥部《あすかべ》の造《みやつこ》でした。生まれながらに聡明で、その智恵は当代第一と言われるほどでした。盂蘭盆《うらぼん》経、大般若《だいはんにゃ》経、心般若《しんはんにゃ》経などの注釈書を作り、多くの学問僧のために仏教を読み教えました。

その当時、行基《ぎょうき》[6]という修行者がいました。俗姓は越《こし》[7]の史《ふひと》といい、越後[8]の国頸城《くびき》の郡《こおり》の人でした。母は和泉の国大鳥郡の人で、蜂田《はちだ》の薬師《くすし》の出です。俗世界を捨て欲望から離れ、仏法の教えを広め悩んでいる人を教え導きました。その人となりは聡く、生まれつきの知を身につけていました。身につけた菩薩の悟りは内に秘めて、外に向かっては菩薩の下に位置する声聞《しょうもん》[9]のすがたをしていました。聖武天皇は、その威徳を感じとっているために行基を信じ

1　釈迦のことから、僧一般を呼ぶ語に。

2　奈良時代の名高い学僧。渡来系の一族の出身らしいが、生没年など未詳。三論宗（中国隋代に大成した学派で日本では南都六宗の一つ）元興寺派の学僧で著作も多くある。

3　郡名は飛鳥戸郡、飛鳥部郡とも。現在の大阪府柏原市の南部と、羽曳野市の南東部にあたる。

4　柏原市国分東条《ひがんじょう》町の東条尾平廃寺に比定されたりするが未詳。

重んじていました。世間の人は、敬いつつしんで菩薩と呼んで讃《たた》えていました。そして、[10]天平十六年十一月に大僧正に任じられました。

それを知って、智光法師は嫉妬《しっと》の心を起こし非難して、「わたしは智者であり、行基は修行僧ではないか。なにゆえに天皇《すめらみこと》は、わが智を取りあげもせず、あいつばかりもてはやし大事になさるのか」と言いました。そして、時世をうらんで鋤田寺に引き籠もって暮らしました。

するとある時、突然、下痢が続く病いに冒され、一月《ひとつき》ばかり続きました。そして、臨終の時を迎え、弟子に向かって、「われが死んでも体は焼くな。九日間そのままにして待て。学僧たちが来て尋ねたら、用があってあちこちお出かけですと答えておくように。[11]われの体はそのままにして、供養を続けよ。けっして他人に知られるようなことがあってはならない」と、きつく言われました。

弟子は、教えられた通り、師の部屋の戸を閉じて、人にはその死を知られないようにしました。陰では、その死を悼んで泣きな

5　氏の鋤田は吹田・次田と同じか。上は郷名「賀美《かみ》」に由来するか。ただし、この氏姓の改名については判然としない。村主というカバネは渡来系の氏族に与えられる。飛鳥部造も渡来系の氏族である。

6　すでに何度か出てきた。上5、中2など。題名には「姿を変えた聖人（変化聖人）」とあり、菩薩が人間の姿で現れたことをいう。

7　越（高志・古志とも）が氏、史がカバネで、渡来系の氏族。行基の父は高志才智、母は直後に記されているように、和泉国（元の河内国）大鳥郡、現在の堺市のあたりに居住した蜂田氏の同族、蜂

がら、昼も夜もしっかり警護し、約束の日を待ちました。学僧たちがやってくると、教えられた通りに答え、遺体はそのままにして供養を続けました。

ある時、[12]閻羅《えんら》王の使い二人がやって来て、光師を召し連れて西のほうに向かっていく。眺めると路の先に黄金の楼閣《ろうかく》が建っていた。「これはどういう宮殿か」と問うと、「お前は葦《あし》原《はら》の国に名の聞こえた智者だというのに、どうして知らないのだ。ようく覚えておけ。これは行基菩薩が生まれ変わってお住まいの宮殿である」と使いは答えた。

その門の左右には[13]二人の威厳のある神のような人が立っており、体には鉀鎧《よろい》を着け、額《ひたい》には緋《ひ》色《いろ》のかぶりものを着けていた。

使いはその前にひざまずき、「連れてまいりました」と言う。するとわれに向かって、「そこにいるのは、[14]豊葦原《とよあしはら》の水《みず》穂《ほ》の国の、世にいう智光法師というものか」と尋ねる。そこで、わたし智光は答えて、「そのとおり」と答えた。すると

田薬師の出とあり、渡来系の一族。一方父方の高志氏は王仁《わに》の後裔氏族、西文《かわちのふみ》氏の一族とされる。

8　現在の新潟県南西部（糸魚川市・妙高市・上越市など）。ここでは行基の出身地とされているが、これは「越史」という氏姓から誤って伝えられたものと考えられる。カバネの史は渡来系の氏族に与えられる。

9　教えを聴聞する者の意で、仏に次ぐ位の菩薩より下位にある者。

10　続日本紀は天平一七年（七四五）正月二一日のこととする。僧の位の最上位で、日本では最初とされる。ただし、霊異記では上5に

すぐに、北の方を指し示し、「この道をまっすぐ行け」と言われ、使いに付いて歩いていった。

どこにも火は見えないし、日の光でもない、たいそう熱い空気が体に当たって顔を炙《や》いている。ひどく熱くて苦しいのだけれど、心ではその熱気に近づきたいと思ってしまう。そこで、「どうしてこんなに熱いのか」と尋ねると、使いは、「お前を煎《い》るための地獄の熱気である」と答えた。

歩いていった先に、ひどく熱い鉄の柱が立っている。使いに「柱を抱け」と言われるままに、わたし光《こう》は、近づいて抱くと、体の肉はみな溶け爛《ただ》れ、骨だけが残った。三日が過ぎると、使いが、使い古した箒を持ってきて柱を撫でながら、「[15]活《い》きよ、活きよ」と唱えると、元のとおりにわが身は生き返った。

そこからまた北を指して歩いて行くと、前よりも熱い銅《あかがね》の柱が立っていた。ひどく熱い柱なのに、今までの悪業《あくごう》に引き寄せられるように、近づいて抱きついてしまいたと思ってしまう。「抱け」と言われ、すぐにそばに行って柱を抱くと、

観勒という僧が大僧正になったとある。
11 遺体をそのままにというのは、冥界訪問譚(臨死体験)の語りのパターン。
12 閻魔さまのこと。
13 行基の宮殿の番人をしている神人らしく、この二人が智光の審判も行うので閻羅王(閻魔)は出てこない。
14 「豊葦原の水穂の国」は日本書紀、神武東征条に出てくる語を用いているらしい(水は瑞の字だが)。古事記の出雲制圧神話では「豊葦原の千秋長五百秋の水穂の国」という言い方をする。いずれにしても神話的な表現が選びとられているの

体はみな爛れ溶けた。三日が経って、前と同じように使いが柱を撫でながら「活きよ、活きよ」と言うと、元のとおりにふたたび生き返った。

それから、また北のほうを指して歩いて行く。耐えられない熱い火の気《ほけ》が雲のように覆いかかってきて、空からは、飛んでいた鳥が熱気にあたり煎られて落ちてくる。「ここはどういうところか」と問うと、「師を煎るための阿鼻《あび》[16]地獄である」と答える。そこに着くと、すぐさまわれを摑んで投げ込み、焼いて煎る。ただ鐘《かね》の音が聞こえてくる時だけは、熱気が冷めて一息つくことができた。それが三日ほど続いて、使いは、地獄の縁《ふち》のあたりを叩きながら、「活きよ、活きよ」と言うと、元のとおりに生き返った。

そこから連れられて帰って来て、黄金の宮殿の門の前に着き、使いは、前と同じように、「連れ帰ってまいりました」と言う。すると、宮殿の門のところにいた二人が告げて言うことには、「師を召し出したわけは、葦原の国にいて行基菩薩を悪しざまに言いつのったためである。その罪を消してし

は興味深い。

15　こうした表現を見ていると、昔話に出てくる「生き鞭、死に鞭」なども仏教説話から出たことがわかる。

16　八大地獄の最下層にあって、もっとも苦しい地獄という。

まうために呼び出したまでだ。あの菩薩は、葦原の国を教化《きょうげ》したのちに、この宮殿に生まれ変わろうとなさっている。もうすぐいらっしゃる頃になるから、お待ちいたしておるのだ。けっして[17]黄泉竈《よもつへ》火の物を食べてはいけない。今すぐ帰りなさい」と言われたので、使いとともに東に向かい歩いて帰ってきた。

　ふとわれに返ったかと思うと、ちょうど九日が経っていた。

　目覚めて弟子を呼びました。弟子たちは、師の声を聞いて寄ってきて、声を上げて哭いて喜びました。智光はたいそう嘆き、弟子に向かって、くわしく閻羅《えんら》の世界のさまを述べ聞かせ、とても畏《おそ》れて、行基大徳に対して嫉妬の感情を起こしたことを懺悔《さんげ》しようと思いました。

　その時ちょうど、行基菩薩は難波《なにわ》にいて、橋を架け、入り江を掘って船着場を造らせていました。智光はしばらく体を休めたのちに、菩薩のもとに出かけました。

　菩薩は、智光を見るとすぐに、神通力によってその思いを察知

17　黄泉の国の竈で煮炊きした食べ物。それを食べると元の世界にもどれないのだが、これも古事記や日本書紀の黄泉の国訪問神話に出てくるモチーフ。仏教思想に基づく地獄が日本に定着するに際して、神話で語られていた死者の世界である黄泉の国と重ねられていったらしい。

し、ほほえみ慈しんで、「どうしてわたしの顔をまっすぐごらんにならないのですか」と言うと、智光はおのれの振る舞いをすっかり懺悔して、次のように言いました。

わたし智光は、菩薩であるあなたに誹《そし》り妬《ねた》む心を抱き、こんなふうに申しました。

「わたし智光は長いあいだ徳を積んだ大僧であるばかりでなく、生まれながらの智者である。それに対して行基は修行僧で浅識《せんしき》の人であり、いまだ戒律も受けていない。それなのにどうして天皇は、行基ばかりを誉めて智光をないがしろになさるのか」と。

その発した言葉による罪によって、閻羅王がわれを召し出し、鉄や銅の柱を抱かせました。地獄に九日のあいだ居て、誹謗《ひぼう》の罪を償《つぐな》ったのです。それ以外の罪が死後の世界にまで及ぶことを畏れ、こちらを訪れ、わが身の恥ずかしい出来事をすっかり告白いたしました。どうか、お願いすることには、わが罪を免《まぬか》れますことを。

18　ここの引用は、『梵網経古迹記』からの孫引きだとされている。

19　饒財菩薩も賢天菩薩も、釈迦が現れる以前にこの世に現れた七仏のうちの、第一仏が

それを聞いた行基大徳は、穏やかな顔をして黙っていました。そこで智光がさらに、「大徳が生まれ変わられるところを見ると、黄金で宮殿が造られていました」と言うと、それを聞いた行基は、「喜ばしいことよ、貴いことよ」と申されました。

まことに知ったことです、口は身を傷つける災いの門であり、その舌は善行を切り取る鋭い鉞《まさかり》であるということを。それだから、[18]不思議光菩薩経に言うに、「[19]饒財《にょうざい》菩薩は、賢天《けんてん》菩薩の過ちを説いたために、九十一劫[20]《ごう》もの永いあいだ、いつも淫らな女の腹のなかに堕ちて生まれ、生まれるとすぐに棄てられて狐や狼に喰われてしまう」と、こうあるのは、このことを言っているのであります。

これ以降、智光法師は行基菩薩を心から信じ、はっきりと聖人であることを知ったのです。

そうこうするうちに、行基菩薩は、その時機がやってきて臨終となり、[21]天平二十一年二月二日、法師としての姿は[22]生駒山に捨て

現れた時代にいた菩薩という。

20 劫は時間の単位で数えられないほどの遠大な時間をいう。それが九一個分も続く時間。

21 七四九年。続日本紀の二月二日条に「遷《せん》化《げ》」とあり行基の伝が記されている。この年は四月に天平感宝と改元され（陸奥から黄金が出たため）、七月には天平勝宝と改元されており（聖武譲位、孝謙即位のため）、続日本紀の七四九年の年号は天平勝宝である。

22 生駒山の東麓、奈良県生駒市有里町の竹林寺（晩年に行基が住した「生駒仙房」の後身とされる）に行基の墓が現存する。

おき、慈悲深い神となった魂はあの黄金の宮殿に遷《うつ》られたのであります。

一方、智光大徳は仏法を広め、経の教えを伝えて迷える者を教化し、正しい道に向かわせました。そして、23白壁《しらかべ》の天皇のみ世になって、このすぐれた智者は日本の地を抜け出し、24奇《くす》しき神となって未知の世界に遷《うつ》っていかれたのであります。

23 第四八代(追尊された弘文天皇を除く)光仁天皇のこと。

24 原文「奇神」とあり、不思議な力をもった神の意を込めた表現であろう。

◎学問派の智光と行動派の行基と、奈良時代きっての高僧だが、そのあいだのライバル関係をうまく伝えている話ではないか。行基に傾倒する景戒も、智光を評価していることがわかる語り方をしているのがよい。

蟹と蝦《かえる》の命を買い取って放生し、現報をうけた縁　第八

[1]置染臣鯛女《おきそめのおみたいめ》は、奈良の京《みやこ》にあった[2]富の尼寺で、[3]上座の尼をつとめていた[4]法邇《ほうに》の娘でした。仏道への志が純粋で、だれとも交わらず、つねに心を込めて[5]野に生えた菜を摘んで、一日も欠かすことなく[6]行基大徳にお仕えしていました。

ある時、山に入って菜を摘んでいると、大きな蛇が、大きな蝦《かえる》を呑もうとしていました。そこで娘は、その蛇に頼んで「この蝦を、わたくしに免じて放してほしい」と言いました。しかし蛇は聞こうともせず、なおも蝦を呑もうとします。

それを見た女はまた頼んで、「わたくしがあなたの[7]妻になりますから、どうかわたくしのために蝦を放してください」と言いました。すると、それを聞いた蛇は、高く頭をもたげて娘の顔を見つめ、蝦を吐き出して放しました。そこで娘は、蛇に約束して言うことには、「今日から七日後にきてください」と。

そうして約束の日になると、娘は、家の戸を閉ざし、穴という

1　伝未詳。置染氏出身の女性。
2　行基が七三一年に起工した登美寺のことで、現在の奈良市三《みつ》碓《がらす》町にあったという。
3　年長で徳の高い尼の意。
4　伝未詳。
5　上13に、野草を食すことで仙人になる話があった。身を清浄に保つことができるのであろう。
6　前七縁、参照。内容や登場人物を同一にする話を並べるという意図が霊異記の編纂に際してあったらしい。
7　報恩型の異類婚姻

穴を塞ぎ、身を固めて家のなかにいました。すると蛇は、ほんとうに約束した通りにやってきて、尾でもって壁を叩きますが、女はじっと我慢しました。

それでも恐ろしくなった女は、次の日に大徳に申し上げました。その頃、行基大徳は生馬《いこま》[8]の山寺に住んでいらっしゃったのですが、娘に告げて、「そなたは、蛇から免れることはできないだろう。ただ、かたく戒律を守りなさい」と申されました。それで、心から三宝[9]に帰依し、五つの戒律をつよく守って家にもどったのでした。

その帰り道のこと、見知らぬ老人が、大きな蟹を持って歩いてくるのに出会いました。そこで娘は、「どなたですか。その蟹をわたくしに免じて放してやってください」と老人に頼みました。すると、老人は、「われは摂津[10]の国兎原《うはら》の郡《こおり》の者で、画問邇麻呂《えどいのにまろ》[11]と言い、年は七十八で、子も孫もなく、命を長らえる術もない。それで、難波に行ったところ、たまたまこの蟹を手に入れることができた。その上、この蟹は、約束した人に譲らないといけないので、お前の言うようにはできないのだ」と答えました。

譚において、こういう場面になると必ずといっていいほど、女は「妻（嫁）になりますから」と口走ってしまう。軽重の感覚がわれわれとは違うのかと思わざるをえない。

8　生駒山のこと。前話、参照。

9　原文「三帰」は三帰依のことで、三宝（仏・法・僧）を心から信じて真心を捧げること。五戒は仏教においてもっとも重要な戒律（不殺生・不偸盗・不邪淫・不妄語・不飲酒）のこと。

10　兎原は菟原とも。現在の兵庫県芦屋市と、神戸市の一部。

11　伝未詳。もちろん実在の人ではない。ほ

それを聞いた娘は、着ていた衣を脱いで買い取ろうとしましたが老人は応じません。そこで娘は、[12]下半身の裳《も》も脱いで衣に加え、それで蟹を買い取ろうとしました。

するとと老人は、ようやく譲ってくれたのです。

そこで娘は、買った蟹を持って家に帰り、大徳をお願いして迎えると、呪文を唱えて祈願してもらったうえで、蟹を放してやりました。その行為を大徳は大いに誉め、「貴いことよ、すばらしいことよ」と言われました。

その八日にあたる夜のこと、前夜に続いて蛇がやって来て屋根の上に登り、草《かや》を抜いて家に入ろうとしました。娘は恐れおののいているしかありません。

真っ暗なので何も見えませんが、ただ娘の床の前でどたばたという大きな音だけが聞こえていました。そのまま夜が明けて周りを見てみますと、一匹の大きな蟹がいて、その大きな蛇がずたずたに切り刻まれていたのです。

それでようやく気づきました。買い取って放してやった蟹が、

んとうらしい名前があったほうが事実らしくなるというのが説話の法則。

12　女性の献身的なさまを語るときのパターンとして、衣ばかりか裳も脱いで捧げるという語り方をする。これは、前に発せられた「妻になる」という発言と呼応しており、いささか卑猥なイメージをかもしだすことにもなる。

◎「蟹報恩」の話は、このあと中12にもう一話取りあげられている。最初に助けられたカエルは何もしない。一度では駄目ということか。

恩を返したのだということを。また併せて、戒律を受けた力によるものだということを。

その真偽を知ろうと思い、老人が名乗った姓名をたよりに探してみたそうですが、どうしても見つけることはできなかったということです。それではっきりとわかりました、老人は、おそらく聖人の化身だったのだということが。

これもまことに不思議な出来事であります。

◎昔話の「蛇婿入り・水乞型」あるいは「蟹報恩」などにつながる話型。こうした生き物を助けて恩返しを受けるという話は、仏教思想によって定着することになった殺生を戒めるという考え方から生じた。三浦『増補　日本霊異記の世界』第五講参照。

自ら寺を作り、その寺の物を流用し牛となって使われた縁　第九

大伴[1]の赤麻呂《あかまろ》は、武蔵[2]の国多磨の郡の大領[3]でしたが、天平勝宝[4]元年十二月十九日に死んでしまいました。そして次の年、二年五月七日に、黒い斑《まだら》模様の子牛に生まれ変わったのでした。それがわかったのは、子牛自らが碑文[5]を背負っていたからです。

斑の模様をよく見てみると、「赤麻呂は、自分で作った寺を飾り、好き勝手に寺の財物を流用していたが、それらを返済しないままに死亡した。それらの物をつぐなうために牛の身を受けた」と読めました。

それを知った一族の者や役所の同僚たちは恥ずべきことだと思って仏に心を寄せ、恐れおののくばかりでした。そして、「罪を作ることは恐ろしいことだ。かならずや報いというのはふりかかるものだ。この出来事は、のちの世への見せしめ[6]として遺し置くべきだ」と思ったのでした。

そこで、同じ年の六月一日[7]、人びとに伝えることにしました。

1　伝未詳。武蔵国には大伴を名乗る一族が多かったようだ。

2　現在の東京都西部一帯と神奈川県の一部を含む地域。

3　郡の長官。地方豪族から世襲的に任命されることが多い。中3に出てきた「大伴」と関係する一族かもしれない。

4　七四九年。孝謙天皇が即位した年なので、時代順に並べるとするなら、本話はもっと後ろに置かれないといけない。

5　牛の背中の模様が文字に見えたというこ

願[8]うことには、反省したり恥じたりすることはないと言う人も、この記録を読んで、心を改めて善行を積まれんことを。たとえ、飢えの苦しみにたえられず銅《あかがね》の煮え湯を飲むようなことになったとしても、寺の財物を口にしてはならない。

昔の人の諺《ことわざ》に、「現在の甘露《かんろ》は、未来の鉄丸《てつがん》である」というのは、まさにこのことを言っているのである。

まことに知ったことです、因果応報ということはかならず現れるものだということを。

恐れ慎まなければなりません。それゆえに、[9]大集経《だいしゅうきょう》に、「僧の物を盗む者の罪は、[10]五逆よりも重い」と説かれているのであります。

と。

6 原文「楷模《かたき》」とあり、手本、規範の意。「型木」の意と解して版木に彫って遺すと解すれば、書面があった。

7 どの日付も事実らしさを語る手法。

8 以下が人々に遺された書面の内容。

9 大方等大集経。

10 仏教における五種の重い罪、母殺し・父殺し・聖者(阿羅漢)殺し、僧の和合を破る・仏身を傷つける、五つをいう。上20にも出てきた。

いつも鳥の卵を煮て食べ、この世で悪死の報いを得た縁　第十

和泉《いずみ》[1]の国和泉の郡《こおり》下痛脚《しもあなし》の村に、ひとりの若い男[2]がいました。姓名ははっきりしていません。

この男は生まれつき心がひねくれていて、因果応報ということを信じようとしませんでした。いつも鳥の卵を探し、煮て食べることを当たり前のこととしていました。

天平勝宝六年三月[3]のことですが、知らない兵士[4]がこの男のところに来て、告げ知らせることには、「国司[5]がお召しだ」と。兵士の腰を見ると、四尺[6]ほどの札を背負っていました。

すぐさまいっしょに行くと、まっすぐに同じ郡内の山直《やまたえ》[7]の里に至り、男を麦畑のなかに押し込みました。その畑は一町[8]ばかりの広さで、麦が膝[9]の上あたりまで生えていました。そこで目に入ったのは真っ赤におこった一面の炭火で、足の踏み場もないほどです。男は、畑のなかを走り回り、「熱いよ、熱いよ」と泣き叫んでいます。

1　大阪府泉大津市豊中町に泉穴師神社（延喜式内社）があり、そのあたりか。

2　原文「中男」とあり、律令の規定によれば、一七〜二〇歳の男子をいう。

3　七五四年。

4　言うまでもなく、閻羅王の使者。

5　中央から派遣された官人のことだが、ここは国司の使いを騙っている。

6　いわゆる木簡だが、地獄にも帳簿がある。腰にとあるから、ずれ落ちそうな感じか。

7　大阪府岸和田市の

ちょうどその時、そこの村人が山に入って薪《たきぎ》を拾っていて山から帰る途中、麦畑の中を走りまわっては転がり泣き叫んでいる男を見つけ、捕まえて引き出そうとしたのですが、抵抗するのでうまくいきません。それでも追いかけて強引に捕まえて、垣根の外に引き出すと、男は地面に倒れて伏し、押し黙ったまま惚《ほう》けています。

それからしばらくして、醒め起きたかと思うと、男は、「足が痛い、あわわ」と苦しみ叫びました。山人が尋ねて「どうしてこんな目に」と問うと、男は答えて次のように話しました。

ひとりの兵士がやってきて俺をここまで連れてきた。そして、真っ赤におこった炭火の中に俺を押し入れやがった。それで足が焼かれて、まるで煮られるように熱かった。まわりを見ると、燃え盛る火が山のように囲んで、逃げ出す隙間《すきま》もない。そのために叫びながら走りまわっていたのだ。

山人はそれを聞いて、男の袴のすそをたくし上げてふくら脛《はぎ》を

あたり。
8　ここは土地の面積をいい、一〇段《たん》にあたる。一段(反)は一〇アール。
9　原文には「二尺」とあるから、六〇センチメートルほど。

見てみると、その肉は爛《ただ》れ溶けて骨だけになっていました。そして、男は次の日には死んでしまいました。

まことに知ったことです、地獄はほんとうにあるのだということを。因果応報を信じなさい。

鳥が自分の子だけをかわいがり、ほかの子を食べてしまうようなことをしてはいけません。慈悲の心がない者は、たとえ人であっても鳥と同じです。

[10]涅槃経《ねはんきょう》に言うことには、「人と獣とは尊卑の区別があるとはいえ、命を貴《たっと》び死を重いものと感じるのは、人も獣も、異なることなどない。云々《しかじか》」と。

[11]善悪因果経に、「現世において鳥の卵を焼いたり煮たりする者は、死んで[12]灰河《けが》地獄に堕《お》ちるであろう」とあるのは、このことを言うのであります。

10　大般《だいはつ》涅槃経のこと。釈迦の最後の旅から入滅とその後のことについて説いた経典。

11　日本で撰録された偽経という。

12　八大地獄に附属している十六地獄のひとつで、極熱の灰が河のように流れる。

僧を罵《ののし》ったのと邪淫したのとによって、悪病にかかって死んだ縁　第十一

聖武天皇のみ世《よ》に、[1]紀伊の国伊刀《いと》の郡の桑原にあった[2]狭屋《さや》の寺の尼《あま》たちが願《がん》を立て、法事を営むことにしました。

そこで奈良の右京にある[3]薬師寺の僧、[4]題恵《だいえ》禅師《ぜんじ》［通称を依網《よさみ》の禅師、俗姓は[5]依網の連で、それを呼び名にしていた］を招請し、祀られていた十一面観音の御前《みまえ》で法会《ほうえ》を行いました。

その時、その里に一人の悪い男が住んでいました。姓《かばね》は[6]文《ふみ》の忌寸《いみき》［通称は[7]上田三郎という］と言いました。生まれついて心がねじけており、三宝を信じようとしません。

悪い男の妻は、[8]上毛野《かみつけの》の公大椅《きみおおはし》の娘でした。この女は信心深く、一昼夜のあいだ[9]八つの戒律を守り通して心身を清めた上で法会に参り、人びとの中にまじっていました。

夫が家に帰ると妻がいません。[10]召し使に尋ねると、「法会に行かれました」と言います。それを聞いて怒った男は、すぐさま寺に行って妻を呼び出しました。そのさまを見た導師《どうし》は、仏の教え

1　伊都郡は、和歌山北東部、高野町・九度山町・かつらぎ町と橋本市および紀の川市の一部。桑原は所在未詳。
2　和歌山県かつらぎ町佐野《さや》にある佐野廃寺跡かという。
3　奈良市西ノ京町の法相宗大本山。天武九年(六八〇)に天武天皇が発願し、元は藤原京にあった。
4　伝未詳。
5　依網氏は摂津国から河内国に本拠をもつ一族で、百済系の人々も含まれる。
6　文が氏で忌寸はカバネ、王仁《わに》を祖とする

を説いて男を諭《さと》しました。ところが男は、教えに従おうともせず、「無用のことだ。お前はおれの妻とやっただろ、どたまをかち割ってやろうか。いやしい坊主め」と罵倒《ばとう》しました。
そのほかの悪口雑言《あっこうぞうごん》は、こまかく書きされないほどでありました。そして、妻を連れ出して家に帰るや、妻を犯しました。すると突然、男の閇[11]《まら》に蟻《あり》が食いつき、痛がりながら死んでしまいました。

刑罰を加えなくとも、悪い心を起こし、みだりに僧を罵って辱《はずかし》め、邪淫を恐れなかったために現報を受けたのであります。口に百枚の舌が生え、一万の言葉をあやつることができようとも、けっして僧の悪口《わるくち》を言ってはなりません。たちまち災いを被《こうむ》るからです。

渡来系氏族。
7　伝未詳。
8　上毛野が氏、公がカバネ、大椅が名。
9　在家の信者が、五戒(中8参照)に加えて、三つの戒律(化粧・歌舞を慎む、安楽な寝具を用いない、食事を午前中の一回のみとする)を守って修行すること。
10　原文「家人」は家に代々奉公している使用人。売買不可。
11　男根のこと。**閇**は閉の俗字という。

蟹と蝦《かえる》の命を買い取って放生し、現報を得て蟹に助けられた縁　第十二

山背《やましろ》[1]の国紀伊《き》の郡にひとりの女人がいました。姓名はわかりません。生まれついて慈悲の心をもち、心から因果応報を信じて、五戒[2]・十善《じゅうぜん》を守り、生き物を殺すようなことはしませんでした。

聖武天皇のみ世に、女の里の牛飼いの少年たちが谷川で蟹八匹を捕まえ、焼いて食おうとしていました。通りかかった女がそれを見て、牛飼いに勧めて、「お願いですから、わたくしに免じてその蟹をはなしてやってください」と言いました。牛飼いの少年たちは無視して、「さあ、焼いて食おうぜ」と言います。すると女は、ていねいに頼み込み、着ていた衣《ころも》を脱いで蟹を買いたいと言いました。少年たちはすぐに応じて蟹を手放しました。

女は、義禅師[3]をお願いして呪願し、蟹を放してやりました。

そののちのこと、女が山に入ると、大きな蛇が、大きな蛙《かえる》を呑み込もうとしていました。そこで大蛇に頼み、「この蛙をわたくしに免じて放してください。そうすれば、たくさんのお供え物を

1　現在の京都市の南部、伏見区を中心とした地域。

2　五戒は、不殺生・不偸盗・不邪淫・不妄語・不飲酒を言い、十善は、不殺生・不偸盗・不邪淫・不妄語・不悪口・不両舌・不綺語（きれいごとを言わない）・不瞋恚《ふしんに》（怒り恨まない）・不貪欲・不邪見の十戒を守って生活することをいう。

3　伝未詳。上8にも同名の僧がいたが時代が違うので別人。

差し上げます」と言いました。しかし蛇は許さず蛙を呑もうとします。そこで女は、供え物をふやし、祈りながら、「あなたを神となして祀りましょう。どうか、わたくしに免じて放してください」と言いますが、聞かずに呑もうとします。

そこで女はまた蛇に語りかけ、「この蛙を呑むかわりに、わたくしを妻になさってください。だからお願いですから、放してください」と頼みました。それを聞いた蛇はすぐさま、高く首をもたげて女の顔を見つめ、蛙を吐き出して放しました。女は、蛇と約束して、「今日から七日後に来てください」と言いました。

家にもどると両親に、詳しく蛇との出来事を話しました。すると両親はたいそう心配して、「お前は、わたしたちにはただ一子《ひとりご》だ。何に取りつかれて、できもしない約束などしたのか」と言うばかりでした。

その時ちょうど、行基大徳[4]が紀伊の郡の深長《ふかおさ》[5]の寺にいらしたので、訪ねて事の次第をお話ししました。大徳はお聞きになって、「ああ、考えられない約束だ。もっぱら三宝を信じるしかあるまい」とおっしゃいました。その教えを聞いて女は家に帰りました。

4　直近では中8に出た。
5　山城国紀伊郡に深長郷があり、『行基年譜』によれば、行基はその地に「法禅院」を建立した。

約束の日の夜になって、家の戸を閉じ体を縮めて、あれこれと願を立て、三宝[6]を拝んでいました。蛇がやってきてぐるりと家にまとわりつき、のたうちながら這いまわり、尾で家の壁を叩くと屋根の上に登り、茅《かや》を銜《くわ》え抜いて穴を空け、女の前にどたりと落ちてきました。

しかしながら蛇は女の体に触れてくる気配はなく、ただ、どたばたする音が聞こえてくるばかりです。まるで、何かが飛び上がったり嚙みついたりしているような様子でした。

そして夜明けになり、見ると大きな蟹八匹が集まり、蛇はずたずたに切り刻まれていました。

それで知ったことです、買い取って放した蟹が、恩返しをしたのだということを。悟りなど知るよしもない虫でさえも、恩を受ければ恩返しをするのです。どうして人とあろうものが、恩を忘れてよいでありましょうか。

このことがあって以降、山背の国では、山川の大蟹を貴び、供養をして放生することになりました。

6　人が敬うべき仏・法・僧の三つをいう。

◎昔話や伝説で「蟹報恩」と呼ばれる話型。中8に類話があったが、山城国では、京都府木津川市山城町綺田《かばた》の地に立つ真言宗の蟹満寺に伝わる「蟹満寺縁起」が有名。寺伝によれば、渡来系の秦《はだ》氏によって建立されたという。『今昔物語集』巻16－16話、参照。また、三浦『増補　日本霊異記の世界』第五講、参照。

愛欲を生じて吉祥天女の像に恋い、感応して不思議なしるしを示した縁　第十三

[1]和泉の国泉の郡の血渟《ちぬ》の山寺に、吉祥天女の[2]塑像《そぞう》がありました。聖武天皇のみ世に、信濃《しなの》の国の修行僧が、この山寺にやってきて住み着きました。修行を続けているうちに、この天女の像に心を奪われて愛欲を生じ、心から恋して、[3]四時間ごとのお勤めのたびに、「天女のような、顔のきれいな女性をわたしに与えてください」と願い続けたのです。

するとある時、修行僧は、天女の像と交わっているという[4]夢を見ました。次の日、目覚めて眺めると、天女の像の裳のあたりに[5]不浄なものが染みついているではありませんか。行者はそれに気づいて、[6]慙愧《ざんき》の心を生じ、「わたしは、よく似た女を願っただけでしたのに、どうして恐れ多いことにも、天女みずからが交わってくださったのですか」と申し上げました。

その出来事を恥じた行者はだれにも語りませんでしたが、その懺悔《さんげ》のことばを、[7]弟子がこっそり聞いていました。それ以来、弟

1　大阪府南部の沿岸地域、山寺は未詳。
2　木の骨組みに縄や麻布を巻き、粘土を貼り付けた仏像。
3　六時の讃と言い、一昼夜を六つ（晨朝《じんちょう》・日中・日没・初夜・中夜《そや》・後夜《ごや》）に分かち、時刻ごとに祈る。睡眠を分断する修行のため、入眠などを起こしやすい。
4　神仏に出会う行為であり、優婆塞の修行体験とみてよい。
5　夢精による染み。
6　恥じる気持ち。
7　弟子のいる優婆塞はしばしば出てくる。ここは「証人」の役割を

子は師に対して礼を失する振る舞いが多くなり、何も知らない修行僧は、弟子の態度を責めて寺から追い出してしまったのです。

寺を追われて里におりた弟子は、師の悪口を言いふらし、天女像の秘密をばらしてしまいました。里人《さとびと》はそれを聞いて山寺へ行き、修行僧に事実を尋ねました。そして同時に、天女像を見ると、噂《うわさ》のとおりに精液が染みついて、像は汚れていました。

修行僧は隠し通すことができず、くわしくことの次第を白状したのでした。

まことに知ったことです、深く信じれば、仏は願いに応じないということなどないということを。

これはまことに不思議な出来事であます。涅槃経《ねはんきよう》に言われているのですが、[8]「多淫の人は、絵に描かれた女にさえ欲情する」とあるのは、このことを言うのではありますまいか。

果たすためにも必要。

8　邪淫の一つとすれば仏教の戒律（不邪淫）を破る行為。ここは、吉祥天女像の感応が強調されている。上17参照。

◎この話のパロディーが『古本説話集』（鎌倉時代）にある。

◎証拠と証人という説話構造を考える上で興味深い。邪淫については、三浦『増補　日本霊異記の世界』第七講、霊異記の夢については、同書補講1、参照。

貧乏な女王が吉祥天女の像を深く信仰し、すばらしい報いを得た縁　第十四

聖武天皇のみ世《よ》のこと、王たち二十三名が親しく交わって、順番に宴席を準備して持てなすことにしていました。そのなかにひとりの[1]貧乏な女王がいて、宴の仲間に入っていました。ほかの二十二名の王たちは持ち回りの宴席をすでに終えたのですが、この女王だけはまだ準備をすることができないでいました。

食事を準備する手立てもなく、おのれの貧しさをたいそう恥じて、[2]諸楽《なら》の左京にある服部堂《はとりどう》に行き、[3]吉祥天女の像の前に座ると、哭きながら、「わたくしは、先の世において貧窮《びんぐ》の種を植えたために、今の世で窮報《ぐほう》を受けています。わが身はこのように貧しいために、みなさまの宴席にまじってひたすら他人《ひと》さまの御馳走をいただきながら、おのれは宴を催して持てなす手立てがありません。どうか、わたくしに財物をお与えください」と願いました。

その時、女王の児《こ》があわてふためいて走ってきて、「ものすごくたくさん、[4]故京《ふるさと》から御馳走を作って持ってきました」と言うの

1　平城京には、このように生活苦のなかに置かれた女性が実際にいたらしい。このあとの説話にも生活に困窮する女性が出てくる。

2　平城京遷都とともに明日香から平城京の左京四条七坊に移された（現在の奈良市中院町元興寺の堂）。南都七大寺の一だが、一〇世紀以降衰退した。服部堂は、元興寺の境内にあった吉祥堂の異称という。明日香の元興寺（法興寺とも。現在の飛鳥寺）は、上3など参照。

3　吉祥天とも。幸福

でした。母の女王はそれを聴いて驚き、走って家にもどってみると、その昔、女王を育ててくれた乳母《めのと》[5]がいました。その乳母が語っていうことには、「わたしは、姫さまがお客さまをお迎えになると聞いたために、食事を準備してまいりました」と。

それらの飲み物や食べ物はいい香りがして、おいしそうなさまは比べようもありませんでしたし、足りないものは一つもありませんでした。用いられた器は、すべて高価な金鋺《かなまり》で、担ぎ手は三十人もいました。

王たちはみな集い来て、持てなしを受けて大いに喜びました。その食事の数々は以前の王たちの持てなしよりもすばらしく、みな、裕福な王だとほめ称え、「もし貧しいのなら、どうしてこのように飽きて満ちあふれるほどに持てなせようぞ。われらが前に準備したものにも増してすばらしい」と言いました。

また、舞い[6]や歌のすばらしさは天上界の音楽のようでありました。そのお礼にと、ある王は着ていた衣を脱いで与え、ある王は裳を脱いで与え、ある王は銭・絹・布・綿《わた》などを贈りました。貧しい女王は、喜びの心を抑えることができず、もらった衣と裳と

をもたらす女神で、インドのヒンドゥー教神話の美と繁栄の女神ラクシュミーが仏教に取り込まれたものという。仏像のなかでは、もっとも女性的で妖艶な姿をしているところから、直前の中13のような話も語られている。

4　平城京からみた藤原京、飛鳥京をいうことば。ここは藤原京を指しているのであろう。

5　生母にかわって乳を飲ませ育てる女性。代理母的なかたちで説話には登場することが多い。

6　舞い手や歌い手も乳母が連れてきたらしい。だから、天上界の音楽のように聞こえた。

を乳母に着せかけました。

　その後のこと、先の堂にお参りし、吉祥天女の尊像を拝もうとすると、乳母[7]に着せかけた衣と裳とが、天女像に掛けられておりました。不思議に思って乳母の許を訪ねてみると、乳母は、「知りません」と答えるばかりでした。

　まことに知ったことであります、菩薩が感応して贈りたまわったのだということを。

　それ以降、女王はたいそう財物に恵まれ、貧窮《びんぐ》の愁いから免れることになりました。これも不思議な出来事でございます。

7　登場した人と助けた神仏とをつなぐために、説話ではこうした「証拠」を語る必要があった。

◎吉祥天女の話が二つ並ぶ。内容はちがうが、吉祥天女の話として並べたらしい。

法華経を書写し供養して、母が牝牛《めうし》になった因縁を明らかにした縁　第十五

[1]高橋の連東人《むらじあずまひと》は、[2]伊賀《いが》の国山田の郡の噉代《はみしろ》の里の人でした。大いなる財産家で、亡き母のために法華経を写して供養をしようと思い、願《がん》を立て、「わたしが立てた願に縁のある僧を招請して迷いから救ってもらおう」と考えたのです。

そこで、法事をおこなう場をきれいに飾り、次の日に供養をしようと思い、使いの者にきつく言いつけて、「[3]家を出て最初に出会った方を、わたしに縁のある師としよう。もし修行をしている様子のある方がいたら、見過ごさないでかならずお連れしなさい」と教えました。

その使いは、願にしたがって、門を出て見逃さないように気をつけて歩いていきました。すると、同じ郡の[4]御谷《みたに》の里に行き着いた時、[5]乞食《こつじき》に出会いました。托鉢用の袋を肘《ひじ》にぶらさげ、酒に酔って道端に寝ていました。姓名はわかりません。その男にいたずらする人がいて、寝ているあいだに髪を剃り落とし縄を肩に掛け

1　伝未詳。
2　現在の三重県伊賀市喰代《ほうじろ》のあたり。
3　一種の占いである。偶然というのは、神の意志を示していると考えている。説話の語り方として、最初に出会った人というのは今までにも出てきた(上10)。
4　かつての三重県阿山郡大山田村のあたり。喰代から北東に三キロほどの地。現在は伊賀市の一部。
5　原文「乞者《かたゐ》」とある。物乞いをする人。

て袈裟にしていたのです。そんなことをしても、乞食はまったく気づきませんでした。そこにちょうど通りかかった使いが、男を起こして礼拝《らいはい》し、招請して家に連れてきたのでした。

願主の東人はその男を見て、心から敬い拝んで、一昼夜、家のうちに隠して住まわせ、そのあいだに急いで法服《ほうふく》を調《あつら》えて差し上げました。すると乞食は理由がわからず、「どうしてこのようなことを」と聞きました。

そこで主人は、「あなたに来てもらって、法華経を説いていただきたいのです」と言うと、乞食は驚き、「わしは、法華経を学んだことなどないぞ。ただ般若陀羅尼《6はんにやだらに》だけを唱えて、食べ物を乞うて命をつないでいるだけなのじゃ」と言いますが、主人は信じないで、なおも頼みます。乞食は、「こっそり逃げるしかないな」と思っていました。しかし主人は、逃げられるかもしれないと思い、あらかじめ人をそばに置いて守らせていました。

その夜のこと、招かれた師は、このような夢を見ました。

赤い牛がやって来て、告げることには、「わたくしは、こ

6　般若心経の末尾にある呪文。

の家の主人の母でございます。この家で飼っている牛のなかに赤い牝牛《めうし》がいます。その赤い子牛がわたくしでございます。わたくしは、以前、前世において、息子の物を盗んで使ってしまいました。そのために、今、牛の体を与えられ、その時の負債を償《つぐな》っております。明日、わたくしのために法華経を説いて供養してくださる師であるがゆえに、わたくしはあなたを貴《とうと》んでありのままにお話ししたのでございます。この真偽を知ろうとお思いならば、説法をするお堂の中に、わたくしのための座[7]を設けてくださいませ。わたくしは、かならずその座に上りましょう」と言いました。

招かれた師は、夢[8]から目覚めると、心のなかでとても不思議なことだと思いました。

翌朝、乞食は講座《こうざ》に上ると、みなに、「わしは、仏のことなど何も知りませんが、願主のお招きのままに、この場に登らせていただいた。じつは昨夜、夢の覚《さと》しがございました」と言って、見た夢のさまをくわしく話して聞かせました。

7　特別に準備した座る場所。

8　夢を見るということは、特別の力を得たということになるから、乞食は、もうただの物貰いではなく「験力」(末尾の一文)をもつ宗教者なのである。

それを聞いた主人が立ち上がり、座を敷いて赤い牝牛を呼ぶと、牛は上って座に伏したのです。そこで、息子である主人が大いに驚き哭《な》いて、「ほんとうにわたしの母だったのですね。わたしはまったく知りませんでした。今、わたしは母の罪を許します」と言いました。[9]

すると、それを聞いた牛は、大きく息をついて安堵しました。法事が終わると、その牛は死んでしまいました。[10] 法会《ほうえ》に集まっていた人びとは、みな哭き悲しみ、その声は堂の庭に響きわたりました。

昔から今まで、この不思議にまさるものはありません。東人はさらに重ねて母のために功徳を積んだということであります。

まことに知ったことです、願主の、母から受けた恩を思う心からの信仰と、乞食がありがたい呪文を唱えて功徳を積んだ験力とによるものであるということを。

9　息子がこのように言うことによって母の罪は許される。

10　息子の許しと供養とによって、母は盗みの罪から解放されたということになる。

◎母子関係がこの話でも強調されている。土着的な性格をもつ場合のほうが母と子を語る傾向が現れやすいようにみえる。

布施をしなかったのと放生したのとによって、この世で善と悪との報いを得た縁　第十六

聖武天皇のみ世のこと、讃岐[1]の国香川の郡《こおり》坂田の里にひとりのお金持ちがいました。夫も妻もともに姓は同じで、綾《あや》の君[2]といいました。

隣に老いた爺と老いた婆とが住んでいて、それぞれ配偶者はいない独居老人で、子や孫もひとりもいませんでした。それゆえにふたりは極貧状態で、ほとんど裸のような身なりで世過ぎをするのもままなりませんでした。そのために、綾の君の家を食事をもらうところにして、毎日欠かさず食事時になると訪れました。

主人は、ある時試してみようと思い、夜中にこっそりと起きて食事を準備し、家の使用人たちに食べさせたところ、やはりふたりはちゃんと来ていました。家の者一同は不思議に思いました。するとの家刀自《いえとじ》[5]が、主人に告げることには、「この二人の老夫《おきな》と老女《おみな》とは、働かせることもできませんが、かわいそうですから使用人の数に入れたいと思います」というと、主人はそれを聞いて、

1　香川県高松市西春日町・松並町・峰山町・西ハゼ町・紙町のあたり。

2　讃岐の古くからの豪族。君はカバネで地方豪族や畿内の中小豪族に与えられる。この夫婦は同族婚なので氏姓が同じだが、律令の戸籍は夫婦別姓である。

3　この老いた老夫と老女とは夫婦ではなく、それぞれ独居老人と設定されている。そのほうが貧窮の度合いが強くて効果的とでも考えたのであろうか。ふつうなら貧しい老夫婦でよいはずだが。

「[6]飯を分けて養いたいというなら、今後は、それぞれ自分の分を削ってあの老夫と老女とにくれてやれ。功徳のなかでも、自分の肉を割いて他人に施して命を救うというのは最上の行いである。今、わしがしようとすることは、その功徳という行為に適っているだろう」と言いました。

　家の使用人たちは、主人のことばに従って自分の分を分けて二人を養いました。ただ使用人の中のひとりが、主人の言《げん》に従わず、老夫と老女とを嫌っていました。しばらく経つと、ほかの使用人たちも嫌がって施しをしなくなりました。それでも家刀自だけは、こっそり自分の分の飯《いい》を分けて養っていました。

　はじめから二人を憎んでいた男が、主人に告げ口をして、「使用人たちの分を減らして老夫と老女とを養うので、食い扶持が少なくなって飢え疲れてしもうた。それで農作業もできず、仕事を滞《とどこお》らせてしまう」と言います。悪口は止みませんでしたが、家刀自は食べ物を与えるのをやめませんでした。

　ある時、[7]悪口を言いつのる使用人は、釣り人について海に行って釣りをしました。[8]垂らしていた縄に牡蠣《かき》が吸いついてあがって

4　きまった時間というのではなく、食事の時間を察知する嗅覚があるらしい。

5　家を護る主婦の意。ただし、原文は「家室」。この家刀自は、使用人などをたばねて豪族の家を切り盛りしていることがわかる。話の展開からすると、現報を受けるはずだが、何もない。ただし、来世の幸せが保証されていることは、あとの展開に示されている。

6　主人の言動をみると、慳貪《けんどん》な金持ちとして罰せられてもいいはずだが、この話では何も起きない。意図的かどうかはわからないが、いろいろと予想を裏切って展開する。

きました。そこで釣り主に頼んでいうことには、「この牡蠣を買い取って放生してやりたいのだが」というのです。むろん釣り主は許しません。そこでねんごろに心を尽くし教えさとして言うことには、「えらい人は寺まで作るというのに、どうしてそのように頑《かたく》なに放そうとしないのか」と。

それでようやく聞き入れて、「十個の牡蠣の代金として、米五斗[9]をいただこうか」と言いました。使用人は言う通りにして買い取り、僧にお願いして呪願《じゅがん》[10]させたうえで、牡蠣を海に放してやりました。

放生した使用人の男は、ほかの使用人たちとともに山に入って薪を拾っていましたが、枯れた松に登っていて足を踏み外し、堕ちて死んでしまいました。その男の魂が卜者《かんなぎ》[11]に乗り移って言うことには、「われの体を焼くまいぞ。七日を置け」と。

そこで、卜者の発したことばのままに、山から担ぎ下ろして家の外に置き、そのまま約束した日を待っていました。七日[12]を経ると男は覚め起き、妻子に語りました。

7　ここからの展開はまったくの予想外。今までの奉公人の態度からは考えられない行動と信仰心が示される。

8　カキが縄に吸いつくというのがよくわからない。たとえば、現在のカキ養殖のように、何か月も縄を海に沈めておくというのならわからないでもないが。

9　米五〇升とカキ一〇個とが取引として対等かどうか。それほどの財貨を出してまで買い取ったということを強調しようとしているとみるべきか。

10　祈りのことばを唱えつつ仏に願うこと。

11　死者が出ると、宗教者に口寄せをしても

僧が五人、おれの前にいて歩き、優婆塞《うばそく》が五人、後ろについて歩いている。歩く道は広くてまっ平《たい》らで、まっすぐなさまは墨縄のようであった。その道の左右に、宝石を飾りたてた幡《ばん》が立て並べられていた。

その前には黄金の宮殿があったので、「どのような宮殿ですか」と問うと、優婆塞は目で合図をするようにして、ささやき声で、「[13]これはお前の屋敷の家刀自が生まれ変わって住む宮殿である。老夫と老女とを養った功徳によってこの宮殿を作ったのである。ところでお前はわたしを知っているか」と言うので、「知らない」と答えた。すると教えて言うことには、「よく覚えておけ。この十人の僧と優婆塞は、お前が買い取って放生した十個の牡蠣だ」と。

宮殿の門の左右には、額に一本の角が生えた人がいた。太刀を捧げておれの首を斬ろうとしている。それを僧と優婆塞が諫《いさ》めて斬らせなかった。門の左右にはいい香りのするおいしそうな食べ物が準備されており、みなは、それを楽しそうに食べている。[14]おれがそのなかで過ごしたのは七日間で、腹

らうという習俗が一般的だったか、それとも異常死に際して行われるものか。

12　冥界訪問譚の一つだが、比較的簡略な内容になっている。

13　家刀自の善行が報われることは、ここで約束される。

14　地獄での責め苦が飢餓体験だけということで、語り方が簡略になってしまうのであろう。いわゆる八大地獄と呼ばれるようなところとは別なのかもしれない。

が減り喉が渇《かわ》いて口から炎が噴き出すほどであった。それなのに言うことには、「お前が、老夫と老女とに何も施そうとせず、嫌がっていた罪の報いだ」と、こう言いやがる。

法師と優婆塞は、おれを連れてもどってきた。

あれと思って見回してみると、このとおり、おれは目が覚めていた。

この男は、黄泉《よみ》[15]の国を巡り見てからは、施しを進んで行うようになりました。

命を買い取る報いとしては、自分が救い助けられることになるのであり、人に施さない報いとしては、自分が飢えや渇きに苦しめられることになるのです。善悪の報いというのは、無いなどということはありえないのであります。

15　地獄という概念が定着せず、神話的な黄泉の国として語られる例は今までにもあった。

◎展開がすっきりしない話である。善人も悪人も登場させようとしたためにこのようになってしまったか。

観音の銅像が、鷺《さぎ》の姿になり、不思議なしるしを示した縁　第十七

[1]大和の国平群《へぐり》の郡の斑鳩《いかるが》の村、[2]岡本の尼寺に、十二体の観音の銅像が安置されていました［昔、[3]小墾田《おはりだ》の宮で天の下をお治めになった天皇のみ世、[4]上の宮の皇太子がお住まいになった宮殿。太子が請願を起こされ、宮殿を尼寺にされた］。

聖武天皇のみ世のこと、その銅像六体が盗人《ぬすびと》に盗られ、捜しまわりましたが見つからないままに、長い期間が過ぎました。

[5]平群の駅《うまや》の西に小さな池がありました。夏六月、池のほとりに牛飼いの少年らがいて、見ると、池の中に小さな木の先が頭を出し、その上に鷺が止まっていました。牛飼いらは止まっている鷺を見て、小石や土塊《つちくれ》を拾い集めて投げつけましたが、逃げないでそのまま止まっています。投げ疲れていやになった少年らは、池に入って鷺を捕まえようとしました。今ちょうど捕まえようとした途端に、鷺は水にさっと潜りました。止まっていた木を見ると、黄金の指でした。摑《つか》んで引き上げると、観音の銅像でした。

1　現在の奈良県生駒郡斑鳩町のあたり。
2　斑鳩町岡本にある法起寺《ほうきじ》のこと。法隆寺の北東に位置し、世界遺産に登録されている。
3　奈良県明日香村にある推古天皇の宮殿。
4　用明天皇の子、聖徳太子は推古元年（五九三）皇太子として摂政となる。霊異記にとって最大の仏教擁護者として理想化が進んでいる。宮殿は、現在の法起寺にあった。
5　律令制度で七街道に置かれた駅と同様、難波と平城京とをつなぐために平群郡のうち

観音の像があったことから、菩薩[6]の池と名付けました。

牛飼いの少年らは、人びとに告げ知らせました。伝え聞いた人たちが寺の尼に知らせます。尼たちが聞いて駆けつけて見ると、まさに盗まれた像でした。塗られた金箔は剝げ落ちていました。尼たちはその像のまわりを取り囲み、悲しみ泣いて、「わたしたちは尊い仏像を失い、昼も夜も恋い慕っておりましたのに、今このようにたまたまお逢いすることができるとは。わたくしたちの六体の観音さまは、どのような罪があってか、このような盗難に遭われたのでしょう」と言いました。そうして、飾った輿《こし》を準備して像を安置し、寺にお連れしたのでありました。

僧や俗人が集まりきて、「銭[7]を鋳造する盗人《ぬすつと》どもが、使うに使えず、持て余して棄てたのだろう」と言い合っていました。

はっきりと知りました、鷺に見えたのは、現実の鷺ではなく観音の化身だったのだということを。なにも疑うことはありません。涅槃経にお説きになる通り、「釈迦の入滅後であっても、仏法の真理はいつもある」というのは、これを言うのであります。


に置かれていたと思われるが、所在未詳。

6　所在未詳。

7　銅像を溶かして和同開珎の贋金を鋳造したらしい。銅像盗みの話が霊異記にはいくつか出てくる。

法華経を読む僧を嘲《あざけ》り、この世で口がゆがんで悪死の報いを受けた縁　第十八

以前、年号が天平[1]であった頃、山背《やましろ》[2]の国相楽《さがらか》の郡にひとりの俗[3]人がいました。姓名ははっきりしていません。

同じ郡にある高麗寺《こまでら》[4]の僧　栄常《えいじょう》[5]は、いつも法華経を唱え祈っておりました。

その俗人は僧といっしょに寺にいて、しばらくのあいだ碁[6]を打っていました。僧は碁を一目《いちもく》打つごとに、「栄常師の碁の手だぞ」と言います。相手の俗人は僧を嘲り、自分の口をゆがめて僧を真似ながら、「栄常師の碁の手だぞ」と言いました。このように何度も何度も止めずに真似たのです。

すると突然、俗人の口がゆがんできました。

こわくなった男は、手でもって顎をおさえて寺を出ていったのですが、寺からそれほど離れていないところで、身を投げ出すようにしてばたりと地面に倒れたかと思うと、そのまま死んでしまいました。

1　七二九～七四九年の二一年間。

2　京都府最南端の郡。現在の木津川市および相楽《そうらく》郡笠置町・和束町・精華町・南山城村のあたり。

3　原文「白衣」とあり、僧が黒衣を身につけるのに対して俗人をいう。

4　七世紀初頭に建立された寺院で、木津川市山城町上狛にある寺院跡が高麗寺跡として整備されている。

5　伝未詳。

6　中国に始まり、朝鮮を経て七世紀に日本に伝わり、貴族や知識人に愛好された。正倉

見聞《みき》きした人びとは、「刑を加えなくとも、内心で嘲りの気持ちをもって真似したりすれば、口がゆがんですぐに死んでしまう。ましてや、僧に対して恨みの心を抱いて刑罰を加えるようなことをすれば、なおさらである」と言いました。

法華経[7]に、「すぐれた僧とおろかな僧とは同列にいることはできない。また長髪[8]の僧は、髪や髭《ひげ》を剃らない賢者の俗人と同列に扱ったり同じ食器を用いたりしてはならない。もしそれに従わず同列にいたりする者は、銅《あかがね》の炭の上に座って鉄の玉を呑むという地獄に堕ちるであろう」とあるのは、このことを言っているのであります。

院に碁盤が遺されている。

7　霊異記では法花経の表記が多いが、本書では法華経で統一している。西暦五〇～一五〇年頃に成立した大乗経典の一。漢訳本の巻数は訳によって違い、八巻本が主流だが、ここに引かれた句は出てこないという。

8　怠って髪や髭を伸ばしたままの僧のことをさし、そんな僧でも、の意で賢者と比較されている。

般若心経をいつも心のなかで唱えていた女が、この世で閻羅王の宮殿に至って、不思議なしるしを示した縁　第十九

[1]利苅《とかり》の優婆夷《うばい》は、河内の国の人でした。姓《かばね》が[2]利苅の村主《すぐり》なので、字《あざな》にしました。生まれついて澄《きよ》い心をもち、三宝を信じ敬い、いつも[3]般若心経を読誦《どくじゅ》し、これをいつものお勤めとしていました。般若心経を唱える声はたいそう妙なるもので、多くの僧や俗人たちに愛され楽しまれていました。

聖武天皇のみ世のこと、この優婆夷が、夜になって床に就いたところ、病気でもないのに突然亡くなり、[4]閻羅王の許に行くことになりました。

行くと、王は優婆夷を見て立ち上がり、床を準備し敷物を敷いて座らせ、語られることには、「伝え聞くところによると、たいそううまく般若心経を読誦するということだ。我も声を聞きたいと思い、しばらくのあいだ来てもらった。どう

1　氏の名からの命名だろうが、伝未詳。優婆夷は、男の優婆塞に対して女性の修行者をいう。

2　利苅(刈)氏は、大阪府八尾市あたりを本拠とする豪族で、村主というカバネをもつことからみて渡来系の一族と考えられる。

3　摩訶《まか》般若波羅《はら》蜜多《みった》心経のことで心般若経とも。大般若経の神髄を簡潔に説いた経典で、本文は三〇〇字にも満たない。上14など、しばしば出てくる。

か、読誦してくれ、聞かせてもらいたい」と、こう言われた。
そこで、わたしは般若心経を読誦しました。
閻羅王はそれを聞いて心から喜び、座を立って跪《ひざまず》き、拝むようにして、「貴いことよ。まさに噂に聞いていたとおりであった」と言われました。

三日を経ると、閻羅王は、「今はさあ、すみやかに帰りなさい」とお告げになりました。

そこで閻羅王の宮を出ると、門のところに三人《みたり》の黄[5]色い衣を着た人がいました。優婆夷に出会って歓喜し、「前にほんのすこしお目にかかっただけですが、近頃お逢いできなかったので、恋しく思っておりました。どうして、たまたま今お逢いすることができたのでしょう。さあ、お行きなさい。速やかにお帰りください。わたくしたちは、今日から三日後に、諾楽《なら》の京《みやこ》の東[6]の市にいますので、そこでかならずお逢いいたしましょう」と言うのでした。

別れ帰ってきて、ふと我に返ると、こうして元のように生き返っていたのでした。

4　閻魔王のこと。

5　あとの話からすると、黄色い衣というのは経典の用紙の黄麻紙《おうまし》の色を連想させようとしているらしい。

6　平城京の市は東西にあり、東の市は左京八条三坊にあった。

三日目の朝になって、生き返った優婆夷はやはり京の東の市に行ってみようと思いました。出かけて、市のなかで一日中待っていましたが、待っている人は現れません。

ただ、賤《いや》しい男が、市の東の門から中に入ってきて、経を売りはじめました。行き来する人に見せびらかすようにして売り、声をあげて、「だれか経を買わないかい」と言っています。立っている優婆夷の前に立ちふさがるようにして通り、市の西の門から外に出ていきました。

優婆夷はそのお経を買おうと思い、使いをやって連れもどし、経を開いて見ると、優婆夷自身が昔に写した梵網経《ぼんもうきょう》[7]二巻と般若心経一巻でした。いまだ供養しないままに失くしてしまい、長い年月をかけて求め捜したのですが、どうしても見つからないものでした。

優婆夷は心のなかで歓喜し、相手が経を盗んだ男だということはわかりましたが、そのまま我慢して、「経のお値段は、いかほどですか」とたずねました。すると答えて、「一巻ごとに直《あたい》は五

7 梵網経は、梵網経盧舎那仏説菩薩心地戒品といい上下二巻から成る。中国で撰述された偽経とされ、戒律について説いたもの。

百文をいただきたい」と言いました。

そこで優婆夷は気づきました。逢いましょうと約束した三人は、今ここにある三巻のお経であるということを。

優婆夷は法会《ほうえ》を準備し、僧に講読[8]をお願いし、ますます因果を信じ、心から誦経《ずきょう》してお勤めにはげみ、夜も昼も休むことがありませんでした。


ああ、不思議なことです。

涅槃経[9]に説いている通りであります。「もし今、人がいて善行に勤《いそ》しんでいる時には、その名は天人のもとにまで届き、悪行をくり返す時には、その名は地獄に知られることになろう」というのは、まことにこのことを言うのであります。

8 講師（僧）を招請し、そのお経について講じてもらい読経してもらうこと。

9 大般《だいはつ》涅槃経と言い、釈迦の最後の旅から入滅とその後のことについて説いた経典。

悪い夢を見て、真心をこめて経を唱え不思議なしるしが表れて命拾いした縁　第二十

[1]大和の国添《そう》の上《かみ》の郡、山村《やまむら》の里に、ひとりの老いた母がいました。姓名は伝えられていません。[2]その母には娘がいて、役人のもとに嫁いでふたりの子を生んでいました。その聟の役人が地方官に任命され、妻子を連れて任国に行き、何年かが過ぎました。ただ、妻の母だけは故郷に留まって家を守っていました。ある時、母は、娘にとって不吉な前兆を示す夢を見たのです。そこで驚き恐れ、娘のために経を読んでもらおうと思いました。しかし、貧しい家だったためにどうしても果たすことができません。

それでも、心の不安を抑えることができず、自分の着ている上衣を脱いで洗い清めて僧に捧げ、誦経《ずきょう》してもらおうとしていたところ、不吉な夢がふたたび現れました。母はますます心のなかで恐れ、着ていた裳《も》まで脱いで洗い清めて捧げ、僧に読経《どきょう》を願いました。

一方、娘は任国の国司の館《やかた》にいました。生んだ子が館の庭で遊

1　奈良市今市町・柴屋町帯解のあたり。何度も出る地名。

2　老いた母（原文「長母」）が、独居老人として取り残される。こうした親子関係を語る話が霊異記にはいくつかみられるのは興味深い。律令制が成立し、平城京ができると、役人たちは、核家族を構成して京に住み、従来の三世代家族が崩壊するとともに、母が取り残される。ことに、夫婦同居ではない妻が家族からはみ出してしまうというのは、まるで現代の家族のように見える

んでおり、母は建物の中に座っていました。すると、そのふたりの子が、七人の僧が館の屋根の上で読経するのを見つけたのです。そこでふたりは中にいる母親に、「屋根の上に七人の法師がいて経を読んでる。すぐ来て」と叫びました。

その経を読む声は蜂が集まって鳴くようで、それは母にも聞こえたので変だと思い、立ち上がって部屋から出ると、その途端に今まで座っていたあたりの壁が倒れました。それと同時に七人の法師の姿も見えなくなっていました。娘はたいへん恐れ怪しんで、心のうちに、「天地の神がわたくしを助けてくださり、壁に押しつぶされなかったのだ」と思ったのでした。

のちに、故郷で家を守っていた母が使いを遣わし安否を尋ね、不吉な夢の様子を語り、経を読んでもらったことを伝えました。娘は、母からの伝言を聞いてたいへん恐れ、心を仏に通わせて今まで以上に三宝《さんぼう》[3]を信じるようになりました。

まことに知ったことです、誦経の力と三宝が人びとを護る力であるということを。


が、八世紀の都市社会がそのような家族関係を創り出してしまったのである。平城京には、六万から一〇万もの第一次産業に従事しない消費者を生み出したという点で、まさに現代と同じ側面をもっていたのである。三浦『平城京の家族たち』第五章、参照。

3 仏・法・僧。

塑像《そぞう》の神王《じんおう》の蹲《こむら》が光を発して不思議なしるしを示し、現報を得た縁　第二十一

諸楽《なら》の京《みやこ》の東の山に、一宇《う》の寺がありました。名付けて金鷲《こんじゅ》[1]と言いました。金鷲優婆塞がこの山寺に住んでいたので、寺の字《あざな》にしました。今は東大寺になっているのですが、まだ東大寺を建てていなかった時の、聖武天皇のみ世に、金鷲行者がいつも住んで、仏道の修行をしていました。

その山寺に、一体の執金剛神《しゅうこんごうじん》[2]の塑像[3]が安置されていました。行者は、神王の蹲《こむら》に縄を掛けてその端を引きながら祈願して、昼も夜も休むことがありませんでした。

するとある時、神像の蹲[4]から光を放ち、それは天皇の宮殿に至りました。天皇は、驚き不思議に思って、使いを派遣して見させなさいました。

[5]天皇の使者は光をたどって寺に至り、眺めてみると、ひとりの優婆塞がいて、その神の蹲につなげた縄を引いて、仏を礼拝し、自分の罪を懺悔していました。使者は、確認してもどると、その

1　あとに金鷲菩薩と呼ばれる修行者。東大寺の開基とされる良弁《ろうべん》が「金鷲」と呼ばれており、鷲に攫われ育てられたという伝承をもっている。この金鷲優婆塞は良弁のことと考えてよい。

2　仏法を守護する金剛神・金剛力士。

3　原文に「摂（摂像《しゅうぞう》）」とあり、粘土で作った像。中13。

4　仏像が発光する話はほかにもあるが（上5他）、蹲《こむら》（ふくらはぎのこと）からの発光はこの話のみ。

5　原文に「勅信」とあ

さまを天皇に奏上しました。

そこで天皇は、行者を召して仰せになることには、「どういうことを求め願っていたのか」と。すると優婆塞は、「出家して仏法を修め学びたいと願っておりました」と答えました。そこで天皇は、得度をお許しになり、金鷲の名をお付けになりました。そしてその修行のさまを誉めて供養をされたので、修行に必要な四[6]つの品に不足するということはなくなりました。

時に、世間の人びとは、その行いを誉め称え、金鷲菩薩と呼びました。その光を放った執金剛神の像は、今は東大寺の[7]羂索堂《けんじゃくどう》の北の戸口のところに立っています。


賛に言うことには、「すばらしいことよ、金鷲行者よ。信仰のともし火を春にともし、燃える火を秋に焚く。蹲の光は修行の深まりを扶《たす》け、天皇はそのすばらしい瑞《しるし》を慎んで認められた」と。

まことに知ったことです、願って得られないことがないというのは、それ、このことを言うのだと。


り、勅使のことをいうらしい。

6　原文「四事」、修行僧の日常に必要な四種の品（飲食・衣服・臥具・湯薬［薬］）をいう。

7　法華堂（三月堂とも）。不空羂索観音を本尊として祀るが、現在、執金剛神像はその本尊の背面に、北を向いたかたちで据えられている。秘仏として国宝に指定されている。

仏の銅像が盗人に取られ、不思議なしるしを示して盗人を見つけた縁　第二十二

和泉《いずみ》[1]の国日根《ひね》の郡《こおり》に、ひとりの盗人がいました。道端の家に住んでいました。姓名はわかっていません。

生まれつき心がねじ曲がり、強盗を生業《なりわい》にして、因果《いんが》の教えを信じようとせず、いつも寺に安置された[2]銅《あかがね》を盗み、延べ板に加工して道端に並べて売っていました。

聖武天皇のみ世のこと、郡の内にある尽恵寺《じんえじ》[3]の仏像が盗人に盗まれました。

ある時、ある人が、寺の北の道を馬に乗って通っていました。すると先のほうから、「痛いよ、痛いよ」という叫び哭《な》く声が聞こえてきたので、注意して殴るのを止《や》めさせようと思い、馬を走らせて急いで声のするほうに行きますと、近づくにつれて叫び声は小さくなり、聞こえなくなってしまいました。馬を停《とど》めて耳をすますと、鍛冶《かじ》の音だけが聞こえてきます。それで、空耳かと思ってその場を行き過ぎました。

1　現在の大阪府最南西部で、貝塚市・泉佐野市・泉南市・阪南市のあたり。

2　盗難に遭った仏像については、中17参照。

3　所在未詳。

ところが、離れるにしたがって、前に聞いたのと同じように叫びうめく声がします。そこで黙って通りすぎることができず、引き返してみると、叫び声は止んで鍛冶の音だけが聞こえるのです。通りがかりの男は、「もしや、人を殺しているのではないか、きっと悪い心を起こしているのだ」と疑い、しばらくその家の周りを行ったり来たりしていましたが、思いきって従者に家の中を探らせました。

すると、銅の仏像を仰向《あおむ》けにして、手足を切断し、鏨《たがね》で首を切り落とそうとしているところでした。すぐに捕らえ、「どこの仏像か」と尋ねると、「尽恵寺の仏像だ」と言います。急いで使いを送って尋ねさせると、ほんとうに盗まれたことがわかりました。もどってきた使者はその事情を細かく報告しました。

尽恵寺の僧や檀家《だんか》の人びとがやって来て、壊された仏像を囲んで、「かなしいことよ、つらいことよ。わが仏さまは、どのような過ちがあって、このような盗賊の災難に遭われたのか。尊像が寺に坐《いま》したゆえに、われわれは偉大なる師《し》として敬ってきました。このようなお姿になられた今、何をもって師とすればよいのでし

◎鉄は一五〇〇度以上に熱しないと溶解しないが、銅の場合は一〇〇〇度あまりで溶ける。また、仏像に多い青銅（銅と錫の合金）の場合は八七五度が沸点なので、金属のなかでは比較的細工しやすい。そういう点も、盗賊には具合がよかったということではないか。

ょうか」と声を上げて泣き悲しみました。

そして、僧たちは、御輿《みこし》を飾りたて、壊された仏さまを安置し、哭きながら寺に運び、仏像の葬儀を行って供養し、盗人には刑罰を加えることもなく追放しました。

それを見た通行人が捕まえて役所に送ったので、盗人は牢屋に入れられました。


たしかに知ったことです、仏が悪事を止めさせようとして、このような声を出したのだということを。

また、仏の霊力をもはたらかせてしまうほどに、信仰心というのはまことに恐るべき力を持つものだということを。仏像にも霊力というものは発現されるものなのであります。
[4]涅槃経《ねはんきよう》十二巻のことばに、仏がお説きになっているとおりであります。「わが心は仏法をもっとも重んじる。[5]婆羅門教徒が大乗の教えを誹《そし》るようなことがあれば、その者の命を断ってしまうであろう。そのために、これ以降は、仏法を誹る者を殺しても地獄に堕ちるようなことにはならないのである」と。

4　第一二巻聖行品による。
5　仏教以前から存在したインドの民族宗教、その信者。仏教の敵対者の位置にある。

また、同じく涅槃経の三十三巻に[6]、「仏になろうともしない輩は、永久に葬ってしまおう。それゆえに、蟻の子を殺しただけでも殺生戒の罪を受けなければならないが、このことを理由にして仏になろうともしない輩を殺す時には、殺す罪にはならないのである」とあるのは、このことを言うのであります［こういう輩は、仏法僧を誹り、人びとのために仏の道を説くこともなく、恩義の心もない者たちであるゆえに、殺したとしても罪にはならない者たちなのである］。

6　第三三巻迦葉菩薩品による。

◎ここに示された教えは、仏教にかぎらずあらゆる宗教のもつ恐ろしさに共通する。自分たちだけが優位なる者と認識すると、他者は蟻の子以下の存在になってしまう。

弥勒菩薩の銅像が盗人に取られ、不思議なしるしを示して盗人を見つけた縁　第二十三

聖武天皇のみ世のこと、勅信《ちょくしん》[1]と呼ばれる役人が、夜の平城京を見回っていました。その真夜中のころ、京《みやこ》の葛木《かずらき》[2]の尼寺《あまでら》の前の、大路《おおじ》を挟んだ南側の蓼原《たではら》の中から、哭き叫ぶ声が聞こえます。その声は、「痛いよ、痛いよ」と言っています。

それを聞いた勅信たちが馬を並べ走らせて捜してみると、盗人が弥勒菩薩《みろくぼさつ》を盗み出し、蓼原の中で、石で叩いて壊そうとしているところでした。捕まえて尋問すると、「葛木の尼寺の銅像だ」と言います。そこで、像を寺にもどして安置しました。

捕まえた盗人は役所に連れて行き、牢屋に放り込みました。

さて、悟り[3]の真理を体現した仏像の身体は、血や肉によってできた人の身体と同じではありません。どうして痛いというようなことがありましょう。ただ、仏が常住不変であるということを示されただけなのです。これもまた不思議な出来事であります。

1　「勅信」を前の中21では天皇の使者と訳したが、ここは、単なる使者というよりは、天皇の命令を受けて都を巡察する役人をいうらしい。平安時代の検非違使のような役割をもつ者が存したか。

2　聖徳太子の創建とされる古寺。平城京の左京五条六坊にあり五条大路に面していた。現在は廃寺。

3　原文に「理法身」とあり、仏像のこと。

閻羅王の使いの鬼が、召し出された人の施しを得て手心をくわえた縁　第二十四

楢《なら》[1]の磐島《いわしま》は、平城京の左京六条五坊の人でした。大安寺[2]の西の里に住んでいました。

聖武天皇のみ世のこと、その大安寺の修多羅分《すたらぶん》[3]の銭三十貫を借りて、越前の都魯鹿《つるが》[4]の港に出かけて交易をしました。品物を手に入れ、それを運んで山を越え、船に載《の》せ家に持ち帰る途中、急に病気になって船を留め、ひとりで家に帰ろうとして馬を借り、乗ってやってきました。

近江[5]の高島の郡の磯鹿《しが》の辛前《からさき》までやってきて、ふり返ってみると、一町[6]ほど遅れて三人の男が追いかけてきます。山代《やましろ》[7]の宇治の橋に着いた時に追いついてきたので、そのまま道連れになって歩いていきました。

そこで磐島が、「どこに行かれるのか」とたずねると、答えて、「閻羅王の御門《みかど》から、楢の磐島を召し出しに行く使いだ」と言います。磐島はそれを聞いて、「召し出されるというのは私だが、

1　伝未詳。楢は地名で、渡来系の氏か。

2　聖徳太子の創建した熊凝寺《くまごりでら》を前身とし、平城京の左京六条四坊に移転。奈良市大安寺町にある。

3　修多羅は経典のことで、大安寺では「大般若経」を読誦し論議するための研究組織（「講」という）をもち、そこに蓄えられた基金があってそれを運用して寺院の運営にも用いていたらしい。一貫は一〇〇〇文。

4　福井県敦賀市。日本海側でもっとも大きな交易港。都奴賀《つぬが》・角《つぬ》

どうしてお召しになるのですか」とたずねました。

すると、使いの鬼が答えて、次のように言うのでした。


我らは、まずお前の家に行ってたずねると、家の者が答えて、「商《あきな》いに出かけてまだ帰っていません」と言うた。そこで港に行って捜し、ようやく見つけて捕まえようとしたところが、四天王[8]の使いがいて、我らに頼んで言うことには、「許してやってくれないか。寺の交易のための銭を借り受けて商いをしているのだから」と言いよった。

それで、しばらくのあいだ猶予してやったのよ。

しかし、お前を召し出すのに日を重ねたために我らは腹が減って疲れはてた。もしや、何か食べ物はもっていないか。


そこで磐島が、「干飯《ほしいい》[9]だったらあるよ」と言って、与えて食わせてやりました。

使いの鬼は、「お前は、我らの気《け》[10]に当たっているために病いになったのだ。だから、あまり近くに寄るな。べつに恐れることは

鹿《が》などさまざまな表記が用いられており、語源は「ツ（津）ヌ（～の）カ（処）」の意。
5　高島郡は滋賀県北西部（琵琶湖西岸の北部）、磯鹿の辛前は志賀の唐崎で大津市北部にあたり滋賀郡に属す。敦賀から山を越えて琵琶湖北端から、琵琶湖西岸を通って南下したとみられる。ここはそのルートを略述したものか。普通なら船を使うルート。
6　約一〇九メートル。
7　京都府宇治市の宇治川に架かる橋。上12に道登が宇治橋を架ける話があった。
8　仏法を護る神で、東に持国天、南に増長天、西に広目天、北に

ない」と言います。

ついに家にもどり、食事の準備をしてご馳走しました。鬼が言うことには、「我ら、牛の肉のうまいところが好物なのだ。だから、牛の肉をご馳走しろ。牛を捕まえる鬼というのは我らのことだ」と。

磐島が、「わが家には斑牛《まだらうし》が二頭います。それを差し上げますので、私を助けてください」と言うと、鬼は、「我らは、今お前の物をたくさんもらって食べた。その恵んでもらった幸《さち》のために、今お前を許したならば、[11]我らは重い罪を犯したことになり、鉄の杖で百回叩かれるであろう。もしや、お前と同じ生まれ年の人はいないか」と聞きました。

磐島は、「私にはまったく心当たりがありません」と答えました。すると、三人の鬼のなかのひとりの鬼が思案して、「お前の生まれ年はなんだ」と言うので、磐島は、「私の年は戊寅《つちのえとら》だ」と答えました。

すると鬼が次のように頼んできました。


多聞（毘沙門）天がいる。
9　携帯用の乾燥米。水に浸して食べる。
10　見えないが、その場に漂っている。
11　賄賂を受け取って手心を加えるのは、地獄でも重罪だったらしい。諺に地獄の沙汰も金次第。
12　大神神社（奈良県桜井市）の摂社の一つで率川坐大神御子神社とも。奈良市本子守町にあり、六月の三枝祭

わしが聞いているには、[12]率川《いざかわ》神社のそばにいる[13]八卦見《はっけみ》で、お前と同じ戊寅の年の男がいるらしい。お前と取り替えるのにちょうどいい。そいつを召し連れていこう。

ただし、我らはお前にご馳走してもらって牛一頭を食べてしまった。我らが叩かれる罪を免《まぬか》れるために、我ら三人の名を読み上げて、[14]金剛般若経《こんごうはんにゃきょう》百巻を読んでもらいたい。一人めの名は[15]高佐麻呂《たかさまろ》、二人めの名は中知麻呂《なかちまろ》、三人めの名は槌《つち》麻呂《まろ》だ。

このように言い置くと、鬼たちは夜中のうちに家を出ていなくなっていました。明くる日見てみると、牛が一頭死んでいました。

磐島は、大安寺の[16]南の塔院に参り入り、沙弥[17]仁耀《にんよう》法師［まだ受戒していない時である］を頼み、「『金剛般若経』百巻を読んでもらいたいと思って参りました」と伝えました。仁耀は、請願を受け、二日間で『金剛般若経』百巻を読み終わりました。

三日経って、使いの鬼がやって来て、「大乗経典の読誦《どくじゅ》の力によって、百回叩かれる罪を免れ、いつもの食事よりも飯一斗を加

（通称ゆりまつり）が有名。

13 原文は相八卦読《そうはっけよみ》。神社の傍らにはこうした宗教者たちがいたらしい。

14 金剛般若波羅蜜経のことで、一巻。それを一〇〇巻写経するということ。実際に、大安寺の資財帳には「金剛般若経一百巻」とみえ、一〇〇巻の金剛般若経が所蔵されていた。

15 これら鬼の名がどのように名付けられているかは不明だが、身長の高・中・低とみる説あり。

16 具体的な場所などは不明。

17 『元亨釈書《げんこうしゃくしょ》』に伝があり、大和国葛木郡の人。

えて賜わった。喜ばしいことよ、貴いことよ。今からのちは、節《せち》[18]ごとに我らがために冥福を祈って供養してくれ」と伝えました。

そう言うと、たちまち姿を消してしまいました。

磐島は、年九十歳あまりで死にました。

大唐《だいとう》[19]の徳玄《とくげん》は、般若の力をこうむって、閻羅王の使いに召し出される災難をのがれ、日本の磐島は、寺の商いの銭を借り受けて、閻羅王の使いの鬼どもが追いかけ召し出そうとした難をのがれたのであります。

「花を売る女人は、忉利天《とうりてん》[20]に生まれ変わり、毒を盛ろうとした掬《きく》[21]多《た》は、逆に善心を起こした」というのは、このことを言うのであります。

18　毎月の六斎日《さいにち》ごとにという意味。要求が多くなる。
19　高宗の時代の人。
20　天上界の一つ。
21　飯に毒をもって釈迦を殺そうとした人物。
◎なかなか楽しい話に仕上がっている。語りとしても洗練されている印象があり、人々の前で語り継がれていたのだろう。

閻羅王の使いの鬼が、召し出された人から饗応を受けて恩返しをした縁　第二十五

讃岐《さぬき》[1]の国山田の郡《こおり》に、布敷《ぬのしき》[2]の臣衣女《おみきぬめ》という女がいました。

聖武天皇のみ世のこと、衣女はにわかに病気になりました。そこで、ご馳走をたくさん準備して、家の門の左右に祭って疫病《やくびょう》[3]神の災いをのがれるための贈り物にしました。

そこに閻羅王の使いの鬼がやって来て、衣女をあの世に連れて行こうとしました。ところが、鬼は走ってきたので疲れてしまい、門口《かどぐち》に祭られていたご馳走を見て心が動き、手を付けてしまいました。

そのために鬼は、後ろめたくなり、衣女に、「おれは、お前の饗応を受けてしまった。だからお前の恩に報いてやろう。もしや近所に同姓同名[4]の人はいないか」と切り出したのです。そこで、衣女が答えることには、「この国の鵜垂《うたり》[5]の郡に、おなじ姓《かばね》の衣女という女がいます」と答えました。

すると鬼は、衣女を連れて鵜垂の郡の衣女の家に行き、顔を確

1　現在の香川県高松市のあたり。
2　伝未詳。
3　原文「疫神」、流行病をもたらす神。天然痘をいうことが多い。
4　直前の中24では、同姓同名ではなく生まれ年が同じ男が身代わりとして連れて行かれた。
5　現在の香川県丸亀市・坂出市・綾歌郡宇多津町のあたり。

認しました。そしてすぐさま、赤い袋から一尺ほどの鑿《のみ》[6]を取り出すと、女の額に突き立て、そのまま連れていってしまいました。

山田の衣女は、こっそり家に帰りました。

さて、あの世で待ち受けていた閻羅王は、取り調べて言うことには、「これは我《われ》が召した女ではない。間違えて連れてきたな。この女はしばらくここに置いておけ。お前は急いでもう一度出かけて、山田の郡の衣女を連れてまいれ」と命じた。

鬼は断ることもできず、山田の郡の衣女の家に行き、家の前を何度も往き来しながらようやく衣女を口説いて連れ出し、閻羅王に差し出しました。閻羅王は女を見て、「まさにこちらが命じた女である。そこの鵜垂の郡の衣女をもとの世に帰してやれ」と仰せになりました。

女が家に帰りますと、三が日を経ていたものですから、鵜垂の郡の衣女の体はすでに火葬[7]されて失《う》せていました。そこでふたたび閻羅王のもとにもどり、愁《うれ》え願うことには、「体がなくなっていました。もどるところがありません」と言いました。すると閻羅王は女に、「山田の郡の衣女の体はそのままか」と尋ねました。

6 鑿を打ち込まれて連れて行かれるのは魂のほうで、肉体はこちらに遺される。この描写から想像すると、人の魂は人の形をした透明な風船のようなものと考えられているようにみえる。

7 冥界訪問を語る蘇生譚の場合は、「焼くな」と言って死ぬ場合が多いが、ここは焼かれないといけないので何も言わない。三日を経て焼いたとあるから、これが一般的な火葬までの期間らしい。

女は答えて、「あります」と言いました。

するとと王は、「それをもらってお前の身にしなさい」と仰せになったのです。

そこで、山田の郡の衣女の亡骸《なきがら》を身として、鵜垂の郡の衣女は生き返りました。そして言うことには、「ここはわたしの家ではありません。わたしの家は、鵜垂の郡にあります」と、こう言い放ったのです。

驚いた両親が、「お前はわたしたちの子です。どうしてそんなことを言うのですか」と言います。しかし生き返った女は聞き入れず、鵜垂の郡の衣女の家に行って言うことには、「まさにここがわたしの家です」と。すると、その家の両親が、「お前はわたしたちの子ではない。わが子の体はすでに焼いてしまったのだ」と言いました。

そこで衣女は、閻羅王のことばを詳しく申し述べました。

それを聞いた二つの郡の父母は、「なるほど」と思い、両方の家の財産を女に相続させることにしました。そのために、現世にもどった衣女は、四《よ》たりの父母を得て、二つの家の財産を手に入

◎なかなか楽しい話に仕上がっている。閻羅王の使いの鬼が賄賂をとって手心を加えるという話は、直前の中24と同じで、地獄の鬼が戯画化される一つのパターンを示している。

この話は、すでに安定した笑い話になっている。同姓同名の人物を身代わりにして閻羅王に差し出したり、取り替えたのがばれて元にもどされたあとに語られる焼失した肉体にかかわるドタバタなど、すでに話としてしっかりと仕組まれているように感じられるからである。三浦『増補 日本霊異記の世界』第十講、参照。

れることができたのでした。

ご馳走を準備して鬼に饗応するのは、けっして無駄なことではありませんよ。財物に余裕のある人は、供え物を準備してもてなすのがよろしいのではないでしょうか。

これもまた、不思議な出来事であります。

◎この話は、霊異記に載せられる前に、すでに説話としての地歩を固めていたとみてよい。あるいは、中国あたりででき上がっていた話が伝わった可能性もあるかもしれない。前話で述べたように、語りによる洗練化もあるだろう。いずれにしても、音声によって語られる話の楽しさが、連続して置かれた滑稽な鬼の話にはあふれている。

仏像を作り終えないままに棄てた木が、不思議なしるしを示した縁　第二十六

[1]禅師《ぜんじ》広達《こうだつ》は、俗姓を下毛野《しもつけの》の朝臣《あそみ》といい、[2]上総《かみつふさ》の国武射《むざ》の郡の人でした［あるいは、[3]畔蒜《あひる》の郡の人ともいう］。

聖武天皇のみ世に、広達は、[4]吉野の金《かね》の峯《みたけ》に入り、樹々の下を経《へ》めぐりながら読経して仏の道を求めていました。

その当時、[5]吉野の郡の桃花《つき》の里に橋がありました。その橋のたもとに伐って引き出し置いたままの梨の木があり、歳月を経てしまっていました。そこを流れる川を[6]秋河《あきかわ》といいます。引き出して置かれていた梨の木は、この河にかかる橋の材木として用いられ、人や畜《けもの》がこぞって踏み渡り、行き来していました。

広達は、縁があって山を降りて里に出て、その橋を渡っていきました。すると橋の下から声が聞こえてきて、「ああ、ひどく踏まないでください」と言っています。禅師はそれを聞いて、不思議に思って眺めますが、だれもいません。しばらくのあいだ行ったり来たりして、離れることができませんでした。

1　禅師は修行を積んだえらい僧を呼ぶ呼称。広達は元興寺法相宗の僧で、光仁天皇の時代に、病気治癒などに優れた能力をもつ十禅師の一人として称えられる（続日本紀、宝亀三年［七七二］三月）。

2　現在の千葉県山武市、東金市の一部、山武郡芝山町のあたり。

3　現在の千葉県君津市・富津市のあたりか。のちに望陀《もうだ》郡に編入された。

4　奈良県吉野町にある金峯山《きんぷせん》のこと。役の行者が修行した山。上28参照。

そこで橋の下に降りてふり仰いで眺めると、仏像を作りかけて完成しないままに棄てておいた木がありました。禅師は、大いに恐れ、清浄な場所に引っ張ってきて置き、哀しみ哭いて伏し拝み、誓いを立て願をかけて、「因縁があったためにお逢いしたことよ。わたくしがかならず仏像を完成させましょう」と申し上げました。

仏を安置するのにふさわしい場所をさがし、人に勧めて寄進を集め、阿弥陀仏《あみだぶつ》、弥勒仏《みろくぶつ》、観音菩薩《かんのんぼさつ》などの像を彫り終えることができました。

今この像は、[7]吉野の郡の越部《こしべ》の村の岡堂に据え置かれ、祀られています。

木はもちろん心などありません。どうして声を出すことなどできましょうか。ただ精霊がお示しになった力であり、けっして疑ってはなりません。

5　未詳。吉野郡下市町のあたりか。
6　現在の秋野川。吉野川の支流の一つ。
7　現在の吉野郡大淀町越部のあたり。岡堂は所在未詳。

力もちの女が、強い力を示した縁　第二十七

[1]尾張の宿禰久玖利《くくり》は、[2]尾張の国中島の郡の[3]大領でした。聖武天皇が天の下をお治めになっていた時代の人です。

久玖利の妻は、同じ国の[4]愛知の郡片蕝《かたわ》の里の出《で》の女でした「昔、[5]元興寺にいた道場法師の孫」。女は夫によく仕え、性格が柔和なことはよく練った絹糸や真綿のようでありました。いつも細く縒《よ》った麻糸で布を織り、衣《ころも》に仕立てて夫に着せていました。その手作りの衣の見事さは比べるものとてないほどでありました。

その当時、尾張の国を治めていた国の守《かみ》には、[6]稚桜部《わかさくらべ》の某《なにがし》が任じられていました。国の守は、大領が着ている衣のすばらしさを見て、「お前のようなやつが着る衣ではない」と言って取り上げて返そうとしません。

家に帰った夫の姿を見た妻は、「衣をどうなさったのですか」と尋ねました。夫は、「国の守が取り上げてしまった」と答えました。そこでまた、「衣を心から惜しいとお思いですか」と尋ね

1　尾張氏は尾張国の大豪族。元のカバネは「連」だったが、天武朝に宿禰に改姓。久玖利は名。

2　現在の愛知県西北部、一宮市・稲沢市のあたり。

3　郡の長官。土着豪族が任命されるのに対して、国司は中央から役人が派遣される。その両者の関係性の一端が窺える話になっている。

4　上3の阿育知郡片蕝里と同じ。名古屋市中区のあたりで、古代では海浜。

5　道場法師の話は上

ると、夫は、「たいそう惜しい」と答えました。

　すると妻は、すぐさま国の守の館《やかた》に出かけ、国の守の前に出ると、「衣をお返しください」と申しました。すると国の守は、「なんという女だ、引き捨ててしまえ」と命じたので、家来たちが下がらせようと引っ張りましたが、びくとも動きません。

　そればかりか、女は、二本の指でもって、国の守が座っている床《とこ》の端を摘《つ》まみ上げたかと思うと、国の守を座らせたまま庁舎の門の外に運び出してしまいました。そして、国の守の着ていた衣の裾《すそ》を、ずたずたに摑み砕きながら、「衣をお返しください」と言いました。震えあがった国の守は、大領から取り上げた衣を女に返したのでした。

　女は、衣を家に持ち帰り、洗い清めてたたみ収めました。その女の力はというと、硬《かた》くて太い呉竹《くれたけ》を握りつぶし、練り糸のようにやわらかくしてしまうほどでありました。

　大領の両親は、嫁の振る舞いを知って大いに恐れ、息子の大領に言うことには、「お前は、妻のために国の守に怨《うら》まれるだろう。その振る舞いはあまりに恐ろしい。国の守ともあろう方にあのよ

3参照。その孫むすめの話は中4参照。力女譚の系譜。中4の女とここの女とを同一人物とする必要はないが、この話のあとに中4を並べると連続した力女譚シリーズになる。

6　中央から派遣される国司（守・介・掾・目）のなかの長官。稚桜部の某と訳したが、原文「稚桜部任」とあり、稚桜部は氏の名、「任」を名とみなす説もある。カバネが記されないのは異例となるので、「任」は任官の任と解釈した。あまりよくない役柄なので、憚って曖昧な表記にしたか。

うなことをしたのだから、そのお咎《とが》めがもしあったら、われらはどうすればよかろう。寝食もままならないことよ」と言って嘆きました。そのために大領は妻を実家に送り返し、顧みようともしませんでした。

その後《のち》のこと、里に返された女は、草津川《かやつ》[7]の船着き場の近くに行き、衣を洗っていました。すると商人の大船が荷物を載せて女の前を通り過ぎようとして、川べりで洗濯している女を見た船頭が、卑猥《ひわい》[8]なことを言ったりしてからかい嘲《あざけ》りました。女は、「おだまり」と言い、「女だと思ってあまく見ていたら、顔をぶん殴られるよ」と言い返しました。

すると船頭は怒って船を泊め、女のところに来ると殴りかかってきました。しかし女は、殴られても痛がりもせず、商人の船を引っぱり、半分ほど陸《おか》に上げたので、船の尻のほうが下がって浸水してしまいました。船頭は、船着き場の近くの人びとを雇い、載せていた荷物をいったん船から降ろし、船を軽くしてから川に戻して荷物を載せ直さなければなりませんでした。

7　木曾川の支流か。あるいは庄内川のことも。

8　原文に「言煩嘲嗎(言ひ《ものい》煩はし嘲《あつら》かし嗎《もちあそ》ぶ)」とある。性的なことのほか、体の小さいことなどもからかいの対象になったたか。

それでも怒りの鎮まらない女は、「失礼なことをしたから船を引き上げてしまったのよ。どうしてあなた方は、いやしい女であるわたしに、そんなひどいことをするの」と言ったかと思うと、荷物を載せ直して川に浮かんだ船を、こんどは、川岸から一町[9]ほど先まで引き上げてしまいました。

そのさまを見た船頭たちは大いに恐れ、女の前にひざまずき、「悪いことをしました。申しわけありません」と謝りました。それでようやく、女は船頭を許しました。その船は、五百人がかりで引いてもびくともしませんでした。それで、女の力は五百人力以上だということがわかりました。

経典に説かれている通りです。「餅[10]を作って三宝にお供えすれば、金剛《こんごう》力士のような力を手に入れることができる、云々《しかじか》」と。

このことから、まざまざと知ったことであります、前世に大きな平餅《ひらもち》を作り、三宝にお供えしたためにこのような強力《ごうりき》を手に入れることができたのだということを。

9　約一〇九メートル。

10　「力餅」の習俗の起源になっているのか。

◎力女譚には中4と同様、ペーソスがある。力女シリーズのように、いくつもの力女のエピソードが語られていたのであろう。三浦『増補　日本霊異記の世界』第三講、参照。

きわめて貧しい女が、釈迦の丈六の仏に福分を願い、不思議なしるしを示して、この世で大きな福を得た縁　第二十八

聖武天皇のみ世、奈良の京にある大安寺の西の里にひとりの女の人がいました。とても貧しくて世過ぎをするのもままならず、飢えに苦しんでいました。人伝《ひとづ》てに、「大安寺[1]の丈六の仏は、人びとの願いにすみやかに応えてくださる」と聞いた女は、仏さまにお供えする花と香と灯明を買い求め、丈六の仏の前に捧げて、「わたくしは、前世において福を授かるような行いをしませんでした。そのためにこの世で貧窮《びんぐ》の報いを受けています。どうか、わたくしに宝をお授けくださり、貧窮による憂えを免れさせてください」と祈りました。日を重ね月が過ぎても、祈り願うことを止めませんでした。

その日も、いつもの通り花と香と灯明を捧げて、家にもどってやすみました。明くる日起きて見ると、家の入り口の前にある水路にかかっている橋のところに、銭四貫が置かれていました。短《たん》

1　上32にも出てきた霊験あらたかな仏像。大安寺は、南都七大寺の一つで平城京左京六条四坊にある。

籍《ざく》（短冊）が付いており、「大安寺の大修多羅供《だいすだらく》[2]の銭」と記されていました。女はびっくりして、すぐに寺に届けました。そこで、[3]修多羅衆の僧たちが銭を保管している蔵を確認すると、蔵の封印は間違いなく元のままなのに、銭四貫だけが足りませんでした。そこで、受け取って蔵に納めました。

女はその後も丈六の前にお参りし、花と香と灯明を捧げ、家に帰って寝ました。そして明くる日起きて見ると、庭の中に銭四貫がありました。そして短籍には「大安寺の常《じょう》修多羅供の銭」と記されていました。女はそれを寺に届けました。修多羅衆の僧たちが、蔵のなかの銭を入れた器《うつわ》を確認すると、間違いなく封がされています。それを開けてみると、銭四貫だけがなくなっていました。僧たちは不思議に思って蔵に封をしました。

女は今までと同様、丈六の前にお参りし、福分を願って家に帰り、寝ました。すると明くる日、戸を開けて見ると、家の入り口の閾《しきい》の前に銭四貫が置かれていました。短籍には、「大安寺の成《じょう》実論宗分《じつろんしゅうぶん》の銭」と記されていました。女はそれを寺に届けました。修多羅衆の僧たちが、銭を入れた器を確認すると、封印は間違い

2　あとに出てくる常修多羅供に対して大々的な修多羅供の意味らしい。修多羅供は中24にあった修多羅分と同じ。成実論の経典を読み解き研究する会（講）の基金として管理されていたが、成実論宗分というのも出てきて、いくつもの使途に分けられていたらしい。

3　原文「宗僧」とあり、「講」に加わっている僧たちをいう。

なく付いていて、中を開けてみると、銭四貫だけがありません。

そんなわけで、[4]六宗《ろくしゅう》の首席の僧たちが集まってこの出来事を不思議に思い、女に尋ねて、「お前は、どのような行《わざ》を使ったか」と言うので、女は、「何もしていません。ただ貧しくて世過ぎをするのもままならず、寄る辺とするところもなく、頼りにする者もおりませんので、わたくしは、このお寺の釈迦の丈六の仏さまに花と香と灯明を捧げ、福分を願っていただけでございます」と答えました。集まっていた僧たちはそれを聞き、相談して言うことには、「これは仏が賜わった銭である。それゆえに、寺に蔵《おさ》めることはせず、女人にお返しいたそう」と。

女は、銭四貫を得て、それを増上[5]する縁としてたいそう富み、財産も豊かになり身を守って、命を長らえることができました。

まことに知ったことです、釈迦の丈六が不思議の力をお持ちになっていることと、女人の真心からの信仰が不思議なしるしをもたらしたということを。

4　南都六宗のことで、奈良仏教の古学派には、三論・法相《ほっそう》・華厳・律・成実《じょうじつ》・倶舎《くしゃ》の六つの宗派があった。当時は、一つの寺院が一宗派とは決まっておらず、大安寺のような大きな寺には六宗の僧が所属している。ここでは、大安寺のなかのそれぞれの宗派の首席の僧（原文では「学頭」）が集まって議論したということ。女に対する訊問がかなり堅苦しい印象を与えるのはそのためか。
5　ある力が加わって増大すること。

行基大徳が、天眼《てんげん》を放って女人《によにん》の頭に猪《いのしし》の油が塗られているのを見つけ、責め叱った縁　第二十九

[1]旧都の元興寺《がんごうじ》の村で、法会《ほうえ》のために会場を荘厳に飾り、[2]行基大徳をお招きして七日のあいだ説法をしてもらいました。そのために、修行者も一般人もみな集まって大徳の教えを聞きました。

その聴衆のなかに、ひとりの女人がいました。その女は、髪に猪の油を塗り、人びとに交じって法話を聞いていました。大徳がその女人を見て叱りつけて、「わたしは、たいそう臭くて我慢ができない。その頭に生き物の血を塗っている女は、遠くに連れ出して棄てよ」と仰せになりました。

凡人の肉眼《にくげん》にはただの髪油の色にしか見えないのですが、何ものをも見通す聖人の[3]明眼《みようげん》では、ありありと猪の血だと見破ることができたのです。日本国において、仏が化身したのが行基大徳であり、まさに「[4]隠身《おんじん》の聖《ひじり》」であります。

1　明日香にあった元興寺、現在の飛鳥寺の建つところにあって日本最初の寺院。
2　上5、中2など、しばしば登場。
3　題目の天眼と同じで、すべてのものを見通すことのできる眼力。
4　正体を隠して、この世に人間として現れた仏。

行基大徳が、子を連れた女人に前世の怨《うら》みによる報いが付いているのを見つけ、子を淵に投げ入れさせて不思議なしるしを示した縁　第三十

行基大徳は、[1]難波《なにわ》の入り江を掘り広げさせて船着き場を造り、仏の教えを説いて人びとに信仰を勧めました。僧たちも俗人たちも、貴賤《きせん》を問わず集まり来たりて、行基の教えに耳を傾けたものでした。

そうした法会《ほうえ》の時の出来事ですが、[2]河内の国の若江《わかえ》の郡川派《こおりかわまた》の里に、ひとりの女人《にょにん》がいました。女は子を連れて法会に出かけ、大徳の教えを聞いていました。すると、連れてきた子が大声で哭《な》いて食べ物を欲しがり、教えを聞かせようとしません。その子は、すでに十歳を過ぎているというのに自分の足で歩くこともできなかったのです。哭きねだって母の乳《ち》を飲み、物を食べるのに休む時がないというありさまでした。

それを見た大徳は、「もし、そこのご婦人よ。その抱いている子を外に連れ出し、淵《ふち》に棄ててしまいなさい」と告げたのです。

1　行基の難波の江での土木工事については、中8にも出てきた。

2　若江郡は大阪府八尾市・東大阪市の一部。川派里は川俣里とも表記し、現在、東大阪市に川俣・川俣本町などの地名がある。その周辺か。

法会に集まっていた人びとはその言葉を聞いて、「慈《いつく》しみ深い聖人が、どのような因縁があって、あんなひどいことをおっしゃるのだろう」とささやき合うのでした。

言われた女人は、わが子がかわいくて棄てられず、そのまま大徳の教えを聞いていました。

次の日もまた女人は子を連れてやって来て、大徳の教えを聞いていました。すると連れてきた子は、やはり物を欲しがって大声で哭き、聴衆は、うるさい哭き声に邪魔されて、教えを聞くことができませんでした。すると大徳は女人を責め、「その子を淵に棄てなさい」と告げました。

母である女は、気になることがあったのか、そのままにしておくことができず、哭く子を深い淵に投げ棄てました。すると、棄てられた子は水面に浮かび上がり、水の上で足をこすり合わせ、手をもみ合わせながら目を大きく見開き、妬《ねた》みにあふれたさまで、「くやしいことよ、あと三年はむさぼり喰おうと思っていたのに」と言ったのです。

母は不思議に思いましたが、そのまま法会の場にもどって教え

◎前話もそうだが、行基の行動は、常人の目からみると、不可解千万というか、かなり危険にみえる。前の話では天眼とか明眼と言われていたが、別の見方をすれば殺人教唆ということにもなってしまう。行基がというのではないが、宗教がもつ危険性といったものも忘れないでいたいと、こういう話を読むと思う。これら行基の話については、三浦『増補日本霊異記の世界』第八講、参照。

を聞いていました。すると大徳が、「子は投げ棄てましたか」と尋ねます。そこで母は答えて、ありのままにさきほどの様子を伝えました。

すると大徳が言うことには、「あなたは、昔、前世《ぜんせ》において、あの男の物を借りたまま返済しなかったために、今の世になって、その男があなたの子として生まれ変わり、前世で貸した代価を取り立てようとして食《むさぼ》っていたのですよ。あいつは前世の貸し主だったのです」と。

ああ、恥ずかしいことです、他人の物を借りたまま返済しないで死んでしまうとは。そんなことをしたら、後の世でかならず報いがあるでありましょう。

それゆえに、[3]出曜経《しゅつようきょう》に、「他人から、たった一銭分の塩を借りて返さなかったために牛に生まれ変わり、背に重い塩を載せて前世の貸し主にこき使われることになる」と説かれているのは、こうしたことを言うのであります。

◎昔話「こんな晩」などにも前世の貸しをむさぼり取ろうとする話が出てきたりするが、それらもこうした仏教説話に淵源をもつということがわかる。「異人殺し」のモチーフともつながっているだろう。

3　教訓的な文句や注釈的な説話を集めた経典。全三〇巻。

塔を建てようとして発願《ほつがん》した時生んだ女子《むすめ》が、舎利《しゃり》を握りしめて生まれてきた縁　第三十一

[1]丹生《にゅう》の直《あたい》弟上《おとがみ》は、[2]遠江《とおとうみ》の国磐田《いわた》の郡の人でした。弟上は、塔を造ろうとして願を発《おこ》しながら、造れないままに長い年月が過ぎてしまいました。それでも願を果たしたいと思い続け、いつも心を痛めていました。

聖武天皇のみ世、[3]弟上は七十歳、妻は六十二歳でしたが、妻が懐妊し女の子を生みました。その子は左の手を握りしめたまま生まれました。父母は不思議に思い、握っている手を開こうとすると、むすめはますます強く握りしめて開けさせようとしません。父母は困ってしまい、「老女《おうな》が子を産む年でもないのに産んだので、むすめの五体が具《そな》わっていないのではないか。これはとても恥ずかしいことよ。しかし、前世の因縁があって、おまえはわたしたちの子として生まれたに違いありません」と言ってなぐさめていました。そして、[4]嫌って捨てたりせずに、慈しみ育てていました。だんだん成長するにしたがって、その顔は輝くように美し

1　伝未詳。直はカバネ、弟上が名。
2　現在の静岡県磐田市のあたり。
3　老夫婦に子が授かるのは、神の子誕生譚のパターン。
4　こう言われると、棄てる人もいたのかと勘繰ってしまう。
5　何かが起こることの多い年齢。

くなりました。

むすめは、[5]年が七歳になると、手を開いて母に示し、「これを見てください」と言いました。そこで掌《てのひら》を見てみると、[6]舎利が二粒ありました。歓喜《かんぎ》するとともに不思議なことよと思い、まわりの人びとに告げ知らせました。

すると、人びともたいそう喜び、それは国の役人にも伝わりました。また郡の役人たちも大いに喜び、浄財を施してくれる信者たちにはたらきかけて七重の塔を建て、掌にあった舎利を安置し、供養することができました。

今も、磐田の郡に建っている[7]磐田の寺の塔がこれなのです。

塔が建つと、その子はたちまちのうちに死んでしまいました。

明らかに知ったことです、[8]「願って得られないことはなく、願って果たされないことはない」というのは、まこと、このことを言うのでありましょう。

6　仏の遺骨。塔の心礎に舎利孔を穿って納める。
7　所在など未詳。
8　中21に同句。
◎続日本紀、天平神護二年(七六六)一〇月のこと、隅寺《すみでら》(奈良市法華寺町にある海龍王寺)の毘沙門《びしゃもん》像から美しい仏舎利が出現し、法花寺《ほうけじ》(奈良市の法華寺のこと)に安置するために大々的なイベントを挙行し行列を行うという、道鏡が「法王」の位を授けられる契機ともなった仕組まれた舎利出現事件がある。本話は、舎利出現を利用した寺院建立クラウドファンディングの話である。

寺が基金を運用して得た利益で作った酒を借り、返済しないまま死んで、牛になってこき使われて負債を償《つぐな》った縁　第三十二

聖武天皇のみ世、[1]紀伊の国名草の郡三上《みかみ》の村の人が、[2]薬王寺《やくおうじ》のために信者たちを勧誘して、[3]寺の医療用基金を貸し付けて運用していました［薬王寺は、今は[4]勢多寺《せたでら》という］。その薬料の基金である米を、[5]岡田の村主姑女《すぐりおばめ》という女の家に集めて酒を作らせ、利息を得ていたのです。

その頃、斑模様《まだら》の子牛がいて、いつも薬王寺に入りこんで塔の下に伏していました。寺の人が追い出しても、何度でもやって来て、伏したまま動こうとしません。不思議に思ってほかの人に、「だれの家の子牛だ」と問いますが、だれ一人として「私の子牛です」と言う者がいません。寺の者が捕まえて、縄をかけて繋ぎ、飼うことにしました。年を経て牛は大きくなり、寺のさまざまな仕事にこき使われていました。

そのようにして五年が経ちました。

1　名草郡は和歌山市の大部分と海南市の一部。三上村については未詳。

2　平安時代の文書にみえる薬勝寺のことかとの説があるも未詳。現在、和歌山市薬勝寺の地名あり。

3　寺院が、稲作の種籾を貸し付ける私出挙《しすいこ》によって利潤の米を得て、その米で酒を造って貸し付けて利潤を得るという利殖行為。

4　明治大合併によってできた名草郡安原村に薬勝寺村と小瀬田村

ある時、寺の[6]檀越《だんおち》である岡田の[7]村主石人《いわひと》が夢を見ました。

寺にいる子牛が石人を追いかけてきて、角《つの》で突き倒し、足で踏みつけます。石人は驚いて叫びました。すると子牛が、「あんたは、おれを知っているか」と尋ねます。そこで「わからない」と答えました。

その牛は自分から離れ退き、ひざを曲げて伏し、涙を流していうことには、「おれは[8]桜村にいた[9]物部《もののべ》の麻呂《まろ》という［[10]字《あざな》は塩舂《しおつき》。この人が生きていた時、射た矢が猪《いのしし》に当たっていないのに自分が射止めたと思って、[11]塩を舂《つ》いて持参し、塩を塗って担ぎだそうとして見ると、猪はおらず、ただ射た矢だけが地面に立っていた。村人たちはその粗忽さを笑って塩舂と呼んだ。それがあだ名になった］。おれは以前、この寺の薬分の酒[12]二斗《にと》を借りて飲み、その代金を返済しないままに死んだ。そのために、今は牛の身になり、酒の代金を払うために寺で使役されている。使役期間は八年と決められており、今まで使われたのが五年だから、あと三年は働かなければならない。ところが寺

が含まれており、そのあたりか。

5　伝未詳。渡来系の一族で、酒造りに長けていたか。

6　寺院のパトロン。旦那衆。

7　前出の姑女の兄であることがあとで判明。土地の有力者で、寺の経済的なパトロンになっている。

8　所在未詳。姑女もここに住んでいることがあとでわかる。

9　伝未詳。

10　通称（愛称）は今までにも出てきたが、その謂われがこのように説明されるというのはおもしろい。共同体の中でのうわさ話の伝えられ方が想像できる。

11　固まっている塩を

の人は慈悲心がなく、おれの背中を叩いて、ひどく迫《せ》めてこき使う。これがたいそう苦しく痛いのだ。それで、檀越であるあんたのほかに哀れんでくれそうな人もいないので、つらい状態を申し述べたのだ」と言うのだった。

それを聞いた石人は、「どのようにして、その真偽を知ることができますか」と尋ねました。すると牡牛《おうし》が答えて、「桜[13]の大娘《おおおみな》に聞いて、その虚実《こじつ》を確認してほしい」と言うのでした［大娘というのは酒を作る家の主《あるじ》で、石人の妹である］。

目覚めた石人は、とても不思議な出来事だと思い、すぐに妹の家に行き、こまかく夢の話を伝えました。すると答えて、「まことにあなたの言う通りです。酒二斗を貸し付け返済を受けとらないうちに死んでしまいました」と言うのでした。

そこで寺に伝えると、寺の事務を司っている僧浄達[14]や檀越らは、その因縁を知り、哀れみの心をいだき、牛のために誦経《ずきょう》を行いました。そして牛は、八年の労役を勤め終えると、寺を去り、どこかに行ってしまいました。

舂くと解するのが一般的だが、肉を塩漬けにするために、ニレ（楡）の皮などを臼で舂いて粉にし塩に混ぜて調味料を造るのではないか。万葉集「乞食者《ほかひびと》の詠」（16・三八八六）に調味料作りが歌われている。

12　二〇升。借りるとあるが、要するに買って飲んだということ。節季払いや付け払いがごくふつうの商行為である。

13　桜は地名、大娘は女性に対する尊称。注の中に「家主」とある。

14　続日本紀、慶雲四年（七〇七）五月条に新羅から帰国した学問僧の一人として同名の僧がいるが、同一人物か

それ以後は、だれも牛の姿を見たという者はいませんでした。

まさに知ったことです、債務を負ったまま返済しない者は、その報いがないということはない。どうして、返済を忘れていいというようなことがありましょうか。

このために、[15]成実論《じょうじつろん》に、「もし人が、債務を負って償《つぐな》わなければ、[16]牛・羊・鹿・驢馬《ろば》などの仲間に堕ちて、昔の負債を償うことになる」と、このように言われているのであります。

どうかは不明。

15　成実宗の経典で一六巻。

16　こき使われる家畜として霊異記に出てくるのは牛だけで、羊や驢馬は出てこない。鹿に生まれ変わるという話もない。家畜ではない動物では下24に猿になる話がある。

女人が、悪い鬼《おに》につかまって喰《く》い殺された縁　第三十三

聖武天皇のみ世、国中の人びとのあいだでふしぎな歌[1]が流行《はや》ったことがありました。

[2]汝《なれ》をぞ　嫁《よめ》に欲《ほ》しと　誰《たれ》
菴知《あむち》のこむちの　万《よろず》の子　南无南无《なむなむ》や
[3]仙《ひじり》　[4]さかもさかも　もちすすり　[5]法《のり》申し
山の知識《ちしき》　あましに　あましに

（お前さんを、嫁にほしがるのはだれ）
（あっちのこっちの菴知の村の万の子、なむなむや）
（聖人《しょうにん》が、さかもさかも、鼻水啜《すす》りあげ　僧が言う）
（山の知識が、あまりにも、あまりにも）

その頃、[6]大和の国十市《とおち》の郡菴知《あむち》の村の東のほうに、たいそう裕福な家がありました。姓《かばね》は、[7]鏡作《かがみつくり》の造《みやつこ》と言い、ひとりのむすめ

1　日本書紀ではこの種の歌を「童謡《わざうた》」と名付けている。何かの事件を暗示する歌で、事件の前にはやるとされている。
2　童謡は意味のわからない歌が多いが、こもそう。訳はあくまでも試みである。地名アムチとあっちこっちのアッチとを掛けて、わらべ歌のように解したのが味噌である。
3　山で修行を積んだ人と解した。「やまひと（仙人《そまびと》のこと）」とも。
4　未詳。囃子詞か。
5　法師のことで前句の「仙」と同じ。

がいました。名は万《よろず》の子と言います。このむすめは、嫁いだことはもちろん、男と交わったことさえありませんでした。顔かたちは申し分なく美しいのに、いかなる高貴な家柄の男が求婚しても、いっこうに応じる気配もないままに年月は過ぎていきました。

そんなある時、ある男が求婚し、つぎつぎと物を贈ってきます。美しく染めあげた絹の布は車三台にもなりました。むすめは、それを見て心が惹かれてしまい、やすやすと男を近づけて親しみ、甘いことばに要求を受け入れ、男を閨《ねや》に招き入れて体を許すことになりました。

そのはじめての晩のこと、むすめの閨から、「痛い」という声が三度ほど聞こえてきました。

その声を聞いた父と母は、「今[8]まで男と交わったことがないから痛がっているのだろう」とひそひそと語らい、そのままにして寝てしまいました。

次の日の朝、むすめを気づかっていつもよりゆっくり起きた母親が、むすめの部屋の戸を叩いて起こしたのですが、返事がありません。いやな感じがして戸を開けてみますと、そこには頭[9]と一

6　現在の奈良県天理市庵治《おうじ》町のあたり。

7　庵治町の南三キロほどのところに鏡作神社（田原本町八尾）があり、古くから鏡作りの集団が居住したところと考えられている。

8　真実を見抜けず勘違いしてしまった親を、いささか卑猥な感じで笑う話になっていると解した。むすめのほうも、身持ちが堅いと言いながら、金に目がくらんでしまったというのも同情を生まない理由か。

9　密室殺人の恐怖が、残された頭骨と指一本によって示される。

本の指だけが転がっており、あとはみな喰われていました。

変わり果てたむすめの姿を見た父と母は、恐れおののき哀れみ憂えました。結婚のしるしとして男が贈ってよこした布を確かめると、獣の骨に変わり、布を載せてきた三台の車はカラハジカミ[10]の木になっていました。

あちこちの人びとがうわさを聞いて集まり、家を覗きこみながら、その出来事を不思議がりました。

家人《いえびと》は、遺されたむすめの頭を舶来のうつくしい箱に納め、初七日の朝に三宝の前に安置し、斎食《さいじき》をして供養しました。

信じられないかもしれませんが、災いのしるしは前もって現れるものであります。あの流行り歌も、この事件の前兆《ぜんちょう》[11]ではなかったのでしょうか。ある人は、この出来事を神のしわざだと言い、ある人は鬼が喰ったのだと言い騒いでいます。よくよく考えてみるに、これは前世における怨《うら》みなのだと思います。

いずれにしても不思議な出来事であります。

10 原文「呉朱臾《ごしゅゆ》」は中国原産のミカンの一種、薬用として栽培された。

11 原文「表」とあり、前知らせ、しるましのこと。

◎神話の代表的な話型「神婚神話」を基盤にもちながら、いささか卑猥な笑いを込めたうわさ話へと展開している。この点に関しては、三浦『増補　日本霊異記の世界』第四講、参照。

孤児のむすめが観音の銅像を頼み敬い、不思議なしるしを示し現報を得た縁　第三十四

奈良の右京の殖槻寺《うえつきでら》[1]の近くの里に、ひとりの孤児の女が住んでいました。いまだ結婚したことがなく、夫はいませんでした。姓名は伝えられていません。父母が存命の時は、財産も多く裕福な暮らしをしており、たくさんの家や倉を造り、一体の観世音菩薩《かんぜおんぼさつ》の銅像を鋳《い》させて安置していました。高さは二尺五寸[2]で、住まいとは離れたところに建てたお堂に置かれていました。

聖武天皇のみ世のこと、父母が死に、奴婢《ぬひ》[3]たちは逃げてしまい、馬や牛は死んでしまいました。そのために財産を失い家は貧しくなり、独りで空っぽの屋敷を守りながら昼夜を分かたず泣き悲しんでいました。

そのころ、「観音菩薩は、願いをよくかなえてくださる」と伝え聞いて、お堂の銅像の手に縄を掛けて自分とつなぎ、花やお香や灯明《とうみょう》を供え、福分を願い、「わたしはひとりっ子で両親はすでにいません。孤児になって独りで暮らしています。財産もすっか

1　殖槻は現在の奈良県大和郡山市植槻町のあたり。殖槻寺は未詳。

2　七五センチメートルほど。屋敷の中にお堂を建てて安置していた。

3　売買できる奴隷階級の男女。公私の奴婢、寺奴婢、神奴婢などがあり、無姓で、解放されない限り世襲的に奴婢の階級に置かれた。また、奴婢とは別に、有力な家には、代々家に所属する「家人《けにん》」と呼ばれる人たちもいた。上3など。

り失《な》くして家は貧しく、身を長らえる術《すべ》もありません。お願いすることには、どうぞわたしに福を授けてくださいませ。早くください。急いでお慈悲をお願いします」と、昼も夜も泣きながら祈りました。

同じ里に裕福な人がいました。妻は死んで男やもめでした。男はこのむすめを見初め、仲人《なこうど》を立てて求婚してきました。むすめは、「わたしは今は貧しい身なりをしています。裸のような姿で着るものもありません。どうして、そのようなわたしがありのままの顔を隠して、お会いしてお話しすることなどできましょうか」と言って断りました。仲人はもどってその様子を男に伝えました。男は、「その身が貧しく着るものもないことは、わたしもよく知っている。ただ相手が求婚に応じてくれるかどうかだ」と言いますので、仲人はもう一度むすめのところに行って話しましたが、むすめはなおも「いやです」と言って拒みました。

それでも男は、強引にむすめの家に出かけ、かたくなな心を解きほぐそうとしました。その甲斐があってむすめも心を許し、男と肉体関係をもつところまで進みました。

4　雨の日の外出が夕ブーであったことは、古橋信孝『雨夜の逢引』

次の日は一日中[4]雨が降り続いて止みませんでした。

男は雨に閉じ込められて帰れず、[5]三日間むすめの家に留まっていました。それでお腹が空《す》いて、「わたしは腹が減った。何か食べ物をくれないか」と言いますと、それを聞いた妻は、「いま差し上げます」と言って立ち上がり、竈《かまど》に火を焚《た》きつけて空《から》の土鍋《どなべ》を掛けたまま、頰杖《ほおづえ》をついてうずくまり、空っぽの家の中にもどりました。

　そしてまた、あちこちをうろつき回り、口をすすいで手を洗い清め、観音像が安置されているお堂に入り、像の手に掛けた縄を引いて、泣きながら、「どうぞわたしに恥をかかせないでください。わたしに、すぐに財物を恵んでください」と祈りました。お堂から出ると、もとの空っぽの竈の前にもどり、頰杖をついてうずくまっていました。

　すると、その日の夕方の四時頃になって、とつぜん門を叩いて声をかける人がいます。出てみると、隣の裕福な家の[6]乳母《めのと》が立っていました。手には大きなお櫃《ひつ》を抱えており、その中には百品《ももしな》の食べ物が並べられ、おいしそうな匂いが漂っています。足りない

に詳しい。当然、泊まる口実にもなる。
5　平安時代の結婚習俗に、「三日餅《みかのもちい》」があるが、それを連想させる。結ばれて三日目に妻の家で食事をともにすることによって、結婚が正式に承認されるというような意識が、この場面にもあるのではないか。それだから、これまで「嬢《おうな》」と呼んでいた女のことを、この直後から「妻」と呼ぶようになるのだと思う。
6　乳母は、生母にかわって乳を飲ませ育てる女性。代理母的なかたちで説話には登場することが多い。ただし、この乳母は主人公を育てた乳母ではない。

ものなど何もありません。器《うつわ》は、高価な金属製の鋺《わん》や漆《うるし》塗りの皿でした。

乳母はそれをさし出して、「お客さまがいらっしゃると聞いて、家の奥さまがすっかりこしらえられましたのでお持ちしました。食器はあとでお返しください」と言いました。

むすめはたいそう喜んで、幸せな気持ちを抑えることができず、身に着けていた黒い衣を脱いで使いの乳母に与え、「ほかに差し上げるものがありません。ここにあるのは垢《あか》のついた着物だけですが、どうぞ受け取ってください」と言うのでした。使いの乳母はそれを着て、あわてて還って行きました。

食事を夫の前に並べると、びっくりした夫は、食べ物を見ずに妻の顔ばかり見つめていました。

次の日、夫が帰る時に、絹[7]十疋《とむら》と米十俵とを妻に与え、「絹はいそいで衣に縫い、米はすぐに酒に醸《かも》しなさい」と言いました。

むすめは、食事を与えてくれた隣の金持ちの家に行き、幸せをえた喜びの心を伝え、お礼を言いました。ところが隣の家の奥方は、「お馬鹿なむすめさん、もしかして頭がおかしくなられたの

◎乳母の登場をはじめ、このあたりの展開は中14によく似ている。楽しいシンデレラ・ストーリーというところだが、女性の幸せが結婚しかないというのが限界で、力女譚（中4など）のようなたくましさがほしい。

7　巻いた布を数える単位。ヒキとも。上34にも。

では。わたしは何も知りませんよ」と言うばかりでした。きのう来た使いの乳母も、「わたしも何も知りません」と言います。

追い立てられるようにして家にもどり、いつもの通りにお祈りをしようとして堂の中に入ると、使いの乳母に着せたはずの黒い衣が銅像に掛かっていました。[8]

そこでようやくわかったことです、観音がお慈悲を授けてくださったのだということを。そのために仏法の因果を信じる気持ちをますます強め、熱心にお勤めをし、観音像を礼拝したのでした。

これ以来、むすめは元のように大きな富を手に入れ、ひもじさから免れて何の心配事もなくなり、夫も妻も早死にすることもなく、仲良く命を全うして長生きしたということです。

これはまことに不思議なことであります。

8 証拠を語ることによって登場した乳母と仏像とを結びつける。これが事実譚では重要。

◎霊異記説話のなかには、少女が幸せになる「おとぎ話」のような話が語られる。それが幸せな結婚であることは、洋の東西を問わない。結婚後の幸せは、末永く仲良くとなるのが理想で、この話の結末はその点でも安定している。さすがの景戒も評を付けられなかったらしい。

法師を叩き、そのために現世で病気になって死んだ縁　第三十五

[1]宇遅《うじ》の王《おおきみ》は生まれつき心が邪《よこしま》で、[2]三宝を信じようとしませんでした。

聖武天皇のみ世に、この王は、仕事があって[3]山背《やましろ》を歩きめぐっていました。八人の従者を従えて、奈良の京《みやこ》のほうに向かっていました。

その時、[4]下毛野《しもつけの》の寺の僧、[5]諦鏡《たいきょう》が、奈良の京から山背に行こうとして、[6]綴喜《つづき》の郡《こおり》を歩いていました。

師は、とつぜん王の一行に出会い、道を避ける場所がなかったので、かぶっていた笠を傾けて顔を隠し、道の傍《かたわ》らに立っていました。王はそれを見て乗っていた馬を留め、従者に命じて僧を鞭《むち》打たせました。師と弟子は、脇の水田のなかに入って逃げ走りました。それでも従者はなおも追いかけて叩き、背負っていた経箱まで叩き壊してしまいました。

その時、法師は声を上げて、「どうして仏法を守護する神はい

1　伝未詳。宇治王という名は続日本紀に出てくるが、同一人物とは確定できない。話の舞台からみて宇治（京都府宇治市）にゆかりのある人物であろう。古来、宇治には王族が住む。
2　敬わなければならない仏・法・僧の三つ。頻出。
3　現在の京都府南部。ここはその視察の帰り道ということになる。
4　未詳。次の話にも出ており、平城京にあった寺院らしい。
5　伝未詳。
6　現在の京都府京田

ないのか」と叫びました。すると、王がそこからまだ遠くには行かない道の途中で、急に重い病気にかかり、大声で叫びうめいて二、三尺もの高さまで大地を飛び跳ねました。王の従者はそのさまを見て法師に祈ってもらおうとしましたが、師は拒んで引き受けませんでした。

三《み》たび頼みましたが、どうしても承知しません。そして尋ねて、「痛いのか」と聞くと、従者は「たいそう痛がっています」と答えました。それを聞いた法師は、[7]「こんな下賤《げせん》な王は、千回も痛がって病気になれ、万回も痛がって病気になれ」と言うのでした。

そこで、王の眷属《けんぞく》たちは、天皇に、「諦鏡法師は、宇遅を呪《のろ》いました」と訴え、法師を捕らえて殺そうとしました。天皇は事情を聴いて、なおも心を抑えて捕縛を許可なさいませんでした。

王は三日後に、墨のようになって亡くなりました。眷属はふたたび奏上して、「殺された報いは、殺しによって報復しよう。宇遅はすでに亡くなりました。諦鏡の身柄を受けとって、恨みに報いたい」と申します。

天皇は詔《みことの》りして、「われも法師であり、諦鏡もまた僧《ほうし》である。

辺市・八幡市・城陽市のあたり。大和から奈良山を越えて北に向かうと、山城国相楽郡の次にある郡で、宇治の手前に位置する。

7　呪詛の文句である。この僧の行いは、修行者としてはいささか料簡が狭い気がする。

法師がどうして法師を殺すことができようぞ。宇遅が災難を招いたのは諦鏡の罪ではない」と仰せになりました。天皇は鬢《ひげ》も髪も剃り、戒《かい》を受けて仏道を修行するがゆえに、法師に加担なさって諦鏡を殺させませんでした。

狂王[8]たる宇遅は、邪な心がひどく、護法の神が罰を加えたのです。護法神がいないわけはありません。

どうして恐れないでいられましょうや。

8　原文に「狂王宇遅」とあり、名前と称号を逆にするのは、侮蔑的な表現として用いられているらしい。この前の部分でも、王を付けずに宇遅と表記している。

謀叛の罪に問われた大津皇子を侮辱するかたちで、「皇子大津」と表記する例が、日本書紀、持統称制前紀にある。

観音の木像が神力《じんりき》を示した縁　第三十六

聖武[1]太上天皇のみ世のこと、奈良の京《みやこ》の下毛野《しもつけの》の寺の金堂に祀られている東の脇士《わきじ》の観音像の頭《かしら》が、理由もなくもげて落ちていました。

檀家の人たちはそれを見て、明くる日に元にお戻ししようということになって一晩が経ち、朝になって確認すると自然に元の通りに頭はつながり、そればかりか光を放っていました。

まことに知ったことです、悟りの真理と智恵とを体現した法身《ほっしん》[2]というのは、不変不滅の存在であります。それを、不信心な人間どもに知らせようとして示されたことでした。

1　太上天皇の呼称は、聖武が娘の孝謙に位を譲った七四九年七月以降に用いられる。霊異記の話はほぼ時代順に並べられているが、次の37以降、また聖武の時代にもどる。譲位後の話である本話は、もっと後ろに置かれるべきだが、前話が下毛野の寺の話だったので、ここに持ってきて並べたらしい。

2　作られた像ではない仏としての本体。

観音の木像が、火災に遭っても焼けず、摩訶不思議な力を示した縁　第三十七

聖武天皇のみ世のこと、泉[1]の国泉の郡のうちの[2]珍努《ちぬ》の上《うえ》の山寺に、[3]正観自在菩薩《しょうかんじざいぼさつ》の木像を安置し、敬い供養を続けていました。ある時に誤って火を出し、その仏殿を焼いてしまいました。ところが仏像は、焼けた建物から二丈[4]ほど離れたところでうつぶせに倒れ、損傷はまったくありませんでした。

まことに知ったことです、仏[5]というのは物質界のものではなく、また人間の精神の顕れというわけでもなく、目には見えませんが、不思議な力がないわけはないということを。

これこそ、不思議の第一であります。

1　和泉郡とも。現在の大阪府和泉市・泉大津市・岸和田市の一部・泉北郡忠岡町のあたり。
2　所在未詳。中13の「血渟の山寺」と同じか。血沼は大阪南部沿岸地域の呼称。海も血沼の海と呼ぶ。
3　観自在は、「観(世)音」に同じ。「正観音」は「聖観音」とも書く。
4　約六メートル。
5　原文は「三宝」だが、ここは仏の意。

◎前の36と同主題。

慳貪《けんどん》な心によって、大蛇になった縁　第三十八

聖武天皇のみ世に、諾楽《なら》の京の馬庭《まにわ》[1]の山寺に、ひとりの僧が常住していました。その僧は命を終えようとする時になって、弟子に告げて言うことには、「われが死んだあと、三年経つまでわが部屋の戸を開けてはならない」と。

僧が死んだあと七七日《しちしちにち》[2]を過ぎると、大きな毒蛇が部屋の前に臥せっていました。弟子は、その因《わけ》を察知し、毒蛇をなだめ鎮めて部屋の戸を開けると、銭三十貫が隠し蔵《おさ》められていました。

そこで、その銭を用いて誦経《ずきよう》し供養を行い、亡き僧のために善根を施し、福が授かるように祈りました。

まことに知りました、銭に執着し隠したがために、来世で大蛇の姿に生まれ変わり、戻ってきて貯めた銭を護ろうとしたのだということを。「須弥山《しゆみせん》[3]の頂上を見ることはできても、欲の山の頂上を見ることはできない」というのは、このことを言うのです。

1　所在未詳。

2　四十九日のこと。この中有《ちゆうう》の終わる日。この日死者は三界（欲界・色界・無色界）・六道（地獄・餓鬼・畜生・修羅・人間・天上）のどこに生まれ変わるかが決まる。

3　世界の中央に聳える高い山。日本書紀、斉明三年（六五七）七月条に、「須弥山の像を飛鳥寺の西に作り、盂蘭盆会を行った」とある。

◎表題の慳貪は欲張りでけちんぼをいう。

薬師仏の木像が、水に流され砂に埋もれて不思議なしるしを示した縁　第三十九

[1]駿河の国と遠江の国との堺に河があります。名を[2]大井河といいます。その河のほとりに[3]鵜田《うだ》の里があって、そこは遠江の国[4]榛原《はりはら》の郡に位置します。

奈良の宮で天の下をお治めになった[5]大炊《おおい》の天皇のみ世、天平宝字二年三月、その鵜田の里の河のほとりの砂の中から声がして、「われを取りだしてくれ、われを取りだしてくれ」と言います。ちょうど、ひとりの僧が国を経めぐり、そのあたりを行き過ぎようとしていました。その時、「われを取りだしてくれ」という声がしきりに聞こえました。僧は、その呼びかけている声を、たまたま耳にすることができたのです。

砂のなかから声がするのは、埋葬した死人が生き返ったのに違いないと思い、そこを掘ってみると、薬師仏の木像が出てきました。高さは[6]六尺五寸で、左右の耳は欠けていました。

礼拝《らいはい》し哭《な》きながら、「わが大師《だいし》よ、どのような過《あやま》ちがあって、

1　現在の静岡県の東部と西部の国境。
2　現在の大井川。日本書紀、仁徳六二年条に、大井河を流れてきた大木で船を作る記事がある。
3　島田市野田に鵜田寺が現存し、そこかというが、島田市野田は駿河国志太郡で、遠江国榛原郡の鵜田里と合わない。
4　現在の静岡県牧之原市・吉田町の全域とその周辺地域。
5　淳仁天皇のこと。天平宝字二年（七五八）八月に孝謙天皇を継いで即位。この話は三月

このような水難に遭われたのですか。ご縁があって、たまたま出会うことができました。願わくは、わたくしが修理をさせていただきたい」と申しました。

そして、信者たちを導き誘い、仏師を頼み迎えて、仏の耳を造らせました。また、鵜田の里に堂を造って、尊い像を安置し供養を行いました。今に名付けて鵜田[7]の堂と呼んでいます。

この仏像は霊験があって光を放ち、願いをよく叶えてくださるゆえに、僧も俗人も、こぞって帰依し敬っています。

伝え聞くことには、「優塡[8]《うてん》が造った栴檀《せんだん》の仏像は、立ち上がって釈迦を迎え拝礼し敬ったと言い、孝行な丁蘭[9]《ていらん》が造った木造の母は、まるで生きているように動いた」というのは、このことを言っているのでありましょう。

とあり、それなら孝謙の時代。

6　約二メートル。現在、島田市にある鵜田寺には木造の薬師如来坐像が安置され、この話の仏像とするが、高さは五二・四センチメートルで大きさが合わない。調査では現存像は平安時代後期の作で、後世にこの話とつないだか。

7　現在の鵜田寺でないとすると、場所など不明。

8　インドの王の名。

9　上17にも出ていた有名な逸話。漢の人で『孝子伝』など。

悪事を好む者が鋭い刃《やいば》で斬られ、この世で悪死の報いを受けた縁　第四十

[1]橘《たちばな》の朝臣《あそみ》諸楽麻呂《ならまろ》は、[2]葛木《かずらき》の王《おおきみ》の子です。むやみに野望を抱き、心のなかで国を倒そうと思い、反逆心をもつ仲間を招集し、その手段を謀議していました。

僧の姿を絵に描き、それを的にして立てて、僧の黒眼を射る訓練をしたりもしました。さまざまな悪事を好みましたが、この酷い行い以上のことはありません。

また、諸楽麻呂の奴《やつ》は、[3]諸楽《なら》山《やま》で鷹狩りをしました。見ると、その山にたくさんの狐の子がいました。奴は、その狐の子を捕まえて木の串《くし》に刺し、狐の穴の入り口に立てました。

奴には乳飲み子がいました。

子を殺された母狐が恨みの心をいだき、姿を変えて奴の子の祖母に化けて奴の子を抱き、おのれの巣穴の入り口に行き、わが子を串刺しにされたように、奴の子を、尻から串で貫いて穴の入り口に立てました。

1　橘諸兄の子、母は藤原不比等のむすめ。橘奈良麻呂とも。天平勝宝九年（七五七）、孝謙天皇が道祖《ふなどのおおきみ》王の皇太子を解き、藤原仲麻呂が推す大炊王（淳仁天皇）を皇太子に立てたのをきっかけに、奈良麻呂は同志を集めて仲麻呂の排除を企てるが露顕して捕縛され、拷問の末に殺されたという。享年三七。

2　葛城王とも。敏達天皇の後裔で美努王（大宰帥）の子。母は橘三千代（県犬養三千代）で、光明子（光明皇后）の異父兄。橘諸兄を名

賤《いや》しい畜生であったとしても、怨みに報いる術《すべ》はもっており、現世における報いというのは、すぐそばにあるものなのです。

慈悲の心をお持ちなさい。慈悲心のない行いをすれば、慈悲心のない恨みによる報いを受けるでありましょう。そして、その後それほど時を経ないうちに、諸楽麻呂は天皇に嫌われ、鋭い刃《やいば》で斬られてしまいました。

ここに知ったことです、以前に行った悪行は、鋭い刃の難に遭って殺されるしるしだったのだと言うことを。

これもまた不思議な出来事であります。

乗り臣籍降下して皇親政治家となる。聖武天皇に寵愛され右大臣などを勤めるが、藤原氏との対立のなかで失脚し、天平勝宝九年一月に没す。享年七四。

3　奈良山のこと。平城京の北、奈良県と京都府とのあいだにある丘陵。

◎動物虐待譚の一つ。上16参照。

女の人が大きな蛇に犯され、薬の力で命拾いすることができた縁　第四十一

河内《かわち》[1]の国更荒《さらら》の郡の馬甘《うまかい》の里に裕福な家があり、その家には一人のむすめがいました。

大炊《おおい》[2]の天皇のみ世、[3]天平宝字三年夏四月に、むすめは、桑の木[4]に登って葉を扱《こ》いていました。すると大きな蛇があらわれ、むすめが登っている桑の木にまとわりつきながら登っていきました。通りを歩いていた人が蛇に気づき、むすめに声をかけました。教えられて下を見たむすめは驚いて木から落ち、蛇もむすめといっしょに堕ちて、むすめにまとわりつき交わったので、むすめはそのまま気を失ってしまいました。

父母が見つけ、医者を頼んで来てもらい、むすめと蛇とを同じ戸板に載せて家に連れ帰って庭[5]に置きました。医者は、[6]黍藁《きびわら》三《み》束《たば》[三尺を束にして、それを三束]を焼き、その灰を湯に入れて三斗《と》の灰汁《あく》を作り、それを煮詰めて二斗にし、猪の毛十把を細かく刻んで煮詰めた灰汁の中に入れてよく混ぜ合わせました。

1　更荒郡は讃良郡の表記が一般的。現在の、大阪府四條畷市・大東市・寝屋川市のあたり。馬甘里の所在は未詳。渡来系の馬飼い集団が居住した地域であろう。馬と養蚕はいっしょに語られることが多い。
2　淳仁天皇のこと。
3　七五九年。
4　近代の養蚕では、摘みやすいように桑の木を剪定して大きくしないが、古代の桑は巨木になった。
5　庭は農作業などをする生活の場であるとともに神を祀る場でもある。そこで、衆人環

そうしておいて、むすめの頭と足とを逆さにして、庭に立てた杭に吊《つ》り下げ、開《くぼ》[7]から汁を流し込みました。汁は一斗ほど入りました。すると、苦しくなった蛇が這い出してきたので、逃げようとするのを捕まえて殺して棄てました。蛇の子は白く凝《こ》り固まり、蛙の卵のようなかたちをしていました。その一つ一つに猪の毛が刺さっていて、閪《つび》から五升ほど流れ出ました。そこでもう一度、口に二斗の汁を入れると、蛇の子はみな出てしまいました。

気絶していたむすめはすぐに意識を取りもどし、ものも言えるようになりました。そこで両親が声をかけると、「わたしの心は、夢を見ているようでした。今は、もうすっかり正気にもどりました」と答えました。

薬の効能というものは、このとおりであります。それゆえに、よく注意して用いなければなりません。

そののち三年を経て、そのむすめはふたたび蛇に魅入られ犯されて死んでしまいました。

相手を愛おしむ心が深くなると、死に別れる時には、夫と妻、

視のもと、いかがわしい堕胎行為が行われたらしい。たくさんの目に見まもられながら行われることが必要だったのではないか。

6　黍（イネ科の一年草）の茎で、特別の力を持つと考えられたか。近代だと、こういうときにはオガラ（麻幹／苧殻）が用いられた。

7　クボも次にあるツビも、女陰をいう俗語。

また父母と子はお互いを恋うて、「わたしが死んでも、来世でかならずまた一緒になろう」とことばを掛け合うはずです。ただ霊魂というのは、それぞれの生前の行為による因縁に従って、あるいは蛇や馬や牛、犬や鳥などに生まれ変わり、あるいは前世での悪い約束によって蛇に交接され、あるいは物の怪や畜生に魅入られるのであり、そのさまはけっして一つではありません。

[8]経に、次のように説かれているとおりであります。

「昔、[9]仏《ほとけ》と[10]阿難《あなん》のふたりが墓のそばを通り過ぎた時に、夫と妻と二人が、いっしょに飲み物や食べ物を供えて、墓を祀り死者を慕って泣いていた。夫は母を恋うて泣き、妻は姨《おば》を偲んで哭いている。仏は、妻が哭くのを聞いて、声を出してお嘆きになった。それを聞いた阿難は、「どのような因縁があって、釈迦如来さまはお嘆きになるのですか」と申し上げた。すると釈迦は阿難に告げて、「この女は、前世においてひとりの男子を産んだ。深く愛おしむ心を抱き、口でその子の[11]閛《まら》を吸うた。母は三年後、にわかに病いにかかり、臨終を迎えると、子を撫で閛を吸いながら、われは、これから次々に生まれ変わる世で、いつもあなたに会いま

8　この経典が何をさすかは不明。そのようなことが書かれた経が存在するのかどうかも不明。

9　この仏が釈迦を指すということは、以下の文章から判明する。

10　釈迦の十大弟子の一人、阿難陀のこと。

11　男根のこと。古事記の神話にアマツマラ（天津麻羅）という神が登場するなど、マラは

しょうと言って、隣の家の女《むすめ》に生まれ変わったのである。そして、成長すると自分の子の妻になり、前世における自分と夫と、ふたりの骨を祠《まつ》りながら、今このように慕い哭いている。その最初から最後までをわかっているから、わたしは悲しんでいるのだ」と申された」と、こう説かれているのは、このことを言うのであります。

また、別の経典[12]に次のように説かれているとおりであります。「昔、一人の子がいた。その身のこなしはとても軽く、早く走ることは飛ぶ鳥のようだった。父が子をいつも大事にし可愛がって守り育てるさまは、まるでおのれの眼《まなこ》のさまであった。父は、わが子の身のこなしの軽いのを見て、譬《たと》えて、「すばらしいことよ、わが子よ。早く走ることは狐のようだ」と言った。その子は命尽きた後、狐の身に生まれ変わった」と、こうあります。

善《よ》い譬えを用いて願わなければなりません。悪い譬えで願うのはおやめなさい。かならずその報いを受けるからであります。

隠語というより、日常語。

12　この経典も名前がわからず、出典も不明。◎奇怪で怪しげな堕胎行為が行われているが、以前、本話と『遠野物語』第五五話の河童の子を孕んだ娘に堕胎行為を加える父親の話とを比較して論じたことがある（『増補新版　村落伝承論』第八章）。また、『増補　日本霊異記の世界』第四講、参照。

きわめて貧しい女が千手観音の像にすがって祈り、福分を願って大きな富を得た縁　第四十二

[1]海《あま》の使蓑女《つかいみのめ》は、平城京の左京九条二坊の人でした。九人の子を産み、きわめて貧しいさまは比べようもないほどで、世過ぎをすることもできませんでした。そこで、[2]穂積寺《ほづみでら》の千手観音の像に向かって、福分をお願いしました。

それからまだ一年にもならない、[3]大炊《おおい》の天皇のみ世、[4]天平宝字七年十月十日、思いもしなかったことに、わざわざ妹がやって来て、皮張りの箱を姉のところに置いていきました。箱の脚《あし》には馬の屎《くそ》が染みついていました。

言うことには、「わたしが今すぐ取りに来るから、この箱を預かってほしい」とのことでしたが、待っても待っても取りにこないので、妹のところに出かけて尋ねました。すると妹は、「知りません」と答えます。そこで、心のなかで不思議なことだと思い、箱を開けて見ると、銭が百貫入っていました。

そのあと、いつもの通り花と香と灯明を買い、千手観音の前に

1　伝未詳。「海使」が氏の名か、あるいは海氏の使用人といった意味か、不明。

2　原文には「向穂寺於千手観音」とあり、「向穂の千手観音」など訓みが定まらない。寺の名や所在も不明。ここではひとまず、『今昔物語集』16－10に「穂積寺」とあるのに従った。穂積寺は左京九条四坊にあったという。

3　淳仁天皇のこと。

4　七六三年。

行って捧げ、見てみると観音の足には馬の屎が付いていました。そこですぐに気づき、「観音さまがくださった銭ではないか」と疑いました。

三年ほど過ぎて、「千手院[5]に保管されていた修理《すり》[6]分の銭百貫が失くなっている」という噂を聞きました。そこで、皮の箱に入っていたのはこの寺の銭だったということがわかりました。そして、はっきりとわかったのです、この銭は観音がくださったものだということを。

賛に言うことには、「善いことよ、海の使の氏の年長《とした》けた母は、朝には飢えている子を見ては、血の涙を流して泣き、夕べには香を焚き灯明をともして、観音の徳を願った。その応《むく》いの銭が家に入りきたり、貧窮《びんぐ》の愁いを減じてくれた。観音に感応されて、幸福がもたらされ、大きな富の泉が流れきたりて、子らを養うのに、食べ物はじゅうぶんに満たされ、衣を翻《ひるがえ》して苑《その》に遊んでいる」と。

明らかに知ったことです、慈悲深い観音が訪れ来たりて助けてくださり、香を買って供養した、その代価を十二分に受けたのだ

5　穂積寺にあった千手院ということ。

6　寺院の修繕費として蓄えてある銭。中28に大安寺の修多羅分の銭というのが出てきた。そこでは、運ばれてきた銭を何度も戻したりして受け取ることをためらう感じがあったが、ここはためらいなく受け取っている。それでも何も起こらないが、ちょっと危険な印象を与える。

ということを。

涅槃経《ねはんきょう》に、「母は子を慈しみ、そのためにおのずから梵天《ぼんてん》[7]に生まれ変わる」と説きたまうのは、まさにこのことを言っているのであります。

これもまた不思議な出来事であります。

日本国現報善悪霊異記　中巻

7　人間界よりすぐれた天上世界、理想的な天界をいう。

◎中巻だけでも、14、28、34などに、貧しい女性が仏に助けを求めるという話があった。現報を語るにはわかりやすかったということか。男がそのように願う話はあまり見かけない。女性のほうが語りやすいということか。

日本霊異記　下巻

法華経を読誦しつづけた人の舌が、風雨にさらされた骸骨のなかで腐らなかった縁　第一

諸楽《なら》[1]の宮で天の下をお治めになった帝姫阿倍《ていきあべ》[2]の天皇のみ世、[3]紀伊《き》の国牟婁《むろ》の郡《こおり》熊野の村に、永興禅師《ようごうぜんじ》[4]という人がいて、海辺の人びとを教え導いていました。当時の人びとは、その行為を貴んで菩薩と呼んで称えていました。天皇が治める平城京よりも南にあたるので、名付けて南菩薩と言います。

その当時のこと、ひとりの僧がいて、菩薩のところにやって来ました。所持品は、法華経一巻[5]［字を細く小さく書いて巻数を減らし、一巻にして持っていた］、白銅製の水入れ[6]一個、縄を編んで作った椅子一脚だけでした。

僧はいつも法華経を唱え続けて暮らしていました。

一年ほど過ぎて、お別れしようと思い、永興禅師を礼拝《らいはい》し、縄を編んだ椅子を差し上げ、「これでお暇《いとま》し、山をめぐりながら伊勢の国に越えようと思っています」と伝えました。

禅師はそれを聞くと、もち米の乾し飯《いい》を舂《つ》いて篩《ふるい》にかけた粉二

1　平城京のこと。
2　聖武天皇と光明皇后との間のむすめ阿倍皇女。孝謙天皇、重祚して称徳天皇。この呼称ではどちらの天皇の時代かは判断できない。中37～42に大炊天皇の話が並び、下巻は、称徳・光仁・桓武の三天皇の時代を舞台とする説話が載せられている。年表、参照。
3　牟婁郡は現在の和歌山県南東部から三重県南部にかけての地域。熊野村は、牟婁郡に相当する地域と解されることもあるが、現在の三重県熊野市および和

斗《と》を僧に施し、優婆塞二人を副《そ》えて見送らせました。僧は、一日目の道を送られると、法華経と托鉢用の鉢および乾し飯の粉二斗を優婆塞に与えて禅師のもとに帰らせ、自分は、麻縄二十尋《ひろ》と水入れ一個だけをもって別れ去っていきました。

それから二年を経た頃、熊野の村の人が、熊野川の上流の山に入り、樹を伐って船[7]を作っていました。するとどこからか声が聞こえてきて、法華経を読んでいます。日をかさね月を経てもお経の声は止みません。船を造る人たちは毎日経を読む声を聞いていて信仰心を起こし、貴いことと思って自分の分の食料を捧げもち、声をもとめて尋ねて行きましたが姿がみえません。そこで帰ってきたのですが、経を読む声は前と変わらず聞こえてきます。

そののち半年ほど過ぎて、船[8]を引き下ろすために山に入りました。耳をすますと経を読む声は、まだ止んでいません。不思議に思って永興禅師に伝えました。

禅師も不思議に思い、山に入ってみると、ほんとうにお経の声が聞こえてきます。その声を探し求めてみると、一体の死体がありました。麻縄で二本の足に繋いで、岩にぶら下がるようにして

歌山県新宮市を中心としてその一帯を呼ぶ広域地名。

4　次の下2にも登場し奈良時代の興福寺で修行した高僧。中26に出てきた広達らとともに、続日本紀、宝亀三年(七七二)三月、病気治癒などに優れた能力をもつ「十禅師」に挙げられている。

5　法華経は全体で八巻あるが、それを細かな字で小さく書いて一巻にまとめたもの。

6　修行僧の常用具。

7　熊野の船は「真熊《まくま》野《の》の船」と呼ばれて有名。船は、山の中で木を切って造船し(無駄な部分などを削り取り)、乾燥させたうえで山から引き下ろす。

身を投げて死んでいました。骨のそばには水入れがありました。すぐに、別れ去った僧であることがわかりました。

永興禅師はそのさまを見て、悲しみ泣きながらもどりました。

そうして三年を経た頃、山人《やまびと》が、「経を読む声は前と変わらず聞こえてきます」と告げ知らせてきました。永興禅師はふたたび山に入り、僧の骨を回収しようとして髑髏《どくろ》をたしかめると、三年経っても僧の舌は腐っておらず、むせ返るような生々しい感じがしていました。


まことに知ったことです、大乗経典の不思議な力と、経を唱え功徳を積んだことに対する霊験であるということを。

賛に言うことには、「貴いことよ禅師よ、血や肉をもつ身を持ちながら、つねに法華経を唱え、法華経の霊験を得たことよ。身を投げ、骨を曝《さら》しながらも、骸骨のなかの舌は朽ち果てることがなかった。これはまことに聖《ひじり》であり、ただ者ではない」と。

8 乾燥させた舟や船材を引き下ろす時のことであろう。

◎次頁の別話に腐らない舌が、舌は出てこないが、骸骨がしゃべる話が下27に出てくる。

また別に[1]、吉野の金峯山《きんぷせん》[2]にひとりの禅師がいました。山を歩きながら修行を続けていました。ある時、禅師が耳をすますと、道の先のほうから声が聞こえて、法華経や金剛般若経を読んでいます。それを聞いて立ち止まり、草の中に分け入ってみると、一つの髑髏がありました。長い年月を経て日に曝《さら》されていながら、その舌は腐らず、むせ返るような生々しい感じがしていました。

禅師は、清らかなところに移し、髑髏に向かって、「前世からの因縁によって、あなたはわたしに出会ったのですね」と語りました。そこで、草《かや》をかぶせた小屋を作り、いっしょに暮らしながら経を読み、六時[3]ごとのお勤めをしました。禅師が法華経を読んでいると、髑髏もいっしょに読経しました。そこでその舌を見てみると、舌は揺れ動いていました。

これもまた、不思議な出来事でありますね。

1　同じ主題だが、別の人物の話なので独立させて掲げた。別話を同一話として並べる例は、上4にもあった。

2　奈良県吉野町にある山。役の行者が修行した山。上28参照。

3　六時の讃と言い、一昼夜を六つ(晨朝《じんちょう》・日中・日没・初夜《そや》・中夜・後夜《ごや》)に分かち、時刻ごとに祈る。中13など。

生き物の命を殺して恨みを買い、狐と犬とになって互いに報復した縁　第二

禅師永興《ようごう》[1]は、平城京の左京にある興福寺《こうぶくじ》の僧でした。俗姓は[2]葦屋《あしや》の君《きみ》の氏［あるいは[3]市往《いちき》の氏という］。[4]摂津《つ》の国手島《てしま》の郡の人で、[5]紀《き》伊の国牟婁《むろ》の郡《こおり》熊野の村に住んで修行していました。

ある時、その村に病人がいました。そこで禅師が住んでいた寺に病人を連れてきて、禅師にお願いして病いを看てもらいました。呪文を唱え祈禱すると病いは治り、止《や》めて離れると病いが起こってしまいます。このような状態で命を長らえたまま、何日経っても病いは癒えません。どうしても治そうと誓い、永興は祈禱を続けました。

すると病人が何かに取り憑《つ》かれて、「おれは狐だ。そんなに簡単にはやっつけられないぞ。坊主よ、無駄なことを続けるんじゃねえ」と叫びます。それで禅師が、「どういうことだ」と尋ねました。すると答えて、「こいつは以前、おれを殺した。おれはその恨みに報いたいのだ。こいつは、[6]このまま死んだら犬に生まれ

1　前話参照。
2　氏の名は居住地名によるか。新撰姓氏録によれば渡来系の氏族。
3　百済系の氏族。
4　豊島《てしま》郡のこと。現在の大阪府池田市・豊中市・箕面市のあたり。
5　前話参照。
6　狐と犬は仲が悪い

変わっておれを殺そうとするだろう」と言いました。

それを聞いて怪しんで教えさとしましたが、狐は病人から離れないまま男を殺してしまったのです。

それから一年後、死んだ男の臥せっていた部屋で、禅師の弟子が病いにかかって寝ていました。その時にある人が、犬を連れて禅師のところにやって来ました。その犬が吠え、首輪をはずし、鎖をちぎって走り出そうとしました。

それをみた禅師は不思議に思い、犬の飼い主に告げて、「放して理由を知ろう」と言いました。そこで犬を放すとすぐに、病気の弟子がいる部屋へ走り込み、狐をくわえて出てきました。禅師が犬を止《とど》めようとしましたが、言うことをきかずに犬は狐を嚙み殺してしまいました。


はっきりとわかりました、死んだ人が生まれ変わってその恨みに報いたのだということを。

ああ、考えてみると、恨みに対する報いというものは、朽ち果ててしまうということがありません。どうしてそうなのかという

というのは上2にも描かれていた。犬猿の仲よりも古いらしい。

と、毘瑠璃王《ひるりおう》[7]が、前世の恨みに報いようとして釈迦族の九千九百九十万人を殺しました。怨みをもって恨みに報いようとすると、恨みは滅することなく、かえって車輪が転がるように止まるところがなくなってしまうものだからであります。

もしある人が、よくものごとに耐え忍ぶ心をもとうとする時には、恨む相手を見れば自分の恩師であるとみなし、その恨みに報いてはなりません。まさにこれこそが「忍辱《にんにく》」というものであります。それゆえに、恨みとは、さながら「忍」の師であると言えましょう。

このために、書伝[8]に言うことに、「もし忍辱の心を養わなければ危ないことが起こる。おそらく自分の母を殴り殺すことにもなりかねない」というのは、まさにこのことを言っているのであります。

7 古代インドの舎衛《しゃえ》国《こく》の王で、若いころに母のいやしい出自を釈迦族に暴かれ愚弄されたのを怨み、王になると釈迦族を攻め滅ぼした。

8 書名がわからない時の言い方。

僧が、十一面観世音の像にすがり願って、この世で報いを受けた縁　第三

弁宗《べんそう》[1]は大安寺[2]の僧で、雄弁でならしていました。俗人は参拝できない本尊に願いごとを取りつぐ役目をもっぱらとし、たくさんの施主たちと知り合い、人びとの人気を得ていました。

帝姫阿倍《ていきあべ》[3]の天皇のみ世のこと、弁宗は、大安寺の大修多羅供《だいすたらく》[4]の銭三十貫を借り用いて、返済することができなくなってしまいました。そこで、寺院の事務を担当する僧らは、銭を返すように迫りました。

ところが負債を弁償する方法がないために、泊瀬《はつせ》[5]の山にある山寺に登っていき、十一面観音菩薩にお参りしました。そして、観音菩薩の手に縄を掛け、それを引きながら、「わたしは、大安寺の修多羅宗分《すたらしゅうぶん》の銭を使って弁済する手立てがありません。お願いですから、わたしに銭を施してください」と申し上げると、観音の名号《みょうごう》を唱えながらお願いを続けました。

するとそこに大安寺の事務担当の僧たちがやって来て、銭の返

1　伝未詳。
2　中24など。南都七大寺の一。
3　下1参照。
4　中28参照。経典を研究するための組織（講）があり、その運用基金の一つ。
5　奈良県桜井市の三輪山の南の谷を泊瀬（長谷）という。東の伊賀・伊勢に抜ける泊瀬街道が通っている。山寺とは長谷寺（奈良県桜井市初瀬）のこと。今も十一面観音が本尊。奈良時代の創建で、平安時代中期以降に観音信仰が流行し、都から貴族たちがこぞって参

済を迫りました。そこで僧は答えて、「しばらく待ってくれ。わたしは、菩薩に銭の施しをお願いして、それで返済をしようとしているのです。そんなに長く引き延ばそうとしているわけではありません」と言いました。

その時、船親王《ふねのみこ》[6]が、よい縁[7]があって山寺にお参りに来られて、法会《ほうえ》の準備をなさっていました。弁宗は、観音像に掛けた縄を引いて、なおもお願いして、「銭を大急ぎでわたしにください。取り立てられている銭を急いで支払いたいのです」と言いました。親王はその祈りのことばを聞いて、弁宗の弟子に尋ねて、「どういう因縁があって、今この僧は、こんなことを申しているのだ」と仰せになったので、弟子は、今までのことを細かにお伝えしました。親王は、そのさまを聞かれて、銭を出して大安寺に弁償なさいました。

ありありと知ったことです、観音の大きな慈悲と、僧の信仰の深さとを。

詣し、堂に籠もって祈願した。そのさきがけの話。

6　船王。天武天皇の孫、舎人親王の子で「親王」ではないが、弟の大炊王が即位したために（七五八年、淳仁天皇）親王と呼ばれる。天平宝字八年（七六四）の藤原仲麻呂の乱に加担し、隠岐国に配流。万葉集に短歌四首あり。

7　原文「善縁」で仏縁に導かれることをいう決まり文句。

僧、方広大乗経を唱え祈り、海に沈んでも溺れなかった縁　第四

平城京にひとりの立派な僧がいました。[1]名前は伝えられていません。この僧は、いつも[2]方広経典を読誦《どくじゅ》する一方で、世俗にまじわり銭を貸し付けて妻子を養っていました。

むすめの一人はすでに嫁いで夫の家に住んでいました。帝姫《ていき》阿倍の天皇のみ世に、むすめの夫である聟《むこ》が[3]陸奥《むつ》の国の[4]掾《じょう》に任命され、旅立ちのための支度金二十貫を妻の父親から借り受け、装束を調《ととの》え、家族を連れて任国に赴任しました。一年あまりを経て借りた銭は[5]利息が付いて倍となり、元金だけは返済しましたが利息は返せませんでした。

それから年月を経て、義父である僧の取り立ては厳しくなり、聟は憎しみ恨む心をつのらせ、どうにかして舅《しゅうと》を殺そうと考えるようになりました。

ある時、聟が出張で京にもどった時のこと、舅は聟の心などまったく気にかけず、いつもと同じように借金の返済を求めました。

1　名前が伝えられていないということは、たいした僧ではなかったということだろう。

2　大乗経典の一つである大通方広経のこと。題目の方広大乗経も同じ。法華経を法華大乗などというのと同じ言い方。

3　律令国家の街道の一つ、東山道の最北端の国。山形と秋田県南部を除いた東北四県を範囲とする。山形と秋田県南部は出羽国で、七一二年に北陸道の越後国の一部を割いて建てられた。

4　地方の国の役人の

すると聟は舅に、「奥州にいっしょに行きましょう」と言いました。応諾した舅は聟とともに船に乗って奥州に向かうことになりました。

聟は、船頭[6]と共謀して悪事を企み、僧の手足を縛って海の中に投げ込み、任地にもどりました。そして、妻に語ることには、「お前の父の僧は、お前に逢いたいと思っていっしょに渡って来たのだが、突然の荒波に遭って駅船[7]が海に沈んでしまい、尊い父上は海に投げ出されて溺れ流され、救うこともできなかった。そして、ついに波間に沈んで亡くなられてしまった。こうして私だけがかろうじて生き残ったのだ」と。

それを聞いたむすめは大いに悲しみ、「不幸にも父を亡くしてしまったことよ。どうして大切な宝を失うようなことになってしまったのでしょう。ほんとうに死というものを知りました。どうすれば父の姿を見ることができるでしょう。どのようにして海の底の玉を見ることができるでしょう。また父の骨を拾うこともできないとは。悲しいことよ、つらいことよ」と言って嘆きました。

第三等官。守《かみ》・介《すけ》・掾・目《さかん》。中央役人が派遣される。

5　出挙《すいこ》と呼ばれる公的に認められた貸し付けの年利がほぼ倍返しだった。

6　説話のなかでは悪役を割り振られることが多い。上7参照。

7　各街道の渡し場には駅船が置かれていた。ただし、ここの掾は駅船を利用したのではないだろう。

僧は海に沈みましたが、心をこめて方広経を読誦していると、海の水が窪み開いて、底にうずくまっていると溺れることはありませんでした。二日二晩《ふつかふたばん》が過ぎた後、ほかの船が陸奥の国に向かっており、その船頭が、海面に縄の端が浮かんでいて、流れずにその場に止まっているのを見つけました。

そこで船頭が縄を摑んで引き上げてみると、どうしたことか僧が上がってきたのです。顔の色はふだんと変わらない様子でした。たいそう驚いた船頭は、「お前はだれだ」と聞きました。すると答えて、「わたしは某《なにがし》です。わたしは、盗賊に遭い、縛られて海に放り込まれました」と言いました。また、「坊さんは、どのような妖術を使って、水に沈んでも死なかったのだ」と尋ねました。すると、「わたしは、いつもどおり方広経を読誦していただけです。その神のごとき不思議な力を、どうして疑うことなどできましょう」と答えました。

ただ、聟の姓名だけは、他人《ひと》にはけっして明かそうとはせず、「どうか、わたしを乗せていって、奥州のどこかに船を着けてください」と頼みました。船頭は、願いを請けて、奥州に送り届け

◎娘が結婚して、夫とともに地方赴任をしているというのは、中20などにあった。しかし、故郷に遺されるのが母の場合と父の場合とでは話に大きな違いが生じることになる。三浦『平成京の家族たち』第五章、参照。

てくれました。

聟は、陸奥の国で、海に堕ちた舅のために、少しばかりの法要の食事を準備して、三宝[8]にお供えしました。舅である僧は、陸奥の国をあちこち経めぐって乞食《こつじき》をしていたために、たまたま法事に行き合い、自度僧《じどそう》たちの列にまじって顔を隠して座り、その供養の食事を受けました。

聟の役人は、みずから施し物を手にして、たくさんの僧たち一人一人に施し与えました。そこで、海の中に放り込まれた僧も、手を伸ばして施しの品を受け取りました。掾はその顔を見て目が虚《うつ》ろになり、顔を真っ赤にさせて驚き恐れて引っ込んでしまいました。

すると舅の僧は、まるで法師[9]のごとくに慈悲深い笑《え》みを浮かべ、怒ることなく我慢して、とうとう最後まで聟の悪事をばらすことはありませんでした。

さて、海に沈みながらも水が窪んで溺れることもなく、毒魚にも呑まれず、命を落とすこともありませんでした。

8　仏教信者が敬わなければならない仏・法・僧の三つ。

9　原文では、ここで僧から法師へと呼称を変えている。一度死ぬ思いをすることによって、この生臭な僧は悟りを開いたというふうに見ることもできる。

まことに知ったことです、大乗経[10]の霊験と、もろもろの仏の加護だということを。

賛に言うことには、「すばらしいことよ、その悪事をあばくことなく、最後までよく黙っていた。まことにこの法師は、立派に耐え忍ぶべき忍辱《にんにく》[11]という気高い行いをした」と。

このために、長阿含経《ちょうあごんきょう》[12]に、「恨みの心をもって恨みに報いようとするのは、草で火を消そうとするようなもので、却って燃え盛るばかりである。慈悲の心でもって恨みに報いるというのが、水でもって火を消そうとするのと同じである」と言われているのは、まさにこのことを言っているのであります。

10　大乗仏教の経典をいうが、ここは方広経のこと。

11　宗教者にとってもっとも大事な心。下2参照。

12　小乗仏教の経典の一つ。

妙見菩薩が変化《へんげ》して不思議な姿を示し、盗人を露見させた縁　第五

[1]河内の国安宿《あすかべ》の郡に、[2]信天原《しではら》の山寺と呼ばれる寺がありました。[3]妙見菩薩が祀《まつ》られ、灯明《とうみよう》を献ずる寺として知られていました。畿《き》内《ない》の国の人びとは、毎年、灯明をささげていました。

帝姫《ていき》阿倍の天皇のみ世のこと、信者たちは、いつもの通り灯明を妙見菩薩にたてまつり、それとともに寺の住職に銭《ぜに》や財物をお布施としてさし出しました。

その布施の銭のうちの五貫を、住職に仕える弟子が、こっそり盗んで隠しました。しばらくして隠した銭を取りに行ったところ、銭はなく、代わりに体に矢が刺さって死んだ鹿[4]が横たわっていました。

そこで弟子は、鹿を担ぎ出すために、[5]河内の市《いち》の近く、[6]井上《いのへ》の寺がある里に取って返し、人びとを引き連れて鹿の倒れていたところにもどってみると、鹿はおらず、ただ銭五貫だけが置かれていました。

1　大阪府羽曳野市、藤井寺市東部のあたり。
2　所在未詳。
3　北極星あるいは北斗七星を神格化した菩薩。上34にも。
4　理由ははっきりしないが、鹿は、妙見信仰とのつながりが深く、ここも最後のところに、菩薩が示現したものだと語られる。妙見菩薩像のなかには頂に鹿の頭を付けたものがある。あるいは、鹿の角が、北斗七星の形を連想させるのか。
5　所在未詳。河内国の中心である国府の辺りにあった市ではない

それで、弟子が盗人だということが露見したのでした。

しかとわかったことであります、これはほんとうの鹿ではなく、菩薩が示現《じげん》なさったものであるということを。

不思議な出来事であります。

か。とすれば、日本書紀、顕宗《けんぞう》即位前紀の室《むろ》寿《ほ》きの呪詞に出てくる餌香《えか》の市（大阪府藤井寺市国府《こう》）かもしれない。

6　所在未詳。

禅師が食べようとした魚《うお》が変化して法華経になり、俗人の非難を退けた縁　第六

吉野山に一宇《う》の山寺がありました。名を海部《あまべ》[1]の峯《みね》といいました。帝姫《ていき》阿倍の天皇のみ世のこと、ひとりの大僧がその山寺に住み、熱心に仏道修行をしていました。それで体が疲れて弱りはて、起き伏しすることさえできなくなってしまいました。そこで、魚《うお》を食べて滋養をつけようと思い、弟子に語って言うことには、「われは魚を食べたいと思っている。すまないがお前、手に入れて食べさせてくれないか」と。

弟子は、師のことばを受けて紀伊《き》[2]の国の海辺に行き、獲れたての鯔《なよし》[3]八尾《はちび》を買って、小さな箱に入れて山道を登ってきました。すると、以前からよく知っている三人の檀家に出会い、かれらに「何を持っているのだ」と尋ねられました。童子はとっさに、「これは法華経です」と答えました。

ところが、持っている箱からは魚の汁が垂れて、魚の臭いを振りまいています。俗人たちは、経ではないと気づきました。やが

1　所在など未詳。紀伊国海部郡（和歌山県和歌山市・海南市・有田市のうちの海岸部のあたり）と関係する名称か。

2　吉野からもっとも近い海は、紀伊国の海岸（海部郡、前項）。吉野川から下流の紀ノ川に沿って下ったあたり。

3　オボコ－エブナ－イナ－スバシリ－ボラ、と名を変える出世魚。頭から尾までの太さがあまり変わらないので

て[4]大和の国の宇智《うち》の市の辺りに至り、俗人たちはそこで休憩しました。そして、俗人は弟子の童子を責めて、「お前が持っているのは経ではなくて、魚だろう」と言いました。

童子は答えて、「魚ではありません。ほんとうにお経です」と言いました。すると俗人は、無理やり開けさせようとしました。逆らい拒むことができなくなった童子が、箱を開けてみせると、法華経八巻に変わっていました。俗人はそれを見て恐ろしくなったか、いなくなってしまいました。

ところが、そのなかのひとりの俗人が、やはり怪しいと思い、見届けようと考えて、こっそりあとを尾《つ》けて行きました。童子は、山寺にもどると師に向かい、こと細かに俗人らとの出来事を話しました。それを聞いた禅師は、一方では不思議に思い、一方ではとても喜んで、天の神が守護してくださったのだと確信しました。そうして、その魚を食しました。

その時、あとを尾け覗き見ていた俗人は、[5]五体を地面に投げ出すと禅師に向かって、「まことに魚の体だとしても、聖人の食べ物になる時には法華経に変化《へんげ》するものです。わたしは、物事を的

経巻をイメージしやすかったか。

4　原文は「内市」だが、ウチは吉野と紀伊国との通り道にあたる奈良県五條市にある宇智《うち》とみて、そこにあった市と解した。

5　体を地面に投げ出して拝礼する行為。五体投地。

確に判断できず、邪《よこしま》な心をもち、因果の道理をわきまえず、弟子の童子を責めて心を悩ませ乱れさせてしまいました。お願いすることには、どうか罪をお許しください。今よりのちは、我が偉大なる大師として、心を尽くして敬い、供養させていただきます」と申し上げました。

それからは、その俗人は大檀越《だいだんおち》[6]となって、禅師を供養したのでした。

まさに知るべきであります、仏法のために体を保とうとする人は、食べ物としては、さまざまな毒物を食うことになるとしても、それは甘露[7]となり、魚や肉を食したとしても、罪を犯したことにはならないのであります。

魚は変化して経となり、天は感応《かんのう》して仏道をお護りくださるのであります。これもまた不思議な出来事であります。

6 有力な、寺院の経済的・精神的な庇護者。檀家。

7 天から降る甘い液で、霊力があるとされる。

観音の木像の助けによって、国王の処罰をまぬかれた縁　第七

[1]正六位上 [2]丈《はせべ》の直山継《あたいやまつぐ》は、[3]武蔵の国多磨の郡小河の郷《さと》の人でした。その妻は、[4]白髪部《しらかべ》氏の女性でした。

山継は軍人となって未開の地の[5]蝦夷《えみし》を討伐するのに派遣され、奥州を巡っていた時、妻は、夫が遠征地で難に遭わないように、観音の木像を作って心をこめて拝み、供え物を欠かしませんでした。

夫は、災難に遭うことも無く蝦夷の地からもどり、わけを知って大いに喜び、妻とともに木像を拝みました。

それから長い年月を経て、[6]称徳天皇のみ世、天平宝字八年の十二月のこと、山継は、天皇に背いた[7]藤原仲麻呂の乱に[8]加担したという嫌疑を受け、死罪に処せられる十三人の仲間に加えられてしまいました。

そして、そのうちの十二人までが首を斬られた時には、山継の心は大いに乱れました。

1　朝廷に仕えていて与えられた位階か、地方豪族に与えられた外《げ》位《い》か。外位は名誉称号のようなものだが、外位としては高すぎるので、「正七位」とする写本に従う説もある（ちくま学芸文庫本）。
2　伝未詳。丈（丈部に同じ）が氏、直がカバネ、山継が名。
3　現在の東京都あきる野市（旧、秋川市）小川のあたり。
4　各地に居住する。
5　北（古代ではおもに北東北）に住む朝廷に服属しない人々を中央の側が呼ぶ呼称（蔑

すると、あのお作りし敬い祀っている観音の木像が、山継を責めるように、「やあ、お前はどうしてこのような穢《けが》れたところにいるのだ」と言ったかと思うと、足を挙げて山継の項《うなじ》を、上から下に踏み抜くようにして自らの足を脚絆とすることで、山継の項を刃《やいば》から護って下さいました。

まさにその時ですが、山継の首が断首[9]の役人によって引き伸ばされ、そこに太刀が振り下ろされようとした瞬間、天皇の勅使が走り込んできて、「丈の直山継は、そのなかにいるか」と尋ねました。

そこで役人が、「います。今、斬ろうとしているところです」と答えると、勅使は諫《いさ》めて、「殺してはいけない。すぐに信濃[10]の国に流罪にしろ」と伝えたのです。

そのことがあって後に、それほど時を経ないうちに山継は京に呼び出されて役職を与えられることになり、多磨[11]の郡の少領に任じられたのでした。

山継の首には、斬られそうになった時に伸ばされた痕《あと》がずっと遺っていました。

称)。

6　原文「帝姫阿倍天皇」とあり、呼称からは孝謙か称徳かを区別できないが、年号により称徳天皇とわかる。天平宝字八年は七六四年。

7　恵美押勝のこと。藤原武智麿の子で不比等の孫。橘奈良麻呂の乱(中40)を鎮めて権勢を得たが、道鏡を除こうとして反逆するも失敗し、七六四年九月に処刑。

8　地方豪族と考えられる丈直山継が、都で起こったクーデターにどのように関係を持ったかは不明。地方を組織化するほど大がかりに仲麻呂の乱は起こったものか（ちくま学芸

山継が断首されるのを免《まぬか》れて寿命を全うしたのは、観音の助けなのであります。

ここからわかるように、自ら善い行いを実践したのに加えて、信仰心を起こし、心を尽くして祈れば、かならずや大いなる喜びを得ることになり、仏の助けを受けて、災いをまぬかれることができるのであります。

文庫、参照)。山継が軍人として蝦夷討伐に遠征していたこともかかわるか。

9 実際の処刑に際して斬りやすいように首を引っ張る者がいるかどうかは不明だが、興味深い描写である。

10 現在の長野県。

11 郡司(大領・少領・主政・主帳)の次官。この話は、そうした家の謂われを伝える話だったかもしれない。

弥勒《みろく》菩薩が、願いに応えて不思議な姿を示した縁　第八

[1]近江の国坂田の郡遠江《おえ》の里に、ひとりの富人《とみびと》がいました。姓名はわかっていません。

[2]瑜伽論《ゆがろん》を書写しようとして、願《がん》をたてながらも写すことができず、長い年月を経てしまいました。そのうちに家の財産がだんだん減ってしまい、日を過ごすのにも不便を感じるようになってしまいました。

男は、家を離れ、妻子も捨てて仏道を修行し幸いを求めました。それでもなお、願《がん》を実現しようとして、いつも心にかけていました。

称徳天皇のみ世、[3]天平神護二年の九月のこと、一字の山寺に行き、何日か止《とど》まって住んでいました。その山寺のなかに一本の柴が生えていました。その柴の枝の上に、突然、弥勒菩薩の像が姿を現しました。その像を修行を続ける男が見つけ、柴の枝の菩薩を仰ぎ見て巡りながら、書写実現を哀願しました。

1　坂田郡は琵琶湖の湖東から湖北にかけての地域。現在の、滋賀県米原市および彦根市・長浜市のあたり。ただし、遠江里は未詳。

2　『瑜伽師地論』の略で、インドの無著が弥勒菩薩から受けたという教説で、法相宗において重んじられたという。

3　七六六年。

そのことをたくさんの人びとが伝え聞き、やって来て菩薩の像を眺めました。そして、ある人は俵に入った稲を献《たてまつ》り、ある人は銭や衣を献りました。そこで、それら供えられたすべての財物を用いて、瑜伽論百巻を浄書するとすぐに、[4]斎会《さいえ》を準備し供養を行いました。

それらが終わると、枝の菩薩像はたちどころに姿を消していました。

まことに知ったことです。[5]弥勒は、天空高く[6]兜率天《とそつてん》の上にいまして、願いに応じて示現《じげん》してくださるのであります。願主は、ずっと下方の人間界にあっても、心を尽くして信仰すれば、幸いを招くことができるのであるということを。

どうして信じないでいられましょうや。

4　僧を集めて食事を施し仏事を営むこと。上33ほか。

5　釈迦に次いで仏になることが約束された菩薩で、兜率天に住んでいる。

6　欲界（三界の一、色欲・食欲の二欲の強い有情《うじょう》の住む世界）には、上に六欲天、下に八大地獄があり、その中間に人界があるが、その六欲天の第四位に位置する世界が兜率天。弥勒菩薩はそこに住んでいるという。

閻羅王が、不思議なしるしを示し、人に勧めて善行を修めさせた縁　第九

藤原朝臣《あそみ》広足《ひろたり》[1]は、称徳天皇のみ世に、突然病気にかかりました。その身の病いを治そうとして、神護景雲二年[2]二月十七日に、大和[3]の国菟田《うだ》の郡《こおり》の真木原《まきはら》[4]の山寺に行って住みつきました。

つねに八つの戒律[5]を守り、筆を手にして文字を書き習っていましたが、ある時、机に向かったまま夕暮れになっても動く気配がありません。そばに仕えていた童子が、眠っているのだろうと思って起こそうとして揺り動かしながら、「日没[6]の時刻になりましたので、仏さまをお祈りください」と言いましたが、それでも広足は起きようとしません。

そこで少し強く揺さぶってみると、手に持っていた筆を落とし、四肢を曲げたまま仰向《あおむ》けに倒れてしまい、息をしている気配がありません。よくよく眺めてみると、死んでおりました。

従者は、おそれ驚きこわくなり、走って家に帰ると親類に告げ知らせました。親類縁者はそれを聞いて、喪殯《もがり》[7]の品物などを準備

1　伝未詳。
2　七六八年。
3　現在の奈良県宇陀市および曾爾村・御杖村のあたり。
4　所在など未詳。真木原は地名か。
5　在家の信者が、五戒(不殺生・不偸盗・不邪淫・不妄語・不飲酒)に加えて、三つの戒律(化粧・歌舞を慎む、安楽な寝具を用いない、食事を午前中の一回のみとする)を一昼夜のあいだ守って修行すること。中11など。
6　二四時間を六つに分けて行う六時(晨朝《じんちょう》・日中・日没・初夜《そや》・

しました。
三日[8]を経て、山寺に行ってみると、広足は生きかえり座っていました。親類の者たちが声をかけると、次のように体験を話し始めました。

だれか人がいて、鬚《ひげ》が逆立つように生えており、下に赤い衣を身につけ、上には鉀《よろい》を着け、武器を身に帯び桙《ほこ》を手に立っておった。

われ広足を呼び寄せ、「政庁[9]が、急に汝《なんじ》をお召しである」と言うと、手にした桙で背中を突き、われを先立てて前に進むようにせきたてる。前に立つ見張り一人と後ろに立つ見張り二人のあいだにわれを立たせて、追い立てながら急いで走っていく。

進んで行った道は途中で途切れていて前に深い河があった。水の色は真っ黒な眉墨のようで、流れている気配はなく、深く淀んで静まりかえっていた。前に立っている使いが、その水面に細い木の枝を渡したのだが、向こうの端とこっちの端

中夜・後夜《ごや》）の讃のうち、日没に行う祈り。

7　死から埋葬までのあいだ行われる死者に対する儀礼。

8　従者の少年が子どもの足で宇陀の山中から平城京（おそらく広足は役人で京に住んでいたのだろう）まで行って事情を伝え、モガリの準備をして親類一同が宇陀まで行くには、三日は十分にかかったであろう。したがって、焼くなとか待てとかいう必要もなかったということになる。

9　原文に「闕《みかど》」とある。後文からわかるように、閻羅王の宮殿をさしている。

には届いていない。その使いが、「さあ貴様、この河に入って、俺の足の運びの通りに後《あと》を付いて来い」と言い、踏み跡をたどって河を渡らせた。

また道を進んでゆくと、道の奥に何重にも重なった高殿があり、照り輝いて光を放っている。御殿の四方には玉飾りを付けたすだれが掛けられ、その中に人がいる様子だが、顔は判然としない。そこに使いの一人が走り入り、「召し連れてまいりました」と申し上げると、中から「連れてきなさい」という声がする。

仰せに従って連れられて入ると、すだれが高く上げられ、お尋ねになることには、「お前は、後ろに立っている人を知っているか」という。振り返ってみると、わが妻であった。児を孕《はら》みながら無事に産むことができずに死んでしまったのだ。それですぐに答えて、「これはまことにわが妻です」と言う。するとまた告げて、「この女が嘆き訴えるためにお前を召したまでだ。この女が、死後に受けるべき苦しみは六年だが、そのうち三年の苦しみを受けたので、残っているのは

◎このあたりに語られている子育てにおける男女の役割と男の責任という問題は、現代からみて、なかなか興味深いところがある。そして、広足の態度はとても誠実ではないかと思う。ここで広足は、自分（男）の責任をきちんと認め、供養を約束している。上30の妻の訴えがあいまいなままにされるのとはずいぶん違う。

三年である。今、お前の妻が憂え嘆くのは、お前の児を孕み、それが元で死んでしまった。それゆえに、残りの三年の苦しみは、お前とともに受けたいと申しておる」と言う。

そこで、われ広足が申し上げて、「われは、この女のために法華経を書写し、講読しながら供養し、受けている苦しみを救いたいと思います」と言った。

すると妻が、「ほんとうに仰せのように仏の道を修めてくださるならば、すぐに許して帰してやってください」と言う。すると女が言う通りに、「すぐに帰り、急いで仏の道を修めよ」と仰せになった。

広足はおことばを受けて、宮殿の門のところまで帰ってきたのだが、われを召し出した人を知りたいと思い、もう一度もどって、「お名前を知りたいと思います」と申し上げると、仰せになることには、「わが名を知りたいのならば、教えよう。われは[10]閻羅《えんら》王《おう》であり、お前の国において、[11]地蔵菩薩と呼んでいる、それがわれである」と。

そして、右の手をおろしてわが頂《いただ》きを撫でて、「われが、

10　閻魔様のこと。中5など。

11　釈迦が入滅ののち、遠い未来に顕れて衆生を救済する弥勒菩薩が出現するまで（無仏時代、今も）、六道を輪廻する衆生を救済してくれるという菩薩。その地蔵菩薩が閻魔王（閻羅王）の本地（仏・菩薩が仮の姿をとってこの世に現れること）であると『地蔵十王経』（唐代に書かれた偽経らしい）が説いている。そこから地蔵と閻羅王とが一体化されるようになった。

印《しるし》を付けておいたがゆえに、お前は災いに遭うことはなかろう。さあ、さっさと帰り行け」と仰せになった。

その手の指の大きさは、十抱《とかか》えもあるほどだった。

広足朝臣[12]は、このように語り伝えています。そして、亡くなった妻のために、法華経を書写し、講読し供養するなど、さまざまな善行や功徳を重ねて妻に贈り、その地獄での苦しみを償《つぐな》い救ったのでした。

これもまた不思議な出来事でありますことよ。

12 この人物も伝道者のようにして、自分の臨死体験を語っていたらしい。

しきたり通りに法華経をお写しして、火に焼けなかった縁　第十

　牟妻《むろ》[1]の沙弥は、榎本氏《えのもと》[2]の出身です。自度僧《じど》[3]で名はありません。紀伊[4]の国牟妻の郡の人であるゆえに、通称として牟妻の沙弥と名付けたと伝えられています。安諦《あて》[5]の郡の荒田の村に住み、鬚《ひげ》も髪も剃り落とし、袈裟を着けながら、一方では世俗に身を置き、家を守って生業を営んでいました。

　そのなかで、決められた法式[6]通りに身も心も清浄に保ちつつ、法華経一部をお写ししようと願を立て、すべて自分で書写を続けました。大便小便をするたびに水浴びをして体を清めました。

　書写するための座に就いてから六か月を経て、ようやくみごとに書写し終えました。その経を、僧を勧請して供養したのちに、漆を塗った皮の筥《はこ》に入れ、粗相《そそう》のありそうなところには置かず、いつも居室の高いところに設《しつら》えた棚の上に安置し、その時々に開いて読誦《どくじゅ》していました。

　神護景雲[7]三年の五月二十三日の正午頃のこと、火事が起こって、

1　牟妻は地名で、この僧の呼び名。

2　大伴氏の同系氏族で、大和・紀伊・安芸・豊後などに居住する。

3　私度僧とも。正式に得度していない修行者。

4　和歌山県東南部から三重県南部にわたる地域で、熊野と重なる。

5　安諦郡は、大同元年（八〇六）に平城《へいぜい》天皇の諱《いみな》（生前の名）である「安殿《あて》」と重なるというので在田郡に改名された。現在の和歌山県有田市および有田郡のあたり。上34。荒田村は未詳。

家屋がすべて消失してしまいました。ところがそのなかで、経を入れた筥だけが、燃え盛る火のなかにあって、どこも焼け損《そこ》なうところが見当たりません。筥を開けてみますと、経の色はおごそかで美しく、書かれた文字は鮮やかなままでした。

あちこちの人が経を見たり噂を聞いたりしましたが、不思議に思わない人はだれもいませんでした。

まことに知ったことです、河東《かとう》[8]において修行を積んだ尼が写した「如法の経」の功徳がここに出現し、陳《ちん》[9]の時代の王与《おうよ》という女が、経を読んで火難を免《まぬか》れたという法力が再現されたのだということを。

賛に言うことには、「貴いことよ榎本の氏よ。深い信仰により功徳を積み、法華経を書写した。仏法を守護する神が護り、火のなかで不思議な力を示したのである」と。

これはまことに、信仰心のない人の心を改めるのにふさわしい談《かた》りであり、邪《よこしま》な心をもった人の悪行を止めさせるのにすぐれた師となる話であります。

6　原文「如法」とあり、心身を清浄に保つなど写経の際のきまり。
7　七六九年。
8　黄河の東（魏の国をいう）。
9　陳は、中国の南北朝時代、六世紀後半に江南にあった国で隋に滅ぼされた。王与については未詳。

両方の目が見えない女人が、薬師仏の木像にすがり祈って目が見えるようになった縁　第十一

諸楽《なら》の京《みやこ》にある越田《こしだ》[1]の池の南の蓼原《たではら》の里の中にある蓼原堂に、薬師如来の木像がありました。

帝姫《ていき》[2]阿倍の天皇のみ世のこと、その村に両方の目が見えない女がいました。この女性にはひとりの女児がいて、年は七歳でした。寡婦で夫はいません。その貧しさたるや、比べるものなどだれもいないほどでありました。食べ物を恵んでもらうこともできず、飢えて死にそうな状態でした。

そのなかで自ら思うことには、「このような状態にあるのは前世からの因縁であり、この世における報いというようなものではないはずだ。このまま何もしないで飢え死にしてしまうよりは、善を行い仏を祈るにこしたことはないだろう」と。

そこで、子に手を引いてもらって蓼原堂に行き、薬師仏の像に向かうと、目が見えるようになることを願いながら、「自分の命が惜しいのではありません。ひとえに、ここにいる我が子の命を

1　池も里も所在未詳。蓼原は中23にも出てきたが、そちらは地名ではなさそう。

2　下1参照。年号など出てこないので孝謙か称徳かは判別できない。

◎盲目の人は、次の下12や21にも登場する。そのなかでもこの話の、子をもつ女人の苦しみは切実なものであったにちがいない。

惜しんでいます。このままでは一朝にして二人の命が失われてしまうでしょう。お願いですから、わたしに見える目をください」

と祈りました。

そのさまを見て哀れんだ檀家の人が、堂の戸を開けて内に入れ、じかに木像に向かって薬師如来の称号を唱えることができるようにしてやりました。

二日ほど経った頃に、そばにいた子が見ると、木像の胸のあたりから桃の脂《やに》[3]のようなものが滲み出てきて垂れていました。子は、母に知らせました。母は、それを聞いて食べようと思い、子に、「それを掬《すく》ってわたしの口に含ませておくれ」と伝えました。食べると、とても甘い味がしました。

そしてすぐ、二つの目も開いたのでした。

はっきりと知りました。心をこめて願いを起こせば、どのような願いでも叶えられないことはないのだということを。

これもまた不思議な出来事です。

3　桃の木の樹液で薬用に使われたらしい。桃の実は呪力をもつものとしてしばしば現れる。

両方の目が見えない男が、謹んで千手観音の日摩尼手《にちまにしゅ》を唱え、そのために目が見えるようになった縁　第十二

奈良の京にある薬師寺[1]の東の辺《ほと》りの里に、目の見えない人がいました。二つの眼は開いていながら物は見えませんでした。観音に帰依《きえ》し敬《うやま》い、その日摩尼手[2]を唱え祈って見えない目を開かせようとしていました。

それで、昼間は薬師寺の真東にある門に座り、麻の手拭いを開いて敷いて日摩尼手の名を唱え拝みます。往来する人のなかでその姿を見て哀れむ人たちは、銭や米、穀物を、敷かれた手拭いの上に施しとして置きました。あるいはまた、にぎわう道端に座って唱え拝んで、同じように施しを受けていました。

正午[3]を告げる鐘の音が聞こえると薬師寺にお参りして、多くの僧たちにまじって飯をもらって命を長らえながら、長い年月を過ごしていました。

帝姫《ていき》阿倍の天皇のみ世になって、見知らぬ[4]二人連れがやって来て、「あなたのことを哀れに思うので、われら二人があなたの見

1　もとは藤原京にあったが、平城京遷都に伴い右京六条二坊の現在地（奈良市西ノ京町）に移転した。薬師三尊を本尊とする。

2　摩尼は梵語で宝玉。日精摩尼手とも。日（日精）摩尼は日輪をさし、千手観音の手の一つが持っている。その日輪を持った手が盲目の人たちの信仰対象となり、千手観音の名を呪文として唱え祈るのである。

3　原文「日中」とあり、六時の讃（晨朝・日中・日没・初夜・中夜・後夜）のうちの日中を知

えない目を治して差し上げよう」と言いました。

左と右と、それぞれの目の治療を終えると、語って言うことには、「われらは二日後に、かならずここにもどります。けっして忘れずにお待ちなさい」と。

その後あまり時を置かずに、両方の眼は開き、元の通りに見えるようになりました。そこで、約束した日に二人を待っていましたが、ついに姿を見せることはありませんでした。


賛に言うことには、「すばらしいことよ、その二つの目を失った人よ。この世で眼を開き、遠く仏の道まで見通せるようになった。その杖を捨て手に何も持たず、よく見てよく歩くことよ」と。

まことに知ったことです、観音の功徳《くどく》の力と、目の見えない人の深い信心とによるということを。


らせるのが正午の鐘であったことがわかる。
4　この二人というのが誰なのか、あとを読んでいっても判然としない。約束しておいて登場しないという語り方は、いささか不審である。あえて想像すれば、薬師寺金堂に祀られる薬師三尊像のうち、薬師如来の両側に立つ日光菩薩と月光菩薩が示現したのではないか。

法華経を書写しようと願を立てた人が暗い穴に閉じ込められ、願の力によって命を全うすることができた縁　第十三

[1]美作《みまさか》の国英多《あいた》の郡のなかに、国が管理する[2]鉄を取る山がありました。帝姫《ていき》阿倍の天皇のみ世に、美作の国の役人が、役夫《えきふ》十人を徴発《ちょうはつ》して鉄を取る山に入り、穴に入らせて鉄を掘り出させていました。その時に、山の[3]穴の口が突然崩れて塞《ふさ》がり土が流れました。役夫たちは驚き恐れて先を争って穴から逃れ出ました。

九人は命からがら脱出できたのですが、一人が逃げ遅れてしまい、穴の口が塞がって中に閉じ込められてしまいました。国守をはじめ役人や役夫たちは、圧《お》し潰されて死んだと思い、嘆き悲しんでいました。閉じ込められた男の妻子は大声をあげて哭き悲しみ、観音の像を絵に描き経を書写して、仏の助けを願って供養し、すでに七日が経過しました。

時に、男は穴の中にいて、「わたしは以前、法華経をお写し申し上げようと願いながら、いまだ写してはいない。もし、わたし

1　岡山県北東部、鳥取県・兵庫県と接する山間部。のちには英田郡とも。
2　中国山地では各地から砂鉄が採れ、たたら製鉄が行われていた。とくに岡山県の山間部はもっとも早くからたたら製鉄が行われた地域である。
3　鉱山の穴。ただし、山砂鉄は露天掘りで採掘されており、それほど長いトンネル状の穴を掘るわけではないと思われる。この話の場合も、横穴というより

の命を生き長らえさせてくださるならば、かならず約束を果たさなければならない」と思っていました。闇《くら》い穴に閉じ込められて、憂え悲しむ気持ちは、生まれてからこの方、今の状態よりひどいさまは経験がありません。

と、その穴の入り口のほうに指一本が入るほどの隙間が開いて、日の光がわずかにさしているのに気づきました。そこに、ひとりの沙弥が狭い隙間から入ってきて、鉢《はち》においしい食べ物を盛って差し出し、「お前の妻子が、われに飲み物や食べ物を供え、助けてほしいと願ってきている。また、お前も哭き悲しんでいるので、わたしがやってきてやったのだ」と言ったかと思うと、隙間から出ていってしまいました。そして、いなくなってからそれほど時間が経たないうちに、閉じ込められていた穴の頭の上あたりに穴が抜け通り、日の光が射し込んできました。開いた穴[4]の大きさは二尺四方ほどで、高さは五丈ばかりでした。

その時、三十人あまりの人が、葛《かずら》を取りに山に入っていて、穴のそばを通りました。穴の中の男が人影を見つけて、「助けてくれ」と叫びました。山を歩いていた人には、蚊が鳴くほどのかす

縦穴の感じがする。砂鉄を集める「鉄穴《かんな》流し」の鉄穴も縦に掘られた穴である。

4　穴の口は六〇センチメートル四方、深さは一五メートルほどというから、ビルの四、五階くらいの高さがあったことになる。

かな声が聞こえました。その声を聞いて不思議に思い、葛を取って重しの石を付けて穴の底に垂らしてみました。底にいた男は、下りてきた石をつかんで引っ張りました。それでたしかに人がいることがわかりました。そこで、葛をより合わせて縄を作り葛の縄を編んで籠を作ると、四本の葛の縄を籠の四角《よすみ》に結び、滑車[5]の付いた矢倉を穴の上に立て、ゆっくりと穴の底に下ろしました。底にいた男が籠に乗ると、滑車を使って引き上げました。そして、男を担ぐと親の家に送り届けました。親族のものたちが哀れみ喜ぶさまは、今まで見たこともないありさまでした。

国の役人が尋ねて、「お前は、どのような善行をなしたのか」と尋ねるので、答えて、法華経の書写を発願したことや穴の中で誓ったことを話しました。役人はそれを聞いて、たいそう心を動かし、信者たちを誘い集め、みなで力を合わせて法華経を書写し、僧たちを勧請して供養し終えました。

これは、まさに法華経の神力であり、観音の偉大なる援助であります。けっして疑ってはなりません。

5　原文には「機」とあって「わかつり」と訓読されている。ワカツリは物を動かす仕掛け、からくりをいう。こうした装置の歴史を考える上でも、鉱山の採掘作業を考える上でも、興味深い話である。しかも、この救助場面の描写は詳細で、リアリティがありそうな感じがする。

千手観音の呪文を心のなかで読誦する人を殴り、この世で悪死の報いを受けた縁　第十四

[1]越前の国加賀の郡に、[2]浮浪人《うかれびと》を取り締まる役人がいました。浮浪人を探し出して、[3]雑徭《ぞうよう》にこき使い、[4]調《ちょう》・庸《よう》の税金を取り立てるのでした。

その頃、[5]京《みやこ》に戸籍のある小野の朝臣庭麿《にわまろ》という男がいました。[6]優婆塞《うばそく》となり、いつも[7]千手観音の呪文を唱えて巡り歩くのが日課のお勤めでした。そのようにして加賀の郡にある山を経めぐりながら修行をしていたのです。

[8]神護景雲三年三月二十七日の正午頃のこと、例の役人が加賀郡[9]の御馬河《みまかわ》の里にいて、行者に出会い、「お前はどこの国の男だ」と声をかけました。そこで答えて、「わたしは[10]修行者であって俗人ではありません」と言うと、役人は怒り責めて、「お前は浮浪人である。どうして調を納めないのだ」と言い、捕まえて縛り、殴ってこき使おうとしました。

しかし男は、それを拒み、たいそう悲しんで、譬えを引いて言

1　現在の、石川県金沢市を中心としたあたり。加賀郡と江沼郡を越前国から分国して加賀国ができたのは八二三年。

2　奈良時代後期には、多数の浮浪や逃亡が発生して大きな政治問題・社会問題になっていた。浮浪は賦役（庸・調など）を納める者をいい、逃亡とは区別されたが曖昧である。

3　庸や調以外の税金で、成人男子に対して年間六〇日の労役などが課せられる。

4　成人男子に課せられる税。調は穀物以外

うことには、「衣[11]についた虱《しらみ》は頭のほうに上ると黒くなり、頭についた虱は衣のほうにいくと白くなる、というような譬えがあります。頭の上に[12]千手経の陀羅尼の呪文を頂き、背に経箱を背負っているのは、俗世間からの災難を受けないと思うからです。それなのにどうして、[13]大乗経典を捧げ持っているわたしが打たれ辱《はずかし》められるのですか。まことに大乗経の霊験はあるのです。今すぐその威力をお示ししましょう」と言ったかと思うと、縄で千手経を縛ると、そばに立つ高い木の枝に縄を掛け、地上から縄を引いて経を高いところにぶら下げたかと思うと、そのまま去っていってしまいました。

行者を殴ったところと役人の家とのあいだは、[14]一里ほどありました。役人は、自分の家の門前まで来て馬から降りようとしたところ、体が硬直して降りることができません。すると突然、乗っていた馬もろともに天空に引き上げられて飛び、行者を殴ったところに行くと、宙づりになったまま一昼夜を過ごしました。

そして、次の日の正午に、空から堕ちて死んでしまいました。その骨が傷つき砕けたさまは、[15]算木《さんぎ》をばらばらに袋に入れたよう

の土地の産物に課せられる税。庸は年間一〇日の労役。ともに布などで代替されることもある。

5 原文「京戸」とあり、平城京に戸籍をもつ者。小野朝臣庭麿は伝未詳。

6 在俗のまま戒律を受けた男子修行者。女子は優婆夷。

7 下12参照。

8 七六九年。詳細な年月日は、事実譚の様式。

9 現在の金沢市三馬《みんま》のあたり。

10 修行者のふりをして浮浪・逃亡する者が多かったか。

11 人の目から姿を隠すことだろうが、どうつながるか。

12 陀羅尼は、サンス

な状態でした。

　人びとはそのさまを見て、恐れおののいたものです。

　千手経に説いているとおりであります。「偉大な威力をもつ呪文は、枯れた木ですら、枝や小枝を生やし、花を咲かせ実をつけさせることができる。もし、その呪文を誹《そし》る者がいたならば、すぐさま、九十九億もあるガンジス川[16]の砂ほどもいますあらゆる仏を誹るのと同じで、その報いたるや……」と。

　また方広経[17]に、「賢人を誹謗する者は、八万四千の国の塔や寺を破壊する人が受けるべき罪に等しいのである」とあるのは、まことに、このことを言うのであります。


クリットのまま暗記して唱える呪文。
13　法華経など。
14　律令の一里は、約六五〇メートル。
15　易で卦《け》をみる時に使う長さ一〇センチメートルほどの木、あるいは和算で計算に用いる長さ三センチメートルほどの方形の木。
16　「恒河（ガンジス川）」の砂が無数であることの譬え。
17　大通方広経に引用部なく、出典未詳。

修行中の乞食《こつじき》を殴り、そのためにこの世で悪死の報いを受けた縁　第十五

[1]犬養の宿禰《すくね》真老《まおゆ》は、諾楽の京《みやこ》の[2]活目《いくめ》の陵《みささぎ》の北にある[3]佐岐《さき》の村に住んでいました。生まれつき邪《よこしま》な心をもつ男で、[4]乞食する者たちを嫌がり憎んでいました。

帝姫《ていき》阿倍の天皇のみ世に、ひとりの沙弥がいました。真老の門の前に行って食べ物を乞いました。真老は物を施そうとはせず、逆に、身につけている袈裟を奪い取り、因縁をつけて詰《なじ》り責めて、「お前は、どのような僧だ」と言うと、乞食は答えて、「わたしは[5]自度《じど》です」と言うと、真老はまた殴りつけ、追い払ってしまいました。沙弥は大いに恨んで去っていきました。

その日の夕方のこと、真老は鯉《こい》を煮て煮凝《にこご》りにし、次の日の朝[6]八時頃、目覚めて寝床にいて、作り置いた鯉を口に含み、酒を手にして飲もうとしました。

すると、口から黒い血を吐き、倒れ伏して気絶したようになって息を止め、まるで寝ているような状態で死んでしまいました。

1　伝未詳。
2　イクメイリビコ（垂仁天皇）の陵墓。奈良市尼辻西町にある宝来山（蓬莱山）古墳と呼ばれる前方後円墳のことという。
3　現在の奈良市佐紀町。平城宮跡の北側一帯。
4　お経などを唱えて食《じき》をもらう者。
5　自度僧（私度僧とも）のこと。
6　辰の時。このように時刻が明確に語られるのも、事実であることを伝えようとする説話の手法。

まことに知ったことです、邪な心はおのれの身を傷つける鋭利な剣であり、怒りの感情は、災いを引き寄せる悪鬼であり、[7]慳貪《けんどん》な心は後の世で[8]餓鬼道《がきどう》の苦しみを受ける原因となるものであり、行き過ぎた欲望は、慈悲の心から出る施しを妨《さまた》げる、茨だらけのひどい藪である、ということを。

ただただ、やって来た食《じき》を乞う者を見たなら、哀れみの心を起こし、顔を和らげてうれしそうにして、精神的な施しも、物質的な施しも与えなければなりません。

このために、[9]丈夫論に言うことには、「けちんぼな心を強くもつ者は、地面の泥や土でさえ黄金や石玉《せきぎょく》よりも大事にし、慈悲心の大きい人は、黄金や石玉を施したとしても、草や木よりも軽いと思っている。そして、乞食する人に会って、何も施し物をもたない時には、施すものが無いということに堪えられず、悲しみ泣いて涙を落とすものである、云々《しかじか》」と。

7　けちで欲張りなこと。中38参照。

8　三悪道（地獄道・餓鬼道・畜生道）、六道（地獄・餓鬼・畜生・阿修羅・人間・天上）、十界《じっかい》（地獄界・餓鬼界・畜生界・修羅界・人間界・天上界・声聞界・縁覚界・菩薩界・仏界）のうちの一つで、やせ細り、のどが細く飲食ができないなど常に飢餓・飢渇に苦しむところ。

9　大丈夫論という経典。

ある女人が、みだりに男と交わり、子に乳《ち》を与えず飢えさせたために現報を得た縁　第十六

横江《よこえ》[1]の臣成刀自女《おみなりとじめ》は、越前《えちぜん》[2]の国加賀《かが》の郡《こおり》の人でした。生まれつき多淫多情な女で、むやみに男と交わるという性癖をもっていましたが、女盛りを過ぎないうちに若死にして長い年月が過ぎました。

紀《き》[3]伊の国名草《なくさ》の郡能応《こおりのお》の里《さと》の人、寂林法師《じゃくりんほうし》[4]は、故郷を離れて他国を遍歴し修行を続け、加賀の郡の畝田《うねだ》[5]の村に行き、何年かそこに住んでいました。そして、奈良の宮で天の下を支配なさった白[6]壁の天皇のみ世、宝[7]亀元年十二月二十三日の夜に、ふしぎな夢を見ました。

大和《やまと》[8]の国斑鳩《いかるが》の、聖徳太子《しょうとくたいし》の宮殿の前の大路《おおじ》を東のほうに歩いています。その道は鏡のように平らで広さは一町[9]もあり、墨縄《すみなわ》[10]を引いたようにまっすぐで、両側には木や草が生えています。

1　伝未詳。
2　現在の石川県金沢市のあたり。越前国から分割されて加賀国ができるのは弘仁一四年（八二三）二月なので、霊異記の成立後である。
3　現在の和歌山市山口・藤田・上野・北野のあたり。紀ノ川の北岸。
4　伝未詳。下30に能応寺があり、そこに関係のある僧か。
5　現在の金沢市畝田町のあたり。下文には加賀郡大野郷畝田村とある。
6　光仁天皇のこと。神護景雲四年（七七〇）

わたし林が覗《のぞ》いて見ると、草の中によく太った女がおり、裸体に近い姿でうずくまっているではありませんか。その二つの乳房は大きく腫《は》れて、竈戸《かまど》のように垂れ、その乳首からは膿汁《うみしる》が流れています。女はひざまずいて手を膝に押し当て、おのれの病いに冒された乳房を見ながら、「痛い乳《ち》[11]かな」と言って呻《うめ》き苦しんでいます。

　わたし林が、「あなたはどこの女《おなご》か」と問うと、「わたしは、越前の国加賀の郡大野の郷《さと》の畝田の村にいる横江[12]の臣成人《なりひと》の母です。わたしは若い頃、幼いわが子を棄《す》てて妄《みだ》りに男と交わり、何日も顧みず乳も与えませんでした。子たちのなかでもとくに成人はひどく飢えていました。その幼い子を乳に飢えさせた罪によって、今、乳の腫れる病いを報いとして受けているのです」と答えました。

　わたしが、「どうすればその罪を許されると思うか」と問うと、「成人が知ったら、わたしの罪を許してくれるでしょう」と答えました。

年八月四日に称徳天皇が没し、一〇月一日に白壁王が即位したために(光仁天皇)、改元して宝亀元年となる。光仁は、天応元年(七八一)に譲位し、山部親王が即位する(桓武天皇)。

7　七七〇年。

8　のちの法隆寺となる場所にあった聖徳太子の宮殿。斑鳩の宮。日本書紀によれば、推古天皇九年(六〇一)の建立。

9　約一〇九メートル。

10　墨壺に巻いた紐。墨糸とも。東アジア(中国・朝鮮・日本)に特徴的な直線を引く大工道具。

11　チチ(乳)は幼児語。

寂林は夢から目覚め、不思議に思い、畝田の村を巡って成人を探しました。するとある人が、「それは私です」と言いました。そこで寂林は夢に見たさまを話しました。成人はそれを聞いて、「私はまだ幼い頃に母から離されてしまったので、なにも覚えていません。ただ、姉がいるので事情を知っているはずだ」と言います。

そこで姉に尋ねると、「ほんとうにお話しくださったとおりです。われらの母上は顔がきれいだったために男たちに愛欲され、妄りに交わって乳を与えるいとまも惜しんで、子に乳を飲ませてくれませんでした」と答えました。

事情を知った子どもたちは悲しみ、「われらは怨《うら》みには思っていません。どうして慈母《13じぼ》であった母上が、このような苦しみを受けていらっしゃるのでしょうか」と嘆き、仏を造り経を写して母の犯した罪を贖《あがな》い、追善供養を立派に終わらせたのでした。

のちに寂林の夢に現れた女は、「今、私は罪をまぬかれました」と告げたそうです。

チは母乳であり、乳房もさすが、チの原義は血と同根の、霊力を示す語。

12 伝未詳。母の氏姓も横江臣。子は父の氏姓を継ぐので、成刀自女と成人の父との結婚は同族婚と考えられる。

13 中3参照。慈悲深い母が霊異記における母の理想像として描かれる。

まことに知ったことです、母の二つのあまい乳房は、ほんとうに深い恩愛に満ちたものではあるが、惜しんで飲ませないというようなことがあれば、かえって罪になるのだということを。

どうして飲ませないというようなことがあってよいでしょうか。

◎寂林の夢が中心に語られており、その構造は、能における夢幻能とおなじような様式になっている。
霊異記の夢については、上18など。また、三浦『増補 日本霊異記の世界』補講1、参照。

◎母系の問題として読めば、この母の行動は、別のとらえ方ができるように思う。三浦『平城京の家族たち』第五章1、参照。

まだ作り終えていない粘土の仏像が、うめき声を出して不思議なしるしを示した縁　第十七

[1]沙弥の信行《しんぎょう》は、[2]紀《き》伊の国那賀《なか》の郡《こおり》弥気《みけ》の里の人でした。もとは、[3]大伴《おおとも》の連祖《むらじおや》と言い、俗人の生活を捨て、自ら出家し、鬢《ひげ》と髪を剃り、袈裟を身につけて、福徳を得ようとして修行していました。

その里に一つの修行場がありました。名を、[4]弥気の山の室堂《むろどう》と言いました。その村の人たちが、自分たちで作った堂なので、土地の名が通称になっていました。正式な名称は、[5]慈氏《じし》禅定堂《ぜんじょうどう》と言います。

そこには、まだ完成していない粘土の仏像が二体ありました。弥勒菩薩の脇士《わきじ》でした。腕《かいな》が折れ落ち、鐘《かね》つき堂に置かれていました。[6]旦那衆が相談して、「この像は、山の中の清らかなところに隠し蔵《おさ》めよう」ということになりました。

沙弥の信行は、長くその堂に住み、鐘を打つのをおもな仕事にしていました。像が作りかけのまま完成していないのを見て、いつも心に引っかかっていました。鐘つき堂に落ちていた腕を、糸

1　伝未詳。
2　那賀郡は和歌山県の北部、紀の川市・岩出市・海草郡紀美野町のほぼ全域とその周辺。弥気里は未詳だが、現在の和歌山市上三毛・下三毛のあたりか。
3　祖は名前か。祖先の意味ともする。
4　現在の紀の川市貴志川町北山に存した北山廃寺などに比定されたりもするが未詳。この北山というところは、先の和歌山市上三毛・下三毛に接している。
5　慈氏は弥勒菩薩の別称。禅定は心を静めて集中する宗教的な瞑

で体に縛りつけ、仏像の頂《いただ》きを撫でながら、「きっと、えらい聖《しょう》人《にん》さまが現れて、完成の機会にめぐり合うようにしてさしあげましょう」と、願い続けていました。

長い年月を経て、[7]白壁の天皇のみ世、[8]宝亀二年秋七月中旬のこと、夜半からうめく声がして、「痛いよ、痛いよ」と言っています。その声はか細く、女性の声のように長く引いてうめきます。信行は、はじめは、山を越えようとする人が急病にでもなって堂に宿っているのだろうと思い、起き上がって堂のなかを見てまわり声の主を探しましたが、病人はいませんでした。不思議なことだと思いましたが、人に告げたりせずにそのままにしていました。

その痛みうめく声は、夜を徹して続き、止むことがありません。とうとうそのままにしておくことができず、起きあがってまわりを窺ってみると、うめき声は鐘つき堂のあたりから聞こえます。そこでようやく、声の主があの像であることに気づきました。信行はその像を見て、一《ひと》たびは怪しみ、一たびは悲しみました。

その当時、左京にある元興寺の僧、[9]豊慶《ほうけい》がいつもその堂に住んで修行を続けていました。そこで、豊慶を起こそうとして部屋の

想をいう。
6 原文「檀越《だんおち》」。氏寺や私寺などの経済的・精神的パトロン。檀家。
7 光仁天皇のこと。
8 七七一年。
9 伝未詳。

戸を叩き、「もし、大法師さま、起きて聞いてください」と申し上げ、詳しく、うめき声のさまを伝えました。

するとと豊慶は、信行とおなじく大いに怪しみ、いたく悲しんで、信者たちを導き勧めて、粘土をこねて仏像を作り終えました。今も弥気の堂に安置し、弥勒菩薩の脇士として置かれているのがこの仏像です［左が大妙声《だいみようせい》[10]菩薩、右が法音輪《ほうおんりん》菩薩です］。

まことに知ったことです、願を立ててかなわないことはなく、願を立てて果たさないことなどないというのは、まことにこれを言うのだということを。

これもまた、不思議な出来事であります。

10　両菩薩ともに、弥勒菩薩の脇士（脇侍）となる菩薩だが、大妙声菩薩は大妙相菩薩が正しいらしい。ここに「声」とするのは本文のうめき声とかかわるかもしれない。あるいは、音声で伝えられていたための訛りか。

法華経を写したてまつる写経師が、邪淫を犯したために、この世で悪死の報いを受けた縁　第十八

丹治比《たじひ》[1]の経師《きようじ》と呼ばれる男が、河内[2]の国丹治比の郡にいました。姓が丹治比なので、それを通称にしていたのです。

その郡内に、仏教の修行場があり、野中堂《のなかどう》[3]と名付けられていました。ある時、願を立てる人がいて、宝亀二年[4]夏六月に、その写経師をお堂に招いて、法華経を書写させ仏前に奉ることにしました。信心深い女たちが寄り集まり、清浄な水を写経のための墨の水に加えるなどの奉仕をしていました。

昼をしばらく過ぎた頃に、急に空が曇ってはげしい雨が降ってきました。奉仕していた女たちは雨を避けて堂のなかに入りましたが、堂はとても狭いので、写経師と女たちとは同じところにいるしかありませんでした。

そのために、写経師は淫《みだ》らな欲情がしきりに起こって抑えられず、目の前の女の背後にうずくまり、裳《も》[5]をまくり上げて交わりました。すると、閛《まら》[6]が閫《つび》[7]に入るとともに、二人は手を握りあったま

1　伝未詳。
2　現在の大阪府松原市・大阪狭山市・堺市・羽曳野市などを中心とした地域。
3　羽曳野市野々上《ののうえ》にある野中寺《やちゅうじ》のことという。聖徳太子の開基と伝え、弥勒菩薩半跏思惟像（重要文化財、金銅製、一八・五センチメートル）が、一九一八年に堂内の仏像のなかから発見された。ほかに地蔵菩薩立像がよく知られている。
4　七七一年。
5　長いスカートのような女性の衣装。
6　男根のこと。まら

ま死んでしまいました。

その時、女のほうは口から泡《あわ》を噴きながら死んでしまいました。

明らかに知ったことです、護法の神が下した刑罰だということを。愛欲の炎は身も心も焼くほどに激しいものだと言いますが、淫らな心を起こして穢《けが》らわしい行為をしてはなりません。

愚かな人間が愛欲に耽《ふけ》るさまは、まるで火に飛びこむ夏の虫のようで留《とど》まるところを知らないのです。そのために、戒律の教えには、「背骨のやわらかな者は、みずからの口を用いて自慰《じい》をするものだ」と記されているほどです。

また、涅槃経《ねはんきょう》に、「五つの欲望[8]の本質を知ったならば、歓楽《かんらく》などというものがあろうはずはないとわかる。しばらくでも、快楽に浸《ひた》っていることなどできない。それは、犬が肉のない干《ひ》からびた骨をいつまでも齧《かじ》っているのと同じで、飽きることがないからだ」とお教えになっているのは、このことを言っているのです。

(魔羅)は高天原神話にアマツマラ(天津麻羅)として出てくる。排泄する意のマル(放る)と同根の語か。

7　女陰のこと。ツビはツボ(壺)と同じく、すぼまったところをいうか。

8　原文「五欲」は、色《しき》・声《しょう》・香・味《み》・触《そく》をい い、いずれも空虚なものと認識されている。

産んだ肉の固まりから誕生した女が、仏道を修め人びとを教え導いた縁　第十九

肥後《ひご》[1]の国八代《やつしろ》の郡豊服《とよぶく》の郷の人、豊服[2]の広公《ひろきみ》の妻が妊娠し、宝《ほう》亀《き》[3]二年十一月十五日午前四時頃[4]に、ひとつの肉[5]の固まりを産みました。その形は卵のようでした。

夫婦は、「吉祥《きつしよう》ではないだろう」と思い、竹籠《たけかご》に入れて山中の岩陰《いわかげ》に隠しておきました。七日経って行って見ると、肉の固まりは割れて、女の子が生まれていました。

父母は連れ帰り、乳《ち》を飲ませて養育しました。そのさまを見聞した人は、だれ一人として不思議に思わない人はいませんでした。

それから八か月を経て、女児は[6]にわかに大きくなりましたが、頭と首とがつながっており、尋常の人とは異なって顎《あご》がありませんでした。身長は三尺[7]五寸ほどでした。生まれながらに賢くて、話すのもたくみで、教えもしないのに聡明でした。

七歳になる前に法華経や八十巻もある華厳経《けごんきよう》[8]を決まった方式通りに転読《てんどく》することができ、つかえたりすることもありません。

1　現在の、熊本県宇《う》城《き》市松橋《まつばせ》町豊福のあたり。

2　伝未詳。

3　七七一年。

4　原文「寅時」。詳細な年月日を記す事実譚の様式。

5　朝鮮や北方民族の建国始祖神話のなかに、卵生神話と呼ばれる話型がある。その一つのバリエーションのようにみえる。ただし、卵生神話は、インド・東南アジアなどにも広く存在し、南方的な伝播経路も想定できるのかもしれない。

6　異常成長と名付け

後にはみずから出家を願い、髪を剃《そ》り袈裟《けさ》を身にまとい、修行を積んで人びとを教化《きょうげ》しました。その教えを信じない人はだれもいないほどでした。その経を誦《よ》む声は尊く悲しく心に染みわたり、聴く人を感動させました。ところが、その体は常人《じょうじん》とは異なり、[9]閪《つび》がなく男と交わることができませんでした。ただ、小水の出る穴だけがありました。おろかな俗人たちは、[10]「猿聖《さるひじり》」と呼んで嘲《あざけ》り笑いました。

ある時、[11]託磨《たくま》の郡にあった国分寺の僧と、[12]豊前《ぶぜん》の国宇佐《うさ》の郡の矢羽田《やはた》の大神寺《だいじんじ》の僧とが、この尼《あま》を妬《ねた》み、「お前は外道《げどう》だ」と言って、見下しあざ笑い馬鹿にしました。すると、天空から不思議な人が降りてきて、桙《ほこ》を構えて僧を突こうとしました。二人の僧は恐れ叫び、そのまま死んでしまいました。

また、奈良の大安寺の僧、[13]戒明《かいみょう》大徳が、[14]筑紫《つくし》の国府の大国師《だいこくし》となって赴任していた、[15]宝亀七、八年の頃のこと、[16]肥前《ひぜん》の国佐賀《さか》の郡の大領《だいりょう》であった[17]正七位上佐賀の君児公《きみこぎみ》が、大がかりな法会《ほうえ》を催《もよお》しました。

そこで、戒明法師を招いて八十巻本の華厳経を講じてもらった

られた神話の様式。異常誕生譚とセットになることが多い。

7　一メートルほど。

8　原文「転読」とあり、要所を抜き出して読むこと。

9　下18参照。

10　侮蔑語は時代を超えて共通する。

11　熊本市中央区出水《いずみ》に肥後国国分寺があった。

12　大分県宇佐市の宇佐神宮にあった神宮寺のこと。矢羽田は八幡とも。

13　讃岐国の人で、大安寺に居住し華厳経を学び、入唐して学んだのちに帰国。大安寺に住んだ高僧。

14　各国において、僧尼の監督、諸寺の監査

時、例の尼も欠かさず参列して、人びとのなかに交じって講話を聴いていました。講師《こうじ》[18]はその姿を見つけて、「どこの尼だ、不作法にも聴衆に交じっているのは」と責めたてました。

尼は答えて、「仏は平等なる大慈悲の心を持っておられるゆえに、すべての生きる者たちのために、正しい仏の教えを広めなさっています。それをどうして、ことさらにわたくしを邪魔者扱いなさるのですか」と言いました。

そして、方式[19]に則《のっと》った詩句を用いて講師に華厳経について質問しましたが、講師は詩句を整えて答えることはできませんでした。同席していた高名な僧たちは、そのさまをみて不思議に思い、さまざまな質問を尼に向かって投げかけましたが、尼はさいごまで屈することなく巧みに答えました。

それで、聖人の化身だということがわかり、その知を称《たた》えて舎《しゃ》[20]利《り》菩薩《ぼさつ》と名付けました。それからは、修行者も俗人も化主《けしゅ》[21]として敬い、仏法の教えを受けたものでした。

昔、釈迦がまだ生きていらした時のこと、インドの舎衛城《しゃえじょう》[22]の須《す》[23]

などを行うために「国師」が置かれた。筑紫の場合は、九州一円を管理するために各国の国師とは別に大宰府に派遣されていたのが「大国師」だったか。

15 七七六、七年。

16 佐賀市のあたり。

17 伝未詳。郡の大領を務める地方豪族であり、位階はおそらく外位であろう。

18 戒明大徳（戒明法師）のこと。

19 詩の形式で述べること。原文「偈《げ》」。

20 「猿聖」と蔑《さげす》まれていた人物が、その能力により尊敬をこめて「舎利」菩薩と呼ばれた。

21 教え導く人。

22 釈迦が説法をした

達《だつ》長者のむすめ蘇曼《そまん》が生んだ卵十個が割れて十人の男子が生まれ、かれらは出家して[24]羅漢果《らかんか》になった。

また、[25]迦毘羅衛城《かびらえじょう》の長者の妻は、懐妊してひとつの肉の固まりを産み、七日を経て肉の固まりは割れて百人の童子になった。かれらはすべて出家し、百人ともに[26]阿羅漢果となった。

一方、インドからは遠いわが聖朝の、[27]弾《はじ》き飛ばされそうな片隅の土地にも、仏の国と同類の人が生まれているのです。

これもまた、不思議な出来事であります。

中インドの地で、祇園精舎がある。

23 須達長者は祇園精舎を寄進した人。『賢愚経』巻一三「蘇曼女十子品」に故事。

24 仏道を究め崇《あが》められる位に達した人。

25 釈迦誕生の地。

26 阿羅漢とも。羅漢(果)に同じ。

27 謙遜というよりは、劣等感が感じられる言い方。

法華経を書写する女性の過ちを誹ったために、この世で口がゆがんでしまった縁　第二十

[1]阿波《あわ》の国名方《なかた》の郡《こおり》埴《はに》の村にひとりの女性がいました。[2]忌部《いんべ》の首《おびと》の一族です［通称を[3]多夜須子《たやすこ》と言う］。白壁の天皇のみ世のこと、この女性が、[4]麻殖《おえ》の郡の苑《その》の山寺で法華経を書写していました。

その時、麻殖の郡の忌部の[5]連板屋《むらじいたや》という男が、その女性の過失をあげつらい、悪口を言いつのりました。

するとたちまち、その口がゆがみ、顔が後ろ向きにねじれてしまい、どうしても直りませんでした。

[6]法華経に言うことには、「経を信心し守り続けている人を誹ったりすれば、体内の諸器官が鈍《にぶ》り、背が伸びず醜《みにく》くなり、手足の自由が利かなくなり、目も見えず耳も聞こえず、背中も曲がってしまうであろう」とあります。

また、「この経を信じ守っている人を見て、その悪口を言った

1　現在の徳島市入田《にゅうた》町から名西郡神山町上《かみ》分《ぶん》のあたり。名方郡に国府（現在の徳島市国府町府《こ》中《う》）があった。
2　阿波国に忌部氏の主要な領地があった。忌部（斎部）氏は中臣氏とともに古くからの祭祀集団。
3　原文「字《あざな》」とあるので通称。
4　麻殖郡は、現在の徳島県吉野川市の大部分と美馬市の一部。苑の山寺は未詳。苑は地名か。
5　伝未詳。
6　法華経の譬喩品が引かれているが、同様

りすれば、それがほんとうであってもほんとうでなくても、その人は、この世において白癩《びゃくらい》[7]に罹《かか》ってしまうであろう」というのは、このことを言うのであります。

心から慎んで信心をしなければなりせん。心からその徳をほめ称えなさい。写経する人の悪口など言ってはなりません。大きな災いを被ることになるからであります。

の、法華経を読む人に対する蔑みへの反撥は上19、参照。この悪口には、仏教や僧への弾圧や批判がきわめて大きく、僧にとっては腹に据えかねるほどであったという感じがよく出ている。

7 ハンセン病の一種かという。近代まで続いたハンセン病に対する差別に、仏教の教えもかかわっていたらしいということは認識しておいてよい。

目が見えなくなった僧が、金剛般若経を読んでもらい、視力を回復することができた縁　第二十一

沙門長義[1]は、諸楽の右京にある薬師寺[2]の僧でした。宝亀三年[3]のこと、長義は目が見えなくなって、五か月ほど経ちました。毎日毎晩、わが身のふるまいを恥じ悲しんだすえに、たくさんの僧にお願いをして、三日三夜のあいだ金剛般若経を読誦《どくじゅ》してもらいました。すると目が開き、元のようにものが見えるようになりました。

般若経の威力というのは、大きく崇高なものでありますことよ、深く信じて仏に願えば、どんなことでも応えてくださらないことなどないものゆえに。

1　伝未詳。
2　景戒が晩年を過ごした寺。南都七大寺の一つ。中11、下12など。
3　七七二年。
◎もっとも短い霊験譚。

重い秤《はかり》で他人の物をよけいに取り立て、また法華経を書写して、この世において善と悪との報いを受けた縁　第二十二

他田《おさだ》[1]の舎人《とねり》蝦夷《えみし》は、信濃《しなの》[2]の国の小県《ちいさがた》の郡跡目《あとめ》の里の男です。たくさんの財産に恵まれ、銭や稲を貸し付けてもうけていました。

また蝦夷は、法華経を二度も書写し、そのたびに法会《ほうえ》を催し僧を頼んで講読するということもしていました。それでもあとになって思案するに、まだ自分の心に満足できないところがあり、さらにつつしみの心で法華経を写していたのですが、三度目の写経のための供養の法会はまだ済ませていませんでした。

宝亀《ほうき》[3]四年四月下旬のこと、蝦夷はとつぜん死んでしまいました。妻子は相談し、「丙《ひのえ》[4]の年に生まれた人なので、死体を焼かないで置いておきましょう」と言い、場所を選んで墓を作り、死者に対する儀礼を手厚くして安置しておきました。すると、死んでから七日目に、蝦夷は生きかえって次のように語りました。

1　舎人は下級の役人の呼称だが、ここはカバネのようなかたちで使われている。あるいは、先祖が都に出て朝廷に使えていた時に与えられたものか。蝦夷は「えびす」と訓むテキストが多いが、古いエミシの訓を採用した。

2　小県郡は、現在の長野県上田市から東御《とうみ》市のあたり。跡目里は、『和名抄』に「跡部」とあるが詳細は不明。

3　七七三年。

4　十干の三番目の「丙」は、陰陽五行説で

使いが四人いた。皆、おれに付き添って広い野原を連れて行きよる。次には急な坂道があった。坂の上に登ると大きな高殿《たかどの》がある。そこに昇って、おれが行く先のほうの道を眺めると、たくさんの人がいて、箒《ほうき》で道を掃きながら、「法華経を書写なさった方がこの道をお通りになるので、わたしたちは掃き清めています」と言っている。近くに行くと、やつらは待っていておれを拝む。

その先には深い川があって、幅は一町[5]ほど。その川には橋が架かっていて、たくさんの人らが出て修理をしながら、「法華経を書写なさった方が、この橋をお渡りになります。それで、わたしたちは修理しています」と言っている。そこに着くと、やつらは待っていておれを拝んでいる。

橋の向こうに行くと黄金の宮殿があった。その宮には王がいた。橋のたもとで道は三つに分かれており、一つの道は広くて平らだった。一つの道は草が少し生えていた。もう一つの道は茨《いばら》で覆われ、藪《やぶ》になっていた。

おれをその分かれ道に待たせて、使者の一人が宮殿の中に

は火性の陽（火の兄＝ヒノエ）にあたるので、火事に結びつけられる。

5　約一〇九メートル。

入り、「召し連れてきました」と申し上げる。すると、王がご覧になって、「これは、法華経を書写した人だ」と仰せになり、すぐに草が少し生えた道を示し、「この道を連れて行け」と仰せになる。

四人はわたしを連れて、熱い鉄の柱があるところに行き、その柱を抱かせた。そして、鉄を編んで熱く焼いた網《あみ》を背中に押し付けた。そのまま三日三夜を経ると、こんどは銅《あかがね》の柱を抱かせた。背中に押し付けられた銅を編んだ網はとても熱かった。それを三日間押し付けられたのだが、その熱さたるや、まっ赤に焼けた炭火のごとくであった。

熱した鉄や銅は熱いとはいえども、耐えられないわけではない。しかし、その苦痛たるや、……。編んだ鉄は重いとはいえども、耐えられない重さではない。しかし、その重量たるや、……。今までにしでかした悪業《あくごう》に導かれるように、ただただ鉄の柱を抱き網を荷《にな》いたいと願ってしまう。

そのようにして、六日間が経った。

こうして恐ろしいところから出てくると、三人の僧が待っていて、おれ蝦夷に問うて、「お前は、わたしたちがこのように迎えたわけを知っているか」と言う。おれが、「知らん」と答えると、僧はまた問うて、「お前は、何か善いことをしたのではないか」と言う。そこで答えて、「おれは法華経を三部書写した。ただ、最後の一部については供養の法会を終えていない」と言う。僧が、三枚の札を取り出したのだが、二枚は黄金の札で、一枚は鉄の札であった。

また、秤《はかり》[6]を二竿《ふたさお》取り出してきたが、一竿のほうは重りが重くて、稲を一把《いっぱ》分多く量るようになっている。もう一竿は重りが軽くて、稲を一把少なく量るようになっている。

そこで僧が言うことには、「札を調べてみると、ほんとうにお前が申し述べた通りである。つつしんで三部の法華経をお写しいたした。しかし、そのように大乗経典を写すという立派な行為をしたとはいえども、重い罪も犯している。それは、お前が二種類の秤を使って、貸し付けの時には軽い秤を用い、返済させる時には重い分銅《ふんどう》[7]の秤を使っていたことである。それでお前を召し出したのだ。もう罪の償《つぐな》いは済んだの

6 竿秤《さおばかり》のこと。二つの秤や升を用いて、量をごまかす守銭奴の話は、このあと下26にも出てくる。シェークスピア『ヴェニスの商人』のシャイロックを出すのも気が引けるが、洋の東西を問わず、商人の強欲さは変わらないらしい。升や秤ではないが、和人の商人が、数え方をごまかしてアイヌから余分に搾取することを、「アイヌ勘定」と呼んだ例などもある。

7 竿秤で物の目方をはかる時の、標準になる重り。その標準の分

で、すみやかに人間界にもどりなさい」と。

帰る道でも、来た時と同じように、たくさんの人が箒を手に道を掃き、橋を作りながら、「法華経を書写なさった方が、閻羅王《えんらおう》の宮殿からお帰りになった」と言っている。

橋を渡り終わり、ふと気づくとこうして生き返っていた。

それ以後は、書写した経典をささげ、ますます信仰心を深めて講読し、供養のための法会を行いました。

まことに知ったことです、善を行えば幸いが来《きた》り、悪をなせば災いがやって来るということを。

善と悪とに対する報いは、けっして朽《く》ち失せてしまうものではなく、それゆえに、善悪二つの報いを受けることになった。ただただ善を行うことをもっぱらにし、悪事を働いてはなりません。


銅を二種類作って使い分けていたのである。現代でも、不正な秤の使用はきつく戒められており、「検定証印」のない秤は使用できないし、罰則規定も存在する。

◎冥界訪問譚の一つ。ここの話は地獄への行程も詳しく語られており、地獄の様子も詳細に語られる。ただ、内容としては、秤の不正使用という重罪を罰することよりも、法華経を書写したという行為のほうに大きな比重が置かれている。下26参照。また、三浦『増補日本霊異記の世界』第十講に、この話を取りあげた。

寺の財物を流用し、一方で大般若経を書写しようと願を立て、そのためにこの世で善と悪との報いを得た縁　第二十三

[1]大伴《おおとも》の連忍勝《むらじおしかつ》は、[2]信濃の国小県《ちいさがた》の郡嬢《おんな》の里の人でした。大伴連の一族は、心を合わせて里の中にお堂を作り、[3]氏寺《うじでら》にしました。忍勝は、大般若経を書写しようと思い、願を立てて物品を集め、鬚《ひげ》や髪を剃り落として袈裟を掛け、戒律を受けて仏道の修行にはげみ、ずっとその堂に住んでいました。

[4]宝亀五年の春三月のこと、突然だれかに無実の罪に陥《おとしい》れられ、[5]旦那衆に責められ殴り殺されてしまいました［堂の旦那衆は忍勝の一族の者たちである］。親族の者たちは相談し、「殺人罪として裁いてもらいたいので、死体を焼かないでおこう」と言って、場所を選んで墓を作り、死者儀礼を行ったうえで安置しておきました。そうしたところ、五日を経て生きかえり、親族たちに次のように語りました。

1　伝未詳。
2　小県郡は前話に出た。嬢里は未詳。
3　それぞれの土地の豪族らが建てた寺。八世紀には全国に多くの氏寺が存在したことがわかる。
4　七七四年。
5　原文は「檀越《だんおち》」とあり、経済的、精神的なパトロン。氏寺は、一族の者たちの共同運営というかたちになっているのであろう。

お召《め》しの使五人がやってきて、いっしょに連れられて急いで出かけていった。歩いて行った道の先に険しい坂があり、坂の上に登っておっかなびっくり眺めてみると、前には三つ[6]の大きな道があった。一つの道は平らで広く、一つの道は草が生えて荒れはて、一つの道は藪が密集して塞がっていた。その三つ衢《ちまた》の真ん中に王がいらっしゃった。使が「召しつれました」と言うと、王は、平らな道を指して、「この道を連れて行け」と言われた。五人の使は、われを囲んで歩いて行く。道の果てには大きな釜があった。湯気が焔《ほむら》のように立ちあがり、ぐつぐつと煮えるさまは波立つごとく、音を立てるさまは雷鳴のごとくであった。すぐさま、生きたままのわれ忍勝を摑《つか》んで、ドッボーンとその釜に投げ入れると、釜はとつぜん冷えてひびが入り、四つに割れてしまった。

そこに三人の僧が現れ、忍勝に尋ねて、「あなたは、何か善行をしたか」と言う。答えて、「われは、善行などしておりません。ただ大般若経六百巻を書写しようと発願し、まだ書き写すことができていません」と言った。そこで僧が、三[7]

6　道が三叉になったところ。辻。分岐点だが、この語り口は、前話と同じである。ただし、前の話では少し草の生えた道を行けと言われたのに、ここは平らな道を指示されて、扱いが違う。また、前の話では閻羅王は宮殿の中にいたが、ここでは衢の真ん中にいる。

7　札は前話にも出てくる。台帳があったらしい。ただし、前の話では書写した経典の巻数と対応していたが、ここの三枚は、そのようにはなっていない。

枚の鉄の札《ふだ》を取り出し調べてみると、申し述べた通りであった。僧は告げて、「あなたは、ほんとうに発願し、家を出て修行をしていた。こうした善行はあるけれども、住んでいる[8]堂の財物をたくさん私的に流用したがために、わが身を滅ぼしたのである。今すぐもどって、願を成就し、加えて、堂の財物を弁償しなさい」と言われた。

そのまま放免され、もどってきた。三つの道が交わる大きなる衢《ちまた》を過ぎ、坂を下ってきたなと思って見てみると、生き返っていたことよ。

これはつまり、発願したことによる力であり、財物を流用したために自分が招いた罪であって、地獄の判断に過《あやま》ちがあるというようなことではありません。

大般若経に、「およそ銭一文は、二十日を経ると膨らんで、一[9]七四万三貫九六八文になってしまうのである。それゆえに、たとえ一文の銭でも、こっそり盗み用いるようなことをしてはいけない」とあるのは、このことを言うのであります。

8　自分たちが建てた堂という認識が強く、寺の財産として認識することができないところに問題があった。

◎前の下22との内容の共通性は興味深い。舞台が同じという点からみて、伝承地がいっしょであった可能性が大きい。

9　この数字の根拠はわからない。

修行者の邪魔をしたために、猿にされてしまった縁　第二十四

[1]近江の国野州《やす》の郡のなかにある[2]御上《みかみ》の嶺《たけ》に神社があります。名を[3]陀我《たが》の大神《おおかみ》といい、朝廷から[4]封《ふう》六戸を与えられています。社のそばにはお堂があります。

白壁の天皇のみ世、[5]宝亀年中のことですが、その堂に住み込んで、大安寺の僧[6]恵勝《えしょう》が、しばらくのあいだ修行していました。その時に、夢のなかに人が出てきて語ることには、「我がために経を読んでほしい」と言います。びっくりして目覚め、不思議なことよと思いました。

明くる日、小さな白い猿が、目の前に現れて、「この道場に住み込んで、我がために法華経を読んでほしい」と言います。僧がたずねて、「あなたはどなたですか」と問うと、猿が答えて、次のように告白しました。

我は、[7]東天竺国《とうてんじくこく》の大王である。その国には修行僧に付き従

1　現在の滋賀県野洲市・守山市と近江八幡市(一部)のあたり。

2　野洲市三上にある円錐形の神のいます山。四三二メートル。近江富士と呼ばれる。この山に祀られている神社は御上神社と言い、延喜式巻十神名帳に登録されている（近江国野洲郡）。

3　「たが」と呼ばれる神は、犬上郡多賀町多賀に祀られる多賀大社が有名。延喜式には多何神社とある（近江国犬上郡）。あるいは、三上山に多賀の神が祀られていたのか。現在

う従者が[8]千人余りもいて、故意に農業に従事せず怠けている。そこで、我《われ》が制限を加えて、「従者が多いのはいけない」と命じた。その時我は、従者が多いのを制限して仏道の修行を妨げないようにしたのである。仏道修行を禁じたわけではなかったが、従者を制限したがために報いとして罪を受けることになった。そのために、[9]後生《ごしょう》において、このような猿の姿になって、この社の祭神になっているのである。それゆえ、我がこの姿から脱するために、この堂に住みついて我のために法華経を読んでほしいのだ。

そこで僧が、「それならば、法会のための[10]供養の品をお出しなさい」と言うと、猿は、「何も差し出す物はもっていない」と答えました。僧が、「封戸《ふうこ》の稲がたくさんあるはずです。これを、わたしへの供物《くもつ》として、経を読ませなさい」と言いますと、猿は、「朝廷《みかど》から我に賜わったものだが、[11]管理している者がいて、稲は自分の物だと思って我にはくれない。我の自由にはならないのだ」と答えました「管理している者とは、あの神社の宮司」。

の多賀大社の祭神は、古事記に「伊邪那岐大神は淡海の多賀に坐すなり」とあって、イザナキ大神が祀られている。何らかの混乱があるらしい。

4 封は封戸《ふこ》のことで、神社の経費をまかなうために与えられた。六戸分の租の半分と、庸・調が神社の収入。

5 七七〇〜七八〇年。

6 伝未詳。

7 インド東部の国。

8 原文「従者数千」とあり、注に、「数千というのは千余《あま》りという意味の数千である」と記されている。注は省略。

9 死後の世界。猿になった今の世。

10 経を読んでもらう

そこで僧が言うことには、「供養の品がなければ、どうして経など読むことができようか」と。すると猿は答えて、「それならば、[12]浅井《あざい》の郡に何人もの僧がいて、[13]六巻抄《ろつかんしょう》を読もうとしているので、我は、その講の仲間に入りたい」と言いました［浅井の郡は、同じ国のなかにある郡、六巻抄というのは戒律の名前］。

それを聞いた僧は不思議に思い、猿の話を承《う》けて浅井郡に出かけ、[14]旦那衆に話して[15]山階寺《やましな》の[16]満預《まんよ》大法師《だいほうし》に取り次いでもらい、猿が頼んできたことを申し述べました。ところが、旦那衆も師も、その話を信じず、「それは猿が言っていることだ。わたしは信じないし、受け入れることもできない、許可しない」と言いました。そのうえで、六巻抄を講読しようとして準備をしていたところ、寺や僧の雑役《ざつえき》をする童子たちや在俗の修行者たちが慌《あわ》てふためいて走り来たり、「小さな猿が堂の上に現れました。それとともに、見る見るうちに[17]九間《ここのま》もある大きな堂が木っ端みじんになって倒れてしまいました。柱はみな折れて砕《くだ》け、仏像はすべて破壊され、まわりの僧房もみな倒れてしまいました」と言いました。見に行くと、まことに報告のとおりで、すっかり倒れ壊されていました。

ための供物。
11 あとの注に「社の司（宮司）」のことだとある。
12 琵琶湖の東北岸の地域。長浜市・米原市のあたり。
13 唐の道宣が選した戒律の書。
14 原文「檀越」。
15 奈良の興福寺の古称。山階寺は中臣鎌足の発願で、山城国の山階（山科）に創建され、藤原京に移って地名から厩坂寺《うまやさかでら》と呼ばれ、平城遷都に際して藤原不比等が現在地に移して興福寺と名付けた。南都七大寺の一。
16 伝未詳。
17 間は、柱と柱の間で、それが九つあるということ。

旦那衆は僧恵勝に相談し、あらためて七間《ななま》の堂を作り、陀我《たが》の大神と名乗っている猿のことばを信じ、講の仲間に加えて、発願した六巻抄を満預大法師に頼んで講読してもらい、あわせて猿の大神の願いである法華経も読んでもらいました。それ以降、願が叶うまでのあいだ、何の災難も生じることはありませんでした。

そもそも、善行の道を修めようとしている者を妨げる奴ばらは、来世で猿になるという報いを得たのであります。それゆえに、僧が勧め行わせることを、妨害するというようなことをしてはなりません。悪い報いを受けることになるからです。

昔、釈迦の子[18]羅睺羅《らごら》が前世において国王であった時、ひとりの[19]独修の僧を止《とど》めて、乞食《こつじき》をさせなかったために、国内に入ることができず、七日のあいだ飢えさせるということがありました。この罪報によって羅睺羅は、新しい生を受けるとき生まれ落ちることができず、六年ものあいだ母の胎内にいたと言われているのですが、それはまことにこのことを言っているのであります。

18　釈迦の実子であり弟子、ラーフラ。
19　原文「独覚」で、師につかず修行する僧をいう。

大海に漂流し、心から釈迦仏の名を称《とな》えて命を長らえることができた縁　第二十五

[1]成年に達した紀[2]の臣馬養《おみうまかい》は、紀伊の国 安諦《あて》[3]の郡吉備《きび》の郷《さと》の人でした。[4]未成年の中臣《なかとみ》[5]の連祖父《むらじおおぢ》麿《まろ》は、同国 海部《あま》[6]の郡浜中の郷の人でした。[7]紀の万侶《まろ》の朝臣《あそみ》は、同国日高《ひだか》[8]の郡の湊《みなと》に居住して網[9]を持ち魚《うお》を捕らせていました。

馬養と祖父麿の二人は万侶に雇われて給金をもらい、昼夜を問わず万侶の朝臣に追い使われ、網を引いて魚を獲っていました。

白壁の天皇のみ世、宝亀六年[10]の夏六月十六日、空がにわかに掻《か》き曇り、強い風が吹きだし、激しい雨が降り、川から水が押し寄せて河口の湊は大水で溢《あふ》れ、さまざまな木が川を運ばれて流れ込んできました。万侶の朝臣は、馬養と祖父麿を追い使って流れ込んだ材木を取らせました。二人は、集めた木を桴《いかだ》[11]に編み、その桴に乗って流れに抗《あらが》いながら陸地を目指します。湊は大いに荒れて水は逆巻き、ついには編んでいた縄が切れて、桴はばらばらになり、湊からは離れて海のほうに流されてしまいました。

1　原文「長男」とあり、律令に規定する成人男子（丁男、二一歳以上の男）。
2　伝未詳。
3　安諦郡は有田郡のこと。吉備郷は現在の和歌山県有田郡有田川町のあたり。
4　原文「小男」とあり、律令の規定では一六歳以下の少年。
5　伝未詳。
6　現在の海南市下津町のあたり。
7　伝未詳。ふつうの表記では紀朝臣万侶。
8　海部郡・安諦郡の南に位置する。港の場所は不明だが美浜町・

二人は、それぞれ一本の木につかまり、それに乗って海に漂いました。二人は無知で何もしらず、ただ「南無《なむ》、どうか災難から免れさせてください、[12]釈迦牟尼仏《しやかむにぶつ》」ということばを称え続けて、哭《な》き叫び続けるばかりでした。

若い祖父麿のほうは、五日間漂流したあとの夕方、[13]淡路《あわじ》の国の南面田野《みなみおもたの》の浦の、[14]塩焼きを生業《なりわい》にしている人たちが住んでいる浜に流れ着きました。すでに成人していた馬養は、そのあと六日目の午前五時ごろ、同じところに流れ着きました。その土地の人びとは二人を見て、流れ着いた理由を尋ね、そのありさまを知って哀れんで飲食を与え、役所に知らせました。国の役人たちもそれを聞いて駆け付け、悲しみ哀れんで食料などを支給しました。

若い祖父麿は、わが身を嘆き、「殺生を生業にしている漁師に使われ、ひどい苦難を受けることになってしまった。また故郷《くに》に戻ったならば俺は親方にこき使われ、いつまでも殺生を生業にするのを止めることはできないだろう」と言って、[15]淡路の国の国分寺に留まり、[16]その寺の僧に仕えることにしました。

馬養のほうは、二か月後に故郷に戻りました。妻子は帰ってき

日高町・由良町・印南町あたりの海岸。

9　紀万侶朝臣はいわゆる網元と考えてよい。紀朝臣は古来の土着豪族で、彼らは海民であったと考えられる。

10　七七五年。

11　木を縄などで縛りつないで浮かべたもの。木を山から川を流して下ろす時などに用いる。

12　釈迦の名号。

13　紀伊水道を挟んだ対岸の淡路島の海岸であろうが、詳細は不明。

14　淡路の塩は古来有名。

15　現在の、兵庫県南あわじ市八木国分にあった。

16　寺の下働きとして

た馬養を見て、目を丸くして驚きびっくりして、「海に沈んで溺れ死んだものとばかり思っていました。四十九日を過ぎて法要を行い、追善の供養もすませたばかりです。まさかお帰りになるとは思いもしませんでしたが、どのようにして生きて帰ることができたのですか。あるいは、これは夢[17]なのでしょうか、それとも魂《たま》を見ているのでしょうか」と言いました。

馬養は、妻子に向かって細かくことの次第を話しました。

それを聞いた妻子は、その体験を悲しみ、生還したことを喜び合いました。馬養は発心《ほっしん》し世間を嫌って山に入り修行しました。

そのさまを見聞きした人たちは、だれ一人として不思議なことと思わない人はいませんでした。

海の中は災難が多いものですが、そのなかで命を長らえることができたのは、まことに釈迦如来のお力であり、海の中をさまよった人自身の信仰の深さによるものであります。現世における報いというものはかくのごとくでありまして、ましてや、来世での報いは言うまでもなく、おわかりになるはずです。

仕えたのであろう。

17　古代の夢（イメという）は、相手の魂が浮遊して訪れると考えられていた。それゆえに、下文の「魂」と同じことで、言い換えているに過ぎないとみてよい。魂は古代ではタマあるいはタマスと呼ぶ。

理不尽に貸し付けの返済を迫り、たくさんの利息を取って現世で悪死の報いを受けた縁　第二十六

[1]田中真人《たなかのまひと》広虫女《ひろむしめ》は、[2]讃岐の国美貴《みき》の郡の[3]大領《だいりょう》、[4]外《げ》従六位上[5]小《お》屋県主宮手《やのあがたぬしみやて》の妻でした。八人の子を産み、[6]裕福で財産も多く、馬牛・奴婢《ぬひ》・稲銭《いなぜに》・田畠《でんぱた》などをもっていました。

ところがこの女は、生まれつき信仰心がなく、[7]慳貪《けんどん》で、人に恵み与えようなどという心はもっていませんでした。そして、酒に水を加えて量をふやして売り、たくさんの利益をあげていました。また、[8]貸す日には小さな升《ます》を用い、取り立てる日には大きな升で受け取りました。出挙《すいこ》の時には小さい斤《はかり》を用い、返済の時には大きな斤で納めさせました。

利息の取り立てもまことに酷いもので、道理も何もありません。あるときには十倍にして取り立て、あるいは百倍にして返済させました。

貸し付けを人から強引に絞り取り、満足することがありません。そのために、たくさんの人が苦しみ、家を棄てて逃亡し、他国

1　伝未詳。土着豪族の娘で、豪族のところに嫁いでいる。
2　三木郡の表記が一般的。現在の香川県高松市・さぬき市・木田郡三木町のあたり。
3　郡の長官で、在地の豪族が世襲的に任命される。
4　外位は、地方豪族（郡司）などに与えられる位階。名誉称号的な性格をもっていた。
5　伝未詳。こちらも美貴郡の豪族であったらしい。
6　女性が親（とくに母）の財産を受け継いでいるという事例は戸

にさすらうさまは、ここより酷いところはないほどでありました。

広虫女は、宝亀[9]七年六月一日に病いの床に臥し、そのまま長く寝込んでしまいました。そして、七月二十日になって、自分の夫および八人《やたり》の息子たちを呼び集め、そのあいだに夢[10]に見た様子を次のように語りました。


閻羅王の御殿《ごてん》に召しだされ、三つの罪を示されました。

一つには寺の資財をたくさん流用して返済しなかった罪、二つには酒を売るのに大量の水を加えたうえで、法外な代金を要求したという罪、三つには二種類の升《ます》と斤《はかり》を使い分け、人に貸す時には七分目しかない小さな升や斤を用い、返済させる時には十二分目もある大きな升や斤を使って取り立てた罪、その三つです。

そして、「この三種の罪によってお前を召しだしたのである。現世において罪の報いを受けなければならないことを、今、お前に見せてやろう」と仰せになりました。


籍や物語などにも出てくる。

7　けちんぼをいう決まり文句。昔話「隣のじい」譚のいじ悪じい・いじ悪ばあの性格に連なる。

8　同様の事例は前にも出てきた。上30、下22参照。同類のやり方でアイヌから搾取するのを「アイヌ勘定」と呼ぶ例などもある。

9　七七六年。

10　臨死体験が夢として語られるのはめずらしい。夢については、三浦『日本霊異記の世界』補講1、参照。

このように夢の内容を語り終えると、広虫女はその日のうちに死んでしまいました。そこで家族は、死んでから七日が経つまで死体を焼かずに置くことにし、禅師や優婆塞《うばそく》三十二人を頼んで集め、九日のあいだ、願を立てて冥福を祈る法要を催しました。

すると、その七日目の夕刻、広虫女は生き返ってきて、棺《ひつぎ》の蓋が自然に開きました。そこで、そばに寄って棺を覗いてみると、嗅《か》いだこともないひどい悪臭がしました。その中には、腰から上はすでに牛になった広虫女がいて、額には角《つの》が生えて、長さは四寸ほどありました。二本の手は牛の前足に変わっており、爪が二つに裂けて牛の足のひづめとそっくりでした。[11]腰から下のほうは人の姿のままでした。飯《めし》を嫌《いや》がって草を食べ、食べ終わると反芻《はんすう》します。裸のままで衣を着ようとせず、糞《くそ》まみれの地面に横たわります。

あちこちの人が、急いでやって来ては恐る恐る眺めるのですが、その人波は途切れることがありませんでした。夫の大領と息子や娘たちは、恥じて嘆き、心を痛め、それぞれの体を地面に投げ出して祈り、数えきれないほどの願を立てました。

11 半獣半人というのはめずらしい。

12 天平五年（七三三）創建の金鐘寺が起源とされ、天平一四年（七四二）に大和国の国分寺兼総国分寺と定めら

そして、広虫女の犯した罪の報いをつぐなうために、家にあるあらゆる財物を三木寺に寄進し、京《みやこ》の東大寺[12]には牛七十頭、馬三十疋《ぴき》、開墾[13]した水田二十町、稲四千束を奉り納め、他人に貸し付けた物は、すべて返済を免除しました。

国司たちや郡司たちがその様子を視察し、中央に報告書を出そうとしている、ちょうどその時、生き返ってから五日目に上半身が牛になった広虫女は死[14]んでしまいました。

この出来事を見たり聞いたりした国や郡の人びとは皆、たいそう深く嘆き悲しみました。

因果というものを考えもせずに、道理に適わず道義のない振る舞いをしたのです。このことによって、はっきりとわかったことでありますことよ、道理に合わない行為に対する報いであり、道義にもとる行為に対する報いであったのだということを。

現報として示される報いというのはこの通りであり、そこから考えれば、来世における報いがどれほど恐ろしいものか、言うまでもないでしょう。経に説かれている通りであります。「物を借

れた。大仏の鋳造が開始されたのは天平一九年(七四七)で、開眼供養は天平勝宝四年（七五二）、大仏殿の竣工は天平宝字二年（七五八）のことである。なお、東大寺という呼称は、大仏の鋳造が開始された頃からという。東大寺の前にあった「金鷲《こんじゅ》」という山寺については中21参照。

13 原文「治田《はりた》」とある。聖武天皇が墾田永年私財法を発布したのは、天平一五年(七四三)であった。なお、三世一身の法が出たのは養老七年(七二三)。

14 供養によって罪の償いをすることで現報から逃れられたということを示す。

りて返済しなかったならば、馬や牛となって償うのである」と。

借りている人は奴隷のごとく、貸し主はまるで主君のようであります。借りている人は雉《きじ》のごとく、貸し主はまるで鷹のようであります。

しかし、物を貸したとしても、あくどい取り立てをすれば、馬や牛に生まれ変わったうえに、貸した人にこき使われることになるのですよ。それゆえに、過分な取り立てなどしてはいけないのであります。

◎貸借関係における混乱、蓄財、盗みなど、貨幣経済の浸透にともなって生じた人間の欲望が、霊異記の説話にはしばしば語られる。現代社会が抱えている問題と重なるところが多いのは、時代の状況が似通っていたからであろう。八世紀という時代が、それ以前と大きく変化したようにみえるのはそこのところではないかと思う。

骸骨《がいこつ》の目の穴を貫いて生えていた笋《たけのこ》を抜き取り、祈願して不思議なしるしを示した縁　第二十七

白壁の天皇[1]の時代、宝亀九年[2]冬十二月下旬のこと、備後《びんご》[3]の国の葦田《あしだ》の郡大山の里の人、品知《ほむぢ》[4]の牧人《まきひと》は、正月の買い物をしようと思い、同国の深津《ふかつ》[5]の郡にある深津の市[6]に出かけました。そして、その途中の葦田の郡の葦田の竹原《たかはら》[7]で日が暮れたので野宿をしたのです。

寝ていると、うめき声がして、「目が痛い」と聞こえます。牧人は、その声を聞きながら、恐ろしさのあまり眠ることもできず、うずくまっていました。

夜が明けたので声がしたほうを見てみると、髑髏《どくろ》が一つ転がっており、笋《たけのこ》[8]が目の穴を貫いて生えていました。牧人は、その竹を抜いて髑髏を痛みから解き放ち、自分が食べるために持っていた携帯用の乾飯《かれいい》を供えて供養し、「わたしに幸いを与えてください」と祈りました。

その後、深津の市に行って買い物をすると、欲しかった品物を

1　光仁天皇のこと。
2　七七八年。
3　葦田郡は広島県府中市から福山市のあたり、大山里は所在未詳。
4　伝未詳。
5　現在の福山市の中心部（芦田川東岸南部にあたる）。
6　福山市蔵王町のあたりにあった市。福山市と合併する以前は深津郡市村と呼ばれていた。
7　葦田は葦田郡の郷名、竹原は竹藪の意で地名ではない。葦田郷は現在の府中市府川町・高木町・中須町のあたりとか、府中市栗柄

思い通りに買うことができました。そこで、「あの髑髏が願いを受けて恩返しをしてくれたのか」と、ひそかに思ったのでした。

そして、市からの帰り道、牧人は同じ竹原に宿りました。

すると、髑髏が生きた人間の姿になって現れ、次のように語りだしました。

わたしは葦田[9]の郡の屋穴《やあな》の国の郷《さと》に住んでいた穴《あな》[10]の君の弟《おと》公《ぎみ》と言います。賊《ぞく》である叔父《おじ》[11]の秋丸《あきまろ》に殺された、その当人です。風が吹いて竹が揺れるたびに、わたしの目はとても痛かったのです。それを、あなたのお慈悲《じひ》を受け、わたしの苦痛はすっかりなくなりました。

また、今しがたは、飽きるほどのお供えをいただき喜んでおります。このご恩はけっして忘れませんし、この幸せな気持ちを抑えることもできません。そこで、慈悲深いあなた様に恩返しをさせていただこうと思います。

わたしの両親の家は、屋穴の国の郷にあります。今月[12]の晦《つごもり》の夕方、わたしの家に来てください。その日の夜でなけ

町芦田のあたりとかの説があるが詳細は不明。

8　笋とあるが、時間経過からいうと、春に地面を突き抜けた筍は、暮れには立派な竹に成長している。原文でも、笋－竹、と書き分けられている。

9　所在地は未詳。深津よりはずっと内陸に入ったところ。

10　伝未詳。穴は屋穴国という地名にかかわるか。君というカバネをもつところからみて土地の有力者であろう。

11　原文「伯父」とあるが、内容からみて父の弟にあたるので叔父と訳した。日本人の親族認識のなかでは、伯父（伯母）と叔父（叔母）は

れば、恩返しをすることはかないません。

牧人は、ますます不思議なことと思い、その出来事を他人に語ることはありませんでした。

そして、約束の大晦日の夕暮れ時に、教えられた家に行きました。着くと、迎えてくれた霊《たま》が牧人の手を取り、建物の中に招じ入れ、供えてあるごちそうを分け、牧人にも勧めていっしょに食べました。残った品はみな包んで牧人に持たせ、供えられた品物も牧人に持たせました。

しばらくして、その霊は忽然と消え失せてしまいました。

そこに、弟公の両親が、招いたもろもろの霊を供養するために建物の中に入ってきたのです。牧人を見て驚き、入ってきた理由を尋ねました。そこで牧人は、今までの出来事をくわしく話して聞かせました。

驚いた両親は秋丸を捕まえ、弟公を殺した理由を問いただし、「お前が前に言うことには、わが子弟公といっしょに市に向かった。その時、物を借りて返済していなかった男に途中で出会い、

明確に区別されず、どちらもオジ、オバと呼ばれる。

12 大晦日のこと。この日は先祖の霊を供養する霊祀りの日。上12に似た設定の話があった。

返済を迫られたので弟公を放ったまま逃げてきた、ということだった。弟公は帰ってきましたかと、お前はわたしに聞いたではないか。そこでわたしはお前に、いやまだ帰っていない、見ていないと答えただろう。ところが、今、この方から聞いた内容は、お前が前に言ったことと違っているが、どうなっているのだ」と詰め寄りました。

盗人《ぬすびと》の秋丸は、心の中ですっかり恐れてしまい、隠しておくことができなくなってしまいました。そこで白状して、「去年の十二月下旬、元日の物を買うために、わたしと弟公は市に出かけたのだ。弟公が持っていた品物は、馬・布・綿《わた》・塩だった。道の途中で日が暮れ、竹原で野宿した時、ひそかに弟公を殺して品物を奪った。そのまま深津の市に行き、馬は讃岐[13]の国の人に売り、それ以外の物は持ち帰って隠し置き、今も少しずつ出して使っている」と打ち明けました。

それを聞いた父母は、「ああ、わたしのかわいい息子はお前に殺されたのか。ただの盗賊ではなかったのか」と言って悲嘆にくれました。

13 海を挟んだ香川県の人も交易のためにやってくることから想像するに、この市は相当大きな市であったようだ。なお、中世には、芦田川の河口域の中州に草戸《くさど》千軒と呼ばれる大きな市があったことが、一九六〇年代以降の大規模な発掘調査によって明らかになった。福山市に、ふくやま草戸千軒ミュージアムがある。

父母を同じくする弟というのは、葦《あし》[14]と蘆《よし》とが根でつながってい る間柄にあるのと同じなのです。それゆえに、秋丸の殺人を世間には隠し、内々にその罪をつぐなわせ、世間に対しては表ざたにならないようにしました。

父親は牧人に礼を言い、あらためて飲食でもてなしました。牧人は家にもどり、その時の体験を語り伝えたのでした。

それ、日に晒《さら》された骸骨でさえ、この通りであります。食べ物を施せば福徳を報いとして返し、恩を施せば恩返しをします。まして、この世に生きる人は、どうして恩を忘れることができましょうぞ。

涅槃経《ねはんきょう》に説かれている通り、「恩を受ければ恩を返す」とあるのは、まさにこのことを言うのであります。

14 よく似ているものの譬えとして用いられる。

◎昔話に、枯骨報恩譚と名付けられた話型がある。殺害者に報復する話は歌い骸骨と呼ばれ、供養してくれた者に恩返しする話を枯骨報恩と呼ぶ。この話は、枯骨報恩譚の祖型ともいえる話で、仏教説経を通して広がった話の一つといえるだろう。

弥勒《みろく》の丈六の仏像が、その首を蟻に嚙まれて不思議なしるしを示した縁　第二十八

[1]紀伊の国名草《なくさ》の郡貴志《きし》の里に一宇の道場がありました。名付けて貴志寺《きしでら》と呼んでいました。村の人たちが、自分たちで造った寺なので、土地の名を呼び名にしていたのです。

[2]白壁の天皇のみ世に、ひとりの優婆塞《うばそく》が、その寺に住んで修行をしていました。そのあいだ、しばしば寺のなかでうめくような声がして、「痛いよ、痛いよ」と言っているように聞こえます。

その声は、老人のうめき声のようでした。

優婆塞が住み始めた最初の夜には、道を歩いている人が、病気になって宿っているのだろうと思いました。それで、起きて堂のなかを見て回りましたが、人はいません。

そこには塔を作るための材木があり、作り始めないまま長いあいだ置かれて朽ちそうになっていました。それを見て気にかかり、声は、塔の霊ではないかと思ったのでした。

その後、うめき声はいく晩経っても止みません。修行者は、聞

1　和歌山市に貴志の地名がある。紀ノ川北岸の河口のあたり。土着豪族である岸氏の本拠か。
2　光仁天皇のこと。

こえると放ってはおけないので、起きて探してみますが、やはり病気の人などいませんでした。

修行の最後の夜、いつもの声にも増して、大地に響く大きな声で痛がりうめいています。やはり塔の霊だろうと思いました。

翌朝早く起きて堂のなかを見て廻ると、[3]弥勒の丈六の仏像の首が切れ落ちて地べたに転がり、その首には大きな蟻が千匹ほどたかり、首を噛み砕いていました。修行者はそれを見て、寺の旦那衆に告げ知らせました。旦那衆は、その姿を見て悲しみ、ふたたび造りなおして元にもどし、敬い祈って供養しました。


お聞き及びのとおり、仏像というのは血肉が通うものではありません。それゆえに、どうして痛がり病いに苦しむなどということがあるでしょうか。

しかし、まことに知りました、像に宿った仏の心が示現《じげん》したのであるということを。[4]釈迦の入滅後といえども、仏法の真理を示す仏の心はいつも存在し、つねに変わることはないのです。

けっして疑ってはなりません。

3 釈迦のあと、遠い未来に出現し人々を救済するとされる未来仏。丈六は一丈六尺のことで、約四・八メートル。

4 釈迦の入滅は、紀元前三八三年、同四八六年、同五四四年など諸説があって定かではない。入滅後五百年または千年を正法《しょうぼう》の時代、その後の五百年または千年を像法の時代（景戒の認識は、正法五百年、像法千年とする。下序、参照）、その後の一万年を末法の時代として、仏教の教えが次第に衰弱していき、その後に弥勒が出現して救済されると仏教では教えている。

村の子らが、遊び興じて木の仏像を彫ったのを、愚かな男が割りこわしたために現世において悪死の報いを受けた縁　第二十九

[1]紀伊の国海部《あま》の郡仁嗜《にき》の浜中の村に、ひとりの愚かな男がいました。姓名はわかっていません。生まれついての愚か者で、因果というものをまったく理解していませんでした。

海部の郡と[2]安諦《あて》の郡とのあいだに人びとが往来する山があり、[3]玉坂《たまさか》と呼ぶ山道が通っています。浜中村から正南《まみなみ》のほうに越えて行くと、[4]秦《はた》の里に到ります。

その里の子どもたちは、[5]いつも山に入って薪《たきぎ》を拾っていました。そして、その山道の傍《かたわ》らに、おもしろ半分で木を刻んで仏像を作り、石を積んで塔にして、[6]戯《たわむ》れに彫った仏さまを石を積んで造った寺に安置し、山に行くたびに遊び戯れていました。

白壁の天皇のみ世のこと、例の愚かな男が、子どもたちが作った仏を馬鹿にして、もっていた斧《おの》でたたき割って棄ててしまいました。すると、そこから離れ去ることとわずかなところで、体ごと

1　海部郡は和歌山県和歌山市・海南市・有田市のうちの海岸部のあたり。浜中は浜中郷で、現在の海南市下津町のあたり。下25参照。

2　有田郡のこと。

3　所在未詳。海部郡と安諦郡(有田郡)との郡境をなす峠。次項の秦里が有田市宮原町畑だとすると、その北にある蕪《かぶら》坂のことか。

4　有田市宮原町畑かという。

5　村の子らにとって、山は遊び場であり、薪拾いや野草摘みなどを

ばたりと地面に倒れたかと思うと、口と鼻から血を流し、二つの目が飛び出して、まるで夢のようにあっけなくそのまま死んでしまいました。

まことに知ったことです、仏法の守護神がいないわけはないということを。どうして敬い祈ることをしないでよいでしょうか。法華経に説かれている通りであります。そこには、[7]「もし童子らが、戯れに木や筆で、あるいは指の爪で仏の像を描こうとしている時には、すべて仏道を修めることになるであろう。また、片方の手を上げ、少しばかり頭を下げて仏像を供養する心を示せば、これ以上ない仏道を修める行いになるであろう」と説かれています。

このことを踏まえて、心から仏を信じなさい。

する労働の場でもあった。

6　仏像と遊ぶ子どもへの叱責が罰せられるというのは、いろんなかたちでパターン化されている。たとえば、『遠野物語』七二など。

7　法華経の方便品の後半部分からの抜き書き。

修行僧が功績を積み重ねて仏像を作り、臨終の時を迎えて不思議なしるしを示した縁　第三十

老僧の[1]観規《かんき》は、俗姓は[2]三間名《みまな》の干岐《かんき》と言い、[3]紀伊の国名草の郡の人でした。生まれついて手先が器用で、彫刻の技を専らに励んでいました。智恵の優れた「[4]得業《とくごう》」の地位にあって、多くの秀才たちの指導を受け持っていました。一方、世俗においては、[5]農業に従事して妻子を養ってもいました。

先祖が造った寺が、[6]名草の郡の能応《のお》の村にありました。名を[7]弥勒寺と言い、通称は能応寺でした。

観規は、[8]聖武天皇のみ世に、発願《ほつがん》して[9]釈迦の丈六と脇士《きょうじ》とを彫り造りました。[10]白壁の天皇のみ世、[11]宝亀十年に至って作り終えることができ、能応寺の金堂《こんどう》に安置し、法会を準備して供養をすませることができました。続いて願を立てて、十一面観音菩薩の木像で、高さ十尺ほどの像を彫り造ることにし、半分ほどできたところで完成には至っていませんでした。縁《えん》のある人も少なく、何年も経ち歳をとって力も弱くなり、自分で鑿《のみ》を使って彫ることも

1　伝未詳。
2　三間名は任那か。四～六世紀頃に朝鮮半島南部にあった国の一つ金官国の日本からの呼び名。任那日本府が置かれていた。干岐は古代朝鮮の王族の通称。
3　和歌山市のあたり。
4　一定の役割を果たした有能な僧をいう。
5　在俗のまま修行をしている。
6　現在の和歌山市山口・藤田・上野・北野のあたり。紀ノ川の北岸。下16参照。
7　所在など未詳。通称の能応寺は地名に由来する。

できなくなってしまったのです。

　そして老僧が八十歳をいくつか過ぎた時のこと、[12]長岡《ながおか》の宮で天の下を支配なさった[13]山部《やまべ》の天皇のみ世、[14]延暦元年春二月十一日に、能応寺で病いに伏して命を終えました。ところが二日を経て生きかえり、弟子の[15]明規《みょうき》を召すと、「わたしは、一言《ひとこと》言い忘れ、我慢できなかったので帰って来た」と言うのでした。

　すぐさま床《とこ》を準備しその上に莚《むしろ》を敷き、食事を調えさせました。そうして、信者である[16]武蔵《むさし》の村主《すぐり》多利丸《たりまろ》に来てもらって床に座らせ、食べ物をご馳走して向かい合っていっしょに食べました。

　食べ終わると自分は床から下り、明規および居並んだ親族たちを従え、跪《ひざまず》いて多利丸に拝礼して次のように申し述べました。


　わたし観規は与えられた命少なく、寿命が尽きてしまい、観音の像を作り終えることができないままに、急にあちらへ行ってしまいました。わずかながら幸いな時間をいただいた今、どうして思いの丈を述べないでいられましょう。伏してお願い申し上げることには、あなたのお慈悲をいた

8　七二四〜七四九年在位。
9　一丈六尺（約四・八メートル）の釈迦像とその両側に立つ脇士（文殊菩薩と普賢菩薩）。
10　光仁天皇のこと。
11　七七九年。
12　延暦三年（七八四）に、桓武天皇によって平城京から遷都した。現在の京都府向日《むこう》市に宮殿があり、延暦一三年（七九四）に平安京に遷都した。
13　桓武天皇のこと。
14　七八二年。原文には延暦元年癸亥とあるが、癸亥は延暦二年にあたる。なお、延暦への改元は八月なので、実際は天応二年。
15　伝未詳。
16　伝未詳。村主のカ

だき、作りかけの観音像を完成させたいと思っています。わたしの心に残る願いが、わずかでも叶えられるならば、報いとして来世での福徳をこのわたし観規がいただけるでしょうし、現世での報いは、あなた様がお受けになるでしょう。

　わたしのなかにある心からの願いに耐えられず、こうしてもどり来たって無礼なことを申し上げました。恐れ多いことですが、心からのお願いを申し上げます。


　それを聞いた多利丸と明規らは、悲しみ哭いて涙ながらに、「仰せになった願いごとは、お言葉のままに我らが実現させていただきます」と答えました。老僧は、それを聞くと立ちあがり、拝礼して歓喜《かんぎ》しました。それから二日を経て、同じ月の十五日に、弟子の明規を召し、「今日は仏涅槃《ぶつねはん》[17]の日に当たります。わたしもこれで命を終えましょう」と申されました。明規は返事をしようとして、師のあまりに慈悲深い姿を見て、敬愛の心に逆らえず、「まだ、その日にはなっていません」と嘘をついてしまいました。

　師は、暦《こよみ》[18]を所望《しょもう》し確かめると、「今日は十五日ですよ。わが子[19]

バネは渡来系の一族に与えられる。

17　釈迦が入滅した日で、二月一五日。

18　当時通用していた

よ、なぜ嘘をついて、まだその日ではないと言うのですか」とおっしゃいました。そして、湯を持ってこさせて体を洗い清め、新しい袈裟を着け、跪《ひざまず》き合掌し、香炉を捧げ持つと香を焼《た》き、西に向かうと、その日の夕方四時頃に命を終えられました。

その後、仏師である多利丸は、遺言《ゆいごん》の通りにその十一面観音の像を造り、法要のはじめに造立の次第を申し述べ、供養を終えることができました。

今に、能応寺の塔の本《もと》に安置されている観音像がこれです。

賛に言うことには、「ああ、慶《よろこ》ばしいことよ、三間名《みまな》の干岐《かんき》の一族の大徳は、心の内に聖の心を秘め、外面は凡人の姿をしている。世俗においては農事や家族に交わりながら、戒律を破るようなことはしなかった。往生するに臨んで西に向かい、魂を行き来させて不思議を示した」と。

まことに知ったことです、この方こそが聖人であって凡人ではないということを。


のは大衍暦《だいえんれき》という暦だった。
19　弟子のことを親しみをこめて呼ぶ。

◎この話の観規が、たいそうすぐれた修行者であることが、編者景戒の語りによく窺われる内容になっている。弟子の明規との関係もいい。

女の人が石を産み、それを神として斎《いつ》き祀った縁　第三十一

[1]美濃《みの》の国方県《かたかた》の郡《こおり》水野の郷《さと》の楠見《くすみ》の村に、ひとりの女人《にょにん》がいました。[2]県《あがた》という一族の女でしたが、二十歳を過ぎても結婚せず、男と交わったこともないのに妊娠しました。

それから三年を経て、山部《やまべ》の天皇のみ世、[3]延暦元年春二月下旬に、[4]女は二つの石を産みました。石は方形で高さは[5]五寸ほど、一つの石は青と白のまだら、もう一つの石は全体が青色でした。

それらは年ごとに少しずつ[6]大きくなっていくようでした。

隣に[7]淳見《あつみ》という郡があります。そこに立派な神がいまして、名は[8]伊奈婆《いなば》と申されます。[9]巫者《かんなぎ》に依りつき、「その女が産んだ二つの石は、わが子である」と申されました。そこで、その女の家のなかに[10]瑞垣《みずがき》を立て、二つの石を斎《いつ》き祀りました。

昔から今まで、一度も見聞きしたことのない出来事です。

これまた、わが聖《ひじり》の朝《みかど》の不思議な出来事です。

1　現在の岐阜市あたり。中4では片県郡。水野郷楠見村は未詳、岐阜市北部。
2　伝未詳。
3　七八二年。
4　卵生神話。下19。
5　約一五センチメートル。
6　異常成長のパターン。石成長譚。
7　方県郡の南隣の郡で、岐阜市の一部。
8　岐阜市伊奈波通りに伊奈波神社がある。長良川の南側。
9　原文は「卜者」。
10　神聖な空間を仕切る垣。

網を用いる漁師が海難事故に遭い、妙見菩薩にすがって祈願し、命拾いした縁　第三十二

[1]呉原《くれはら》の忌寸《いみき》名妹丸《なにもまろ》は、[2]大和の国高市《たけち》の郡波多《はた》の里の人でした。幼い時から網を作って魚《うお》を捕るのを生業《なりわい》にしていました。

[3]延暦二年の秋八月十五日の夜、[4]紀伊の国海部《あま》の郡にある[5]伊波多《いわた》岐島《きじま》と淡路の国とのあいだの海に漕ぎ出し、網を下《おろ》して魚を捕っていました。漁師たち九人が三つの舟に分かれて乗っていたのですが、そこに突然大風が吹きだし、その三つの舟を転覆させて八人は溺れ死んでしまいました。

その時、名妹丸はひとりで海に漂い、心を尽くして[6]妙見菩薩に祈り願い、発願《ほつがん》して、「わが命を救い助けてくださったならば、わたしの身の丈を測り、おなじ大きさの妙見像をお作りします」と約束しました。

そのまま海のなかを漂い、波に逆らって体が疲れ、気でも失ったのか、まるで眠ったような状態で目覚めることがありませんでした。空が明るくなって目を覚まし、眺めてみると、[7]海部郡のな

1　伝未詳。氏の呉原は渡来人の住んだ地名によるか。忌寸は渡来人に多いカバネ。
2　現在の奈良県明日香村畑のあたり。
3　七八三年。
4　海部郡は和歌山県和歌山市・海南市・有田市のうちの海岸部のあたり。下29など。
5　紀伊半島と淡路島とのあいだの紀淡海峡には地ノ島・友ヶ島の二島がある。
6　人の命や運命をつかさどる北極星およびそのまわりを廻る北斗七星を神格化した菩薩。上34、下5など。

かの蚊田《かだ》の浦の浜の草の上に打ち上げられていました。

ただ一人救われ、自分の身の丈を測って像を作り、敬いました。

ああ、不思議なことであります。風の難に遭って舟が覆《くつがえ》され、波にもてあそばれて八人が亡くなってしまいました。

一人だけ生き延びることができた男は、身の丈を測って仏像を作ったといいます。

たしかに知ったことです、妙見菩薩の大きな助力と、漂流者の信仰心の大きさによるものだということを。

7 和歌山市加太のあたりか。

◎紀淡海峡での漂流は下25にもあった。ここに出てくる名妹丸は、明日香村畑の男で、海からはずいぶん遠い。これだけの距離を漁のために移動していたのか。季節を限って一定期間漁撈に従事するというようなことがあったものか。

賤しい姿をした修行僧を殴り、この世でにわかに悪死の報いを受けた縁　第三十三

[1]紀《き》の直吉足《あたいよしたり》は、[2]紀伊の国日高の郡別《こおりわけ》の里にある[3]椅《はし》と呼ばれる家の主人でした。生まれついて性格が悪く、因果というものを信じていませんでした。

[4]延暦四年夏五月のこと、国の役人が管内を巡って、[5]正税《しょうぜい》として集めた籾《もみ》を、[6]賜い物として人びとに給付していました。役人は日高の郡にもやって来て、正税を里人たちに配っていました。

そこにひとりの自度僧《じどそう》がおり、通称を伊勢の[7]沙弥と言いました。[8]薬師経の十二夜叉の神名を唱えながら、里のなかを巡って食べ物をもらっていました。正税を給付する役人のところに行って稲をもらい、例の悪人の門前に行って食べ物を乞いました。

すると、その乞食《こつじき》を見て施しをしないばかりか、背に負っている稲を取ってまき散らし、袈裟を剝ぎ取って殴りつけ脅しました。僧は、近くの[9]別寺《わけでら》の僧坊に逃げ込みました。ところが悪人は追いかけて捕まえ、自分の家の門まで連れてきて、大きな石を振りか

1　伝未詳。
2　日高郡は和歌山県の中部、御坊市を中心に美浜町・日高町・由良町・印南町・みなべ町・日高川町に、田辺市の一部を加えた地域。別の里は未詳。
3　椅は氏ではないか。のちの時代の屋号（通称）のようなものか。
4　七八五年。
5　班田に対する租税の稲で、それぞれの国の倉に収納され行政の諸経費などに充てられた。
6　高齢者や貧窮者に対して、正税の籾を配布する「賑給《しんごう》」か。種ま

ざして僧の頭に当てて、「その十二夜叉の神名を唱えて、俺を呪《じゅ》縛《ばく》してみろ」と責めたてました。

僧は、拒みました。ところが悪人は、しつこく強いたのです。あまりのしつこさに我慢ができなくなった僧は、一度だけ神名を唱えて逃げていきました。

そのあと、さして時間も経たないうちに、悪人は地面に倒れて死んでいました。


けっして疑ってはなりません、護法の神が罰を加えたということを。たとえ自度僧であったとしても、忍《にん》の心でもって眺めなさい。姿を隠した聖人が、凡俗のなかには紛れているからです。はっきりした過《あやま》ちもないのに、あれこれ子細に探りまわり、毛を吹き分けて小さな傷を見つけ出すようなことをしてはなりません。失態を見つけようとすれば、たとえ三賢十聖[10]といえども非難される過失はあるものです。反対に徳を求めれば、仏法を非難し善行を拒む者も、誉めるべき徳の一つや二つはもっています。

それゆえに、十輪経[11]には、「蒼蔔《ぜんぷく》[12]の花は萎《しお》れたとしても、なお

き用の籾の貸し付け（出挙）とみる説もある。
7 伝未詳。伊勢国出身の修行者だから、そう呼ばれているか。
8 薬師経の正式名称は薬師瑠璃光如来本願功徳経という、一巻。その薬師経を守護する十二神が十二夜叉で、十二神将ともいう。
9 所在未詳。別《わけ》の里にあった私寺であろう。
10 菩薩としての修行過程にある者の、悟りの段階を区分した階層。細かく区別されている。
11 大方広十輪経、一

も他の花々に勝る香りを発しており、戒律を破ったどの僧たちも、なおも仏の道に触れたことのない者どもには勝っている。出家した人の過ちをあげつらうのは、その者が戒律を破った者であろうと、戒律を守る者であろうと、あるいは戒律があろうと無かろうと、あるいは過ちがあろうと無かろうと、出家者をあげつらう者はすべて、億万の仏の身体から血を流させるほどの大罪を犯す者以上の罪を犯したことになるのである」と説かれています。

今、この十輪経の注釈書を調べるに、「たとえ仏の身を傷つけて血を出させたとしても、仏の道を妨害することはできない。もし、僧の過失をあげつらうならば、多くの人びとの信仰心を破壊し、迷いの心を生じさせてしまい、仏の道を妨げてしまうことになる。そのために、菩薩は、僧の徳を求めることを願い、僧の過失をあげつらうことを願わないのである」と説かれています。

また像法決疑経《13ぞうほうけつぎきょう》によれば、「これからの世において、世俗の役人は、僧から税を徴収してはならない。もし税を取り立てる者があれば、はかり知れない重い罪を受けるであろう。すべての俗人は、寺院にいる牛や馬に乗ってはならない。また寺院の奴婢《ぬひ》や六[14]

○巻のこと。

12 瞻蔔花とも。クチナシに似た香気のある黄色い花。

13 中国で作られた偽経という。

14 馬・牛・羊・犬・豚・鶏のこと。

種の家畜を殴るようなことをしてはならない。加えて寺院にいる奴婢から礼拝を受けようとしてはならない。もし違反する者があれば、みな禍《わざわ》いに遭うことになろう。云々《しかじか》」と説かれています。

また、別の経論に説いている通りです。「けちな心を強くもつ者は、地面の泥や土でさえ黄金や石玉《せきぎょく》よりも大事にし、強欲でけちな人は、糞《くそ》まじりの土をほしいと言われても、物惜しみする心をもち、財物を惜しんで施しをしようとしない。こっそり蓄えて、人に知られるのを恐れている。そういう輩《やから》は、あの世へ行って無《む》一物《いちもつ》となり、餓鬼道[15]のなかに堕ちて飢餓に苦しみ、恐ろしい思いをするのである」と。

そもそも金銭や財宝は、五つ家《や》と共有しています。何が五つ家かというと、一つには役人で、無理やり奪い取ります。二つには盗賊で、やって来ては強奪します。三つには突然の水害に襲われ漂い流されます。四つには突然の火災が起こって消失を免《まぬか》れません。五つには悪しき子が道理に外れて浪費します。

ですから菩薩は執着をもたず、歓喜《よろこ》んで布施《ふせ》なさいます。

15 六道（地獄・餓鬼・畜生・阿修羅・人間・天上）の一つで地獄に次いで苦しいところ。

◎霊異記のなかで、もっとも長い話末評語が付されている。修行者への妨害行為がいかに強かったかということを示していよう。

最後に付けられた「五つ家」というのは、現代においてもまったく変わらないというのは、人間の行動の普遍性を示していておもしろい。

難病がにわかに身に降りかかり、戒律を受けて善を行い現世で病いを治すことができた縁　第三十四

巨勢《こせ》[1]の呰女《あため》は、紀伊[2]の国名草の郡埴生《はにゅう》の里の女性でした。天平[3]宝字五年のこと、難病[4]が身に降りかかり、首に大きな瓜ほどもある瘤ができました。その痛み苦しむさまは、身を切るほどで、何年経っても治りません。

心のなかで、「前世の因縁によって生じたもので、たんに現世での報いというわけではあるまい。過去からの罪を減じ、病いを癒《いや》すには、善を行う以外にはなかろう」と思いました。そこで、髪を剃り落とし、戒律を受けて、袈裟を着け、その里にある大谷[5]堂に住んで般若心経を唱え続け、仏道の修行に心を尽くしました。

十五年を経て、修行者の忠仙《ちゅうせん》[6]が訪れ、いっしょに堂に住みはじめました。忠仙は、呰女の病いの様子を見て、心から哀れみ看病して、呪文を唱え発願して、「この病いを癒《いや》すために、薬師経《やくしきょう》[7]、金剛般若経《こんごうはんにゃきょう》[8]それぞれ三千巻、観世音経《かんぜおんきょう》[9]一万巻、観音三昧経《かんおんさんまいきょう》[10]百巻をお読み申し上げよう」と言いました。

1 伝未詳。
2 名草郡は現在の和歌山市のあたりだが、埴生里については未詳。
3 七六一年。
4 原文は「怨病」とある。いつまでも執念深く治らない病気。宿病とも。
5 所在など未詳。
6 伝未詳。
7 薬師瑠璃光如来本願功徳経のこと。一巻。
8 金剛般若婆羅蜜経のこと。一巻。
9 法華経の観世音菩薩普門品だけを独立させて一巻としたもの。
10 現存せず。正倉院文書のなかに書名があ

それから十四年を歴《へ》て、薬師経二千五百巻、金剛般若経千巻、観世音経二百巻を読むことができました。そのほか、千手陀羅尼《せんじゅだらに》[11]の呪文は、途切れることなく唱えていました。

それでも、発願した時の巻数を満たすことはできませんでしたが、病いを受けた年から二十八年を経た、延暦六年[12]の冬十一月二十七日の午前八時頃になって、首にできた質《たち》の悪い腫れ物は、自然に割れ目ができて膿汁《うみしる》が流れ出し、元の通りに治りました。

まことに知ったことです、大乗経典の呪文による不思議な力と、病人と行者とが長い年月を積み重ねた功徳とによるものだということを。「仏による広大無辺の慈悲の心は、信心をする者に対して不思議な力を施し、すべて差別のない霊妙なる智恵は、深く信仰する者に明らかな形を示す」というのは、まさにこのことを言っているのであります。

るので実在したのはたしか。

11　千手経のなかの梵語の呪文。

12　七八七年。

官職の権限を借りて、道理に合わない政治を行い、悪報を受けた縁　第三十五

[1]白壁の天皇のみ世、[2]九州の肥前の国松浦《まつら》の郡の人、[3]火の君の一族の男が、突然死んで、[4]琰魔《えんま》の国に行きました。そこで王が取り調べると、死の時期が合わなかったので、もう一度この世にもどしました。

帰り道に眺めていると、大海のなかに釜のような地獄がありました。そのなかに、黒い棒切れのような物があって、沸き返る湯の中で沈んだり浮かび出たりしていました。それが、火の君に向かって、「待ってくれ、言いたいことがある」と言いました。ところが、またすぐ湯が涌き返って沈んでしまい、また浮かび出ると、「待ってくれ、言いたいことがある」と言います。このようなことを三回ほどくり返しました。

ようやく四度目に、「我は、[5]遠江《とおとうみ》の国榛原《はりはら》の郡の者で、[6]物《もの》部《のべ》の古《こ》丸《まろ》だ。我は、生前、精米を京《みやこ》に運送する責任者として

1　光仁天皇のこと。
2　松浦郡は佐賀県から長崎県にかけての広い地域。現在の佐賀県唐津市・伊万里市・東松浦郡・西松浦郡の全域、長崎県佐世保市の一部・平戸市・松浦市・五島市・北松浦郡・南松浦郡の全域。
3　火は肥と同じ、この地の豪族。
4　閻羅王のこと。霊異記ではエンマ（閻魔）という言い方はここだけで使われる。
5　現在の静岡県牧之原市、榛原郡吉田町を中心とした地域。
6　伝未詳。万葉集の

長い年月を過ごしてきたが、そのあいだ、農民たちの物を道理もなく徴収した。その罪の報いによって、今このような苦しみを受けている。願うことには、我がために法華経を書写してくれれば、我が罪を免れることができよう」と言っていました。

それを聞いた火の君は、[7]黄泉《よみ》の国から生き返ると、細かに書物に記して[8]大宰府《だざいふ》に送致しました。大宰府は報告書を読んで、朝廷にその内容を上申しました。朝廷では、本当だとは信じず、太政官のなかの文書を取り扱う弁官局[9]の長官が、その黄泉の国の書状を受け取った上で、代々申し送りにして二十年が過ぎてしまいました。

その後、従四位上[10]菅野《すがの》の朝臣《あそみ》真道《まみち》が、弁官局の長官に任命されてその書状を確認し、山部の天皇[11]に奏上しました。それをお聞きになった天皇は、[12]施皎僧頭《せこうそうず》を招き、仰せになり、「この世の人間が地獄に行って苦しみを受け、すでに二十数年が経っているということだが、許されるものであろうか、駄目だろうか」とお尋

防人歌に「長下郡の物部古麿」の名がみえる(20・四三二七の作者)。郡名が違うので別人であろうが、肥前国の人が地獄で遠江国の人に会うという話の背後に、防人制度の介在を考えるのは興味深い。

7 上30、中7・16、下37など。

8 九州全体を管轄する地方行政機関。福岡県太宰府市に置かれた。

9 原文「大弁」とある。太政官の弁官(左大弁・右大弁があり、従四位上相当官)は、各省とその傘下の役職の監督を任務とする。

10 奈良時代から平安時代初頭の官僚。続日本紀の編纂者の一人。

ねになりました。

そこで僧頭が答えて、「まだまだ苦を受け始めたばかりです。どうしてそのようなことがわかるかと言いますと、この世の人間の百年をもって地獄の一日一夜となっているがためです。まだまだ罪を免れてなどいません」と申し上げました。

天皇はそれをお聞きになって、[13]指を弾き鳴らして、お命じになり、使いを遠江の国に遣わし、古丸の生前の行いを調べさせなさいました。うまい具合に探し出し、調べると報告書の通りで、間違いなく真実でした。

そこで天皇は、出来事を信じて悲しみ、[14]延暦十五年三月七日に、はじめて写経所の役人四人に命じて、古丸のために法華経一部を書写させなさいました。そして、お経の[15]六万九千三百八十四文字に合わせて、信者たちを誘い集め、皇太子や大臣をはじめとして役人たちすべてを信者に加えなさいました。

天皇は、[16]善珠《ぜんしゅ》大徳を招請して講師になし、施皎僧頭に頼んで読《どく》師《じ》となして、[17]旧都になったばかりの平城京の[18]野寺《のでら》において、大がかりな法会を催しました。


天平一三～弘仁五年（七四一～八一四）。大弁時代に大宰府からの解文《げぶみ》を見たということは十分に考えられる。
11 桓武天皇のこと。
12 施暁《せぎょう》のことだとすれば、延暦一六年（七九七）に少僧都になった僧がいる。僧頭は僧都のことで僧正の次の位の僧。
13 弾指《だんし》。喜んだり、後悔したり、許諾したりする時に指を弾いて音を出す行為。
14 七九六年。
15 法華経八巻の全文字数。
16 奈良の秋篠寺の開基。興福寺の玄昉《げんぼう》に師事し、法相宗を学んだ高僧。
17 平城京遷都は七九

そこでは、書写した法華経を講読して福分を贈り、古丸の霊の苦しみを救済しました。

ああ、なんと賤《いや》しむべき者であることよ、古丸よ。

まるで狐が虎の皮を借りて威張りちらすように、道理に合わない政治を行い、悪い報いを受けたことは、因果の報いを考えようともしない賤しい心が、あまりに甚だしかったからであります。

因果というものは、ないということはないのですよ。

四年。七八四年には長岡京遷都。

18 官寺に対する民間の寺院のこととみるのが通説。ある寺院の通称とも。

◎この話に関しては、三浦『増補 日本霊異記の世界』第十講の「文庫追い書き」で取りあげた。類話の下37とともに読んでほしい。

◎以下、実在人物の話が続く。政治家や有名人に関する噂《うわさ》話はいつの時代にも好まれるものらしい。

塔の階数を減らし、幢《はたほこ》を倒して悪報を受けた縁　第三十六

正一位藤原の朝臣永手《ながて》[1]は、諾楽《なら》の宮で天の下をお治めになった白壁の天皇の時代の太政大臣でした。

延暦元年[2]の頃、大臣の子の従四位上家依《いえより》[3]は、父にとって縁起の悪い夢を見たので、父に、「見たこともない兵士ら三十人あまりがやって来て、父上を召し連れて行きました。これは、縁起の悪いよくない前兆《ぜんちょう》です。それゆえに、仏を祈りお祓いをしてくださいと進言しました。そのように言って注意を促したのですが、父は従おうとはしません。

その後に、父は亡くなってしまいました。

その当時、子の家依は長いこと病気にかかっていましたので、禅師や優婆塞を招請し、呪文を唱えて病気を鎮めようとしましたが治りません。

その時、看病をしている人たちのなかに、ひとりの禅師がいました。仏に誓願して言うことには、「およそ仏に帰依して修行す

1　藤原不比等の子、房前の二男。聖武から光仁にわたる五代の天皇に仕えた。宝亀二年(七七一)没、五八歳。
2　七八二年。とすれば、永手はすでに没して一一年を経ている。あるいは、永手が没する前年の宝亀元年の誤りか。
3　藤原永手の長男。延暦四年(七八五)没。宝亀元年の頃だとすれば、位階は従四位であった。延暦元年なら従三位なので、この年に誤りがあるか。

る大本《おおもと》は、他人を救い、命を活かすことにあります。今、私の寿命をこの病人に譲り与え、わが身に代えましょう。仏法の力がまことにあるならば、病人の命よ、活きよ」と、そう唱えながら、自らの命もかまわず祈禱し続けました。

そして、手のひらに真っ赤におこった火を乗せ[4]、その火で香を焚きながら歩きまわって読経し、陀羅尼[5]の呪文を唱えながら突然走りだしたかと思うと転がりました。

すると病人である家依に霊が依り憑いて、しゃべりだしました。

おれは永手である。おれは、法華寺《ほっけじ》[6]の幢《はたほこ》を倒させ、後には西大寺[7]の八角の塔を四角に変えさせ、七層であったのを五層に減じさせてしまった。

これらの罪によって、おれを閻羅王《えんらおう》の宮殿に召し出し、火の柱を抱かせ、折れ曲がった釘をおれの手のひらに打ち立て、罪を問うては釘を打ち込み迫る。

今、閻羅王の宮殿のなかは煙で充満している。王が、「何なんだ、この煙は」と問うと、傍らの者が答えて、「永手の

4　行法の一つとしてあったのではないか。修行者が、焚き火の上を素足で歩くという行法は今も見かける行法である。
5　お経のなかの梵語のままの呪文を音読すること。ここは法華経の陀羅尼。
6　奈良市法華寺町。法花寺とも。光明皇后が父不比等の邸を寄進して建てた尼寺。
7　奈良市西大寺芝町。南都七大寺の一。称徳天皇の発願により、天平神護元年(七六五)創建。金剛四天王像が安置された。寺の名称は、東大寺に対して西に置かれたことによる。

子、家依が病気になって痛み苦しみ、呪願する禅師が手のひらで香を焚いている煙です」と言う。

するとと閻羅王は、おれを放免して地獄から追い返しなさった。しかしながら、おれの体は焼かれていて、入るところがない。そのために、中空でさまよっているのだ。

そう言うと、食事もとれなかった病人はご飯をほしがって食べ、病気が癒えて、起き上がることができるようになりました。

それ、幢《はたほこ》というのは転輪王[8]の善報を招き寄せるためのものであります。塔というのは三世《さんぜ》[9]にわたって出現する仏の遺骨を収めておく宝蔵です。

そういうものですから、幢を倒したために罪を受け、塔の高さを減らしたために罪を被ることになったのであります。

恐れないではいられません。

これはまさに、すぐ近くに起こった現報なのであります。

8　輪宝（戦車のようなもの）を転がして敵対するものを降伏させ、世界を仏法で統御する聖王。

9　ここは、過去・現在・未来をいう。

因果について考えることもせずに悪行をなし、罪の報いを受けた縁　第三十七

従四位上[1]佐伯《さえき》の宿禰《すくね》伊太知《いたち》は、[2]平城《なら》の宮で天の下をお治めになった天皇のみ世の人でした。

その当時、奈良の京《みやこ》に住んでいた人が筑前国に出かけて病気になり、そのまま死んで閻羅王《えんらおう》の宮殿に行きました。

目には見えませんが、叩かれる男の声が大地を響かせて聞こえてきました。男は、「痛いよ、痛いよ」と、叩かれるたびに叫んでいました。

閻羅王がそばにいる冥界の役人に、「この男は、現世において、いったいどんな功徳や善行をなしたのか」と尋ねると、役人が、「ただ法華経一部を書写しただけです」と答えていました。王が、「犯した罪を[3]法華経の巻数にあてはめてみよ」と仰せになるので、役人は巻の数に比べてみましたが、罪の数の多さは無量無数で数えきれません。そこで、法華経の文

1　佐伯は武門の氏族。伊太知は伊太治・伊達とも。天平宝字八年（七六四）、恵美押勝（藤原仲麻呂）の乱で功を立てる。神護景雲二年（七六八）に従四位上。生没年未詳。

2　元明天皇以降、重祚を含めて平城宮には八代の天皇を数えるが、伊太知が続日本紀に出てくるのは天平宝字八年（七六四）従五位下昇叙から宝亀二年（七七一）下野守兼任までである。前後の時期を考慮すれば、聖武以降六代の天皇に仕えたと思われる。

字数六万九千三百八十四文字[4]に比べてみましたが、なおも罪の数のほうが多くて救うことなどできそうにないということでした。

それを知った王が、手を打って仰せになることには、「これはまたひどいものだ。世間の人間どもが罪を犯し苦しみを受けるさまをたくさん見てきた。しかし、いまだかつて、この男ほどたくさん罪を犯したやつなど見たことがない」と。

そこでわたしはこっそり、そばにいる人に、「その叩かれている人はだれですか」と聞くと、「佐伯の宿禰伊太知である」と答えてくれました。

それで私は、その死人のさまをよく聞き覚えて、そのまま黄泉《よみ》の国から帰ったと思った途端、生き返っていました。

帰ってのち、黄泉[5]の国のさまを報告書にまとめて、大宰府[6]に提出しました。ところが大宰府では言うことを信じませんでした。そこでその人は、機会を見つけて船に乗って京にもどり、京のなかで、伊太知の卿《きみ》が閻羅王の宮殿で捕らえられ、ひどい苦しみに

3　全八巻。
4　下35に出てきたのと同じ、法華経八巻の全文字数。
5　下35参照。
6　不思議な体験に関する報告書。文書の時代になっていることがわかって興味深い。大宰府への報告書については、下35参照。

遭っている状《さま》を話し[7]聞かせました。

するとと、妻子らがそれを聞いて、心から哀しんで言うことには、「亡くなって四十九日が経つまで、その霊魂のために、善行に勤め、福分があるように供養をしっかりすませました。それなのにどうして、思いもしないことに、悪道に堕《お》ちてひどい苦しみを受けているのでしょう」と。

そして改めて、法華経一部を書写し、ていねいに供養を行って、その霊の苦しみを救いました。

これもまた不思議な出来事であります。

7　人々に言いふらすことによって話は伝播する。京がその恰好の場所であったことはいうまでもあるまい。

◎下35と同型の話である。地獄巡り（冥界訪問）の体験について大宰府に報告書を提出するというようなことが実際に起こっていて、役所の側では困惑していたと考えるとおもしろい。宗教に取りつかれた人のあいだでは、今でもこの程度の体験なら語られていそうな気がする。

災《さい》や善《ぜん》の前兆がまず現れ、のちにその災や善の答えを被った縁　第三十八

さて、善や悪の前兆[1]が現れ出ようとする時は、その善や悪の前兆が、事前にあるもののすがたをとって天の下の国々をめぐり歩き、歌[2]となって広がり示されます。すると、天の下の国人《くにひと》たちは、その歌声を聞いて外に出ると、みずからも歌い伝えて歩きまわるというわけです。

諾楽《なら》の宮で二十五年のあいだ天の下をお治めになった聖武天皇が譲位なさった後のことになりますが、太上天皇は、大納言藤原[3]の朝臣仲麻呂をお召しになり、御前に座らせて仰せになることには、「朕《わ》が子　阿倍《あべ》[4]の内親王《ひめみこ》と道祖《ふなど》[5]の親王《おおきみ》との二人に天の下を治めさせようと思うが、どうだろう。この話を承知してくれるか、駄目か」と。

仲麻呂は、お答えして、「たいそうすばらしいことと存じます」と言い、天皇の要望を受け入れました。

そこで天皇は、誓約の御酒《みき》を飲ませて誓わせ、仰せになって、

1　原文は「表相」。

2　この種の歌は日本書紀では「童謡《わざうた》」と呼ばれる。歌われている内容が後に生じる事件と結びつけて説明されるという構造。霊異記ではそれを、仏教的な因果応報として説明する。

3　恵美押勝のこと。武智麿の子で不比等の孫。橘奈良麻呂の乱(中40)を鎮圧するも、道鏡排斥に失敗し、七六四年九月に処刑。下7参照。

4　聖武天皇と光明皇后とのあいだに生まれたむすめ。孝謙(称徳)天皇となる。

「もし朕《われ》が言い遺すことばに背くようなことがあれば、天地《あめつち》の神がみがお前を憎み、大いなる災難を被ることになるであろう。仲麻呂よ、この場で誓いを立ててくれ」と言われた。そこで仲麻呂は、誓いを立てて、「もし私《わたくし》めが、後の世において太上天皇の仰せに背くようなことがあれば、天《あま》つ神も地《くに》つ祇《かみ》も、私めを憎み、怒りをあらわにして大きな禍《わざわ》いを被り、身を傷つけ、命を失うことになるでしょう」と申し上げました。

このように誓わせ、酒を酌み交わして誓約をすませました。

そして後に、聖武太上天皇が崩御なさったあと、遺された仰せの通りに、孝謙天皇は道祖《ふなど》の親王を皇太子になさいました。

[6]その太上天皇の大后《おおきさき》であった光明《こうみよう》皇后が諸楽《なら》の宮でご存命であった時、天の下の国々をあげて[7]流行《はや》り歌が流れ、次のように歌っていました。

[8]年《わか》少《う》く失せし王《みこ》　宝失せし王や
破《わ》れたる玉　排《やぶ》れたる綾《あや》はよ
しが命《いのち》　いくばくに贖《あか》はむ

5　天武天皇の孫、父は新田部皇子。皇太子の件は、続日本紀天平勝宝八年(七五六)五月二日条に遺詔あり。

6　聖武太上天皇の没後、むすめ阿倍内親王が即位(孝謙天皇)。光明皇后が存命であることを強調したものか。

7　何かの事件を暗示して流れ広がる歌。あとになって事件と結ばれる。「童謡」。

8　以下、一連の歌は難読で定訓がない。試みに訳したが、童謡は多くが難解。

衰《おとろ》へたり　[9]魮䱷《ひもく》らはよ
しが命　いくばくに贖はむ

（年若く死んだ王、宝を失った王よ）
（割れてしまった玉、破れてしまった綾衣よ）
（おめえの命、なんぼで買ってもらおうか）
（弱ってしまった比目魚《ひもくぎょ》どもよ）
（おめえの命、なんぼで買ってもらおうか）

そして、孝謙天皇ならびに光明皇后のみ世、[10]天平勝宝九年八月十八日に、改元があって天平宝字元年になりました。

その年のこと、皇太子であった道祖の親王を大宮の東の[11]殿から放り出し、牢獄に押し込めて殺してしまいました。あわせて[12]黄文《きふみ》の王、[13]塩焼《しおやき》の王、また関与する氏々《うじうじ》の人たちもいっしょに殺してしまいました。

また、天平宝字八年十月には、[14]大炊《おおい》の天皇が先の天皇との争いに敗れ、天皇の位を退かされ淡路《あわじ》の国に閉じこめられてしまいました。その前には、[15]□□□ならびに仲麻呂ら一門の者をともに殺

9　カレイと訳すのが通説。二匹が目を並べて泳ぐという中国の空想上の魚「比目魚」とみなした。王たちの仲のよさをいうか。
10　七五七年。
11　底本欠損だが、東宮と解した。天平勝宝九年（七五七）三月、孝謙天皇が群臣に諮り、聖武太上天皇の服喪中に淫らなことがあったとして廃太子を決定。拷問により獄死。
12　天武天皇の孫、父は長屋王。橘奈良麻呂の乱で獄死。
13　天武天皇の孫、父は新田部皇子。奈良麻呂の乱では罪は免れたが、藤原仲麻呂（恵美押勝）に加担し、天平宝字八年（七六四）九月

しました。

先ほどの天の下がこぞってうたったという歌は、これら親王たち貴族たちが滅亡する前兆として表れたものでした。[16]

また、同じく光明の大后がいました時に、天の下の国々でこぞって歌われた流行り歌がほかにもありました。

法師らを　裙着《もは》きたりと[17]
な侮《あなづ》りそ
そが中に　腰帯・薦槌《こもづち》懸《さが》れるぞ[18]
いや発《た》つ時々　畏《かしこ》き卿《きみ》や
　　（坊主どもを、女のように裳をはいていると
　　（侮ったりしてはなりませんぞ）
　（その中には、腰帯や薦槌が下がっておりますぞ）
　　（おっ立った時には、恐ろしい方ですぞ）

に近江の地で仲麻呂一族とともに殺される。

14　淳仁天皇のこと。天武天皇の孫、父は舎人皇子。道祖王が廃されたあと、天平勝宝九年四月、仲麻呂に推挙されて皇太子となり、天平宝字二年（七五八）即位。のち仲麻呂の乱により廃帝、淡路島に流され、天平神護元年（七六五）一〇月に病死（暗殺か）。

15　底本に欠損あり。

16　以下、景戒の評語。この話では途中に何回も評語が入る。

17　僧が腰に着けた衣（布）。ふつう裳を着けるのは女性。

18　腰帯・薦槌ともに道鏡の一物の隠喩。

また、このようにも歌われていました。

わが[19]黒みそひ
股《また》に寝たまへ
人と成るまで

（わが黒ずんだふぐりに寄り添って）
（股のあいだでおやすみなされ）
（一人前におなりになるまで）

女帝称徳天皇のみ代、[20]天平神護元年の年初に、[21]弓削《ゆげ》氏の僧・[22]道鏡法師は、[23]皇后と同じ枕に交わりをむすび、天の下の政治《まつりごと》を掌握して天下を治めました。この歌は、道鏡法師と皇后とが同じ枕に情交し、天下を支配したことに対する[24]表《しるし》と答えとが現れたものであります。

また、同じ大后の時に歌がありまして、このようにも歌っておりました。

19　「そひ」はふぐりのこと。多田一臣氏より教示を得た。

20　七六五年。前年一〇月に淳仁天皇が廃され淡路に幽閉。孝謙太上天皇が重祚《ちょうそ》して称徳天皇となる。

21　道鏡は河内国若江郡弓削を本拠とする弓削氏の出。大阪府八尾市に弓削の地名が遺る。

22　法相宗の僧。文武四年（七〇〇）～宝亀三年（七七二）。天平宝字五年（七六一）頃から孝謙天皇との関係が深まり絶大な権力を手中に収める。仲麻呂の乱後に太政大臣禅師となり、天平神護二年（七六六）には「法王」となって政治的な実権を掌握。宝亀元年（七七〇）、称徳

まさに　木《こ》の本《もと》を見れば
大徳　食《を》し肥《ふく》れて
立ち来《きた》る

（まさしく、木の根元を眺めると）
（道鏡様が、肥え膨《ふく》らんで）
（おっ立ててやってきなさるよ）

この歌からは、まざまざと知ったことであります、同じ時に、道鏡法師を法皇[25]《ほうおう》とし、鴨[26]《かも》氏の僧、韻興[27]《いんごう》法師をもって法臣[28]《ほうしん》参議となして、天の下の政治を掌握なさった前兆であるということを。

また、諸楽の宮で二十五年のあいだ天の下をお治めになった聖武天皇のみ世のこと、天の下をこぞってうたわれた歌があり、このように歌っておりました。

朝日さす　豊浦[29]《とゆら》の寺の
西なるや　おしてや

天皇没後、下野国の薬師寺（栃木県下野市）に左遷され、宝亀三年（七七二）に当地で没した。暗殺説あり。
23 称徳天皇のこと。
24 何かの事件の前には、事件を暗示する前兆が現れるというのが景戒の認識。霊異記ではそうした前兆（表）と後に出現した結果（答）とを、仏教的な因果として説明する。
25 続日本紀「法王」。
26 賀茂氏と同じ。もとは祭祀の家筋。
27 続日本紀に「円興」という名で出る。
28 続日本紀に、円興禅師に「法臣」、基真《きしん》禅師に「法参議大律師」を授けたとある（天平神

[30]桜井に　おしてや　おしてや
桜井に　[31]白玉《しらたま》沈《しづ》くや
吉《よ》き玉沈くや　おしてや　おしてや
しかしては　国ぞ栄えむ
我家《わぎえ》ぞ栄えむや　おしてや

（朝日かがやく、豊浦寺の）
（西のところの　オシテヤ）
（桜の井戸には　オシテヤ　オシテヤ）
（桜の井戸には、白い真珠が沈んでいるよ）
（立派な玉が沈んでいるよ　オシテヤ　オシテヤ）
（そうであるならば、国は栄えることだろう）
（わが家も栄えることだろう　オシテヤ）

のちに、称徳天皇のみ世、神護景雲[32]四年の八月四日に、白壁[33]の天皇が皇位に就かれました。
同じ年の冬十月一日に、筑紫[34]の国がめでたい[35]亀を献上してきたので、改めて宝亀元年と改元し、天の下を治めなさいました。

護二年一〇月二〇日）。僧籍（法）のまま政治を行う大納言や参議の役割を兼ねた。
29 奈良県明日香村にあり、推古天皇が小墾田の宮に移ったあとの、豊浦の宮跡に建てられた寺。最古の尼寺。小墾田の宮の地には桜井寺が建っており、その地と交換したために、豊浦の宮に移った桜井寺は豊浦寺と名を改めたらしい。
30 井戸の名。桜井寺が建っていたところ（のちの小墾田宮の地）にあった井戸らしい。桜の木があったか。
31 真珠。白壁王の譬喩。
32 七七〇年。改元して宝亀元年。

ここからはっきりと知らなければなりません、先ほどの歌は、白壁の天皇が天の下をお治めになるという前兆であったのだということを。

また諸楽の宮で国を支配なさった称徳天皇のみ世に、国をあげてうたわれていた歌がありました。

大宮に　直《ただ》に向かへる
山部《やまべ》の坂　いたくな踏みそ
土にはありとも

（宮殿に、まっすぐに向き合っている）
（山部の坂よ、ひどくは踏みつけないでくれ）
（土ではあったとしても）

のちに、白壁の天皇のみ世の天応元年[36]四月十五日、山部[37]の天皇が、皇位にお就きになり、天の下をお治めになりました。

33　光仁天皇。
34　九州全体の呼称。
35　続日本紀によれば肥後国から白亀が献上され宝亀と改元。
36　七八一年。
37　桓武天皇。

ここからはっきりと知らなければなりません、先ほどの歌は、山部の天皇が天の下をお治めになる前兆であったのだということを。

山部の天皇のみ世、延暦[38]三年冬十一月八日の夜の八時から翌朝の四時頃にかけて、天空[39]の星が目まぐるしく動きまわり、入り乱れるようにして流れ動きました。

同じ月の十一日に、天皇と早良《さわら》[40]の皇太子が、諾楽の宮から長岡[41]の宮にお移りになりました。

天の星が飛び移ったのは、まさに天皇が宮を移される前兆だったのであります。

次[42]の年の秋九月十五日の夜のこと、満月でありながら夜を徹して月[43]の面がまっ黒で、光が消え失せて空は闇《くら》いままでした。

同じ月の二十三日午後十時頃、式部卿[44]正三位藤原[45]の朝臣種継《たねつぐ》が

38 七八四年。

39 流星群があった。

40 光仁天皇の子。桓武天皇の弟で、皇太子となるも廃され、異常死を遂げる。

41 延暦三～一三年（七八四～九四）、現在の京都府向日《むこう》市・長岡京市にあった。

42 七八五年。

43 皆既月食か。

44 式部省の長官。人事考課、礼式や叙位などを担当し、大学寮を監督する役所。

45 藤原宇合の孫、父は藤原清成。桓武天皇に寵愛され長岡京遷都に貢献するも暗殺される。

長岡の宮の島町[46]で、近衛[47]の舎人《とねり》であった雄鹿《おじか》[48]の宿禰《すくね》木積《こづみ》と波々岐《ははき》の将丸《もちまろ》に射殺《いころ》されてしまいました。

あの夜、月の光が消えてしまったのは、まことに種継卿が死に亡《う》せる前兆だったのであります。

46　長岡の宮の西にあったという住宅街。種継暗殺事件の現場。
47　天皇を護衛する近衛府の舎人。
48　二人は種継暗殺事件の直接の下手人。首謀者は大伴継人ら大伴一門を中心に、早良親王と親密な貴族で遷都反対派だった。首謀者十数名は斬首、複数人が流罪。大伴家持も嫌疑をかけられ官籍を剥奪される。

同じ天皇のみ世[1]、延暦六年[2]の秋九月四日午後六時頃に、愚僧景戒《きょうかい》は、にわかに慙愧《ざんき》の心を抱き、憂え嘆きました。

ああ、恥ずかしいことよ、つらいことよ。

この世に生まれて命を長らえながら、わが身を保つ手立てがない。因果応報の道理のなかに身をまかせるゆえに、あらゆるしがらみにがんじ搦《がら》めになり、つまらぬ煩悩にまとわりつかれたままで、六道《ろくどう》[3]を輪廻し続けて生死をくり返し、あちこち駆けずり回りながら生き恥をさらしてきた。

僧となっても在俗の生活を営んで妻子をもっている。養い与える物とてなく、食べる物がなく、塩がなく、衣もなく、薪もない。あらゆる物すべてがなく思い悩むばかりで、わたしの心は休まる暇《いとま》とてない。昼も飢え凍《こご》え、夜もまたひもじく寒い。

1　桓武天皇。
2　七八七年。
3　人の行いにより死後に住むとされる世界のことで、地獄・餓鬼・畜生・阿修羅・人間・天上の六つがある。

わたしは、前世において他人に施しをするという善行さえ積んでいなかったのだ。なんと道理を知らない心しかもたない人間であったことよ、恥ずべきことしかできない人間であったことよ。

そのように嘆いて眠りに就いたところ、夜中の十二時頃になって夢を見ました。

乞食《こつじき》する者が、わたし景戒の家に来て、経を読み教え導いて、「上品《じょうぼん》[4]の善行を積めば一丈七尺[5]の長身を得ることができ、下品《げぼん》の善行を積めば一丈の身を得ることができる」と言いました。

そのことばを聞いたわたしが、振り返って乞食を眺めると、紀伊の国名草《なくさ》[6]の郡《こおり》のなかの楠見《くすみ》の粟の村に住む沙弥の鏡日《きょうにち》[7]でした。ゆっくりと近づいて見ると、その沙弥の前には長さ二丈ほど、幅が一尺ほどの板の札《ふだ》がありました。そして、その札には一丈七尺と一丈と、二つの印《しるし》が付いていました。わた

4 善行には上品・中品・下品の三段階がある。
5 約五メートル。
6 名草郡は和歌山市の大部分と海南市の一部。粟村は現在の和歌山市粟(紀ノ川北岸)のあたり、楠見は粟を含めた紀ノ川北岸一帯をいうか。
7 伝未詳。景戒の知り合いの自度僧のように語られる。

し景戒はそれを見て、「これは、その上品と下品との善行を修めた人の身の丈《たけ》を示す印なのか」と問うと、答えて、「そうだ」と言いました。

そこでわたしは、慙愧《ざんき》の心があふれ出て、指をはじく[8]と、「上品・下品の善行を積めば、これほどにも高い身長を得ることができたのだ。それなのにわたしは、前世においてただ下品の善行をも行おうとしなかった。そのためにわたしは、親から受けた体はただ五尺[9]あまりしかなかったのだ。愚かなことであることよ」と言いながら、指を弾いて悔やみ憂えました。

そばにいた人は皆、それを聞いて、「ああ、まったくその通りです」と言っています。

そこでわたし景戒は、炊《た》こうとしていた白米から半升ほどを分けて捧げ、その乞食に施しました。乞食は呪文を唱えて施しを受け、すぐさま巻物を取り出し景戒に授けて、「この書物を書写しなさい。人を仏の道に教え導くための、すぐれた書物だ」と言いました。わたし景戒が見てみると、ことば

8 許諾、歓喜、警告などさまざまな感情を示す際に弾指《だんし》して音を出す。

9 約一・五メートル。当時の成年男子としても少し背が低かったか。ただし、あくまでも夢の中の出来事で、現実の景戒の身長とはいい切れない。

の通りに良い書物『[10]諸教要集《しょきょうようしゅう》』でした。
それで、わたし景戒は悲しんで、「紙がないのをどうすればよいでしょう」と言うと、乞食の沙弥は、こんどは[11]反故《ほご》を取り出し、わたし景戒に授けて、「この紙に写すのがよかろう。私はこれから余所《よそ》に行って乞食しながら帰ってくるから」と言いました。そうして、板の札と書物を置いて去っていきました。

そこでわたし景戒が、「この沙弥は、いつもは乞食をするような人ではない。どうして乞食をしているのでしょう」と言うと、そばにいた人が答えて、「子どもがたくさんいて、養おうにも物がないので乞食して養っているのだ」と、こう言うのでした。

この夢の答えはまだはっきりしていません。ただ考えられるのは、仏による貴いお諭《さと》しではないかということです。沙弥というのは[12]観音の変化《へんげ》でありましょう。どうしてそのように考えるかというと、いまだ正式の僧になる戒律を受けていない

10 『諸経要集』のことという。唐の道世が集めて分類した書。この書をもとにして『法苑珠林』ができた。

11 原文「本垢《ほぐ》」とある。書き古した紙。反故の裏を再利用するのはごくふつうのこと。

12 観世音菩薩。菩薩は、悟りを求める衆生（一切の生物）のこととされる。

者を名付けて沙弥と呼んでいます。観音というのもまた、そうした存在です。仏としての悟りに到ってはいますが、数えきれない迷いの中にいる人間どもを救済するために、仏になる前の修行者の段階におられるのです。

乞食するというのは、法華経[13]「普門品《ふもんぼん》」に説かれている三十三[14]種に姿を変じるなかの一つとしてあります。

上品の一丈七尺というのは、浄土におけるあらゆる徳の因縁と結果とを表しています。一丈というのは果ての数で満ちたりて完全なこと、七尺というのは因の数で満ちたりていないことをいいます。下品の一丈というのは、人間界と天上界とにおいて煩悩が漏れ出ていることの表れです。

慙愧の心があふれ出て指をはじくというのは、すべての人間がもっている核のようなもので、それに智恵と修行とを加えれば、はるかな前世において犯した罪でさえ滅じることができ、永遠に来世における善を手にすることができるのです。慙愧する人は鬚《ひげ》や髪を剃り落とし、袈裟を着用します。指をはじく人は罪を滅じ福を得るのです。

13 法華経の観世音菩薩普門品のこと。

14 さまざまに神通変化して観音は衆生を救済するとされ、そのために千手観音・十一面観音・馬頭観音など三十三種の姿に変身するという。

わたしが親から受けた体は五尺あまりというのは、五尺は五つの迷いの世界に搦められていることをいいます。「余《あまり》」というのは、上界か下界かがはっきり定まっていないことであり、心を尽くせば上界に向かえるということでしょう。どうしてそうかといえば、尺でもなく丈でもなく、「余」があって数が定まっていないために、[15]五つの迷いの世界をめぐることになるという因縁になるのであります。

白米を捧げて乞食に献《たてまつ》るというのは、大きな白い牛が引く立派な車に乗って迷いの世界から離れたいために、願《がん》を起こして仏像を造り、大乗経典を書写し、心をこめて善行を積むということです。乞食が呪文を唱えて施しを受けたというのは、観音がわたしの願いに応じてくださることをいうのです。

巻物を授けるというのは、後天的に新たな力を重ねて修行を続けることによって人は空《くう》であることを知ることをいうのです。反故を取り出すというのは、前世において、先天的にもっている善の因縁となる悟りを求めようとする心が、ものに覆《おお》われてしまって長いあいだ形をあらわさなかったのに、その悟りを求める心に

15　衆生が自ら作った業《ごう》により生死をくり返す世界で、六道と同じ。六道の地獄・餓鬼・畜生・阿修羅・人間・天上のうち、阿修羅を除いた五つ（阿修羅は地獄の一部）。

すがって善行を積むことによって後に得られるようになったことをいうのです。

私はこれから余所に行って乞食するというのは、観音の広大な慈悲が、仏法の行われる世界にあまねく広がって衆生を救済なさることをいいます。帰ってくるというのは、わたくし景戒が願っていることが叶えられた時には、福徳や智恵を得させようということなのです。

いつもは乞食するような人ではないというのは、わたし景戒が願を立てて行動しない時には、何も応じることがないということをいうのです。どうして乞食をしているのでしょうというのは、今こそ願いに応じて少しずつ福が与えられるということです。

子どもがたくさんいてというのは、教え導く多くの人びとのことをいいます。養おうにも物がないというのは、根源に仏に向かおうとする因子をもたない人間は、仏道を成就させることができないことをいいます。

乞食して養っているというのは、人間界や天上界に行くことのできるきっかけを得させるようにすることをいいます。

◎ここに示された自分の見た夢の分析から想像するに、景戒という人は冷静・沈着な性格であったと思われる。いささか粘着質なところがあったようだ。

またもう一つ、愚僧景戒が見た夢があります。延暦七年[16]の春三月十七日の夜に見た夢です。

わたし景戒が死んだ時のこと、薪を積んで死んだ体を焼いています。そこで、わたし景戒の魂《たましい》[17]は体を焼いているそばに立って見ていたのですが、なかなか思うとおりには焼けてくれません。そこで急いで、みずから木の枝を拾い、その枝を焼かれている自分の体に突き刺し、鉄串《かなぐし》を串刺しにしてひっくり返すようにして体を焼きました。前から焼いている他《ほか》の人にも教えて、「わたしのようにうまく焼きなさい」と言っています。

自分の体が焼かれるのを見ていると、脚《あし》の膝節とか、臂《ひじ》とか、頭《かしら》とか、みな段々と焼かれながら切れ落ちます。それを見て、わたし景戒の魂は声を出して叫びます。そばに立っている人の耳に口を当てて叫びながら遺言を語り伝えるのですが、その語り伝える声は空しく響くばかりで聞こえてはいな

16　七八八年。

17　ここからも、景戒の冷静な観察眼が窺える。古代の火葬は露天で死体が焼かれたので、焼ける遺体は直視できたらしい。

いようで、立っている人は何も答えてはくれません。
ここに、わたし景戒はあれこれ考えをめぐらし、死んだ人の魂というのは声がないために、わたしが叫んでいることばは相手に聞こえないのだと思い至りました。

この夢の答えはまだ出ていません。ただ考えるに、あるいは長命を得るしるしでありましょうか、もしくは官位を得るのでしょうか。今後、夢に見た結果が表れるのを待って判断するしかありません。

そのように思っていたところ、延暦十四年の冬十二月三十日[18]のこと、わたし景戒は伝灯住位《でんとうじゅうい》[19]の位を得ることができました。同じく桓武天皇が平城宮で天の下をお治めになっていた延暦十六年[20]の夏四月か五月の頃、わたし景戒が室内におりますと、毎晩欠かさず狐が鳴きました。それとともに、わたし景戒が個人的に造った僧堂[21]の壁を狐が掘りかえして内に入り、仏を安置する台座の上に屎《くそ》をして穢したり、ある時には昼間から住まいに向かって鳴くこともありました。そういうことが続いて二百二十日あまり

18 七九五年。平安京遷都は前年の延暦一三年に行われた。
19 官僧には、僧綱《そうごう》と呼ばれる僧尼を統括し法務を統轄する僧(僧正・僧都・律師など)の下に、凡僧と呼ばれる法師位の一般僧がおり、その僧位は、伝灯(仏教の法灯[法脈]を受け継ぐ意)位と修行位との二系列の区分があり、それぞれの系列ごとに大法師位・法師位・満位・住位・入位・無位の段階があった。
20 七九七年。
21 後年景戒は薬師寺の僧となるが、一方で私堂(あるいは自宅)をもち、そこで修行を続けていたらしい。

経った十二月十七日に、わたし景戒のむすこ[22]が死にました。

また、[23]十八年の十一月から十二月にかけて、わたし景戒の家で狐が鳴き、また時々ですが夏の虫が鳴きました。すると、翌十九年の正月十二日になって、わたし景戒の馬[24]が死んでしまいました。また、同じ月の二十五日にも別の馬が死にました。

これによって、はっきりとわかりました、災いの前兆がまず先に表れ、その後《のち》にその実《じつ》の災いが襲ってくるのだということを。それなのに、わたし景戒は、いまだ[25]軒轅《けんおん》黄帝の[26]陰陽の術を調べることもせず、いまだ[27]天台智者《てんだいちしゃ》の奥深い理法を理解することもできないでいます。

そのために災いを免れる方法もわからず、その災いを受けるばかりです。それなのに災いを除く方法を究めようともせず、滅んでしまうことへの愁いを身に受けるばかりです。

態度を改め、仏の道をたゆまず修行しなければなりません。因果の理法を恐れなければならないのです。

22　景戒は妻子をもって世俗生活を送っていた。
23　七九九年。
24　自活用に農耕馬を所持していたか。
25　黄帝は古代中国の伝説的な聖帝。軒轅は出生地名による氏の名。
26　五行説によって吉凶を判断する方法。天文・暦法・占いなどを用いる。
27　天台教学を樹立した中国の高僧智顗《ちぎ》の学問をいう。下巻「序」にも引く。

智・行ともに具えた僧が、人の身を得て国王の子に生まれた縁　第三十九

僧である[1]善珠禅師《ぜんしゆぜんじ》は、俗姓は[2]跡《あと》の連《むらじ》でした。母方の姓を受けて跡の氏になりました。幼い時、母とともに[3]大和の国山辺《やまべ》の郡《こおり》磯城《しき》島《しま》の村に居住しました。

のちに仏門に入り熱心に勉学にはげみ、智恵も徳行も兼ね備えた僧になりました。臣下に敬われ、僧にも俗人にも尊敬され、仏の道を広めて人びとを導くことを自らの勤めとしていました。

このために、天皇は、そのすぐれた修行を誉《ほ》めて、[4]僧正に任命しました。その禅師の顎《あご》の右のほうには、大きなほくろがありました。

平城《なら》の宮で天の下をお治めになった[5]山部の天皇のみ世、[6]延暦十七年頃のことですが、善珠禅師は、みずからの命が尽きる時になり、世間の習慣にならって[7]飯占《いいうら》をしました。すると、[8]神霊《みたま》が[9]卜者《かんなぎ》に依り憑いて、次のように託宣しました。

1　奈良の秋篠寺の開基。興福寺の玄昉《げんぼう》に師事し、法相宗を学んだ高僧。下35参照。

2　氏の名は阿刀とも。連はカバネ。

3　山辺郡は奈良県天理市を中心とした地域。磯城島は磯島とも表記し、奈良県桜井市の中心部。ここは城上郡《しきのかみのこおり》(式上郡とも)に属し、山辺郡は誤りらしい。

4　僧綱《そうごう》と呼ばれる僧尼を統括し法務を統轄する僧には、僧正・僧都・律師などの段階があり、その最高位が僧正。

5　桓武天皇。

私はかならず、日本の国王の夫人《ぶにん》である[10]丹治比《たじひ》の嬢女《おみな》の胎内に宿って、王子として生まれよう。私の顔のほくろが付いて生まれることによって、その真偽はわかるはずだ。

亡くなった後、延暦十八年頃のことですが、丹治比の夫人《ぶにん》がひとりの王子を生みました。そのあごの右のほうにほくろがあり、そのさまは、先の善珠禅師の顔のほくろとそっくりで、失せることなく付いたまま生まれました。

そのために、名を大徳《だいとこ》の親王《みこ》と名付けました。その後、王子は三年ほどこの世にいましたのちに、お亡くなりになりました。その時に、飯占《いいうら》をして問うたところ、[11]大徳の親王の霊《みたま》が卜者《かんなぎ》に依り憑いて、次のように託宣しました。

私は、まさに善珠法師である。しばらくのあいだ、国王の子に生まれただけである。私のために香を焚いて供養してくれ。

6　七九八年。
7　飯を炊いてそのでき具合によって判断する占いか。死に際して占いをするというのは中16にもあったが、そちらは異常死であった。日常の死に際しても巫者による託宣が行われていたことがわかる。ちくま学芸文庫本では、「死後どのような世界に転生するか」を知るためという。あるいは、死に臨んで何らかの異常が認められる時などに原因を探ろうとして占いをするか。
8　善珠禅師の神霊が出てきて寄り付いたのである。
9　神を寄せるシャーマン。男女ともにいる。口寄せ。

これによって、まことに知ったことです、善珠大徳は、ふたたび人の身に生まれ変わって天皇の子として生まれたのだということを。

経の教えに、「人は、その分に応じて、それぞれの家に生まれる」とあるのは、まさにこのことを言うのであります。

これもまた不思議な出来事であります。

10 従三位丹治比真人《まひと》真宗《まむね》のことで、延暦一六年に夫人となったと『一代要記』にある。参議丹治比長野のむすめ。

11 桓武天皇の皇子。延暦二二年（八〇三）六歳で死去した（日本紀略）。

◎このような話を広めて朝廷に咎められるようなことはなかったのか。天皇の「血」に対する認識はどこまで強かったのか疑問になる。

[1]また、[2]伊与《いよ》の国神野《かみの》の郡のなかに山があり、名を[3]石槌《いしづち》の山と言います。これはつまり、山に石槌の神がいますがための名です。その山は高く険しく、ふつうの人は登ることができません。ただ熱心な修行者だけが山に入って修行をしています。

昔、諾楽《なら》の宮で二十五年のあいだ天の下をお治めになった聖武太上天皇のみ世、同じ宮で九年のあいだ天の下をお治めになった[4]帝姫阿倍《ていきあべ》の天皇のみ世ということになりますが、その山で修行する僧がおり、山に入っておりました。その名を[5]寂仙《じやくせん》菩薩と言います。その当時の人びとは僧も俗人も、その修行を貴んでいたために、菩薩と称えていたのです。

帝姫阿倍の天皇のみ世が九年となる、[6]天平宝字二年という年、寂仙禅師は臨終の時を迎えて、文書《もんじよ》に記し留めて弟子に授け、告げて言うことには、「わが命が尽きてのち、[7]二十八年のあいだを隔てて国王の子に生まれ、名を神野《かみの》と呼ばれるだろう。このこと

1　前半とは別の話なので、分割して掲げた。ほかには、上4、下1・38。

2　現在の愛媛県新居浜市・西条市のあたり。延暦五年(七八六)桓武天皇の皇子が誕生し、乳母の出身地が神野郡であったため賀美能(神野)の親王と呼ばれることになり、天皇に即位した(嵯峨天皇)大同四年(八〇九)に、神野郡は天皇の諱《いみな》にあたるというので新居《にい》郡と改名された。

3　愛媛県西条市と久万高原町の境界に聳える西日本最高峰。一九

によってはっきり判るはずだ、わが寂仙の生まれ変わりであるということを、云々《しかじか》」と。

そうして、二十八年を経て、平安の宮において天の下をお治めになった山部[8]の天皇のみ世、延暦五年[9]のこと、山部の天皇の皇子に生まれ、その名を神野[10]の親王と言います。今、平安[11]の宮において十四年を通して天の下をお治めになっている賀美能《かみの》[12]の天皇が、この方であります。これによってはっきりと知ったことです、このお方が聖君であるということを。

また、どのようにして聖君であることを知ったかというと、世間の人びとが次のように噂しているからです。

　国王の法においては、人を殺した罪人は、かならず法で決められた通りに殺してしまいます。しかしながら、この天皇は、弘仁[13]という年号を発布して世に広め、殺すはずの人を流罪となし、その命を救い、それによって人をお治めになっています。このことをもって、明らかに聖君であると知ることができます。

八二メートル。奈良時代以降、山岳修験の山として有名。

4 孝謙天皇、重祚して称徳天皇。

5 石鎚山での修行者として名の通った僧であったらしい。上仙、石仙などとも表記。

6 七五八年。

7 二八年というのは、神野の親王の誕生から逆算して出てきた数字である。

8 桓武天皇。

9 七八六年。

10 桓武天皇の第二皇子。大同四年(八〇九)に即位して嵯峨天皇となる。

11 平安京遷都は延暦一三年(七九四)。

12 神野に同じ、嵯峨天皇のこと。一四年を

一方、ある人は悪口を言いふらしています。

聖君などではない。なぜならば、この天皇の時に、天の下では旱魃《かんばつ》や疫病《えきびょう》が起こっている。また、天《あめ》の災い、地《くに》の妖《わざわ》い、飢饉などの厄難も甚だしい。また、鷹や犬を飼い、鳥や猪鹿《しし》などを狩猟して殺生をしている。ここに慈悲の心があるとは思えない。

この非難は間違っています。お治めになっている国の内の物は、みな国王の物であって、針で突き刺すほどのわずかな物でも、一人一人の物などまったくないのです。国王の思うがままだということです。さまざまな姓《かばね》をもつ民《たみ》たる者が、どうして君を誹《そし》ることなどできましょうか。

また、聖君の誉れ高い[14]堯《ぎょう》・舜《しゅん》の世ですら、旱魃や疫病というのは起こるものであるがゆえに、誹ることはできないのです。

通して天の下を支配しているとあるが、即位年八〇九年から一四年目は弘仁一三年（八二二）となる（八二三年に譲位）。これが、霊異記に出てくるもっとも下限の年であり、本書の成立年を考える参考となる。

13　元年は八一〇年。

14　ともに古代中国の聖帝。上25など。

愚僧景戒が[1]、聞いたとおりに人びとの口伝えを選び、善と悪とに添うかたちで、不思議な話を記録した。

願わくは、この霊異《れいい》なる書に記された功徳が、迷い深き群衆に広く行きわたり、みな共に西方《さいほう》の極楽浄土に生まれることができることを。

日本国現報善悪霊異記　下巻

諸楽の右京の薬師寺の伝灯住位、僧景戒録《しる》す。但し三巻に注《しる》す。

1　第三九縁の最後に続けて記された跋文。各巻に置かれた序文に比べてずいぶんあっさりしている。

日本霊異記「序」三編

かなりめずらしいことだと思うのだが、霊異記には上・中・下の各巻ごとに「序」が置かれている。編者景戒の律儀さというようなものが、こうした形態を選ばせたのであろうか。当然というべきか、その内容は編者の性格を反映してたいそう堅苦しく、そのまま「序」から読みはじめると、霊異記の説話を読み物として楽しもうとする読者の意欲を削いでしまいそうだ。そこで、景戒には失礼だが一括して最後に掲げることにした。それぞれの「序」は各巻の内容に対応しているわけではなく、同じようなことをくり返しているので、巻ごとに置く必要はないと判断したからである。

もとは本文と同様の漢文だが、口語訳ではなく書きことばによる現代語に訳し、三つの「序」をまとめて並べ、理解を助けるために必要な語釈を脚注として添えた。

上巻「序」

諸楽《なら》の右京の薬師寺の沙門　景戒《きようかい》録《しる》す

遡り考えると、仏典や四書五経[1]の類が日本に伝わり読まれるようになった時代は、大きく二つに分けられる。いずれも、百済《くだら》[2]の国から伝えられた。

軽島[3]の豊明《とよあきら》の宮で天の下をお治めになった誉田《ほむだ》天皇のみ世に、四書五経が伝えられた。磯島《しきしま》[4]の金刺《かなさし》の宮で天の下をお治めになった欽明天皇のみ世には、仏典が伝えられた。

しかしながら、四書五経を学ぶ者は仏法を毛嫌いし、仏典を読む者たちは四書五経を軽んじていた。愚かな者どもは間違った考えをもち、仏法における罪悪や福徳を信じようとしなかった。深い智恵をもつ者たちは、仏典と四書五経とをともに読み、因果応報を信じ、その報いを恐れていた。

[5]そうしたなかで代々の天皇たちは、あるいは高い山の頂きに登って慈悲の心を生じさせ、あるいは雨漏りのする宮殿に住んで多くの民を慈しみ導いた。また、ある[6]皇太子は生まれながらに優れ

1　仏典（内典）に対して儒教の書（外典）をいう。具体的に、四書は礼記のなかの大学・中庸と論語・孟子を、五経は易経・書経・詩経・礼記・春秋をいう。

2　高句麗・新羅とともに七世紀以前に朝鮮半島南西部にあった国。倭との関係が緊密であった。

3　応神天皇。王仁《わに》が来朝し、諸典籍を教えたと日本書紀にある。四世紀末頃。

4　日本書紀、欽明一三年（五五二）一〇月に百済の聖明王が釈迦仏や経典を贈ってきたと

た判断力を供え、未来のことまでも理解し、一度に十人の訴えを聞いて一言《ひとこと》も漏らすことはなかった。二十五歳の若さで、天皇の要請を受けて大乗経について説き、まとめられた経典の注釈書は末永く後の世までも伝わっている。[7]またある天皇は、人々を救済しようとして願を立て、慎みの心をもって仏像を造り、天の神は願いに応じ、地の神は宝の蔵を開いて黄金を与えた。

[8]また大僧らについてみれば、その徳はあらゆる段階にいます菩薩にひとしく、その行いは大乗の域を超えるほどである。智の灯火《ともしび》を手にして闇《くら》い分かれ道を照らし、慈しみの舟を出して溺れている者たちを救済し、難行苦行しながらその名は遠い国々にまで伝わっている。今の世の深い智をもつ人々についてみても、その霊妙なる功績は測りがたいほどである。

[9]さて、諾楽《なら》の薬師寺にいます愚僧、景戒がつらつらと世の人々を眺めみるに、いやしい行動を好んでいるようにみえる。利益を求めて財物に貪欲になるさまは、磁石が鉄の山の砂鉄をすべて吸い取るよりもひどい。他人の分までも欲しがり自分の物を出し惜

ある。
5 仁徳天皇の故事。
6 聖徳太子のこと。
7 聖武天皇のこと。
8 景戒が尊敬する行基らをいう。
9 以下、現状の乱れへの景戒の嘆き。

しみするさまは、流頭《りゅうとう》という吝嗇《けち》な男が、粟粒《あわつぶ》をくだいて糠《ぬか》まで食らうよりも甚だしいほどである。あるいは、寺の財物を横領して牛の子に生まれ変わって弁償することになったり、あるいは仏法や僧の悪口を言って生身《なまみ》の体を生きながら火に焼かれたりしている。

一方でまた、仏道を求めて修行を重ねてこの世で霊験を得たり、あるいは深く信じて善を修めることによってこの世で幸いを手に入れる者もいる。[10]まさに、善と悪との報いというのは影が現実の形に寄り添っているごとく、苦楽の響きが谷のこだまに応えるのと同じさまである。

こうした現報を見聞きする者は、最初は驚き怪しむものの、一《ひと》棹《さお》先に進めばすっかり忘れてしまう。慙愧する者は、すぐさま心を動かして嘆き哀しむものの、それも席を立つまでのわずかなあいだだけである。

善悪の状態を示すことがなければ、どのようにして曲がった考えをまっすぐ正すことができるだろうか。因果のさまを示すこと

10 以下、善と悪とに対する報いへの恐れ、警鐘。

がなければ、どのようにして悪い心を改めて善き道を修めることができようか。

昔[11]、中国の唐の時代において、『冥報記《みょうほうき》』を作り、『般若験記《はんにゃげんき》』を作った。どうして、ただただ他国に伝わる記録をありがたがって、自分たちの国の不思議な出来事を信じ恐れないのであろうか。

そこで[12]、起き上がって眺めるに、我慢していることはできない。また、寝ながら心のなかで考えるに、黙ったままにすることはできない。それゆえに、少しばかり仄聞《そくぶん》したことを記し、名付けて『日本国現報善悪霊異記』と言い、上・中・下の三巻となして先の世に伝えることにする。

しかしながら、愚僧景戒は生まれついて賢くはなく、濁った心をまったく澄ますこともむずかしい。狭い井戸の中の知識しかなく、長くあちこちを迷い歩くばかりで、上手な匠《たくみ》が彫ったところに、下手くそな鑿《のみ》を加えるばかりである。読む人が肝を冷やすことにならないかと虞《おそ》れ、あまりの下手さに自らの手を傷つけはしないかと心配している。しかし、それもまた、崑崙山《こんろんさん》[13]にある美しい宝石の中に混じる石つぶての一つにはなるであろう。

11 どちらも中国、唐代に成立した説話集で、景戒が参照している書物。
12 景戒の、日本の霊異譚をまとめるという決意表明。
13 中国の西方にあると考えられていた伝説上の理想郷。

ただし、[14]口語りされてきた内容にははっきりしないところもあって、書き漏らしていることも多いはずである。善行を願う気持ちを抑えきれず、無闇矢鱈と笛を吹きまくることになってしまうことを虞れている。

後世の賢者たちよ、どうか笑わないでいただきたい。

願わくは、この不思議な書を読む者が、邪《よこしま》な心を排して正しい道に入り、すべての悪をやめ、もろもろの善を踏み行うことを願うものである。

14 以下、霊異記に対する景戒の謙遜のことば。もちろん、けっこう自信をもっている。口語り(原文「口説」)に基づいていると述べている点は、この書物の出来上がり方を考える上で注目してよいのではないかと思う。

中巻「序」

諸楽の右京の薬師寺の沙門景戒録す

ひそかに上《かみ》つ代《よ》を眺めてみると、宣化《せんか》[1]天皇以前の時代は、土着の神を信じて卜者《かんなぎ》に頼って政《まつりごと》を行い、欽明《きんめい》[2]天皇以降の時代は、仏・法・僧の三宝を敬って正しい教えを信じて政《まつりごと》が行われた。しかしながら、ある臣下は寺を焼き払い仏像を川に流し、ある臣下は寺を建てて仏法を広めるというありさまであった。

そうこうするうちに、勝宝応真《しょうほうおうしん》[3]と称えられる聖武太上《しょうむたいじょう》天皇が現れ、たいそう立派な大仏を造り、末永く仏道を受け継ぎ、鬚《ひげ》や髪を剃り袈沙《けさ》を着て、戒律を受けて善行を修め、正しい道によって人民をお治めになられた。

慈悲の心は動植物にもゆきわたり、その徳は古《いにし》えから今に至るまで、もっともすぐれておられる。皇位というただ一つの位を得るための運を身にそなえ、天地人の上にのぼり立たれた。その福徳によって、空を飛ぶ虫でさえもめでたい芝草《しそう》[4]を銜《くわ》えてきて寺の屋根を葺き、地を走りまわる蟻は黄金の砂を積み上げて塔を建て

1　仏教が公伝した欽明天皇(上巻序)の直前の天皇。

2　上巻序、参照。

3　仏教興隆に大きな功績があるとして景戒がもっとも称える聖武天皇の讃え名。

4　霊芝の異称。仙草とされる。鳥が銜えてきたという話はないが、日本書紀、皇極三年三月、天武八年是年条にある。どちらもキノコとする。

る手伝いをした。仏法の幡《はた》が高々と立ち並び、幡の末は八方にひるがえり、仏法を広めるための船は軽々と浮かび、その帆影《ほかげ》は天高く風を受けてふくらんでいる。めでたいしるしとなる花々はこぞって国のあちこちに咲きみだれ、善と悪との報いはしっかりと表れて、吉凶のさまをはっきりと示している。

これゆえに、勝宝応真聖武太上天皇とお呼びしているのである。表面に現れていないものも含めて、この天皇のみ世に記し遺された善と悪とのしるしはたくさんあるけれども、聖帝の徳によって現れたものがもっとも多い。現れ出たものが多すぎるゆえに、書き漏らしたことも多数《あまた》あることを虞《おそ》れるが、今までに聞いたところに従って、わずかながら載せたのである。

また、あれこれと探して考えてみると、［紙面欠損により判読不能］悪を好む者は、地獄において鉄の杖が身に加えられることになる。善を好む者は、極楽において金や珠で飾った鉢を賜わることになる。

それらは、たとえば押しやるとむこうから近づき、引き寄せようとすると避けて遠ざかり、加えようとすると失って減ってしまい、除こうとすると満ちあふれるがごとくである。

吝嗇《けち》な流頭《りゅうとう》という男は粟の糠《ぬか》を食べ、欲のない米明《まいみょう》という男は宝さえ捨ててしまう。仕官の誘いを聞いた許由《きょゆう》という隠士《いんし》は、汚《けが》れたと言って川で耳を洗い、それを知った巣父《そうふ》という隠士は、きれいな水を求めて牛を川上に引いていったというのは、まさにこれらの振る舞いと同じではなかろうか。

人が死んで三界《さんがい》[5]をめぐることは、車輪と同じで止《とど》まることがない。生きながら六道《ろくどう》[6]をめぐるのは、浮き草が水に漂っているのと同じく当て処《ど》がない。この世で死んであちらに生まれ変わり、どこに行ったとしてもあらゆる苦しみを受けることになる。

悪因は轡《くつわ》を並べて苦しいところに向かって走り、善行は良縁に引かれて安らかな場所に連れて行く。

深い慈悲の心によって膝の前に虎をなつけ、生きものへの愛《いと》おしみによって頭の上に鳥を棲《す》まわせる。古代中国の孟嘗《もうしょう》[7]がなした七つの善行、おなじく魯恭《ろきょう》がなした三つの不思議というのは、まさにこのことをいうのであろう。

[8]しかしながら、愚僧景戒は生まれながらに賢くはなく、話すこ

5　すべての生き物(衆生)が生死輪廻を繰り返す三つの世界、欲界・色界・無色界をいう。

6　衆生が生前の行動の善・悪によって生まれ変わって住む迷いの世界。地獄・餓鬼・畜生・阿修羅・人間・天上の六つ。

7　二人とも中国の政治家。

8　以下、景戒の謙遜のことば。各巻の序をみると、仏教の歴史、因果応報など仏教のことを述べたあとに、霊異記のことを謙遜しながら述べるという共通の体裁をもつ。なぜ、各巻に序を置いたかはよくわからない。

とばは鋭くもない。精神が鈍麻しているさまは鉛の刀と変わらず、文字を並べても華やかさがない。心情の愚かさは、船から物を落としてその場所を知ろうとして動いている船にしるしを彫りつけるのと変わらず、文章を連ねようとしても句は乱れるばかり。

善行に邁進《まいしん》することを抑えきれないあまり、下手な筆ばかりが紙を汚してしまい、間違えた口伝を記してしまわないかと虞れもする。反省して心のなかで恥じて申し訳なく思い、顔が火照《ほて》って耳まで熱くなる。

願わくは、この駄文を読む人は、天に向かって恥じ他人に向かっても恥じ、よく我慢して俗事を遠ざけ、自らの意志が心の師となって行動することを心がけ、湧き出る心のままにふるまうようなことがあってはならない。

この功徳によって、右の腋《わき》に福徳のつばさを着けて大空の果てに飛び翔《かけ》り、左の脇に智恵の灯火《ともしび》をともして仏の心の頂きに到達し、すべての命あるものに施しをなし、ともに仏の道を成し遂げようではないか。

◎上巻「序」と同じく、仏教の受容史・現報への恐れと警鐘・景戒の能力や筆力への謙遜が述べられているが、とくに強調されているのは、中巻の大半を占める聖武天皇に対する讃辞である。

下巻「序」

諸楽の右京の薬師寺の沙門景戒録す

[1]そもそも善と悪との因果応報については仏典に述べられ、吉と凶との利害得失については四書五経のなかに載せられている。

今ここで、この[2]現在世《げんざいせ》において釈迦が一代のうちに説かれた教えのことばを探ってみるに、[3]三つの時期があったことがわかる。

一つには正法《しょうぼう》のゆきわたる五百年、二つには正法の時代に続く像法《ぞうほう》が行われた千年、三つには法が衰微する末法《まっぽう》の時代万年である。

[4]釈迦が入滅なさって以来、延暦六年に至るまでに、一千七百二十二年を経たことになる。とすれば、正法と像法との二つの時代を過ぎて、今は末法の時代に入っていることになる。

そのようにして、日本に仏の教えが伝わりはじめてから、延暦六年に至るまでに、二百三十六年を経ているのである。

[5]そもそも花は笑《え》みて咲くが、声はない。鶏《とり》は鳴くが、涙を流すことはない。近頃の時代を考えてみると、善の道を修行する者は

1 上巻「序」参照。

2 原文「賢劫」とあり、現世のこと。この今生きている世。

3 正法・像法ついては、ともに五百年とする説も、ともに千年とする説もある。

4 釈迦の入滅については、諸説あり未詳。延暦六年は七八七年なので、景戒は紀元前九三五年を釈迦入滅の時と考えていたことになる。

釈迦の入滅は、紀元前三八三年、同四八六年、同五四四年など諸

岩山の頂上に咲く花のごとくに少数であり、悪をなす者は土の山に生えてくる草のごとくに満ちあふれている。

因果応報に思いをいたさず罪を作るのは、目の見えない人が虎の尾を踏みつけるのと同じであり、名誉と利益とに溺れて殺生を好む者は、鬼《もの》が憑《つ》いた人が毒蛇を抱くのと同じで、どちらも危険きわまりないことである。

朽ちることがないものは悪の種であり、失ってはならないものは善根である。悪報がすみやかにやってくるのは、水の鏡に向き合うとすぐさま姿が現れ出るのと同じである。善行による福徳がすばやく現れるのは、谷のこだまが響くのと同じである。呼べばかならず反応する。現報というのはそのようなものである。人は、どうして慎まなくてよいものか。

この世の一生がむなしく過ぎてしまったならば、あとになって後悔しても何の役にも立たない。しばらくの仮りの身を、だれが末永く長らえることができよう。かりそめの命を、どうしていつまでもと頼みにできようか。

すでに末劫《まつごう》の段階に入っているのである。どうして仏の道に勤《いそし》

説あるが、景戒の認識（ということは当時の主要な認識ということ）は、現在の見解よりもかなり遡らせて考えていたことになる。下28参照。

5　以下、人間の行動と因果応報について述べる。

まなくてよいものか。

ああ、わたしはすべてを憐れむことである。どうして最期の時に訪れるという災難を免れることができようか。ただ、諸々の僧たちに一握りの食事を施せば、その善行を修めた福徳によって、来世において飢饉に遭うことはないはずだ。行動を慎み、一日のあいだ生き物を殺さないという殺生戒を守ることによって、その仏道を行った力によって、未来永劫に武器を持った者たちによる戦乱の災いを受けることはないだろう。

昔[6]、ひとりの僧がいて、山に住んで坐禅をしていた。祈りのあいだに口にする斎食《さいじき》ごとに、飯《めし》を分けて烏《からす》に与え、烏はいつも餌をついばむことができるのを覚えて、毎日やってきて飯をもらっていた。僧は斎食を終えたあと、楊枝《ようじ》を嚙んで口をすすぎ、手を洗うと小石を手にしてもてあそんでいた。烏は、垣根の外に止まっていた。ある時、その僧が、烏が居るのに気づかず、小石を放り投げたところ烏に当たってしまった。烏の頭が割れ、飛んだと思ったら死んで猪に生まれ変わった。猪はその山に棲みついた。その猪が、僧の住まう堂の上のあたりに行き、石を崩して食べ物

6　因果応報について譬喩を用いて述べているが、修行者と烏との関係を語る譬えはなかなかおもしろい。仏教について語るには譬えが重要だったらしい。

◎前二巻の「序」に比べて、譬喩が巧みとなり、譬え話を加えるなど、景戒の文章も手馴れてきた印象を受ける。あるいは下巻の執筆時期は前二巻とは遅れるのかもしれない。

を探していたところ、転がり堕ちた石が僧にぶつかって死んでしまった。猪は前世の仇《かたき》を討とうなどと思っていたわけではなかったが、石がひとりでに堕ちて僧を殺してしまうことになったのである。

意図せずして生じせしめた罪は、意図せずに相手に報いとして現れてしまう。まして言うまでもないことだが、悪い心を起こして相手を殺した場合には、その恨みに対する報いがないなどということはありえない。悪を生じせしめる原因と、恨み憎む結果は、すべて自分の迷いの心から出たものである。福徳の元を作り仏の道を目指そうとする行為は、自分の悟りの心から出たものである。

羊[7]のごとき弱々しい愚僧景戒は、学ぶ道においては、いまだ天台[8]の智者のような法を問う術を体得していない。悟りの道においても、いまだ神通力をもったり有能な弁説を行う人のように、問いに答える術を会得してはいない。そのさまは、貝殻でもって海の水を汲むようなものであり、細い管《くだ》から天を眺めているようなものである。

仏法の学統を受け継ぐ立派な僧ではないけれども、あえてあれ

7　以下、景戒自身の学びにおける浅さを謙遜しながら述べる。中巻の「序」も下巻の「序」も、最後は自身の浅学を恥じるかたちで締めくくるのが決まったスタイル。

8　中国の六朝から隋にかけての高僧である

これと考えることはしてきたつもりである。進む道を極楽浄土へと向かわせ、悟りの道に心を及ばせる。遠い昔の過ちを恥じつつ、ずっと後の世における善報を願っている。

[9]そこで、ここに不思議でめずらしい出来事を記し、耳を引っ張って教えなければならない人たちに示し、手をさしのべて善行を勧めようと思い、悪の道にいる人の足を洗って救い導ければと願っている。

願わくは、すべての人とともに西方の極楽浄土に生まれ変わり、すべての人とともに天上のすばらしい宮殿に住みたいと願うものである。

智顗《ちぎ》のことを指している。

9　霊異記の話を人々に伝えることによって、仏の道に導き、みなが極楽往生できるようにというのが、景戒の本書編纂の意図だということが示される。

そこに、あらゆる宗教がもっている傲慢さもあるわけだが、もちろん景戒はそんなふうには思っていない。

あとがき

壮年の頃かと思うが、景戒《きょうかい》は、延暦七年（七八八）三月一七日の夜に見たという夢を詳細に記している（下巻第三八縁、後半）。それは、景戒自身が亡くなり、薪を積んでその上に置いた遺体を焼いているさまを中空に浮いた景戒の魂が眺めているという映像的な夢である。ところが、なかなかうまく焼けないので、他人には見えない景戒の魂が、木の枝を拾って自分の体に突き刺し、バーベキューをする時のようにひっくり返しながら焼いていると、膝や腕の骨が間接のところから切れ落ち、頭も焼かれて落ちていくという、けっこうシュールでリアルな肉体の焼失のさまが描かれる。その背後には、薪を積みあげた上に遺体を置いて火葬する野焼き（露天焼き）の習俗があったことを示している。

この場面を読むと決まって思い出すのは、三十数年前に観た『達磨はなぜ東へ行ったのか』という韓国映画だ。取りたててストーリーがあるわけではなく、老いた禅僧と、ふたりの若い弟子との山寺での修行を追ったドキュメンタリーのような映画だったと記憶している。そのフィルムのなかで今も鮮烈に焼きついているのは、老師が亡くなったあと、ふたりの弟子が、木漏れ日が差し込む広葉樹（おそらくブナ）の森のなかで師の遺体を野焼きにし、その遺灰を樹々のあいだに撒き散らすラストシーンの幻想的な美しさであった。

自らを焼く夢を見てから三五年以上経たのち、現実に亡くなった景戒もきっと荼毘に付され、散骨されたに違いない。ただ、生真面目に仏の教えを学び、現報を信じて修行を続けた景戒ゆえに、従四位下の高級官僚であった太朝臣安万侶《おおのあそみやすまろ》のように、銅製の墓誌とともに遺骨が出土するというようなことはあまり想像できない。

景戒という学僧が、さまざまな機会に耳にし目にした話をまとめた三巻の書を、わたしは、書きことばではなく話しことばに訳すことを試みた。僧房で文机に向かって話を整理している場ではなく、修行のなかで優婆塞《うばそく》たちから聴いたであろう音声の場に、辻に立って信者たちに語る説法の場に、これらの話を置いてみたかったのである。近年の古代文学研究の世界では、文字とか書記とかの行為が絶対化されて久しい。それに対する違和感から抜け出せないままに、音声とか語りとかの身体性をともなったことばのなかで霊異記の説話を享受してみようというのが、本書の意図である。

ほんとうなら、薬師寺の管主であり語りの名手として名を馳せた高田好胤師のように、多くの人を惹きつける語りの場を現出させてみたかったし、そこまでは無理としても、法事や葬儀の折の読経のあと、お坊さんが参会者に向けて話してくれる講話の雰囲気なりを再現できればともくろんでいたのに、わたしの筆力が障害となって果たせなかったのは情けないことだが、致し方なかろう。

霊異記の説話の多くは、三宝（仏・法・僧）を称揚するのを目的として語られているわけだが、本書ではあくまでも一つ一つの話を楽しむという方向を見失わないように意識して訳した。仏教に限らず、あらゆる宗教には、人の心を奪い取ってしまう恐ろしさが隠されていることを忘れてはならないと思ったからである。そんなことを言わなければならないのは、今まさに目の当たりにしている中東における悲惨な破壊が、宗教に起因するものであるがゆえに終息を予測することさえできないという無力感に重なっている。

本書を完成させることができたのは、昨年四月から某カルチャーの三つの教室で同時開講した「一年間で『日本霊異記』を現代語で読み通す」という講座にあるのだが、なぜ、そのようなマラソン講座を開講したかというと、ずいぶん前に角川学芸出版と約束した本を仕上げないままにおさらばしたのでは、地獄に連れて行かれるかもしれないと思ったからである。必死になって原稿を作って教室で講じ続け、そこで配布した訳文と注釈とをブラッシュアップして書き上げたのが本書である。じつは、それだけでは当初の約束を果たしたことにはならないのだが、とりあえず地獄行きは先延ばしすることができたのではないか。

日本文学史のなかで重要な位置を占める『日本霊異記』という作品は、その重要さに比して入手できる本が少ない。現在、市販されている注釈書は二種類しかなく（中田祝夫『日本霊異記　全訳注』三冊と小泉道校注『新潮日本古典集成〈新装版〉　日本霊異記』）、全編の現代語訳も原田敏明・高橋貢訳『日本霊異記』（平凡社ライブラリー）しか手に入らない。それゆえに、全編を読み通す機会がないという方が大半ではないか。加えて、漢文で書かれた仏教説話集というところで読者に敬遠されてしまうし、文学史的な括りとして上代文学と中古文学との狭間に位置するために研究者が少ないのも一般化しにくい原因として立ちふさがる。

霊異記説話のおもしろさは、その舞台を八世紀にもつところにあるはずで、どちらかというと上代文学の側の積極的な切り込みが霊異記研究を活性化させるはずだ。そんな思いがあって、仏教の知識をまったくもたないわたしが、古代からの流れのなかで説話集成としての『日本霊異記』を読んでみようとしているのである。ちょうど八月には『増補　日本霊異記の世界』を角川ソフィア文庫の一冊に加えてもらったし、『平城京の家族たち　揺らぐ親子の絆』も同じ文庫から出ている。前者は霊異記説話の分析を主眼にした著書であり、後者は八世紀に出現した新しい家族像を霊異記説話を中心に据えて考察した著書である。本書と並べてこの二冊を読んでいただくと、一話一話の理解も深められ、霊異記の魅力をわかっていただけるはずだ。そしてありがたいことに、霊異記説話を取りあげたわたしの著作は、『増補　日本古代文学入門』も含めて、すべて同一書肆ＫＡＤＯＫＡＷＡから上梓されている。

律令制度を導入し、仏教が浸透することで日本列島の仕組みも列島人の精神も大きく変貌した、それが八世紀という時代である。その背後には七世紀に起きた東アジア情勢の変動が大きなうねりとなり、滅亡した百済のボートピープルを中心とした渡来の人びとが日本列島の思想や文化や技術に大変革をもたらした、そのような時代として八世紀はあった。

そうした状況のなかで、日本列島に生きた人びとが、どのように暮らしていたか、その一端を霊異記説話はありありと伝えており、それがこの作品の魅力である。ことに、奴婢《ぬひ》を含めた地下《じげ》の人びとが多彩な姿で登場するところが、他の文献にはほとんどみられない特筆すべき点である。ここには、歴史書や歌集では取りあげられることのない普通の人びとの普通の生活が描かれている。

まずは、本書の口語訳によってその雰囲気を嗅ぎとり、そこを足掛かりとして深みへと錘鉛《すいえん》を下ろしていけば、現代社会を彷彿とさせるような時代のさまと人間の姿が見えてくるはずである。それが、わたしたちの生きる今を照射し、ほんのわずかでもその先を見通すしるべになればうれしい。

本書は、学芸・ノンフィクション編集部の麻田江里子さんの手を煩わせて日の目を見ることになった。八月に出た『増補　日本霊異記の世界』の作業と重なる時期があって、あわただしい思いをさせたのではないかと思う。しかも、日常の業務で多忙ななかをカルチャー講座に一年間通って感想を伝えてもらったことは、老いたるわが身にはずいぶん励ましになった。いつものことながら、心よりの御礼を申しあげたい。また、ていねいな確認と検索をしてくださる校正者の方々にも、謝意をお伝えしなければならない。相変わらず変換ミスは減らないし、勘違いも見つかる。当然のことながら、制作と販売にかかわっていただく皆さんにも深甚なる感謝を。

そのお返しになるのは、ひとりでも多くの方に本書を読んでいただくことであり、『日本霊異記』という作品のおもしろさを共有してもらうことだと思っている。そして、日本を代表する巨大エンターテインメント企業の出発点が、地味な国文学にあったのだということを知ってもらえれば、四八年前に初めての原稿料を角川書店からいただいた一学徒としては、とてもうれしい。

ほんのわずかでも『日本霊異記』の魅力が伝わり、読者が広がらんことを。

二〇二四年八月二一日、七八歳の誕生日に

三浦　佑之

日本霊異記各話題目

上巻

雷を捉えた縁　第一　20
狐を妻となして子を生ませた縁　第二　23
雷の好意を得て生ませた子が強い力をもっていた縁　第三　26
聖徳皇太子が不思議なしるしを示した縁　第四　32
三宝を信じ敬って現報を得た縁　第五　37
観音菩薩を憑み念じて現報を得た縁　第六　43
亀の命を買い取って放生し、現報を得て亀に助けられた縁　第七　45
耳の聞こえない人が方広経典にすがり、現報で両耳が聞こえるようになった縁　第八　48
赤子が鷲に攫われ、他国で父に逢うことができた縁　第九　50
子の物を盗み用いて、牛となって使われ不思議なしるしを示した縁　第十　53
幼い時から網を使って魚を捕り、この世で悪報を得た縁　第十一　56
人や獣に踏まれた髑髏が、救い納められて不思議なしるしを示し報恩した縁　第十二　58
女人が、高邁な行いを好み、仙草を食して生きたまま天に飛んだ縁　第十三　61

僧が般若心経を心に念じて、この世で不思議な出来事を示した縁　第十四　63
悪人が、乞食する僧をいじめて、この世で悪い報いを受けた縁　第十五　65
慈悲の心がなく、生きた兎の皮を剝いで、この世で悪い報いを受けた縁　第十六　67
戦乱に巻き込まれながら、観音菩薩の像を信じ敬ってこの世で報われた縁　第十七　68
法華経を心に唱えて、この世で不思議なしるしを受けることができた縁　第十八　70
法華経を読誦する人を嘲って、この世で口がゆがむ報いを受けた縁　第十九　74
僧が湯を涌かす薪を他人に与えたために牛になって使役され、
　不思議なしるしを示した縁　第二十　76
慈しみの心が無く、馬に重い荷物を背負わせて現世で悪報を受けた縁　第二十一　78
心から仏教を学び、仏の教えを広めて社会に貢献し、
　臨終の時に不思議を示した縁　第二十二　79
悪い人が、乳房の母を敬い養わず、この世で悪死の報いを得た縁　第二十三　81
悪い女が、生みの母に孝養せず、この世で悪死の報いを得た縁　第二十四　84
私欲が少なく分を知って満ちたりるのをわきまえていたのを、天にいます
　神がみに好まれた忠臣が、善い報いを得て不思議なしるしを表した縁　第二十五　86
戒律を堅く守った僧が清浄な修行を続け、この世で不思議な力を得た縁　第二十六　88
邪な心の名もない沙弥が、仏塔の木を横流しして悪報を受けた縁　第二十七　89
孔雀明王の呪法を修め、不思議な験力を手に入れ、

この世で仙人となって天空に飛んだ縁　第二十八　91
心が邪で、托鉢する僧の鉢を壊し、この世で悪死の報いを受けた縁　第二十九　95
道理に反して他人の物を奪い、悪行をなして報いを受け、不思議を示した縁　第三十　97
心を込めて観音にすがって幸福を願い、おかげで大きな福徳を手に入れた縁　第三十一　104
三宝にすがり、僧侶たちを信じ仰いで読経してもらい現報を得た縁　第三十二　106
妻が、死んだ夫のために願掛けをして仏像を絵に描き、
その効能によって火にも焼けず不思議なしるしを得た縁　第三十三　108
絹の衣を盗まれ、妙見菩薩にすがって祈願し、その絹の衣を取り返した縁　第三十四　110
信心深い人たちを集めて、四恩のために絵の仏像を作り、
霊験を得て不思議なしるしを示した縁　第三十五　111

中巻

おのれの高い徳を笠に着て、いやしい姿の沙弥を殴ってこの世で悪死した縁　第一　116
烏の邪淫を見て世をはかなみ、出家して修行に勤めた縁　第二　119
悪逆の子が妻を愛おしみ、母を殺そうと計画してこの世で悪死の報いを受けた縁　第三　123
力持ちの女が、力くらべをしてみた縁　第四　127
漢神の祟りによって牛七頭を殺し祭り、また放生の善行を行い、

現世において善と悪との報いを得た縁　第五　130
真心をこめて法華経を写経し、霊験により不思議な出来事があった縁　第六　136
智恵ある者でありながら、姿を変えた聖人を妬み悪口を言って、
　この世で閻羅王の宮殿に行き、地獄の苦しみを受けた縁　第七　138
蟹と蝦の命を買い取って放生し、現報をうけた縁　第八　147
自ら寺を作り、その寺の物を流用し牛となって使われた縁　第九　151
いつも鳥の卵を煮て食べ、この世で悪死の報いを得た縁　第十　153
僧を罵ったのと邪淫したのとによって、悪病にかかって死んだ縁　第十一　156
蟹と蝦の命を買い取って放生し、現報を得て蟹に助けられた縁　第十二　158
愛欲を生じて吉祥天女の像に恋い、感応して不思議なしるしを示した縁　第十三　161
貧乏な女王が吉祥天女の像を深く信仰し、すばらしい報いを得た縁　第十四　163
法華経を書写し供養して、母が牝牛になった因縁を明らかにした縁　第十五　166
布施をしなかったのと放生したのとによって、この世で
　善と悪との報いを得た縁　第十六　170
観音の銅像が、鷺の姿になり、不思議なしるしを示した縁　第十七　175
法華経を読む僧を嘲り、この世で口がゆがんで悪死の報いを受けた縁　第十八　177
般若心経をいつも心のなかで唱えていた女が、この世で閻羅王の宮殿に至って、
　不思議なしるしを示した縁　第十九　179

悪い夢を見て、真心をこめて経を唱え不思議なしるしが表れて命拾いした縁　第二十　183
塑像の神王の蹲が光を発して不思議なしるしを示し、現報を得た縁　第二十一　185
仏の銅像が盗人に取られ、不思議なしるしを示して盗人を見つけた縁　第二十二　187
弥勒菩薩の銅像が盗人に取られ、不思議なしるしを示して盗人を見つけた縁　第二十三　191
閻羅王の使いの鬼が、召し出された人の施しを得て手心をくわえた縁　第二十四　192
閻羅王の使いの鬼が、召し出された人から饗応を受けて恩返しをした縁　第二十五　197
仏像を作り終えないままに棄てた木が、不思議なしるしを示した縁　第二十六　201
力もちの女が、強い力を示した縁　第二十七　203
きわめて貧しい女が、釈迦の丈六の仏に福分を願い、不思議なしるしを示して、
この世で大きな福を得た縁　第二十八　207
行基大徳が、天眼を放って女人の頭に猪の油が塗られているのを見つけ、
責め叱った縁　第二十九　210
行基大徳が、子を連れた女人に前世の怨みによる報いが付いているのを見つけ、
子を淵に投げ入れさせて不思議なしるしを示した縁　第三十　211
塔を建てようとして発願した時生んだ女子が、
舎利を握りしめて生まれてきた縁　第三十一　214
寺が基金を運用して得た利益で作った酒を借り、返済しないまま死んで、
牛になってこき使われて負債を償った縁　第三十二　216

女人が、悪い鬼につかまって喰い殺された縁　第三十三　220
孤児のむすめが観音の銅像を頼み敬い、不思議なしるしを示し現報を得た縁　第三十四　223
法師を叩き、そのために現世で病気になって死んだ縁　第三十五　228
観音の木像が神力を示した縁　第三十六　231
観音の木像が、火災に遭っても焼けず、摩訶不思議な力を示した縁　第三十七　232
慳貪な心によって、大蛇になった縁　第三十八　233
薬師仏の木像が、水に流され砂に埋もれて不思議なしるしを示した縁　第三十九　234
悪事を好む者が鋭い刃で斬られ、この世で悪死の報いを受けた縁　第四十　236
女の人が大きな蛇に犯され、薬の力で命拾いすることができた縁　第四十一　238
きわめて貧しい女が千手観音の像にすがって祈り、
福分を願って大きな富を得た縁　第四十二　242

下巻

法華経を読誦しつづけた人の舌が、風雨にさらされた骸骨のなかで
腐らなかった縁　第一　246
生き物の命を殺して恨みを買い、狐と犬とになって互いに報復した縁　第二　250
僧が、十一面観世音の像にすがり願って、この世で報いを受けた縁　第三　253

僧、方広大乗経を唱え祈り、海に沈んでも溺れなかった縁　第四　255
妙見菩薩が変化して不思議な姿を示し、盗人を露見させた縁　第五　260
禅師が食べようとした魚が変化して法華経になり、俗人の非難を退けた縁　第六　262
観音の木像の助けによって、国王の処罰をまぬかれた縁　第七　265
弥勒菩薩が、願いに応えて不思議な姿を示した縁　第八　268
閻羅王が、不思議なしるしを示し、人に勧めて善行を修めさせた縁　第九　270
しきたり通りに法華経をお写しして、火に焼けなかった縁　第十　275
両方の目が見えない女人が、薬師仏の木像にすがり祈って
目が見えるようになった縁　第十一　277
両方の目が見えない男が、謹んで千手観音の日摩尼手を唱え、
そのために目が見えるようになった縁　第十二　279
法華経を書写しようと願を立てた人が暗い穴に閉じ込められ、
願の力によって命を全うすることができた縁　第十三　281
千手観音の呪文を心のなかで読誦する人を殴り、
この世で悪死の報いを受けた縁　第十四　284
修行中の乞食を殴り、そのためにこの世で悪死の報いを受けた縁　第十五　287
ある女人が、みだりに男と交わり、子に乳を与えず飢えさせたために
現報を得た縁　第十六　289

まだ作り終えていない粘土の仏像が、うめき声を出して
不思議なしるしを示した縁　第十七　293
法華経を写したてまつる写経師が、邪淫を犯したために、
この世で悪死の報いを受けた縁　第十八　296
産んだ肉の固まりから誕生した女が、仏道を修め人びとを教え導いた縁　第十九　298
法華経を書写する女性の過ちを誹ったために、
この世で口がゆがんでしまった縁　第二十　302
目が見えなくなった僧が、金剛般若経を読んでもらい、
視力を回復することができた縁　第二十一　304
重い秤で他人の物をよけいに取り立て、また法華経を書写して、
この世において善と悪との報いを受けた縁　第二十二　305
寺の財物を流用し、一方で大般若経を書写しようと願を立て、
そのためにこの世で善と悪との報いを得た縁　第二十三　310
修行者の邪魔をしたために、猿にされてしまった縁　第二十四　313
大海に漂流し、心から釈迦仏の名を称えて命を長らえることができた縁　第二十五　317
理不尽に貸し付けの返済を迫り、たくさんの利息を取って
現世で悪死の報いを受けた縁　第二十六　320
髑骨の目の穴を貫いて生えていた笋を抜き取り、

祈願して不思議なしるしを示した縁　第二十七　325
弥勒の丈六の仏像が、その首を蟻に嚙まれて不思議なしるしを示した縁　第二十八　330
村の子らが、遊び興じて木の仏像を彫ったのを、愚かな男が割りこわしたために
現世において悪死の報いを受けた縁　第二十九　332
修行僧が功績を積み重ねて仏像を作り、臨終の時を迎えて
不思議なしるしを示した縁　第三十　334
女の人が石を産み、それを神として斎き祀った縁　第三十一　338
網を用いる漁師が海難事故に遭い、妙見菩薩にすがって祈願し、
命拾いした縁　第三十二　339
賤しい姿をした修行僧を殴り、この世でにわかに悪死の報いを受けた縁　第三十三　341
難病がにわかに身に降りかかり、戒律を受けて善を行い
現世で病いを治すことができた縁　第三十四　345
官職の権限を借りて、道理に合わない政治を行い、悪報を受けた縁　第三十五　347
塔の階数を減らし、幢を倒して悪報を受けた縁　第三十六　351
因果について考えることもせずに悪行をなし、罪の報いを受けた縁　第三十七　354
災や善の前兆がまず現れ、のちにその災や善の答えを被った縁　第三十八　357
智・行ともに具えた僧が、人の身を得て国王の子に生まれた縁　第三十九　377

【天皇系図】

*明治時代に追尊された弘文天皇（大友皇子）は天皇の代数に入れない。

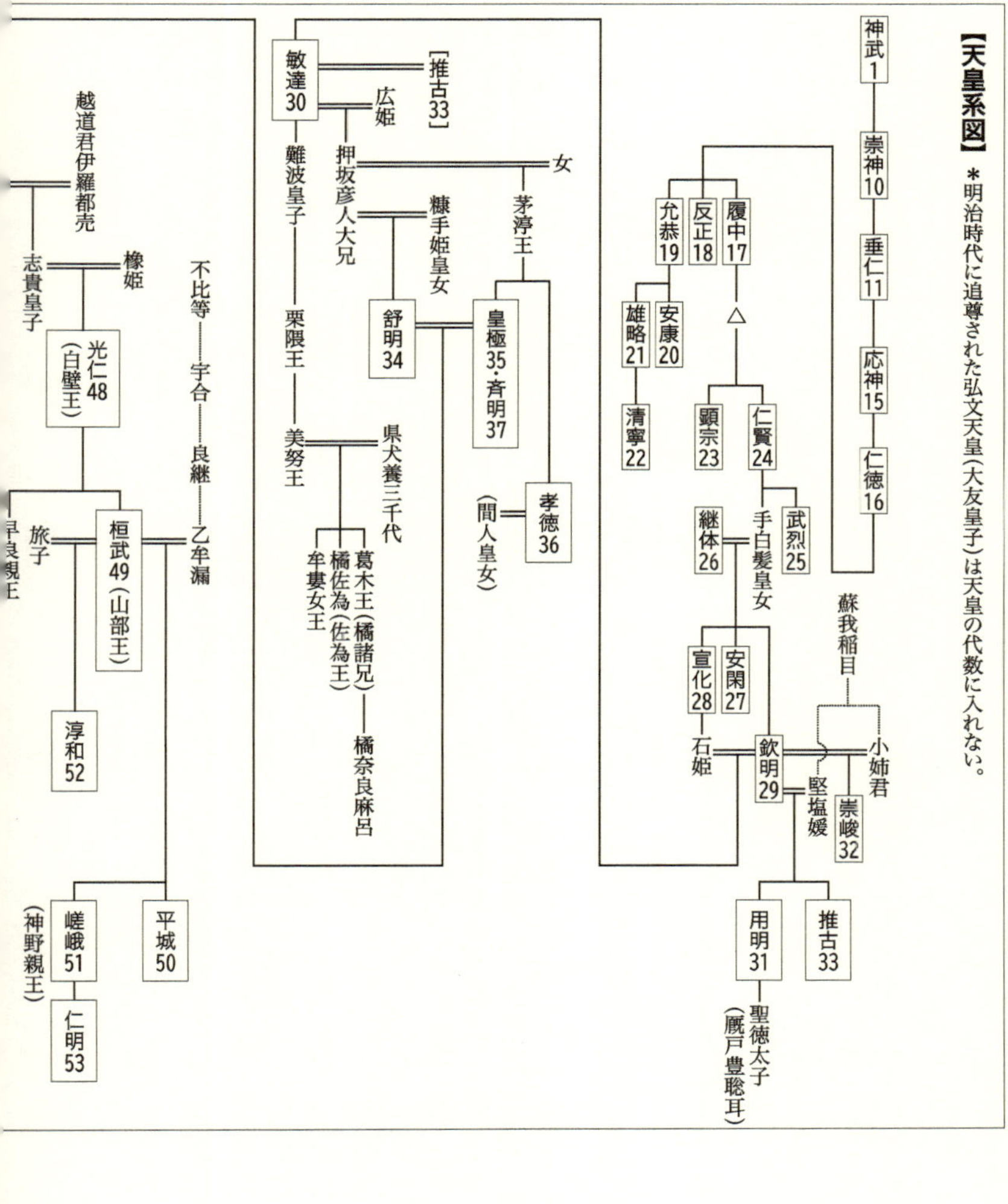

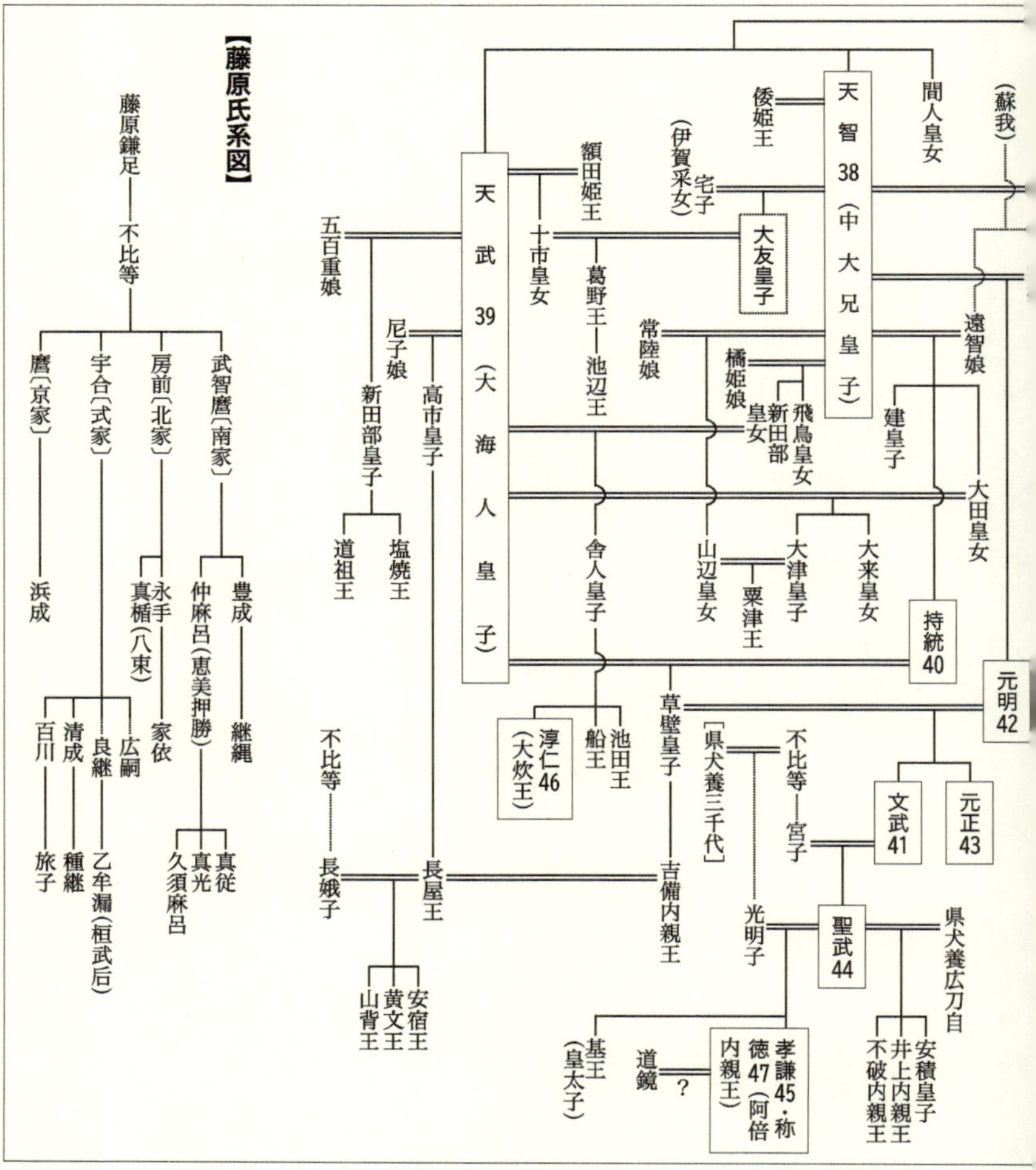
（蘇我）
間人皇女
天智38（中大兄皇子）
倭姫王
宅子（伊賀采女）
大友皇子
遠智娘
建皇子
大田皇女
持統40
元明42
常陸娘
橘姫娘
飛鳥皇女
新田部皇女
山辺皇女
大津皇子
粟津王
大来皇女
元正43
文武41
草壁皇子
吉備内親王
不比等
宮子
県犬養三千代
光明子
聖武44
県犬養広刀自
安積皇子
井上内親王
不破内親王
孝謙45・称徳47（阿倍内親王）
道鏡
？
基王（皇太子）
額田姫王
十市皇女
葛野王
池辺王
舎人皇子
池田王
船王
淳仁46（大炊王）
天武39（大海人皇子）
五百重娘
尼子娘
高市皇子
新田部皇子
塩焼王
道祖王
長屋王
不比等
長娥子
安宿王
黄文王
山背王
【藤原氏系図】
藤原鎌足
不比等
武智麿（南家）
房前（北家）
宇合（式家）
麿（京家）
豊成
継縄
仲麻呂（恵美押勝）
真従
真光
久須麻呂
永手
真楯（八束）
家依
広嗣
良継
乙牟漏（桓武后）
清成
種継
百川
旅子
浜成

ヤマト盆地地図(北)
恭仁京
京都府
蟹満寺
精華町
加茂町
木津川
木津川市
乾谷
北之庄
高田
梅谷
市坂
岩船寺
浄瑠璃寺
歌姫
佐紀
西大寺
西大寺
法華寺
東大寺
若草山
歓喜天
春日神社
興福寺
春日山
唐招提寺
奈良市
新薬師寺
薬師寺
大安寺
白毫寺
高円山
須山
木島
辰市
大和郡山市
古市
山村
奈良県
富雄川
帯解地蔵
菩提山
美濃庄
和爾赤坂彦神社
慈光院
佐保川
菩提山川
小泉
森本
和爾
法起寺
櫟枝
櫟本
高瀬川
筒井
石上
和爾下神社
安堵町
天理市
広瀬神社
布留川
二階堂
杉本
布留
石上神宮
嘉幡
結崎
伴堂
唐古
長柄
大和神社

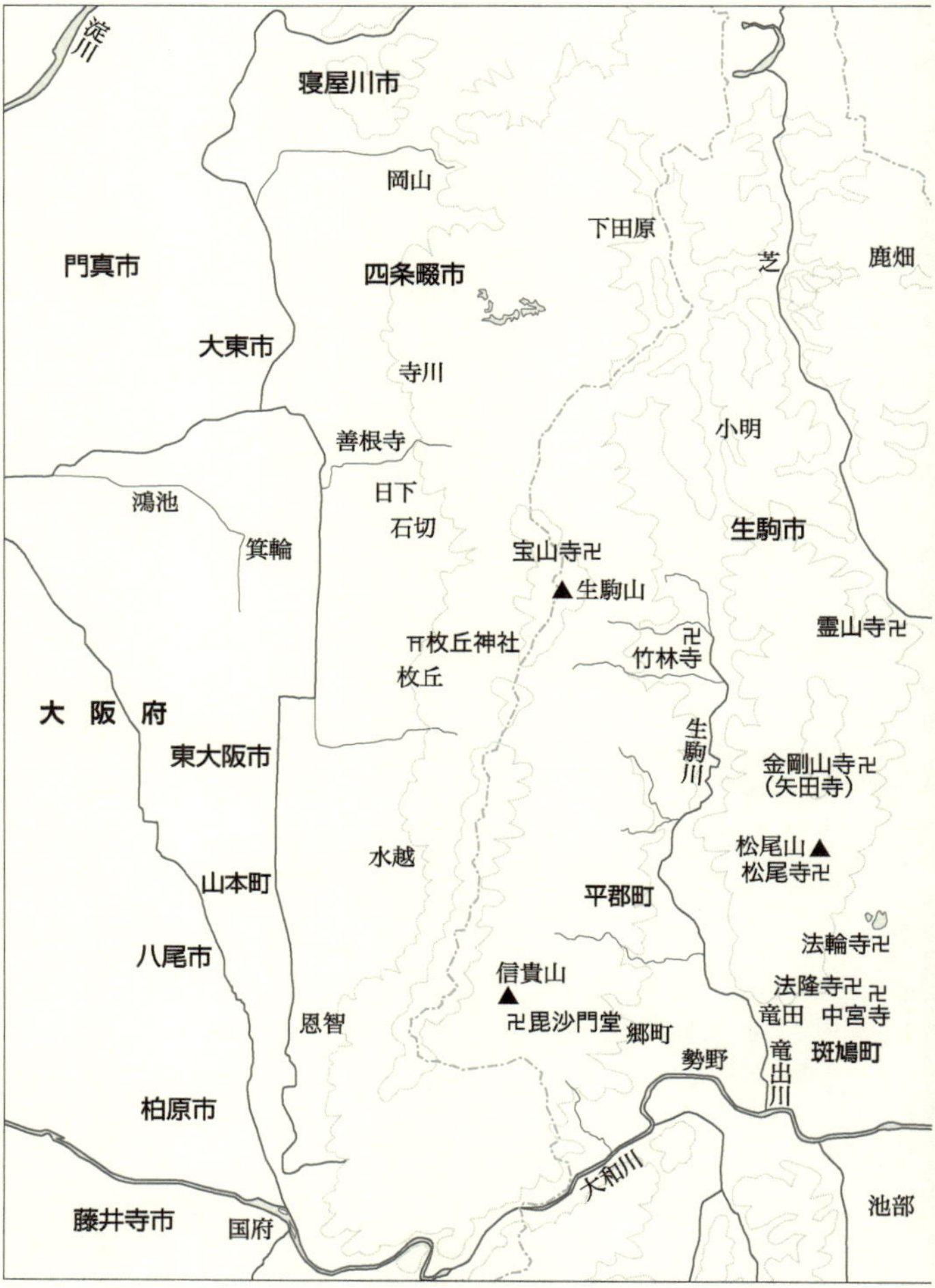
淀川
寝屋川市
岡山
下田原
鹿畑
芝
門真市
四条畷市
大東市
寺川
小明
善根寺
日下
鴻池
石切
生駒市
箕輪
宝山寺卍
▲生駒山
霊山寺卍
卍竹林寺
⛩枚岡神社
枚岡
大 阪 府
生駒川
東大阪市
金剛山寺卍
（矢田寺）
松尾山▲
松尾寺卍
水越
山本町
平郡町
法輪寺卍
八尾市
信貴山
法隆寺卍
卍
竜田
中宮寺
恩智
卍毘沙門堂
郷町
勢野
竜出川
斑鳩町
柏原市
大和川
池部
藤井寺市
国府

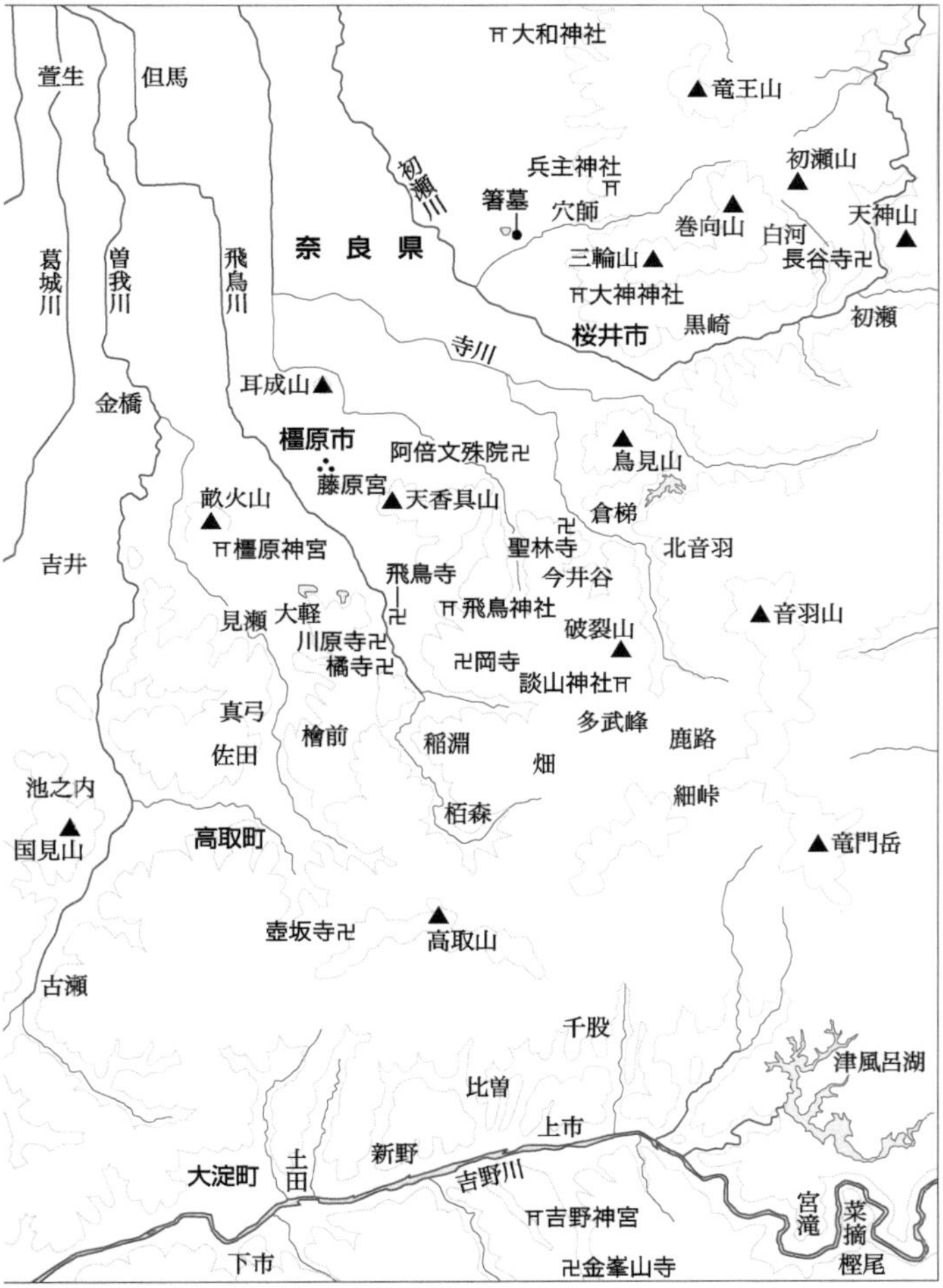
大和神社
萱生
但馬
竜王山
初瀬川
兵主神社
箸墓
穴師
初瀬山
巻向山
天神山
白河
奈良県
三輪山
長谷寺
葛城川
曽我川
飛鳥川
大神神社
初瀬
桜井市
黒崎
寺川
耳成山
金橋
橿原市
阿倍文殊院
鳥見山
藤原宮
畝火山
天香具山
倉梯
聖林寺
橿原神宮
北音羽
吉井
飛鳥寺
今井谷
飛鳥神社
音羽山
見瀬
大軽
破裂山
川原寺
岡寺
橘寺
談山神社
真弓
多武峰
檜前
稲淵
鹿路
佐田
畑
池之内
細峠
栢森
国見山
高取町
竜門岳
壺坂寺
高取山
古瀬
千股
津風呂湖
比曽
上市
新野
土田
大淀町
吉野川
宮滝
菜摘
吉野神宮
下市
金峯山寺
樫尾

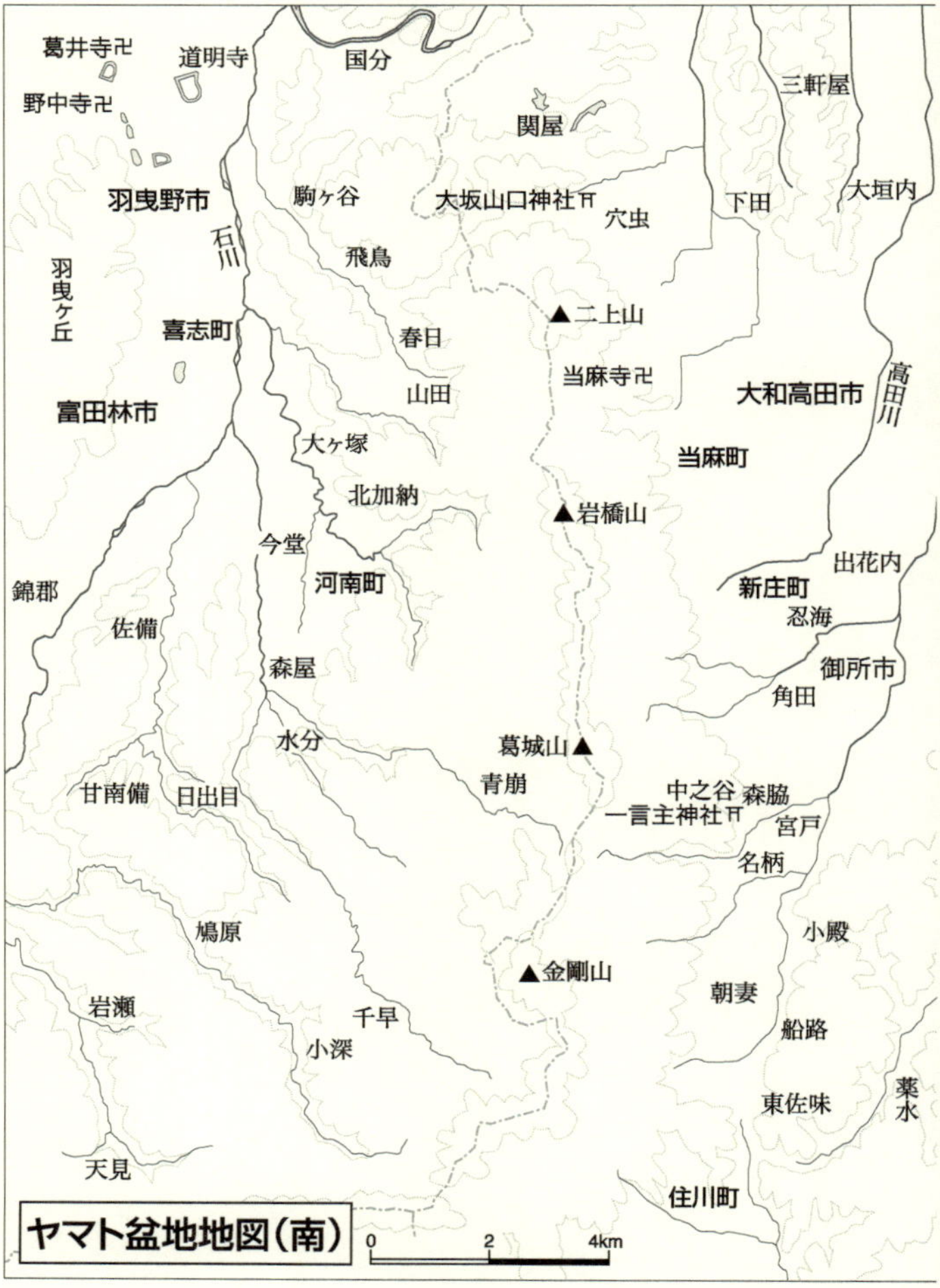

葛井寺
道明寺
国分
野中寺
関屋
三軒屋
羽曳野市
駒ヶ谷
大坂山口神社
穴虫
下田
大垣内
石川
飛鳥
羽曳ヶ丘
二上山
喜志町
春日
当麻寺
高田川
山田
大和高田市
富田林市
大ヶ塚
当麻町
北加納
岩橋山
今堂
出花内
錦郡
河南町
新庄町
佐備
忍海
森屋
御所市
角田
水分
葛城山
青崩
甘南備
日出目
中之谷
森脇
一言主神社
宮戸
名柄
鳩原
小殿
金剛山
岩瀬
朝妻
千早
船路
小深
東佐味
薬水
天見
住川町
0
2
4km

ヤマト盆地地図（南）

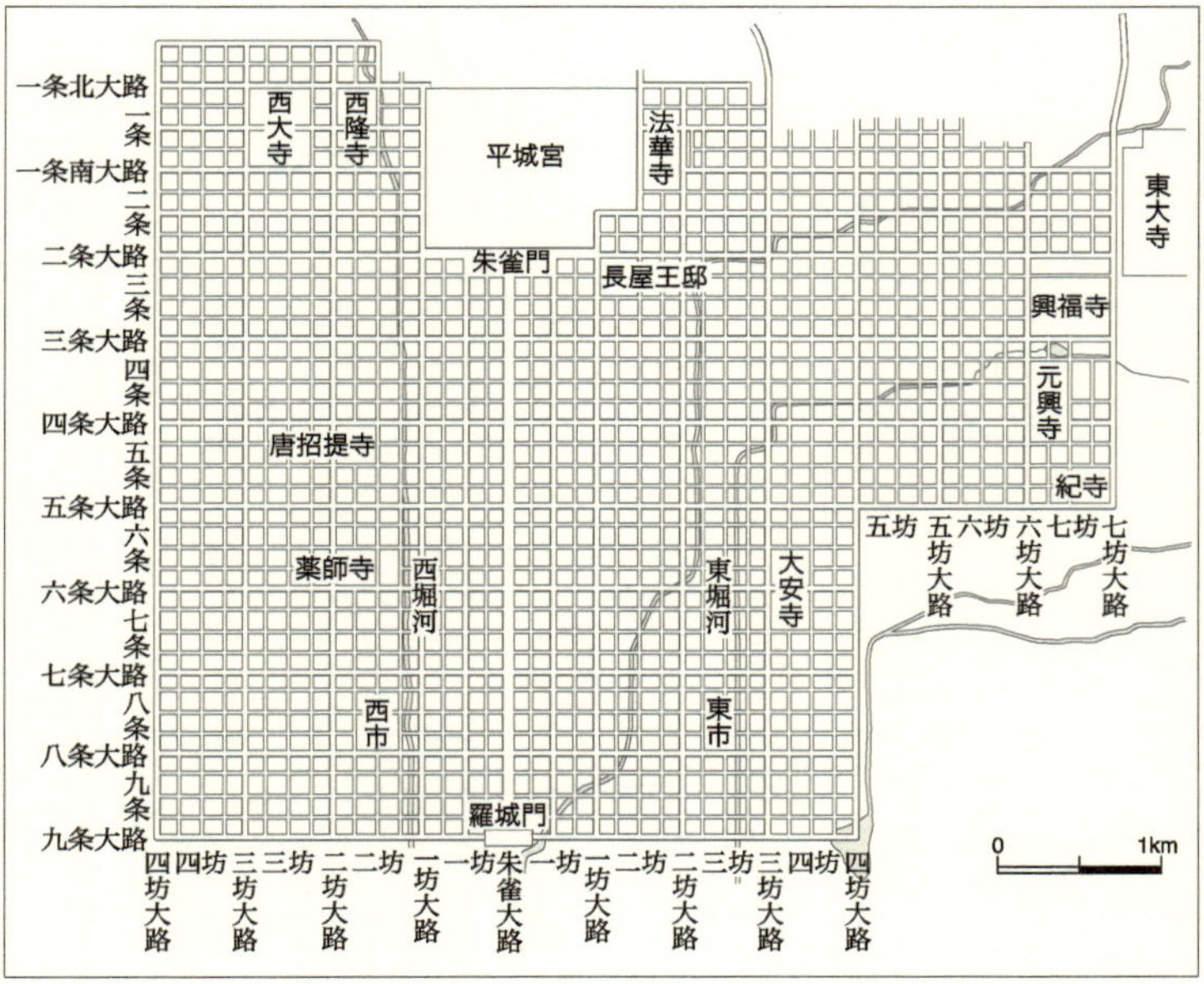
一条北大路
一条
一条南大路
二条
二条大路
三条
三条大路
四条
四条大路
五条
五条大路
六条
六条大路
七条
七条大路
八条
八条大路
九条
九条大路
西大寺
西隆寺
平城宮
法華寺
東大寺
朱雀門
長屋王邸
興福寺
元興寺
唐招提寺
紀寺
五坊
五坊大路
六坊
六坊大路
七坊
七坊大路
薬師寺
西堀河
東堀河
大安寺
西市
東市
羅城門
0
1km
四坊大路
四坊
三坊大路
三坊
二坊大路
二坊
一坊大路
一坊
朱雀大路
一坊
一坊大路
二坊
二坊大路
三坊
三坊大路
四坊
四坊大路

平城京図

806	桓武 平城	25 大同元	3月17日、桓武天皇、没 5月18日、安殿親王即位(平城天皇)、賀美能親王、皇太弟 5月18日、改元	
807		2	古語拾遺、撰上(斎部広成)	
809	嵯峨	4	4月1日、平城天皇譲位、賀美能親王即位、高丘親王立太子	【下39】
810		5 弘仁元	9月、藤原薬子の変 9月19日、改元	
814		5	新撰姓氏録を撰上(万多親王ら)。補訂して翌年、再撰上	
819		10	南都の僧ら、最澄の戒壇設立に反対	
822		13	霊異記に出る最下限の年、『日本霊異記』撰録完了か	【下39】
823	 淳和	14	1月、空海、東寺を賜り教王護国寺と改称、真言密教の道場 2月、最澄、比叡山寺を延暦寺に改名 4月、嵯峨天皇譲位、淳和天皇即位	

西暦	天皇	年号	日本列島の出来事(事実か否かを問わず)	霊異記該当話
782	桓武	天応2 延暦元	6月17日、大伴家持、陸奥鎮守将軍とす 8月19日、改元	
783		2	8月15日、紀淡海峡で難破、漁師8人死亡、1名救出	【下32】
784		3	6月10日、長岡宮の造営に着工 11月8日、流星群あらわる 11日、長岡京に遷都す	
785		4	5月、紀伊国日高郡の紀吉足、修行僧を殴り死ぬ 6月20日、藤原家依、没。病気のなかで父の夢を見る 8月28日、大伴家持、没 9月15日、月食あり 23日、藤原種継、舎人雄鹿らに暗殺さる。首謀者は大伴継人	【下33】 【下36】 【下38】 【下38】
786		5	この年、神野の親王誕生す	【下39】
787		6	9月4日午後6時頃、景戒にわかに慚愧の心を抱く 深夜、景戒は乞食に出会う夢を見る 11月27日、紀伊国名草郡の女、28年越しの病が読経により治る	【下38】 【下38】 【下34】
788		7	3月17日夜、景戒、自分の死体を荼毘に付す夢を見る この年、最澄、比叡山寺を造る(天台宗)	【下38】
789		8	7・8月、各国で飢饉起こり賑給	
790		9	この年秋・冬、京畿の30歳以下の者に天然痘流行	
791		10	9月16日、平城宮の諸門を長岡京に移築 殺牛祭祀の流行に禁令	 【中5】
792		11	この頃、早良親王の祟りのうわさ広まる	
794		13	7月、東西の市を新京(平安京)に移す 10月、新京に遷都、11月、平安京と命名	
795		14	11月、東国防人を廃止し、九州の兵士を充てる 12月30日、景戒「伝灯住位」(僧の第四位)を得る	 【下38】
796		15	3月7日、天皇、物部古丸のために法華経を写経させる	【下35】
797		16	2月13日、続日本紀、完成(菅野真道ら) 4月か5月、景戒の家で毎夜狐が鳴く 12月17日、景戒の男子、死ぬ	 【下38】 【下38】
799		18	11〜12月、景戒の家に狐鳴き、夏の虫が鳴いた	【下38】
800		19	1月12日・25日、景戒の馬、相次いで死ぬ 3月、富士山噴火	【下38】
804		23	12月、牛の屠殺を禁じる	

764	称徳	8	10月9日、孝謙太上天皇、重祚して称徳天皇となる 12月、武蔵国多磨郡の丈山継、仲麻呂の乱に巻き込まれる	【下7】
765		天平神護元	1月7日、改元 閏10月、道鏡、太政大臣禅師となる	【下38】
766		2	9月、近江国坂田郡の富人、柴の枝に弥勒像を発見 10月、毘沙門像から仏舎利が出現す 道鏡、法王となる	【下8】 【下38】
767		3 神護景雲元	3月、法王宮職を置く 8月16日、改元	
768		2	2月17日、藤原広足、病気により大和国菟田郡の山寺に住む 18日、道鏡の弟・弓削浄人を大納言とする	【下9】
769		3	3月27日、越前国加賀郡で、修行者が浮浪人の長を捕縛し殺す 5月23日、紀伊国安諦郡の山寺で火災、法華経焼けず	【下14】 【下10】
770	 光仁	4 宝亀元	8月4日、称徳天皇、没(53歳)。白壁王、皇太子とす 8月21日、道鏡を下野国の薬師寺へ流す 10月1日、白壁王即位し、光仁天皇となる。改元 12月23日、寂林法師、乳の腫れた女を夢に見る	 【下38】 【下16】
771		2	6月、写経師、河内国丹治比郡の道場で女を犯し変死 7月中旬、沙弥信行、紀伊国の山寺で、仏像のうめく声を聞く 11月15日、肥後国の女、肉団を産む	【下18】 【下17】 【下19】
772		3	4月6日、道鏡、下野国で没す この年、沙門長義失明するも、金剛般若経を読誦して治る	【下21】
773		4	1月31日、山部親王、立太子 4月下旬、秤をごまかした他田の舎人蝦夷、悪死す 11月24日、良弁没(85歳)	【下22】
774		5	3月、信濃国小県郡の大伴忍勝、檀越らに殺される	【下23】
775		6	6月、紀臣馬養・中臣連祖父麿、難破し淡路島に漂着	【下25】
776		7	7月、田中真人広虫女、仏罰を受ける	【下26】
778		9	12月、品知牧人、髑骨の報恩を受ける	【下27】
779		10	この年、僧観規、釈迦の丈六像と脇士を作り終える 宝亀年中、大安寺の僧恵勝、不思議な夢を見る	【下30】 【下24】
781	桓武	天応元	4月3日、光仁天皇、譲位。山部親王、即位(桓武天皇) 4日、早良親王を皇太子とす 15日、大極殿に桓武天皇即位の儀あり	
782		2	閏1月11日、氷上川継ら謀叛発覚し逃走 14日、川継(塩焼王の子)を捕縛し、遠流 2月15日、僧観規、紀伊国名草郡の能応寺で遺言を遺して死ぬ 2月下旬、美濃国の女、二つの石を産む	 【下30】 【下31】

西暦	天皇	年号	日本列島の出来事(事実か否かを問わず)	霊異記該当話
749	孝謙	天平勝宝元	7月2日、阿倍内親王即位(孝謙天皇)、改元 10月、東大寺大仏、本体の鋳造終わる 12月19日、武蔵国多磨郡大領大伴赤麻呂、没	 【中9】
750		2	5月7日、武蔵国で碑文を負うた黒斑の牛が誕生	【中9】
751		3	11月、漢詩集「懐風藻」成立	
752		4	4月、東大寺大仏、開眼供養	
753		5	9月5日、大阪湾に巨大台風、賑恤。海浜民を難波宮の空地へ	
754		6	1月、鑑真、唐より渡来。4月、東大寺に戒壇を立て授戒 3月、鳥の卵を食べた男、麦畑での業火責めにより悪死	 【中10】
755		7	2月、東国諸国の防人歌(万葉集、巻20)	
756		8	5月2日、聖武太上天皇、没(56歳)。道祖王、立太子 19日、聖武を初めて仏式により、佐保山陵に葬る	
757		9 天平宝字元	1月6日、橘諸兄、没 3月29日、道祖王、皇太子を廃され、東宮を退去 4月4日、大炊王、立太子 5月8日、能登・安房・和泉の国を建てる 6月28日、藤原仲麻呂殺害の謀議発覚(橘奈良麻呂の乱) 7月4日、橘奈良麻呂ら処刑、黄文王・道祖王ら杖下に死す 7月27日、塩焼王、流罪に相当するも、父の功により免除 8月18日、改元	 【中40】
758	 淳仁	2	3月、大井河の河原から薬師仏の木像を掘り出す 8月1日、孝謙天皇、譲位 大炊王、即位(淳仁天皇) 仲麻呂、太保(右大臣)となり恵美押勝の名を賜う	【中39】
759		3	4月、桑の木に登っていた女、蛇と遭遇 8月3日、鑑真、唐招提寺を建立	【中41】
760		4	1月、恵美押勝(藤原仲麻呂)、太師(太政大臣)となる 5月19日、高年者・疾病者に賑恤	
761		5	3月、葦原王、酒屋で人を殺し肉を喰う 10月以降、道鏡、法良宮にて孝謙上皇の病いを看るか	
762		6	5月、都周辺で飢饉発生 この頃、淡海三船、天皇の漢風諡号を撰進	
763		7	10月10日、千手観音不思議を示す	【中42】
764		8	9月18日、恵美押勝、反乱に失敗し近江にて敗死す 塩焼王ら徒党4名、斬首 20日、道鏡、大臣禅師となる 10月9日、淳仁天皇を廃位、淡路国に幽閉	

718	元正	養老2	この年、高句麗に学んだ行善が唐から帰国し興福寺に住む この年、「養老律令」撰定（藤原不比等ら）	【上6】
720		4	5月、「日本書」紀30巻、系図1巻撰進（舎人親王ら）	
721		5	1月、長屋王、右大臣／12月、元明、没	
723		7	4月17日、三世一身の法、発布される	
724	聖武	神亀元	2月、元正天皇、譲位／聖武天皇、即位／長屋王、左大臣	
726		3	9月、豊作により、田租を免じる	
727		4	9月、聖武天皇が狩りした鹿、民家に逃げる 閏9月29日、光明子、基王を生む。10月5日、天下に大赦す	【上32】 【上32】
729		天平元	2月、聖武、元興寺にて大法会。長屋王自尽／謀反の密告	【中1】
730		2	4月、施薬院を設置	
732		4	この年、憶良「貧窮問答歌」作歌か	
733		5	2月、「出雲国風土記」成立 6月以降に山上憶良、没か	
737		9	この年4～8月、天然痘が大流行、藤原4兄弟相次いで死亡 この年の「和泉監正税帳」に血沼県主倭麻呂の名	【中2】
738		10	1月、阿倍内親王（聖武の娘）、立太子	
739		11	10月、入唐使・平群広成、京へ戻る	
740		12	12月、天皇、恭仁宮へ移る	
741		13	2月、諸国に国分寺・国分尼寺建立の詔	
743		15	5月27日、墾田永年私財法が発布される 10月15日、盧遮那仏（大仏）造立の詔を出す（紫香楽宮の地）	
744		16	2月、難波宮を皇都と定める 11月、行基大僧正に任命（続日本紀は17年正月）、智光嫉妬	【中7】
745		17	5月、聖武、平城京に戻る この年後半から、大仏造立工事、大和に移り始まる	
746		18	6月、玄昉、没	
747		19	9月、東大寺大仏、鋳造始まる	
749		21	2月2日、大僧正行基、遷化［年80］ 4月、大仏ほぼ完成 7月2日、聖武譲位	【中7・8・29・30ほか】 聖武朝の話 【上31・中3～6・11～14・16～19・21～28・31～35・37・38】

西暦	天皇	年号	日本列島の出来事（事実か否かを問わず）	霊異記該当話
684	天武	13	10月、白鳳南海地震、津波発生 天武朝に、国号「日本」と「天皇」号が成立したか	
686		15 朱鳥元	9月、天武天皇、没す。皇后（持統）称制する（9日） 10月、大津皇子、謀反発覚し自害（持統の謀略か）	
687	持統	持統元	（正式即位は4年）	
688		2	11月、天武の殯宮儀礼終了、埋葬する	
689		3	4月、草壁皇子、没（この前後に、大津の骨を移葬したか） 6月、令一部22巻を班つ（飛鳥浄御原令）	
690		4	1月、皇后、正式に即位する（持統天皇）	
692		6	3月、大神（大三輪）高市万侶、天皇の伊勢行幸を諌める	【上25】
694		8	12月、藤原宮遷都	
696		10	7月、高市皇子、没	
697	文武	文武元	8月、持統、譲位（太上天皇）。軽皇子、即位（文武天皇）	
699		3	5月24日、役の小角、讒言により伊豆島に配流、海の上を走る	【上28】
700		4	3月10日、道照（道昭）物化、火葬す	
701		大宝元	1月、遣唐使任命（山上憶良、遣唐少録） 6月、「大宝令」実施を七道に命令。8月、「大宝律令」成る この年、役の優婆塞、伊豆から都に帰り天に飛ぶ	【上28】
702		2	2月、「大宝律」の施行／10月、律令を諸国に頒下する 12月、持統（太上天皇）、没 （58歳）。火葬す	
705		慶雲2	9月、膳臣広国、冥界を語る	【上30】
707	元明	4	6月、文武天皇、没／7月、元明天皇、即位	
708		和銅元	5月、銀銭・和同開珎を発行 8月、銅銭・和同開珎を発行（流通経済の促進）	
710		3	3月、平城京に遷都	
712		5	1月、「古事記」成立と「序」にあるも不審	
713		6	5月、諸国に「地誌（風土記）」の編纂を命令	
715	元正	霊亀元	9月、元明天皇、譲位／元正天皇、即位	
716		2	4月19日、河内国から離れて和泉監を建てる	
717		3	11月、養老と改元	

641	舒明	13	10月、舒明天皇、没(天智・天武の父)	
642	皇極	皇極元	1月、宝皇女(舒明皇后)、即位(皇極天皇)	
643		2	3月、但馬国の嬰児、鷲に攫われ、8年後に父が見つける	【上9】
645	孝徳	4 大化元	6月、中大兄・中臣鎌足、蘇我入鹿を殺害(乙巳の変) 皇極、譲位/孝徳天皇、即位	
646		2	1月、「改新の詔」を発布(公地公民/班田収授) 12月、道登宇治橋を造営、従者、骸骨を供養して報恩を受く	【上12】
648		4	4月、新しい冠位を施行	
653		9	道照(昭)渡唐し、玄奘三蔵の弟子となる この天皇の代、仏罰により悪死した瞻保は学生の類であった	【上22】 【上23】
655	斉明	斉明元	1月、斉明、即位(皇極の重祚)	
657		3	9月、有間皇子、狂気をよそおう	
658		4	11月、有間皇子、謀反が発覚して処刑	
660		6	この年、百済救援の準備を始める	
661		7	7月、斉明、遠征途中の筑紫朝倉宮で没する	
662	天智	天智元	この年、近江令22巻、制定(668年とも)	
663		2	8月、白村江の戦い(新羅・唐vs百済・倭)、倭国軍大敗 百済復興ならず、亡命渡来人多く、百済より弘済禅師来る	【上7】
667		6	3月、近江大津宮へ遷都(額田王、作歌)	
668		7	1月、中大兄、正式に即位(天智天皇) 5月、蒲生野における遊猟(額田王、作歌)	
669		8	10月、藤原鎌足、没	
670		9	2月、「庚午年籍」(初めての戸籍)作成	
671		10	12月、天智天皇、没(殯宮挽歌、額田王ほか)	
672	天武	天武元	6月、壬申の乱勃発(大海人の勝利)	
673		2	2月、大海人、即位(天武天皇)	
676		5	この夏、旱害で飢饉	
678		7	4月、十市皇女、没(自殺か) 12月、筑紫地震、被害甚大	
679		8	5月、天皇、吉野へ行幸(皇子たち、盟約)	
681		10	2月、律令撰定の詔(日本書紀)	

霊異記説話年表

西暦	天皇	年号	日本列島の出来事(事実か否かを問わず)	霊異記該当話
BC624			4月8日、釈迦誕生(誕生年に関しては諸説) 釈迦、入滅(BC544、486、383など諸説)	
AD5C	雄略	雄略6	3月、小子部蜾蠃、嬰児を集める(日本書紀)	
		7	7月、蜾蠃、三輪山の大蛇を捕らえる(日本書紀)	
		?	栖軽、天皇の交合を覗き、雷を捕まえる(雷丘)	【上1】
471		(雄略)	7月、辛亥年7月中記、ワカタケル(稲荷山鉄剣銘)	
538		宣化3	この年仏教伝来(元興寺縁起など、欽明7年)	
552	欽明	欽明13	百済(聖明王)より仏像・経典など伝来(日本書紀)	【上序】
		?	三野国の男、狐と交わり男子を得る	【上2】
	敏達	?	尾張国の農夫の妻、雷の子を産む	【上3】
		?	和泉国に流れ着いた木で仏像を造る(日本書紀、欽明14年)	【上5】
588	崇峻	崇峻元	この年、百済、僧を倭国に派遣し、仏舎利を献ず	
592	推古	5	11月、崇峻天皇殺される 12月、敏達皇后(推古)、即位	
593		推古元	聖徳太子、皇太子となる	【上4】
604		12	4月、「憲法十七条」を制定	
607		15	7月、小野妹子を隋に派遣(翌年、帰国)	
610		18	1月、倭国、隋に使者を送る(隋書)	
613		21	12月、聖徳太子、片岡村で乞食に衣を与える(日本書紀)	【上4】
618		26	8月、高句麗の使者、隋の滅亡を伝える	
620		28	この年、「天皇記・国記・本記」の編纂	
622		30	2月、聖徳太子、没(日本書紀は29年没とする)	
624		32	4月、ある僧、斧で祖父を殺す(日本書紀)	【上5】
625		33	12月、大部屋栖野古連公没すも、3日後に蘇生す	【上5】
628		36	3月、推古(豊御食炊屋姫)没。後継者を誰にするかで紛糾	
629	舒明	舒明元	1月、田村皇子(舒明天皇)、即位	
632		4	10月、遣唐使、唐の使者・高表仁をともなって帰国	

口《こう》語《ご》訳《やく》　日《に》本《ほん》霊《りょう》異《い》記《き》

2024年11月７日　初版発行

著者／三《み》浦《うら》佑之《すけゆき》

発行者／山下直久

発行／株式会社KADOKAWA
〒102-8177　東京都千代田区富士見2-13-3
電話 0570-002-301（ナビダイヤル）

印刷所／株式会社KADOKAWA

製本所／株式会社KADOKAWA

●お問い合わせ
https://www.kadokawa.co.jp/（「お問い合わせ」へお進みください）
※内容によっては、お答えできない場合があります。
※サポートは日本国内のみとさせていただきます。
※Japanese text only

定価はカバーに表示してあります。

ISBN 978-4-04-400832-1　C0093

◆◇◇